Fantasmes irlandais

Protection très rapprochée…

KATE HOFFMANN

Fantasmes irlandais

Passions extrêmes

éditions HARLEQUIN

Collection : PASSIONS

Titre original : THE MIGHTY QUINNS : RILEY

Traduction française de ISABELLE DONNADIEU

HARLEQUIN®
est une marque déposée par le Groupe Harlequin
PASSIONS®
est une marque déposée par Harlequin S.A.

83-85, boulevard Vincent-Auriol, 75646 PARIS CEDEX 13.
Service Lectrices — Tél. : 01 45 82 47 47
www.harlequin.fr
ISBN 978-2-2802-4654-5 — ISSN 1950-2761

Prologue

Cela faisait déjà une bonne demi-heure que la lumière de la chambre était éteinte, mais les trois frères Quinn étaient trop occupés à écouter la tempête qui faisait rage au-dehors pour dormir.

Assis devant la fenêtre, Riley regardait la pluie s'écraser sur la vitre.

— Il pleut vraiment très fort. Je crois que Noé et son arche vont bientôt apparaître.

— Tu crois que c'est une tempête aussi forte que celle pendant laquelle maman est tombée amoureuse de papa ? demanda Danny, le plus jeune des trois.

Il était installé dans son lit, les couvertures remontées jusqu'au menton. Il avait huit ans et une imagination sans limite. Il voyait des dragons et des serpents partout où il regardait et, même s'il se conduisait parfois encore comme un bébé, Riley commençait à l'apprécier plus maintenant qu'il grandissait.

Danny passait ses journées à fabriquer toutes sortes d'objets avec son couteau suisse : des monstres, des animaux, des ogres… Son sac à dos était toujours rempli de morceaux de bois et de savon au cas où l'envie lui viendrait de sculpter quelque chose.

— Peut-être, répondit Riley en se laissant tomber sur le lit, à côté de son frère. Papa dit toujours que ce jour-là le vent était si violent qu'il arrivait à peine à marcher.

— Tu crois que maman était une sirène, comme le raconte papa ?

— Non, Danny…

Leur père avait toujours aimé leur raconter des histoires sur sa rencontre avec leur mère.

— Elle n'était ni une sirène ni une fée, juste maman mais en plus jeune.

Riley aimait les contes et les légendes, lui aussi, et il regrettait l'époque où leur père leur racontait des histoires chaque soir… C'était avant qu'il ne soit licencié de son travail, avant qu'il ne décide d'acheter le vieux pub de Ballykirk…

Depuis, Eamon et Maggi Quinn travaillaient très dur car les clients locaux et les touristes étaient nombreux, ce qui voulait dire qu'ils étaient rarement à la maison pour les coucher le soir. C'étaient leurs sœurs aînées, Shanna et Claire, qui s'en chargeaient.

— On devrait sortir, proposa-t-il soudain. On devrait voir si le vent nous empêche de marcher comme papa.

— Vous ne voulez pas vous taire et dormir ! lança à cet instant Kellan, en jetant un coup d'œil par-dessus son livre. Ce n'est pas de parler de la pluie qui va la faire s'arrêter. En plus, si vous sortez, papa sera fâché.

Kellan était le plus âgé et le plus intelligent des trois. A douze ans, il était presque un adolescent, et d'habitude Daniel et Riley l'écoutaient. Mais, depuis quelque temps, Kellan s'était mis à jouer au petit chef et se montrait moins gentil avec eux. Il ne semblait plus intéressé par l'école et les filles.

— Tais-toi, Kellan ! C'est notre chambre à nous aussi et on peut parler autant qu'on veut !

Riley n'avait jamais beaucoup aimé l'école, à l'exception des cours de musique avec la belle Mlle Delaney.

Il adorait chanter et, les jours où elle apportait des instruments de musique, il était toujours le premier à les essayer. Il était même capable de reproduire un air après l'avoir entendu une ou deux fois seulement.

Mais ce qu'il préférait, c'était les chansons qu'elle leur apprenait, de vieilles ballades irlandaises évoquant les mythes et légendes d'autrefois.

— Ecoutez ça, fit-il en s'approchant un peu plus de la fenêtre. La tempête chante…

Il se mit à fredonner.

Le seul point positif du travail de leurs parents était qu'ils devaient tous les cinq les aider pendant le week-end et que le pub accueillait souvent des musiciens le samedi soir.

Ces jours-là, Riley n'allait pas au pub en traînant les pieds. Au contraire, il arrivait en avance pour terminer son travail le plus tôt possible et pouvoir écouter tranquillement les musiciens.

Il quitta la fenêtre et retourna se coucher dans le lit qu'il partageait avec Danny.

— Ne t'inquiète pas, murmura-t-il à son petit frère. Nous sommes à l'abri.

— Chante-moi une chanson, s'il te plaît, lui demanda l'enfant en remontant la couverture un peu plus haut sur sa figure.

— Quelle chanson ?

— La chanson de Barley, je l'aime bien.

— Elle s'appelle *Le vent souffle sur Barley*, répondit-il avant de se mettre à chanter. « Dans une verte vallée, mon cœur est amoureux… »

— Pourquoi est-ce que toutes les chansons parlent d'amour ? l'interrompit Danny.

— Je pense que les gens aiment bien les chansons d'amour.

A vrai dire, il n'en savait rien. Personnellement, il aurait préféré des chansons sur des chevaliers, des héros... Mais la plupart de celles qu'il connaissait parlaient d'amour et étaient tristes.

— Papa dit que les filles préfèrent les garçons qui savent chanter.

— Tais-toi ! cria Kellan.

— Va au diable ! rétorquèrent Riley et Danny d'une même voix.

Puis tous les trois se mirent à rire.

— Allez, chante-moi la fin de la chanson, insista Danny.

Riley reprit la ballade, accompagné par le bruit de la pluie battante.

Un jour, aimerait-il assez une fille pour lui chanter une chanson ? Et dans ce cas, le suivrait-elle comme les filles suivaient Kellan ? se demanda-t-il avant de s'endormir, bercé par le bruit du vent et de la pluie.

- 1 -

Atteignant enfin la longue file d'attente qui serpentait jusqu'au guichet de la douane, Nan Galvin regarda autour d'elle, à la recherche d'une horloge. Elle ignorait l'heure qu'il était. Chez elle, à Madison, dans le Wisconsin, il était cinq heures du matin. Et ici, à l'aéroport de Shannon, en Irlande, il était… il était…

— 11 heures, murmura-t-elle en apercevant enfin une pendule.

Elle sourit.

Même si elle avait déjà imaginé des dizaines de voyages outre-Atlantique, en feuilletant des guides touristiques et des magazines pendant ses pauses déjeuner, celui-ci était son tout premier.

C'était sans doute pour cette raison que, même si elle n'était arrivée de l'autre côté de l'océan que depuis quelques minutes, tout lui semblait exotique, depuis la forme des poubelles jusqu'à la voix qui sortait du haut-parleur, en passant par les panneaux écrits en gaélique.

— Je suis en Irlande. En Irlande !

La file d'attente avança enfin et, impatiente, elle fit quelques pas en direction du guichet de la douane, essayant d'imaginer sa mère à cette même place, vingt-sept ans plus tôt, lorsqu'elle avait pris l'avion, comme elle-même venait de le faire, pour parcourir et découvrir l'Irlande, le pays de ses ancêtres.

Nan ne pouvait qu'imaginer quel genre de jeune femme avait été sa mère, car Laura Daley Galvin avait succombé à un cancer alors qu'elle n'avait que huit ans. Ce voyage était pour elle une façon de partir à la découverte de l'Irlande mais surtout de sa mère.

Après la mort de cette dernière, Nan s'était repliée sur elle-même. Elle avait pris soin de son père, s'était occupée de la maison tout en travaillant dur à l'école. Elle avait continué à vivre avec lui pendant ses années d'études supérieures, et même après, devenant, au fil des ans, une jeune femme casanière et réservée, se contentant de vivre des aventures à travers les livres qu'elle lisait.

Lorsqu'elle avait enterré son père, un an auparavant, elle avait continué son petit bonhomme de chemin, jusqu'à ce qu'elle découvre une malle remplie des souvenirs de sa mère. Une trouvaille qui l'avait poussée à se poser des questions, à remettre en cause l'organisation bien tranquille, bien réglée de sa vie.

En fouillant dans cette malle, elle avait en effet découvert une Laura Daley Galvin beaucoup plus curieuse, spontanée et audacieuse que dans son souvenir. Un paquet de lettres lui avait même révélé l'existence d'une amitié entre sa mère et une Irlandaise du nom de Carey, une femme qu'elle avait aussitôt ressenti le besoin de retrouver.

C'était pour cette raison que, sans attendre, elle avait commencé à économiser pour ce voyage.

Qu'allait-elle découvrir ici ? se demanda-t-elle avec un mélange d'excitation et d'inquiétude vague. Ce voyage ressemblerait-il à celui que sa mère avait fait tant d'années plus tôt ? Les questions qui se bousculaient dans sa tête étaient nombreuses et pour le moment sans réponse.

Et en attendant de les obtenir, ces réponses, elle devait

d'abord trouver le chauffeur normalement venu la chercher pour la conduire dans la petite ville portuaire de Ballykirk, dans comté de Cork, jusqu'à la petite maison qu'elle avait louée via internet. Un chauffeur qui devait l'attendre depuis… Depuis trois heures, constata-t-elle après un coup d'œil rapide sur l'horloge.

— Personne suivante ! lança l'employé des douanes.

Nan s'approcha du guichet puis tendit à l'homme son passeport, ainsi que le formulaire qu'elle avait rempli dans l'avion.

— Tiernan Galvin ?

Elle n'utilisait jamais son nom de baptême, sans doute parce que personne dans le Wisconsin ne pouvait le prononcer correctement. Elle se faisait appeler Nan, plus simplement, mais Tiernan ne sembla pas poser de problème à l'employé des douanes. Encore un indice qu'elle était bien loin de chez elle !

Elle sourit, amusée. Sa mère avait tellement adoré l'Irlande qu'elle avait été jusqu'à lui donner cet étrange prénom gaélique que seul un Irlandais pouvait prononcer correctement.

— Oui, je suis bien Tiernan Galvin.

— Etes-vous en Irlande pour le travail ou le plaisir ?

— Je suis ici en vacances. Pour le plaisir.

— Rendez-vous visite à quelqu'un ?

— Personne. Enfin… si… d'une certaine manière. Son nom est…

Elle s'interrompit et sortit de son sac à main le courriel qu'elle avait imprimé.

— Riley Quinn… Il vient de Ballykirk mais je ne le connais pas. Je vais loger chez lui. Enfin… dans une maison qui lui appartient, et il m'attend. Ou du moins, il devait m'attendre il y a trois heures, mais l'avion a décollé en retard, alors j'espère qu'il est toujours là.

L'agent ne répondit pas. Il examina en silence son passeport puis le lui rendit.

— Si vous n'avez rien à déclarer, passez par la porte verte, sinon, la rouge. Je vous souhaite la bienvenue en République d'Irlande... Passez de bonnes vacances, mademoiselle.

— Merci.

Impatiente de débuter enfin ses vacances en Irlande, Nan suivit le panneau adéquat et se dirigea vers le hall des bagages. Là, elle aperçut sa valise qui tournait déjà sur le tapis roulant. Sans attendre, elle l'attrapa puis prit la direction de la sortie.

De l'autre côté de la porte vitrée, plusieurs hommes attendaient avec, à la main, des petits écriteaux portant des noms. Elle chercha le sien. En vain.

Haussant les épaules, elle se dirigea alors vers l'extérieur. Peut-être son chauffeur l'attendait-il au soleil ?

Hélas, si des taxis étaient en effet garés le long du trottoir, aucun de leurs chauffeurs ne brandissait une pancarte à son nom.

Zut !

Que faire maintenant ? Il y avait bien la solution de louer une voiture mais ce serait cher, or son budget était très serré. En plus, elle avait déjà payé la location d'une voiture à Ballykirk, en complément de son gîte... Sans compter qu'elle ignorait si elle était capable de conduire du bon côté de la route tout en lisant une carte !

Elle opta pour un taxi.

Réprimant un soupir, elle tira sa valise jusqu'à la première voiture, puis se pencha par la fenêtre.

— Bonjour, monsieur. Combien cela coûterait-il d'aller jusqu'à Ballykirk ?

— Il y en a pour deux heures, environ cent cinquante kilomètres... Donc deux cent cinquante euros.

— Je n'ai que des dollars, je n'ai pas encore changé mon argent.

— Désolé, mademoiselle, mais je n'accepte pas les dollars. Vous pouvez changer de l'argent à l'intérieur de l'aéroport, mais je vous préviens : ils vous prendront une forte commission.

Nan soupira. Cela s'annonçait mal.

— Peut-être acceptez-vous les cartes de crédit ?

— Malheureusement non, mais vous pouvez demander à un autre taxi. Sinon, il vous reste la solution du bus.

— Merci, monsieur.

Elle s'éloigna un peu puis s'arrêta et prit une profonde inspiration pour rassembler ses esprits.

Ce n'était vraiment pas ainsi qu'elle avait imaginé le début de ses vacances. Elle qui avait pourtant tout organisé si méticuleusement ! Malheureusement, elle n'avait pas prévu que son avion quitterait Chicago en retard ni qu'elle attendrait trois heures à New York en raison d'un orage. Et s'il n'y avait eu que cela ! Mais ensuite elle avait voyagé entre deux enfants qui avaient passé leur temps à crier. Résultat, elle avait faim et mal à la tête... Et voilà maintenant qu'elle se retrouvait toute seule à l'aéroport de Shannon, à deux heures de sa destination finale, sans moyen de locomotion !

Heureusement, elle avait le numéro de téléphone de Riley Quinn dans son sac ; elle pouvait l'appeler et lui demander s'il était encore dans les environs. Mais d'abord elle devait changer de l'argent.

Oui, l'argent en premier...

— Auriez-vous du feu, mademoiselle ?

Nan se retourna et aperçut un homme, une cigarette éteinte à la bouche.

Elle le dévisagea, stupéfaite. Il était l'image parfaite de l'Irlandais de ses rêves, à l'exception de la cigarette, bien sûr. Il avait des cheveux foncés mais des yeux si bleus, si clairs, qu'ils en semblaient presque gris. Il portait en outre une barbe de deux jours qui lui donnait un petit air farouche, presque sauvage.

— Auriez-vous du feu ? répéta l'homme.

Elle ne répondit pas, continuant à le fixer, comme s'il l'avait hypnotisée.

Avec son jean usé qui mettait en valeur de longues jambes fuselées, et un simple T-shirt sous son blouson de cuir, il lui faisait penser à un loup solitaire, un séduisant loup solitaire. Bien différent, en tout cas, des hommes qui l'intéressaient d'habitude.

— Je… Je ne fume pas, marmonna-t-elle d'une voix mal assurée, en tentant de se reprendre.

— Vous êtes donc l'une d'elles…

— L'une d'elles ?

— Une de ces Américaines coincées, fanatiques de la lutte antitabac. Je parie que dans quelques secondes vous allez me rappeler tous les risques de la cigarette et…

— Pas du tout ! le coupa-t-elle sèchement, outrée de cette présomption hélas bien prévisible.

C'était toujours ainsi avec elle… Les gens pensaient que, puisqu'elle était bibliothécaire, elle était hyperorganisée, tatillonne même, et ennuyeuse — voire carrément casse-pieds… Cet homme ignorait qu'elle était bibliothécaire, et pourtant il la jugeait comme les autres.

Mais elle était en vacances, et personne ne la connaissait ici. Elle pouvait donc être qui elle voulait et faire ce qu'elle voulait. Elle pouvait oublier qu'elle était cette femme sévère qui demandait sans cesse aux étudiants de se taire ou les empêchait de s'embrasser entre les rayonnages. Ici, elle pouvait être aussi libre qu'une amazone si le cœur lui en disait.

— Je n'ai pas de feu parce que je ne fume pas et que j'ai rarement l'occasion d'allumer des feux de camp, monsieur, répondit-elle enfin. Et si vous voulez vous tuer, vous empoisonner avec le tabac, ce n'est sûrement pas moi qui vous en empêcherai !

Tout en parlant, elle l'observa. Il la regardait d'un air renfrogné.

A l'évidence, il ne la trouvait pas drôle.

— Je vous prie de bien vouloir m'excuser, mademoiselle, je suis un peu énervé ce matin…, fit-il au bout d'un moment. Ça fait un an que je ne fume plus mais, quand je suis fatigué ou de mauvaise humeur, je retrouve mes mauvaises habitudes…

Il s'interrompit et jeta la cigarette dans le caniveau.

— Mais… vous venez de la jeter par terre !

— Je viens surtout de prendre soin de ma santé.

Il n'avait pas le droit de jeter sa cigarette sur le sol !

Choquée, elle se baissa pour la ramasser, mais il l'attrapa soudain par le bras et l'obligea à reculer pour éviter un taxi qui approchait à grande vitesse. Surprise, elle poussa un cri, fit un pas de côté et se retrouva de ce fait pressée contre son torse, dans l'odeur enivrante de son eau de Cologne, tandis que le taxi freinait en catastrophe. Elle ferma les yeux un instant.

Elle ne connaissait pas cet homme et pourtant elle se sentait bien dans ses bras. Elle se sentait en sécurité. Elle se sentait vivante, vibrante…

— Vous devriez faire attention, reprit-il d'une voix

douce, au bout de quelques secondes. Je ne pourrai pas toujours être là pour vous sauver la vie, et ce serait dommage de vous faire tuer dès votre arrivée en Irlande.

Sentant son cœur faire des bonds dans sa poitrine, Nan se contenta de le fixer, trop troublée pour prononcer la moindre parole. Ils étaient désormais si proches l'un de l'autre qu'elle aurait facilement pu l'embrasser.

Elle le vit d'ailleurs baisser les yeux vers sa bouche, comme s'il venait de lire en elle, mais la raison la rappela à l'ordre. Elle rompit l'étreinte, fit deux pas en arrière et rajusta sa veste pour tenter de se calmer.

Elle avait déjà connu des hommes, mais jamais elle n'avait ressenti pour aucun d'eux une telle attirance. Jamais elle n'avait rencontré un homme aussi... *magnétique*... Aucun autre mot ne lui vint à l'esprit pour le décrire. Mais, d'un autre côté, jamais encore elle n'était sortie avec un homme aussi beau que cet Irlandais.

— Merci, monsieur.

— De rien. Je n'ai fait que ce qu'aurait fait tout Irlandais pour une jolie femme, répliqua-t-il sur le ton de la plaisanterie.

Faisant mine d'ignorer sa remarque, Nan se retourna vers la file de taxis.

Venait-il vraiment de dire qu'elle était jolie ?

Non. Impossible. Elle n'était pas jolie, elle n'était qu'ordinaire.

— Vous cherchez un taxi ? lui demanda l'homme en la suivant.

— Pourquoi ? Vous en conduisez un ?

Si c'était le cas, peut-être accepterait-il de la mener jusqu'à Ballykirk.

— C'est votre voiture ? continua-t-elle sans même attendre sa réponse, en désignant le taxi le plus proche.

— Non, le chauffeur est parti faire une course dans l'aérogare. J'ai simplement accepté de surveiller sa voiture en échange de la cigarette que vous m'avez fait jeter. Vous cherchez un chauffeur ?

Elle acquiesça d'un signe de tête.

— Quelqu'un devait m'attendre, mais je crois qu'il s'est lassé. Mon avion a eu beaucoup de retard.

— Votre mari ?

— Non.

— Votre fiancé ?

— Non !

— Votre petit ami alors.

— Non, juste un chauffeur.

— Dans ce cas, je crois que ma chance vient de tourner. Je serais ravi de vous conduire où vous le souhaitez. J'étais censé récupérer une vieille dame et l'emmener jusqu'à Ballykirk, mais elle n'est jamais arrivée.

Ballykirk ?

— C'est justement là que je vais. Quelle coïnci…

Elle s'interrompit et le dévisagea.

— Ne seriez-vous pas Riley Quinn, par hasard ?

A ces mots, elle le vit se raidir et passer une main nerveuse dans ses cheveux.

— Je crois que je viens de faire une gaffe… Vous êtes Nan Galvin ?

— Oui, c'est bien moi.

Alors, comme cela, il avait cru qu'elle était une vieille femme ? Qu'avait-elle donc fait pour lui donner cette impression ?

— Vous étiez censé m'attendre dans l'aérogare avec une pancarte à mon nom ! dit-elle aigrement.

— C'est vrai, mais je pensais pouvoir vous reconnaître sans mal lorsque vous sortiriez. De toute évidence, vous n'êtes pas la vieille femme aux cheveux blancs et aux chaussures orthopédiques que j'imaginais.

— Et pourquoi est-ce que vous m'imaginiez ainsi ? Parce que je suis bibliothécaire ? C'est encore un de ces préjugés stupides !

— Non ! Enfin… pas seulement… Vous sembliez âgée.

Elle semblait âgée ?

— Nous ne nous sommes jamais parlé, nous avons juste correspondu par courriels ! Comment avez-vous pu croire que…

— Je ne sais pas. Vous écrivez comme une personne âgée et vous sembliez si…

— Si quoi ?

— Si coincée. Ce que je veux dire c'est que votre orthographe était si parfaite, vos messages si clairs, si précis…

— Parce que écrire sans faute signifie qu'on est vieux, selon vous ?

Elle qui était fière d'écrire sans la moindre faute de grammaire ou d'orthographe. Elle aimait être professionnelle jusque dans sa vie personnelle.

— Vous avez également demandé que je vous fournisse du papier toilette de qualité, que la maison soit parfaitement propre et débarrassée de tout insecte mort ou vivant, lui rappela-t-il. Moi, c'est ce que j'appelle être coincée. En plus, vous avez écrit que vous vouliez visiter la terre de vos ancêtres avant de mourir, alors j'ai pensé… Enfin, je ne vous imaginais pas du tout ainsi…

Tout en l'écoutant, Nan se força à rester calme. Mieux valait ne pas le fâcher maintenant qu'elle avait trouvé un chauffeur pour l'emmener jusqu'à Ballykirk.

— Vous aviez dit que vous m'attendriez à l'intérieur. Or vous n'y étiez pas.

— J'en ai eu assez d'attendre. Ça fait plus de deux heures que je suis ici.

— Deux heures ? Mais j'étais censée arriver il y a trois heures !

— J'étais en retard. J'avais beaucoup de choses à faire et je ne voulais pas perdre mon temps à attendre une vieille femme. D'ailleurs, il faut que je retourne au pub.

Au pub ? Et puis quoi encore !

— Je suis désolée de voir qu'à cause de moi vous devez vous priver de votre bière du matin, rétorqua-t-elle d'un ton sec.

Cet homme avait beau être sexy, ce n'était qu'un idiot finalement. Un idiot et un ivrogne.

— Je ne dois pas retourner au pub pour boire, lui expliqua-t-il sans attendre, comme s'il lisait dans ses pensées, mais pour y travailler. Ma famille en est propriétaire et j'y travaille avec mes frères.

— Je croyais que vous gériez des gîtes ?

— Je m'en occupe aussi, en plus d'autres choses, comme aller chercher des touristes à l'aéroport, répondit-il avant de s'interrompre pour secouer la tête comme s'il était incrédule. Vous auriez pu me dire que vous étiez ainsi !

Qu'elle était « ainsi » ? Qu'est-ce qu'il voulait dire ?

Elle aurait dû être en colère… Elle avait toutes les raisons d'être en colère, pourtant elle n'y arrivait pas, et pour toute réponse elle se contenta de lui sourire. Mais sa curiosité l'emporta et elle demanda :

— Que vouliez-vous dire à l'instant ?

— Ne faites pas celle qui ne comprend pas, vous savez très bien que vous êtes jolie.

Il sortit ensuite un papier froissé de sa poche et le lui tendit.

— Voilà la pancarte avec votre nom. Maintenant que

vous avez la preuve que je vous attendais, allons-y. Je suis garé au parking.

Sans un mot de plus, il attrapa sa valise puis commença à marcher. Mais elle ne bougea pas car il avait oublié de prendre son bagage à main. Au bout de quelques secondes, il se retourna et, voyant qu'elle ne le suivait pas, vint le chercher.

— Je veux bien prendre vos sacs, mais je vous préviens, je ne vous porterai pas, lui lança-t-il, moqueur.

— Finalement, vous auriez peut-être dû fumer cette cigarette, vous auriez été de meilleure humeur !

— Moi, au moins, je me suis conduit comme un parfait gentleman depuis que nous avons fait connaissance.

— Parce que moi pas ?

Pour toute réponse, il lui adressa un sourire charmeur et, incapable de résister, elle éclata de rire.

Comment pouvait-elle être en colère contre cet homme ? C'était impossible, il était trop beau, trop sexy.

— Faites attention à ma valise, lui recommanda-t-elle lorsqu'ils arrivèrent au pied d'un escalier. Elle est toute neuve.

Il lui adressa un long regard, comme pour lui faire comprendre qu'elle exagérait vraiment, puis s'en empara.

— Bon Dieu, qu'est-ce que vous avez mis dedans ? Elle pèse des tonnes !

— Je reste dix jours, j'ai besoin de certaines choses.

— De quoi donc ? De matériaux de construction ? Je ne vais pourtant pas vous demander de construire votre maison.

— J'ai apporté du shampoing, du gel douche, de la crème hydratante, du beurre de cacahuètes, des kumquats confits ainsi que mon thé préféré.

— Et vous avez réussi à passer la douane avec tout ça ?

La douane ? Elle se figea, soudain inquiète.

— Que voulez-vous dire ? Vous pensez que j'aurais dû déclarer ces produits ? Le formulaire parlait simplement de viande et de produits laitiers. Et de plantes. Les pots que j'apporte n'ont jamais été ouverts et je... Mon Dieu ! Vous pensez que le thé est considéré comme une plante ?

— Je ne sais pas. Ici, en Irlande, les plantes n'ont pas de feuilles.

— Alors il faut tout de suite que je retourne à la douane...

Elle fit demi-tour, mais il lui bloqua le passage.

— Laissez-moi passer. J'ai peut-être enfreint la loi !

— Ce n'est pas grave, vous êtes juste une délinquante maintenant, et vous allez être obligée de vivre dans la honte. Allez, Miss Capone, partons d'ici avant que vous ne trouviez un autre moyen de me faire perdre mon temps.

— D'accord, mais sachez que si j'ai des problèmes avec la police je vous considérerai comme responsable.

— Vous n'aurez aucun problème, je vous le promets. Et quand bien même, ça vous ferait un souvenir à raconter.

— Peut-être... Mais ce n'était pas ainsi que j'imaginais mes vacances, murmura-t-elle, consternée, tout en le suivant en traînant les pieds.

Non, vraiment, ce n'était pas du tout ainsi qu'elle les imaginait...

Lorsqu'ils parvinrent au premier étage du parking, Riley s'arrêta soudain, se retourna et se planta devant elle avant de lui tendre la main et d'attraper la sienne.

— Je suis désolé si je me suis conduit comme un idiot. Je vous propose que nous recommencions à zéro. Bonjour, mademoiselle Galvin, je suis Riley Quinn. Bienvenue en Irlande. J'espère que vous passerez de très bonnes vacances.

Touchée par cette gentillesse soudaine, elle esquissa un sourire, puis baissa les yeux vers leurs mains jointes.

Il avait de belles mains, de longs doigts.

En fait, c'était un homme sympathique et bon, elle en était désormais convaincue.

— Vous voyez, Riley, rétorqua-t-elle néanmoins avec une pointe de moquerie dans la voix, ce n'était pas si difficile !

Il serra un peu plus sa main et elle sentit tout à coup un délicieux frisson glisser le long de son dos. A sa grande surprise, l'attirance qu'elle avait ressentie pour lui au premier regard n'avait pas disparu. Au contraire, elle avait grandi, elle s'était intensifiée.

Il était beau, drôle… Il ne manquerait plus qu'il chante et il serait l'homme parfait.

Il commença à caresser doucement sa peau avec son pouce, et des étincelles de désir se mirent à crépiter en elle.

— La voiture est juste ici, reprit-il à cet instant, la ramenant à la réalité.

— Parfait, répondit-elle. Je vous suis.

Riley ralentit en approchant du carrefour puis freina en catastrophe lorsqu'une voiture lui brûla la priorité.

Bon Dieu ! Jamais il n'arriverait au pub avant la fin de l'heure d'affluence, alors pourquoi essayer ? Pourquoi risquer sa vie et celle de sa passagère ?

Il lui jeta un coup d'œil.

Elle était assise à côté de lui, la mâchoire crispée, les mains croisées sur ses genoux comme si elle était en train de prier.

— Ne vous en faites pas, je n'ai jamais eu d'accident, lui dit-il pour tenter de la rassurer.

— C'est… C'est un foutu miracle ! rétorqua-t-elle en imitant son accent irlandais.

Il éclata de rire. Cet accent lui semblait ridicule venant d'une jeune femme comme elle, bien sous tous rapports.

— Si vous parlez comme ça, vous allez vous fondre sans peine dans le paysage.

Bon Dieu, qu'elle était belle !

Elle ne ressemblait pas à l'image qu'il se faisait des Américaines. Il en avait rencontré un certain nombre, dans des pubs à travers tout le pays, mais pour lui les Américaines revêtaient toujours l'apparence des héroïnes de séries télévisées, avec de longs cheveux blonds, la peau bronzée, et des seins très ronds.

Mais Nan Galvin était différente. Elle était d'une beauté naturelle. Ses cheveux noirs frisés encadraient un visage pâle avec de longs cils qui soulignaient de beaux yeux couleur émeraude. Elle était têtue, déterminée, exactement le genre de femme qui rendrait la séduction difficile, même pour le plus expérimenté des Casanovas.

Mais il avait toujours aimé relever les défis.

Même s'il était impatient de retourner au pub, il décida tout à coup de quitter l'autoroute et de prendre une petite route pour profiter du voyage. Il avait soudain envie de passer un peu plus de temps avec cette femme, avant de la déposer au gîte.

— Vous avez dit que votre famille possédait un pub, reprit-elle à cet instant, le sortant de sa réflexion. Y servez-vous à déjeuner ? Parce que je meurs de faim… Le repas dans l'avion était infect.

— Nous y servons les meilleurs repas de tout Ballykirk.

— Vous êtes cuisinier ?

— Non, je travaille derrière le bar, de temps en temps.

— Vous êtes donc barman.

— Non plus. En fait, je gagne ma vie en tant que musicien. J'écris des chansons et je chante dans des pubs à travers toute l'Irlande.

— Vous chantez ? s'exclama-t-elle comme si elle était heureuse de cette nouvelle. Vraiment ? Vous êtes connu ?

Etait-il connu ? En fait… tout dépendait de ce qu'on entendait par ce terme.

— Je ne suis pas Elvis Presley, mais les gens viennent me voir en concert ; ils achètent mes CD…

— Peut-être pourrais-je venir vous écouter pendant l'un de vos concerts.

— Pourquoi pas.

Il se tut et elle lui adressa alors un sourire si gentil qu'il ressentit soudain le besoin de la toucher, de la caresser, de l'enlacer.

Il serra les mains sur le volant pour tenter de se maîtriser, surpris de ses réactions.

Pourquoi diable cette femme l'attirait-elle autant ? Peut-être était-ce dû à sa beauté non conventionnelle. Ou bien à ses grands yeux innocents qui l'intriguaient.

Les femmes de son âge étaient souvent blasées, mais elle ne semblait pas l'être. Elle était tout sauf cynique. Elle semblait s'émerveiller de tout ce qu'elle apercevait au bord de la route, des églises, des cimetières et même des simples murs de pierre.

— Stop ! cria-t-elle soudain en lui agrippant l'épaule.

Il freina brutalement.

— Que se passe-t-il ? Est-ce que j'ai heurté quelque chose ?

— Là, dit-elle en indiquant du doigt des ruines. Cette tour… Je l'ai vue dans mes guides. C'est un… cloi…

— Un *cloictheach*.

— Je ne pensais pas qu'on en trouvait dans les prés. Vous croyez qu'on peut visiter ?

— Non, ce n'est qu'une ruine.

— J'ai envie de la voir de plus près.

Il hésita. Il était attendu au pub, mais son cousin Martin était derrière le bar ce matin. Il pourrait toujours le remplacer s'il était en retard.

— D'accord. Nous pouvons nous arrêter quelques minutes si vous le souhaitez.

— Il faut que je prenne mon appareil photo, dit-elle en cherchant la poignée de la portière. Il est dans mon sac.

Il se pencha pour lui ouvrir la porte et, sans attendre, elle bondit hors de la voiture, puis attrapa son sac posé sur le siège arrière. Elle en sortit son appareil photo avant de courir vers le mur de pierre qui entourait le champ.

— Je suis en Irlande ! cria-t-elle en levant les bras en l'air. Je veux tout voir, et ce dès maintenant !

Charmé par cet enthousiasme, Riley sourit. Décidément, cette Nan Galvin était vraiment adorable.

Il la rattrapa et lui tint la main pour l'aider à grimper sur le mur.

— Qui s'occupe de ces ruines, Riley ? Pourquoi personne n'a reconstruit la tour ? De quelle époque date-t-elle ?

— On trouve des tours similaires dans toute l'Irlande, vous savez… Il y en a d'ailleurs une juste à côté de Ballykirk. Elle est plus grande que celle-ci et on peut y monter.

— Vous ne vous êtes jamais demandé qui a habité ici ? qui s'est assis devant cette fenêtre, là-haut, et a admiré ce magnifique paysage ?

— Je doute que qui que ce soit ait jamais vécu ici. Les gens vivaient autour. Selon certains, il s'agissait d'un campanile, pour prévenir les habitants des alentours en cas de danger, ou pour les appeler à la prière. On dit aussi qu'ils s'y enfermaient lorsqu'ils étaient attaqués.

Il se tut et la regarda poser la main sur le mur de pierre et fermer les yeux.

Etait-elle fatiguée ?

— Vous allez bien ?

— Oui, répondit-elle d'une petite voix. C'est juste que… Quand je pense à tout ce qui s'est passé devant cette tour… D'où je viens, le bâtiment le plus ancien n'a pas plus de deux cents ans.

Pour toute réponse, il la dévisagea, admirant ses joues roses et ses yeux brillants. Puis, incapable de résister à la tentation, il se pencha et effleura ses appétissantes lèvres couleur cerise des siennes.

Lorsqu'il se redressa, elle se contenta de le regarder, les yeux écarquillés, sans protester.

— Je… Je devrais prendre une photo, finit-elle par bafouiller d'une voix nerveuse. Mettez-vous près de la porte et regardez-moi, l'air féroce.

Il obéit et posa pour cinq ou six clichés avant que la lassitude ne le gagne.

— Assez de photos de moi. Je voudrais en prendre une de vous, maintenant.

Elle prit la pose, et il en profita pour la dévisager à travers l'objectif.

Il avait toujours été attiré par les femmes aux cheveux longs, mais il trouvait que les cheveux courts allaient bien à Nan. Cette coiffure lui donnait un air sexy, si sexy qu'il eut soudain très envie d'enfouir son visage dans ses boucles.

— Voilà, fit-il en lui rendant enfin son appareil.

— Je veux me souvenir de chaque seconde de ce

voyage, lui expliqua-t-elle en retournant vers la voiture tout en regardant les photos. Regardez, celle-ci est très réussie, vous êtes magnifique. Mais vous auriez été encore plus beau si vous vous étiez rasé.

Il ralentit pour lui laisser le temps de regarder toutes les photos, et pour la regarder, l'admirer, la dévorer du regard.

Oui, vraiment, elle était très belle, avec son corps fin et sensuel à la fois. Mais elle était aussi différente des femmes qu'il avait l'habitude de côtoyer, étrange, surprenante… En un mot, fascinante.

Arrivé à la voiture, il lui ouvrit la portière et attendit qu'elle monte. Au lieu de cela, elle se tourna vers lui et lui tendit la main.

— Merci, Riley !

Ce geste le surprit tellement, le toucha tellement qu'il oublia soudain tous ses scrupules. Il prit lentement sa main dans la sienne puis l'approcha de ses lèvres.

— Vous n'avez pas besoin de me remercier, Nan. J'étais heureux de… de faire ce que vous vouliez que je fasse.

Il s'interrompit, troublé.

Il ressentait un désir intense de l'embrasser. Un désir si fort qu'incapable de s'en empêcher il se pencha et, oubliant les risques, oubliant les questions qui le tenaillaient, il l'attira à lui.

Avec prudence et douceur, il prit possession de sa bouche. Elle ne le repoussa pas, faisant même danser sa langue avec la sienne.

Lorsqu'il rompit l'étreinte, elle n'ôta pas sa main de son torse non plus. Elle se contenta de le regarder.

— C'était bon, dit-il.

— Oui. J'ai l'impression que mes vacances vont être fantastiques !

Puis, sans un mot de plus, elle monta dans la voiture.

— Bon Dieu, marmonna-t-il en faisant le tour de la voiture pour rejoindre sa place. Qu'est-ce que je suis en train de faire ? Elle n'est pas venue en Irlande pour avoir une aventure avec un raté comme moi.

Et pourtant, elle semblait avoir apprécié leur baiser. Elle y avait même participé activement. Et ensuite, elle ne l'avait pas giflé, ne l'avait pas insulté. Alors, si l'occasion se présentait une nouvelle fois, peut-être pourrait-il renouveler l'expérience.

Oui, pourquoi pas.

Il s'installa derrière le volant et vit que Nan était en train de l'observer, les yeux humides.

Zut, elle pleurait… Qu'avait-il fait ?

— S'il vous plaît, Nan, ne pleurez pas. Je suis désolé, je n'aurais jamais dû vous embrasser, mais…

— Non. Ce n'est pas le baiser. Il était agréable…

— Alors pourquoi pleurez-vous ?

— Je crois… J'aimerais croire que ma mère est venue à cet endroit lorsqu'elle a visité l'Irlande. Elle adorait l'histoire, alors peut-être a-t-elle visité cette tour et touché ces mêmes pierres.

— Vous lui montrerez les photos à votre retour et vous lui poserez la question.

— Elle est morte lorsque j'avais huit ans.

Riley réprima un juron. Quel imbécile il était ! Furieux contre lui-même, il démarra en trombe. Malheureusement, il cala quelques secondes plus tard.

— Ne vous inquiétez pas, dit-il, cette voiture est résistante. Elle vous conduira partout.

— C'est celle que vous allez me prêter ?

— Bien sûr.

— Bien sûr ?

— Oui, c'est une Fiat, une *Cinquecento.* Elle est petite mais elle a quatre roues, un moteur…

— Mais je n'ai jamais conduit de voiture avec changement de vitesse manuel !

— Ce n'est pas compliqué, je pourrai vous apprendre en quelques minutes. En plus, cette voiture consomme très peu, même s'il y a une petite fuite d'huile qu'il faut surveiller.

Il la vit lever les yeux au ciel.

— Bariolée comme elle est, on dirait qu'elle appartient à une famille de clowns. Par pitié, Riley, dites-moi que le gîte que j'ai loué n'est pas un taudis construit au milieu d'un marais !

— En Irlande, nous parlons de tourbière et non de marais, mais rassurez-vous, le gîte est très confortable.

— Les photos que vous m'avez envoyées n'étaient pas des fausses, au moins ?

— Grands dieux, non ! Il s'agit de la maison dans laquelle j'ai grandi. Mon frère Kellan l'a rénovée il y a quelque temps. Il y habite de temps en temps, lorsqu'il n'est pas à Dublin. Ma sœur Shanna s'est occupée de la décoration. Elle aime les objets anciens, les antiquités. Vous verrez, c'est même encore plus beau que sur les photos.

Elle lui sourit. Elle semblait soulagée.

Lui aussi. Il lui prit alors la main, se demandant quelle excuse il avait pour la toucher une nouvelle fois.

— Vous vous sentez mieux maintenant ? Vous n'allez plus pleurer ?

— Non. Tout va bien.

Rassuré, il poursuivit alors sa route, cherchant un sujet de conversation sans danger.

Il voulait tout savoir d'elle. Avait-elle un homme dans

sa vie ? L'aimait-elle ? Avait-elle envie de l'embrasser une nouvelle fois ?

— Puisque vous êtes bibliothécaire, vous devez certainement aimer lire ?

— J'adore les livres. Depuis toujours. Chaque livre est pour moi comme une fenêtre sur un autre monde.

— Vous avez lu des livres sur l'Irlande ? C'est pour ça que vous êtes ici ?

— Non. Ma mère a visité l'Irlande lorsqu'elle avait vingt-deux ans, juste après avoir obtenu son diplôme d'université, alors je suis venue pour suivre ses traces, pour tenter de me rapprocher un peu d'elle.

— C'est une bonne raison, répondit-il, priant pour que la mention de sa mère ne la fasse pas pleurer une fois encore.

Mais, pour une femme qui avait l'air si fragile, il la trouvait plutôt forte, finalement.

— Je ne peux pas imaginer ce qu'on ressent, lorsqu'on perd sa mère si jeune. Je suis vraiment désolé.

— Moi aussi.

— Votre père est-il toujours en vie ?

— Il est décédé au printemps dernier. Il était plus âgé que ma mère et ne s'est jamais remarié. Pendant longtemps, j'ai pensé que c'était ma faute, qu'il était trop occupé à prendre soin de moi pour fréquenter des femmes. Mais, en grandissant, j'ai compris qu'il ne s'était pas remarié parce que ma mère était son seul amour. Elle était la seule pour lui…

Elle s'interrompit et se tourna vers lui avant de reprendre.

— Vous y croyez, Riley ? Vous croyez qu'on peut n'aimer qu'une seule personne durant toute une existence ?

De la part d'une inconnue, la question le surprenait. Mais Nan était différente. Elle ne semblait jamais manquer de sujets de conversation. Et lorsqu'elle voulait une information, elle se lançait, sans hésiter.

Pour en revenir à sa question, il devait bien avouer qu'il n'y avait jamais réfléchi.

— Bien sûr, répondit-il néanmoins. Ça explique sans doute pourquoi je suis toujours célibataire.

— Je ne me souviens pas beaucoup de ma mère, continua Nan. Elle avait des cheveux roux, des yeux verts et des mains très douces. Elle enseignait l'art. Ses grands-parents avaient quitté l'Irlande pour les Etats-Unis. Je crois que c'est pour cette raison qu'elle m'a appelée Tiernan.

Tiernan ?

— C'est beau, mais c'est plutôt un prénom de garçon ici.

— Je sais, j'ai fait quelques recherches. Je crois simplement qu'elle aimait beaucoup ce nom.

C'était une raison suffisante, songea-t-il en continuant sa route.

— Alors, reprit-il au bout d'un moment, quel est votre programme ? Qu'avez-vous l'intention de visiter ?

— Tout ce qui se trouve autour de Ballykirk.

— Et pourquoi Ballykirk ?

— Parce que c'est là que ma mère est venue, il y a vingt-sept ans.

— Peut-être quelqu'un se souvient-il d'elle au village.

— Je l'espère, répondit-elle d'une petite voix. Je l'espère vraiment.

A cet instant, sa voix était si douce, si pleine d'espoir qu'il dut rassembler toutes ses forces pour ne pas arrêter la voiture et l'embrasser sur-le-champ.

Il avait toujours suivi son instinct, sans réfléchir, mais cette fois-ci il avait envie de prendre son temps. Après tout, Nan avait réservé le gîte pour dix jours.

Il avait tout le temps pour la séduire et il comptait bien profiter de chaque minute.

Il ne lui fallut pas la durée du trajet pour que Nan décide que Riley Quinn était décidément l'homme le plus sexy qu'elle ait jamais rencontré. Elle n'aimait pas seulement ses beaux yeux bleus, mais aussi le mélange déconcertant que faisaient son charme enfantin et sa confiance en soi très masculine.

Même si elle ne s'était jamais conduite de façon aussi directe avec un homme, et qu'elle ne comprenait pas son attitude, elle ne la regrettait pas. Au contraire.

Il était attirant et elle mourait d'envie de l'embrasser. C'était aussi simple que cela !

Ses collègues avaient gentiment plaisanté, avant son départ, lui assurant qu'elle allait avoir une aventure de vacances, mais elle avait repoussé ces propos d'un simple geste de la main. Or voilà qu'aujourd'hui cette perspective ne lui semblait plus si insensée que cela. Elle n'était plus la même personne que la veille. Il lui avait suffi de poser un pied sur le sol irlandais pour se sentir différente, libre, libérée…

Si elle avait été capable d'embrasser Riley à peine une heure après avoir fait sa connaissance, que se passerait-il au bout d'une journée ? se demanda-t-elle soudain.

Jusqu'à présent, elle avait eu peu de relations dans la durée et elle n'avait jamais été véritablement amoureuse. Sans doute parce qu'elle savait d'expérience qu'on se remettait difficilement d'un chagrin d'amour.

Elle n'avait aucune intention de tomber amoureuse de Riley, même s'il était irrésistible, même s'il était sexy en diable. Mais cela ne voulait pas dire qu'ils ne pouvaient pas profiter tous les deux de ces dix jours de vacances.

Non, vraiment… Et elle avait d'ailleurs l'intention d'en profiter.

Elle n'avait pas menti, finalement, au guichet des douanes. Elle était bel et bien en Irlande pour le plaisir, mais un plaisir différent du simple tourisme, un plaisir capable d'enflammer ses sens et de la faire vibrer, un plaisir que seul un homme pouvait lui offrir.

Elle avait lu que l'Irlande était un pays de mythes et de légendes et, dès qu'elle était arrivée, elle avait eu l'impression d'entrer dans un nouveau monde. Tout autour d'elle lui semblait différent : les lumières plus vives, plus brillantes, et les sons plus beaux. Son imagination était en alerte constante, de même que ses sens, enflammés par l'homme assis à côté d'elle.

Lorsqu'ils approchèrent de la côte, elle replongea dans ses souvenirs de romans, laissa son imagination prendre le pouvoir et imagina des héroïnes se tenant en haut des falaises, leurs robes colorées volant dans le vent, des héroïnes passionnées, libres comme elle rêvait de l'être.

— C'est Ballykirk que l'on aperçoit en bas, lui indiqua Riley en la sortant de sa réflexion.

Mais, au lieu de continuer dans cette direction, il tourna dans un petit chemin en direction de la colline.

— Je croyais que le gîte était proche du village.

— Il n'est pas loin, à quelques minutes de marche seulement. Vous trouverez un vélo dans la maison et vous aurez la voiture à votre disposition.

— Une voiture que je ne peux pas conduire !

— Il vous suffira de la tourner en direction du village et de vous laisser glisser, en n'oubliant pas de garder un pied sur le frein, bien sûr…

— Ce n'est pas drôle !

— Vous allez vous installer et je vous donnerai

une leçon de conduite cet après-midi. Vous verrez, en quelques minutes, vous y arriverez.

Il tourna une dernière fois et elle aperçut soudain une petite chaumière blanche dont les murs brillaient au soleil.

— C'est magnifique ! s'exclama-t-elle lorsqu'il se gara devant. Cette maison est encore plus belle que sur les photos !

Sous le charme, elle bondit hors de la voiture et entra dans le jardin, puis s'approcha d'un buisson et, les yeux fermés, huma le parfum des fleurs jusqu'à s'enivrer.

— Regardez ça, dit-elle ensuite en lui montrant une sculpture.

— C'est un hérisson. C'est mon frère qui l'a fabriqué. Il est forgeron, lui expliqua-t-il en ouvrant le coffre de la voiture. Vous pouvez entrer, la porte est ouverte. Je vous apporte votre valise.

Impatiente, Nan courut vers la maison, puis elle pénétra dans un salon aux beaux meubles de bois ciré et au parquet ancien recouvert d'un épais tapis. De là, elle apercevait une petite cuisine et la porte menant à la salle de bains.

Les deux chambres étaient petites mais, comme le reste du gîte, meublées de façon cosy.

Heureuse d'être enfin arrivée, elle caressa le lit de métal d'une main rêveuse avant d'ouvrir la fenêtre et de laisser le vent d'été pénétrer dans la pièce.

— C'est parfait… vraiment parfait.

— Cette chambre était la mienne, lui dit Riley en la rejoignant avec la valise. Je la partageais avec mes frères, Kellan et Danny. Mes parents dormaient dans l'autre, et mes deux sœurs, Shanna et Claire, dans une chambre aménagée dans le grenier.

— C'est magnifique ! répéta-t-elle. J'adore cette maison, mais quelle est cette odeur ?

— C'est l'odeur de la tourbe qui brûle. Le gîte n'a pas le chauffage, mais nous sommes en août, alors vous ne devriez pas avoir froid. Dans le cas contraire, il vous suffira de m'appeler au pub et je viendrai allumer un feu dans la cheminée. Il y a aussi un petit radiateur électrique dans le placard, si vous avez besoin.

Il se tut enfin et la fixa, les mains dans les poches.

Tout à coup, il avait l'air un peu mal à l'aise.

— Bon… eh bien, je vais vous laisser, Nan… A moins que vous ne vouliez descendre au pub pour déjeuner… La demi-pension est comprise dans votre location. Nous servons à midi et le soir, mais je pourrai vous trouver ce qu'il faut pour le petit déjeuner, si vous le souhaitez.

Sans cesser d'en caresser les montants en métal, elle fit le tour du lit.

— Je vais commencer par déballer mes affaires et puis, ensuite, je ferai peut-être une petite sieste.

— Un petit roupillon, comme on dit ici.

— Un petit roupillon, alors.

Riley éclata de rire avant de reprendre.

— Lorsque vous serez prête, suivez la route en direction du village et vous trouverez le pub au bout de la rue, à droite, près du port. Il s'appelle Le Chien endormi. Ensuite, je vous donnerai une leçon de conduite.

— Super !

Ils demeurèrent immobiles quelques secondes encore, et elle retint son souffle, se demandant à quoi il pensait.

Voulait-il l'embrasser une nouvelle fois ? Et s'il le faisait, serait-elle capable de résister ?

— A propos de ce qui s'est passé…, murmura-t-il enfin en s'approchant d'elle.

— Oui ?

— Je n'aurais pas dû le faire. Je… Je voulais juste m'amuser.

— Vous avez embrassé beaucoup de filles, juste pour vous amuser ?

Pour toute réponse, il se contenta d'un geste de la tête sans détacher son regard du sien.

— Vous embrassez très bien.

— J'ai quelques années d'expérience.

— Y a-t-il une fille, une femme particulière, que vous embrassez plus souvent que les autres ? Peut-être une femme que vous envisagez d'embrasser pour le reste de votre vie ?

Il éclata de rire.

Il semblait surpris par sa question, par son audace.

— Non, répondit-il. Il y en avait une, mais…

— Mais… ?

— Elle est partie, il y a quelques années. Elle ne désirait pas partager la vie d'un barman et chanteur à la voix médiocre. Elle habite aujourd'hui à Galway, avec son mari et ses trois enfants.

— Dans ce cas, vous êtes libre d'embrasser qui bon vous semble ?

— Oui, répondit-il en faisant un pas dans sa direction. Est-ce une invitation ?

Elle mourait d'envie de crier « oui », de lui demander de l'embrasser, et bien plus encore… De la déshabiller, de lui faire l'amour, ici, maintenant, dans ce lit… Mais tout à coup elle se sentait timide.

— Si… Si c'était le cas, accepteriez-vous ? se contenta-t-elle de répondre d'une petite voix.

— Pourquoi n'essayons-nous pas, pour voir ?

Et, sans un mot de plus, il posa sa bouche sur la sienne et elle ouvrit les lèvres pour l'inviter en elle.

Ce baiser électrisa instantanément tous ses sens ; elle oublia alors toute réserve, toute retenue.

Elle voulait l'embrasser, mais pas seulement. Elle voulait le toucher, se lover contre lui, dans sa chaleur, prendre possession de son corps.

Incapable de résister à la tentation, elle laissa ses doigts vagabonder sur son torse, sans cesser de l'embrasser.

Cet homme avait de l'expérience, indiscutablement.

Il semblait vraiment savoir ce qu'il faisait. Il l'embrassait comme toute femme rêvait d'être embrassée, avec passion et romantisme, douceur et puissance à la fois.

Il la fit reculer jusqu'à ce qu'elle se retrouve dos au mur puis prit ses mains dans les siennes et les releva au-dessus de sa tête. Elle se laissa faire. Elle se sentait vulnérable, mais le désir intense qui la consumait lui faisait oublier toute timidité, toute raison. A tel point que, lorsqu'il rompit enfin leur étreinte, elle manqua de s'effondrer, les jambes flageolantes, tant elle était sous le choc, sous le charme. Jamais un homme ne l'avait embrassée ainsi auparavant. Jamais un homme ne lui avait fait un tel effet.

Etait-ce parce qu'elle était en Irlande ?

Les Irlandais embrassaient-ils mieux que les Américains ? Ou avait-elle passé trop de temps à dévorer des romans d'amour plutôt que de vivre les histoires qu'elle y trouvait ? Elle l'ignorait.

— Ça va, Nan ?

— Oui, répondit-elle en avalant sa salive.

— Je vais y aller… On se voit plus tard ?

— Oui.

Elle ne pouvait pas prononcer d'autres mots, elle

n'était plus en état de parler. Ce baiser d'une intensité à couper le souffle lui avait fait perdre tous ses moyens.

Riley l'embrassa une dernière fois puis il sortit de la pièce et elle demeura contre le mur, tremblante, se contentant d'écouter la voiture s'éloigner.

Une fois le silence revenu, elle s'assit sur le lit, et se força à rassembler ses esprits.

Elle avait passé des journées entières à imaginer son voyage, à rêver de l'Irlande, mais jamais elle n'avait pensé qu'elle rencontrerait un homme dès son arrivée. Et quel homme !

Le cœur battant encore à toute allure, elle ferma les yeux, s'efforçant de respirer calmement. Aussitôt, les images de leur baiser revinrent à sa mémoire et elle sentit sa température grimper de quelques degrés.

Elle s'allongea pour tenter de se calmer, s'enjoignant de ne pas s'emballer.

En vain.

Son esprit bouillonnait littéralement. Elle avait l'impression d'être Scarlett après un baiser passionné de Rhett, d'être Cathy après un baiser gourmand d'Heathcliff. Elle ne désirait plus qu'une seule chose : renouveler l'expérience, encore et encore.

Sa mère avait-elle vécu la même expérience dans ce pays magique ? Peut-être Laura Daley avait-elle eu une histoire d'amour avec un Irlandais aux cheveux noirs et aux yeux verts, peut-être s'étaient-ils séparés lorsqu'elle avait dû repartir aux Etats-Unis ? Peut-être…

Elle se rassit et croisa les jambes devant elle, puis fouilla dans son sac à main. Elle y attrapa son appareil photo et se prit en photo.

Elle examina ensuite le cliché sur l'écran.

Elle n'avait pas l'air à ce point différente de la veille,

lorsqu'elle avait quitté son appartement. Ses cheveux étaient toujours noirs, bouclés, sa peau toujours aussi pâle. Et pourtant, elle avait l'impression d'avoir changé. Considérablement changé…

Peut-être était-elle simplement plus intéressée par les Irlandais que par les Américains ? Plus sensible à leur charme particulier ?

A cet instant, son estomac grogna et, oubliant les questions qui la taraudaient, elle posa une main sur son ventre.

Elle aurait dû faire une sieste, pour se remettre du décalage horaire mais, tout à coup, elle n'en avait plus envie. Tout à coup, elle se sentait pleine d'énergie, pleine de vie. Et affamée.

Elle ouvrit alors sa valise et en sortit son gel douche et son shampoing.

Elle allait prendre une douche, s'habiller, se faire belle, puis descendre au village pour déjeuner.

Pour déjeuner avec Riley.

— J'adore l'Irlande. Et j'adore les Irlandais !

- 2 -

— Où diable étais-tu passé ?

Riley ne répondit pas. Il se contenta d'ôter son blouson, d'attraper un tablier, de l'attacher autour de sa taille et de passer derrière le comptoir sous le regard noir de son cousin.

Martin n'avait que vingt-deux ans et pourtant il passait son temps à se plaindre comme un vieil homme acariâtre. Il n'avait cependant aucune raison. L'heure d'affluence pour le déjeuner était passée depuis bien longtemps et seuls quelques clients étaient encore installés dans la pénombre du pub.

— Je te l'ai déjà dit, Martin… Je suis allé jusqu'à l'aéroport de Shannon pour chercher la femme qui a loué le gîte cette semaine.

— Comment es-tu allé là-bas ? Ta voiture était garée devant le pub.

— J'ai pris la Fiat. Il fallait que je change les pneus. Tu sembles t'être parfaitement débrouillé pour le déjeuner, alors pourquoi es-tu d'aussi mauvaise humeur ?

— C'est à cause des trois gars, là-bas…, répondit le jeune homme en lui indiquant d'un geste de la tête les trois habitués du pub qu'il surnommait « la sainte trinité ». Ils m'ont volé tous mes pourboires.

— Tu sais pourtant qu'il ne faut pas parier avec eux, ils trichent toujours !

A ces mots, les habitués en question, Markus Finn, Dealy Carmichael et Johnnie O'Malley protestèrent avec véhémence.

— Le voilà qui pleurniche dans les bras de son cousin ! fit l'un d'eux. Le pauvre petit !

Riley leva la main pour couper court aux sarcasmes.

— Allez, soyez gentils avec lui et dites-moi tout. Vous avez utilisé des dés pipés ?

Pour toute réponse, les trois hommes se contentèrent de sortir de leurs poches quelques pièces et billets. Aussitôt, Martin se précipita vers eux et récupéra son argent.

— Vous avez intérêt à ne pas recommencer ! leur lança-t-il. De toute façon, je ne me ferai plus avoir.

Sans un mot de plus, il se dirigea vers la cuisine.

— Il va falloir qu'il se dégourdisse un peu, fit remarquer le dénommé Johnnie. Sinon, dès qu'il ira à Dublin, il se fera plumer.

— Oublie-le, intervint Markus. Riley, parle-nous plutôt de la femme que tu es allée chercher à Shannon. Est-ce qu'elle est jolie ou bien ressemble-t-elle à la copine de Johnnie ?

— Méfie-toi, sans ses lunettes, Johnnie pourrait tomber amoureux de n'importe qui ! ajouta Dealy, y compris d'une vache laitière.

— Tu n'en sais rien, rétorqua Johnnie. Et je n'ai pas besoin de toi pour m'occuper de ma vie amoureuse.

Riley attrapa un chiffon et le passa sur le bar, devant les trois hommes.

— A mon avis, vous n'avez aucune chance avec elle. Elle est beaucoup trop jeune et trop jolie pour vous.

— Voilà une information intéressante, lança Markus à l'intention de ses amis. Riley a une touche ! Ça fait combien de temps depuis la dernière, quatre mois ?

Cinq ? Qui donc était-ce d'ailleurs ? Ah oui, cette jolie blonde de Glengarriff…

— Je me souviens bien d'elle, fit Dealy. Elle était jolie et avait des gros seins.

En entendant ces mots, Riley leva les yeux au ciel.

Il n'avait pas de mal à rencontrer des femmes, cela faisait partie d'ailleurs des avantages de son activité de chanteur mais, ces dernières semaines, il n'en avait rencontré aucune qui lui plaise.

— Je vous rappelle, messieurs, qu'aucune loi ne m'oblige à vous servir. Alors, dépêchez-vous de finir votre bière et allez voir ailleurs.

— C'est le pub de ton père, pas le tien, lui fit remarquer Markus.

— En plus, ajouta Dealy, nous étions sur le point de commencer une partie de fléchettes.

Riley soupira.

Les trois hommes venaient au pub tous les jours, jouaient aux cartes, aux dominos, aux fléchettes. Leur routine était immuable, à l'exception des dimanches. Ils allaient alors à l'église le matin et passaient l'après-midi avec leurs enfants et petits-enfants.

— Si elle vient ici, je compte sur vous pour bien vous comporter. Ce n'est pas la peine de lui raconter des histoires.

— Pourquoi viendrait-elle ici si ce n'est pas pour rencontrer du monde ? demanda Markus.

— Elle est là pour visiter la région. Sa mère est venue à Ballykirk il y a des années et elle a envie de suivre ses pas.

A cet instant, la porte du pub s'ouvrit sur Nan.

Riley se redressa aussitôt et lui sourit.

— C'est vrai qu'elle est jolie, nota Dealy à voix basse. Elle a des petits seins, mais elle est jolie.

— Elle ressemble à Audrey Hepburn, vous ne trouvez pas ? fit remarquer Markus.

— Ma femme adore Audrey Hepburn, dit Johnnie. Elle a vu tous ses films. Comment s'appelle cette jolie demoiselle ?

— Nan. Nan Galvin, répondit Riley. Mais son vrai prénom, c'est Tiernan.

— C'est un nom de garçon ! Pourquoi quelqu'un donnerait un nom de garçon à une si jolie fille ? Enfin… elle est américaine, alors ce n'est pas si étonnant. J'ai lu dans un magazine que des Américains venaient d'appeler leur fille Lune.

Nan s'approcha et s'assit sur un tabouret à côté des trois hommes.

— Salut, Riley. Il n'est pas trop tard pour déjeuner ?

— Bien sûr que non.

Cela ne faisait qu'une heure qu'il l'avait quittée mais il la trouvait encore plus jolie qu'avant avec ses cheveux bouclés encore humides et ses joues roses d'avoir marché.

Il laissa son regard glisser vers ses lèvres rouges, appétissantes, et il sentit son cœur se mettre à battre soudain plus vite dans sa poitrine.

— Que puis-je te proposer ?

— Je ne sais pas… Qu'est-ce qu'il y a au menu ?

Des baisers, des baisers et encore des baisers…, eut-il envie de lui répondre. Mais il ne dit rien car il aperçut la sainte trinité en train de hocher la tête, attendant à l'évidence sa réponse.

Jamais il ne pourrait discuter tranquillement avec Nan, si ces trois commères restaient là ! Ils les interrompraient, poseraient des questions et ensuite raconteraient tout à tout le village.

— Je crois, messieurs, que vous êtes en retard pour votre partie de dominos sur le port, leur lança-t-il alors.

Les trois hommes se regardèrent puis, comprenant le message caché — ce qui étonna grandement Riley —, se levèrent et se dirigèrent vers la sortie, sans un mot.

Une fois la porte refermée derrière eux, le pub redevint silencieux, vide, et Riley se sentit mieux. Mais cela ne suffisait pas pour qu'ils soient tout à fait tranquilles. Alors, sans attendre, il alla accrocher le panneau « fermé » à la porte puis la verrouilla.

— C'est ton habitude de te débarrasser des clients ? lui demanda Nan.

— A moins que tu ne veuilles que tous tes secrets deviennent le sujet de conversation préféré des habitants de Ballykirk dès ce soir, tu devrais plutôt me remercier de les avoir fait partir, répondit-il en retournant à sa place derrière le bar.

Il lui servit ensuite un verre puis revint s'asseoir à côté d'elle et lui prit la main.

— Alors, Nan… dis-moi ce que tu voudrais manger.

— J'aime bien des salades.

— Katie !

Quelques secondes plus tard, la cuisinière arriva.

— Quel genre de salade avons-nous aujourd'hui ? lui demanda-t-il.

— Nous n'avons pas de salade au menu du jour mais de la tourte à la viande, du steak avec du chou et des pommes de terre, ou bien de la soupe de poisson.

— Je veux bien de la soupe, répondit Nan.

Elle attendit que Katie ait quitté la salle avant de demander :

— Tu m'as dit que le pub appartenait à tes parents. Où sont-ils ?

— En vacances en ce moment, mais ils seront de retour en septembre, juste à temps pour que je retourne à ma vie dissolue de musicien raté qui passe ses journées à écrire des paroles stupides et ses soirées à chanter dans les bars.

— Tu ne dois pas être si mauvais que ça, si tu as déjà enregistré des disques.

— Je n'en sais rien, répondit-il en haussant les épaules. J'arrive à gagner ma vie, à payer mes factures, mais je ne suis pas une star et je ne serai jamais millionnaire.

Exercer une profession qui attire les femmes lui avait toujours plu, mais il avait l'impression que Nan n'était pas le genre de fille à coucher avec un garçon simplement parce qu'il lui aurait chanté une chanson.

— Tu chantes parfois ici ?

— Tous les samedis, pendant l'été. Il faudra d'ailleurs que tu viennes m'écouter ce week-end.

— J'imagine que tu as beaucoup d'admiratrices…

— Aucune aussi jolie que toi, Nan Galvin.

Il se pencha pour l'embrasser mais, avant qu'il puisse atteindre sa bouche gourmande à souhait, Katie les interrompit.

A regret, il se redressa et regarda la cuisinière poser un bol de soupe et des tartines de pain beurré sur le bar.

— J'ai préparé une tarte aux cerises pour le dessert, ajouta la jeune femme en direction de Nan. Je peux vous en apporter une part, si vous voulez…

— Avec plaisir, répondit-elle. Merci beaucoup.

Puis, sans attendre, elle plongea sa cuillère dans la soupe.

— Cette soupe est délicieuse ! C'est exactement ainsi que j'imaginais les pubs irlandais.

— Il y a pourtant des pubs aux Etats-Unis…

— C'est vrai, mais je n'y vais pas souvent.

Elle s'interrompit et désigna de l'index une paire de chaussettes accrochée au mur.

— Je suis sûre que ce lieu regorge d'histoires passionnantes.

— Je ne les connais pas toutes, car le pub a plus de cent ans, mais je peux t'en raconter une, si ça te fait plaisir.

Il lui prit alors la main et l'entraîna dans un coin sombre de la salle.

— C'est l'histoire d'une jolie Américaine, commença-t-il. Une Américaine venue à Ballykirk à la recherche de son passé. Elle était si jolie que, lorsqu'elle entra dans le pub, elle charma le barman, qui ne put s'empêcher de l'embrasser. En un regard, elle avait réussi à l'ensorceler.

— L'ensorceler ?

— Oui, l'ensorceler, confirma-t-il.

Puis, sans un mot de plus, il la serra dans ses bras et plaqua sa bouche sur la sienne. Aussitôt, il sentit son sang se mettre à rugir dans ses veines tel un volcan en éruption, un torrent que rien ni personne ne pouvait arrêter.

Nan enfouit ses mains dans le creux de son cou pour mieux approfondir leur baiser, et il s'abandonna à cette étreinte.

Ce baiser était si doux, mais si puissant en même temps, qu'il se sentait comme un drogué. Plus il embrassait Nan, plus il désirait l'embrasser.

Incapable de résister à la tentation, il glissa une main sous son T-shirt pour la caresser, s'attardant sur sa peau aussi douce que de la soie.

Il avait l'impression de vivre un rêve.

Il ne se souvenait pas de la dernière fois où une femme lui avait fait cet effet. La plupart de celles qu'il avait fréquentées ces dernières années n'avaient été que des aventures passagères, et jamais il n'avait désiré partager avec elles plus qu'un simple corps à corps. Mais, avec Nan, tout semblait si différent… Il voulait la connaître. Tout savoir d'elle. Ce qu'elle aimait, comment elle vivait… Il désirait découvrir tous les petits détails qui faisaient d'elle la femme qu'elle était.

Mais pourquoi cet intérêt, pourquoi elle plutôt qu'une autre, il n'en avait pas la moindre idée.

Peut-être la désirait-il seulement parce qu'il savait qu'elle n'était que de passage en Irlande ?

— C'est la première fois que j'embrasse une Américaine, murmura-t-il lorsqu'il rompit enfin l'étreinte. J'ignorais à quel point ça manquait à mon expérience !

— Quant à moi, je ne pensais pas à ça lorsque j'ai expliqué à l'inspecteur des douanes que j'étais en Irlande pour le plaisir.

— Alors, comme ça, tu es en Irlande pour le plaisir ? Vaste programme… Je peux t'en procurer, si tu le souhaites.

Elle éclata de rire, et il enfouit son visage dans le creux de son cou, s'enivrant de son parfum aux notes fleuries. Dieu que c'était bon de serrer une femme entre ses bras, même si ce n'était que temporaire !

— Tu devrais terminer ton déjeuner, suggéra-t-il en faisant à regret un pas en arrière. Ensuite, je te donnerai ta leçon de conduite. Il y a aussi un endroit que je voudrais te montrer.

— Je ne savais pas que j'avais faim à ce point, répondit-elle en reprenant sa cuillère.

Amusé, il la regarda manger.

Contrairement à certaines filles qu'il connaissait, elle semblait vraiment apprécier la nourriture. Tant mieux, car il détestait ces mijaurées qui avaient des appétits d'oiseau et rechignaient à manger de peur de grossir.

— Je pense que nous devrions sortir ce soir, Nan.

— Tu me proposes un rendez-vous galant ?

— Pourquoi pas ? Il s'agit de ta première soirée en Irlande, et j'ai envie qu'elle soit mémorable.

— Dans ce cas, j'accepte avec plaisir.

Ravi, il sourit.

Il était tout excité à l'idée de passer la soirée avec elle.

Il ne lui restait plus maintenant qu'à convaincre Danny de travailler au pub pour la soirée et, si tout se passait bien, pour les dix prochains jours.

— Maintenant, relâche doucement l'embrayage et, en même temps, appuie sur l'accélérateur…

Nan se concentrait sur les instructions de Riley. Cela faisait déjà une demi-heure qu'elle était derrière le volant, mais elle n'avait pas réussi à avancer de plus d'une dizaine de mètres à chaque fois. Et pourtant, la route était plate.

— Doucement, doucement, murmura-t-elle pour s'encourager.

Mais elle cala encore une fois et poussa un soupir d'impatience.

— Je vais abîmer ta voiture, Riley. Je ne suis vraiment pas douée. Les voitures automatiques n'existent donc pas en Irlande ?

— Bien sûr que si, mais je n'en possède pas, alors tu devras te contenter de celle-ci, à moins que tu ne souhaites visiter l'Irlande à vélo.

— Je veux bien essayer une dernière fois, mais si je cale encore j'arrête.

— Allez, vas-y. Appuie sur l'embrayage… Il faut que tu ressentes à quel endroit tu changes de vitesse.

Nan obéit, se concentrant, et comprit enfin de quoi Riley parlait. Elle sentit la voiture débrayer et appuya alors sur l'accélérateur.

La Fiat se mit à avancer lentement, sans heurts et sans bruits bizarres.

— Mon Dieu ! J'y arrive ! Je conduis en Irlande ! Je conduis en Irlande !

— Très bien. Maintenant, change de vitesse.

— Non, non, ce n'est pas la peine.

— Tu ne peux pas demeurer constamment en première, Nan. Mais rassure-toi, une fois que tu es lancée, c'est plus facile. Il suffit d'appuyer sur l'embrayage puis de changer de vitesse et de relâcher la pédale. Tu es prête ?

— Prête.

— Embraye… Débraye… maintenant… et voilà !

Heureuse, elle éclata de rire.

— Tu as raison, c'est facile. Et maintenant ?

— Maintenant, tu passes en troisième. Vas-y… Accélère un peu.

Lentement, Nan avança sur la route déserte, se forçant à se rappeler tout : le volant à droite, les trois pédales… Mais elle avait du mal à se concentrer tellement elle était excitée.

— Je vois un panneau stop.

— Ne panique pas. Fais ce que tu fais d'habitude. Lève ton pied de l'accélérateur et appuie sur le frein.

Au grand soulagement de la jeune femme, la voiture ralentit, mais elle se mit en même temps à vibrer.

— Débraye, Nan… Débraye !

Hélas, elle ne réagit pas assez vite et la voiture cala, une fois de plus. Elle la laissa alors avancer en roue libre, jusqu'au panneau.

— Je pense que je vais m'arrêter pour aujourd'hui. Je ne suis pas très douée.

— Rassure-toi, tu t'en es très bien sortie. Quelques leçons de plus et je pense que tu seras prête à sillonner l'Irlande avec. En attendant, je peux te conduire où tu veux.

Elle lui adressa un sourire malicieux.

— Tu ne travailles pas ?

— Non. Mon frère Danny me remplacera au bar. Il a à peine travaillé cet été, alors il peut bien me faire cette faveur. Allez, on change de place.

Mais, plutôt que de sortir de l'habitacle et de contourner la voiture, il attira Nan au-dessus de lui tandis qu'il tentait de se glisser sur le siège conducteur. La voiture étant toute petite, ils se retrouvèrent bientôt coincés.

— Bravo ! Si nous avions utilisé les portières comme les personnes normalement constituées, nous ne serions pas dans cette position.

— Je sais, mais avoue que ça aurait été moins drôle !

A force de se contorsionner, Riley réussit à passer une jambe de l'autre côté, et son beau visage se retrouva bientôt contre la poitrine de Nan.

— Après ces efforts, je pense qu'on devrait se reposer quelques instants, murmura-t-il.

— Pourquoi ai-je soudain l'impression que tu as manigancé ce petit jeu ?

— Faux ! Il ne s'agit que d'un heureux incident. Mais maintenant que nous sommes dans cette position, je me demande bien ce que nous pourrions faire…

Elle allait répondre, lorsqu'elle sentit une crampe

envahir sa jambe. Elle essaya alors de l'étirer, mais aussitôt la voiture se mit à rouler.

— Riley, au secours ! Nous avançons.

— Tu as mis le pied sur la pédale d'accélérateur ?

— Je ne sais pas, je ne vois pas mes pieds.

La voiture continua à avancer et Nan se mit à crier tout en tentant de se dégager.

— Aïe ! cria Riley lorsqu'elle lui donna un coup de genou dans l'entrejambe.

— Excuse-moi.

Au prix de quelques mouvements de gymnastique, il parvint enfin à s'installer sur le siège conducteur, tira le frein à main et la voiture s'arrêta. Il en sortit, fit le tour et lui ouvrit la portière.

— Que se passe-t-il ? Je n'ai plus le droit de conduire ?

Il ne répondit pas. Il lui prit le bras et l'attira doucement à l'extérieur. Puis il l'enlaça et, oubliant l'incident, l'embrassa avec une puissance inouïe, comme si toute sa vie en dépendait.

S'abandonnant à la sensualité de ce baiser, Nan s'adossa à la voiture et ferma les yeux. Elle se sentait comme envoûtée.

Les mains de Riley s'égarèrent sur son corps et, peu à peu, elle sentit des frissons de plaisir l'envahir, annihilant toute sa raison, toute sa volonté. Elle se cambra et laissa ses sens prendre le pouvoir. De toute façon, elle ne pouvait pas lutter, les sensations étaient trop fortes, trop puissantes.

Elle ne connaissait Riley que depuis quelques heures, et pourtant elle ne pouvait s'empêcher de l'embrasser, de se presser contre lui. Elle en avait perdu sa réserve, sa timidité. Depuis qu'elle l'avait rencontré, le plaisir était son seul objectif, le désir son seul moteur. Elle mourait d'envie qu'il la touche, qu'il la caresse, qu'il la possède. Elle voulait qu'il la débarrasse de ses vêtements et lui fasse toucher les étoiles. Tout de suite.

Les yeux brillants d'anticipation, le cœur battant à toute allure dans sa poitrine, elle saisit le bas de son T-shirt et glissa ses mains contre sa peau brûlante, ferme, musclée, réprimant un frisson d'impatience.

Sans lui laisser le temps de réagir, Riley rompit alors leur étreinte, se laissa glisser devant elle, colla son visage contre son ventre, puis releva son T-shirt, déposant une nuée de baisers contre sa peau. Quelques secondes plus tard, sa main trouva son sein, le titilla et, ensorcelée par cette délicieuse torture, elle rejeta la tête en arrière et se mordit la lèvre pour réprimer un soupir de plaisir. Elle était en feu ; elle se consumait.

Quelques instants plus tard, il se redressa, reprit possession de sa bouche et elle sentit sa température grimper de quelques degrés supplémentaires. Jamais elle n'avait ressenti un tel désir pour un homme. Jamais elle n'avait connu une telle sensualité, une telle urgence. Elle ne pouvait résister.

Mais devait-elle résister ? Ne serait-il pas plus simple d'admettre qu'elle désirait Riley ?

Elle se lova un peu plus contre lui et sentit son sexe durci contre ses hanches. Ce contact attisa encore son désir et, avec malice, elle posa une main contre le renflement de sa braguette, bien déterminée à lui faire perdre la tête.

— Qu'est-ce que tu es en train de faire, coquine ? lui murmura-t-il dans le creux de l'oreille. Tu essayes de me faire perdre la tête ?

— Je ne fais que m'amuser, répondit-elle d'un ton enjôleur. Tu préfères que j'arrête ?

— Je pense que ce serait plus raisonnable, hélas…

Il fit un pas en arrière et jeta un coup d'œil à sa montre.

— Viens, dit-il. Nous devons nous dépêcher si nous ne voulons pas rater le coucher de soleil.

Ils remontèrent dans la voiture et, cette fois-ci, Riley s'installa derrière le volant.

Mais, contrairement au matin, lorsqu'ils avaient fait le trajet depuis Shannon, les paysages irlandais n'intéressaient plus autant Nan. Seul Riley retenait son attention. Elle ne parvenait pas à le quitter du regard. Il la fascinait, et l'intriguait.

Elle ne comprenait pas comment un homme aussi sexy pouvait être intéressé par une femme comme elle, une femme tout à fait ordinaire.

Sans doute était-il attiré parce qu'elle était américaine. Sa nationalité devait lui donner un charme exotique… Ou peut-être avait-elle l'air d'une femme légère, avec laquelle on pouvait entretenir une liaison passagère sans promesse, sans engagement.

Mais peu lui importaient, au fond, les raisons pour lesquelles Riley était attiré.

Elle n'allait pas questionner son désir alors qu'elle aussi le désirait. Elle était venue en Irlande pour vivre des expériences nouvelles, pour vivre des aventures, être une autre, et une relation sensuelle avec Riley Quinn était exactement ce dont elle avait besoin.

La voiture grimpa une colline et, refoulant ses questions dans un coin de sa tête pour un temps, elle jeta un coup d'œil par la fenêtre.

— C'est magnifique, Riley ! s'exclama-t-elle.

— Je pensais bien que le coucher de soleil serait beau ce soir, répondit-il en se garant sur le bas-côté. Sortons pour le voir un peu mieux.

Ils marchèrent sur un petit chemin jusqu'au sommet de la colline. Face à eux, les vagues s'écrasaient contre la falaise tandis que le soleil couchant donnait des tons orangés au ciel.

Séduite par ce spectacle magnifique, elle l'enlaça et se lova contre lui.

Il enfouit ses mains dans ses cheveux, embrassa le sommet de sa tête et elle sourit, heureuse, détendue.

Elle était toujours Nan Galvin, mais une meilleure version d'elle-même, une femme devenue à l'aise avec ses sentiments et ses sens.

— Comment s'appelle cet endroit ?

— L'anse de la morue. Là-bas, c'est la baie de Ballydonegan et, plus loin, l'île de Dursey. Et encore plus loin l'Amérique, d'où tu viens.

L'Amérique…

Son pays semblait soudain très lointain, pas simplement géographiquement mais aussi émotionnellement.

Depuis la mort de son père, elle se sentait très seule dans sa maison silencieuse, alors ce n'était pas une surprise qu'elle se sente aussi bien en Irlande. Elle avait un lien avec ce pays qui avait façonné le caractère de ses ancêtres. Du sang irlandais coulait dans ses veines…

Elle avait aussi un mystère à découvrir.

— Je dois faire quelque chose pendant que je suis ici, lui confia-t-elle alors, et j'aurai besoin d'aide pour ça.

— Dis-m'en plus.

— Après la mort de mon père, j'ai fait du rangement dans la maison et, dans le grenier, j'ai découvert une malle appartenant à ma mère avec des documents à l'intérieur, notamment des lettres qui venaient d'Irlande. Pendant des années, entre son retour d'Irlande et sa mort, elle a correspondu avec quelqu'un du nom de Carey.

— C'est le nom ou le prénom de cet homme ?

Surprise, Nan écarquilla les yeux.

— Tu penses que ce pourrait être un homme ? J'ai toujours pensé que Carey était un prénom de femme.

— En fait, les deux sont possibles.

— En tout cas, ma mère devait lui parler de moi car, dans chaque lettre, ce ou cette Carey la remerciait de lui donner des nouvelles. Ma mère lui envoyait également des photos. C'est d'ailleurs pour cette raison que j'ai toujours cru qu'il s'agissait d'une femme… Peut-être une amie qu'elle aurait rencontrée pendant son voyage. Cette personne vit à Ballykirk, ou du moins y vivait il y a vingt-sept ans, et je voudrais la retrouver. J'aimerais lui poser des questions. Je voudrais savoir à quoi ressemblait ma mère à mon âge. Quel genre de femme elle était…

— C'est important pour toi ?

Nan réfléchit quelques instants avant de répondre.

— Je l'ai si peu connue… Mon père n'aimait pas parler d'elle, alors je n'abordais pas le sujet. Mes grands-parents sont décédés lorsque j'étais adolescente et je n'ai jamais eu le courage de leur poser des questions avant leur mort. Je ne sais pas pourquoi, mais je veux en apprendre plus et, après avoir lu ces lettres, je pense que l'Irlande est le meilleur endroit pour commencer mon enquête.

— Tu as une adresse ?

— Sur l'enveloppe, il n'y avait que le nom du village. J'ai pensé que c'était tout petit et que le facteur connaissait tous les habitants.

— Demain, après le petit déjeuner, nous irons à la poste voir si nous trouvons des informations.

— Tu crois que je peux la retrouver ?

Riley haussa les épaules.

— Je ne sais pas, Nan. Ce que je sais, par contre,

c'est que l'Irlande est un pays différent des Etats-Unis. Ici, les gens ne bougent pas beaucoup.

— J'ai dix jours pour ça.

Qui serait-elle lorsqu'elle reprendrait l'avion dans dix jours ? Comment serait sa vie dans le Wisconsin après ce voyage ? se demanda-t-elle soudain.

A ces questions, une angoisse diffuse la saisit, mais elle se reprit.

L'aventure incluait parfois une prise de risques, pas seulement physiques mais psychologiques et, pour la première fois de sa vie, elle se sentait prête à les affronter.

Après avoir regardé le coucher du soleil, ils avaient roulé sur la côte, vers Glengarriff, où ils s'étaient arrêtés pour dîner.

Ce fut pour Riley le meilleur premier rendez-vous galant de toute sa vie. Ils ne manquèrent à aucun moment de sujet de conversation, aucun blanc gênant ne s'installa entre eux ; ils rirent, se découvrirent des connivences, des complicités… Il se sentait si bien avec Nan qu'il n'avait pas envie que la soirée se termine.

Ce qui allait pourtant bientôt être le cas, songea-t-il lorsqu'ils reprirent la route de Ballykirk, car Nan ne lui proposerait sans doute pas de rester avec elle au gîte. Ils se connaissaient à peine et, même si elle semblait aimer l'embrasser et le caresser, elle n'était peut-être pas prête à aller plus loin dès le premier soir.

Pour tenter de prolonger la soirée, il décida tout à coup de l'emmener boire un dernier verre au pub.

Pour un lundi soir, il eut la surprise de trouver la salle pleine. Les joueurs de l'équipe locale de rugby étaient là, de même que leurs adversaires.

Rapidement, quelques sportifs invitèrent Nan à jouer aux fléchettes avec eux et elle accepta.

Il se contenta de l'observer de loin, prêt à aller la secourir au besoin si les joueurs dépassaient les bornes. Mais, à vrai dire, elle semblait s'amuser. De temps en temps, elle se retournait néanmoins vers lui et lui adressait un sourire ou un clin d'œil, comme s'ils partageaient un secret.

— Elle est toute jeune, lui fit remarquer Danny en s'accoudant au bar. Où l'as-tu trouvée ?

— C'est l'Américaine qui a loué le gîte.

— Sans blague ! Je croyais que tu l'avais loué à une vieille femme ?

— Eh bien je m'étais trompé.

— Tant mieux pour toi. Mais attention à ne pas tomber amoureux d'elle… Les Américaines rentrent toujours au pays.

— Je sais, fit-il en réprimant un soupir. Je sais.

Il prit ensuite une longue gorgée de bière et remarqua que certains joueurs de rugby étaient devenus soudain plus entreprenants avec Nan.

— Je crois qu'il est temps pour moi de la ramener au gîte.

Il se faufila entre les clients pour la rejoindre, se demandant pourquoi il agissait ainsi.

Danny avait raison, avec sa mise en garde.

Nan allait repartir dans dix jours. Repartir très loin… Et tomber amoureux d'elle n'était pas une bonne idée dans ce contexte. Mais réprimer son désir non plus. Il avait envie de se laisser aller, sans retenue, de voir où cette aventure pouvait le mener. Et, si elle ne le menait qu'à la tristesse, tant pis. Au moins, il n'aurait pas de regrets.

Il parvint enfin à son niveau et, sans attendre, passa son bras autour de ses épaules fines.

— Viens, Nan, partons, lui murmura-t-il dans le creux de l'oreille.

— Attends, Quinn ! cria l'un des rugbymen. Nous sommes en plein milieu d'un tournoi ! Tu ne peux pas nous priver de notre meilleure joueuse.

— Mais elle en a assez de vous. Reculez.

— Nous n'allons pas lâcher le morceau aussi facilement, je te préviens, rétorqua Donald, le capitaine de l'équipe, en s'approchant, les poings levés.

— Je ne vais pas me battre avec toi, répondit Riley en se tournant vers Nan. Je ne faisais que blaguer.

— Dans ce cas, je propose que nous nous battions au chant. Nous allons lui chanter une chanson, et toi, tu lui en chanteras une ensuite. Elle choisira le gagnant. Si nous sommes vainqueurs, elle restera jusqu'à la fin du tournoi.

Incrédule, Riley fixa tour à tour les membres de l'équipe.

— Vous pensez vraiment pouvoir me battre en chantant ?

— Ne fais pas le malin ! D'après ce que j'ai entendu, tu n'es pas si bon que ça.

— Parfait, Donald, si tu es prêt à te faire humilier, allons-y.

Sans attendre, ce dernier se planta devant ses coéquipiers puis entonna *Les Champs d'Athenry*, une chanson à boire très célèbre en Irlande.

Dès le premier couplet, Riley sut qu'il allait gagner. En effet, quelle femme voudrait entendre une chanson à boire ?

— « A travers un mur de prison… », continua à chanter Donald.

Ses coéquipiers chantèrent avec lui le refrain, et les autres clients du pub se mirent à applaudir et à taper des pieds pour les accompagner.

Nan applaudit également ; elle félicita les chanteurs lorsqu'ils se turent, puis se pencha vers Riley.

— Pitié ! Dis-moi que tu as mieux dans ta poche ! Je suis fatiguée et j'ai envie d'aller me coucher.

Il ne répondit pas. Il monta simplement sur la scène et demanda aux spectateurs de se taire.

— Je vais vous chanter une chanson ancienne, leur annonça-t-il.

— J'espère qu'il ne va pas encore nous chanter *Je t'aime, je t'aimerai toujours*, marmonna Donald.

Pour toute réponse, Riley lui adressa un sourire triomphant. Tout le monde dans le comté savait qu'il avait écrit une chanson qui avait eu beaucoup de succès et lui avait permis de gagner énormément d'argent lorsqu'elle avait été reprise par un boys' band.

— Non. Je ne chanterai pas cette chanson.

A la place, il entama le premier couplet de *Molly Malone*, une chanson traditionnelle irlandaise :

« Dans la belle ville de Dublin, où les filles sont si jolies, j'ai pour la première fois posé les yeux sur la douce Molly Malone… »

Nan le fixa, un sourire aux lèvres, les yeux brillants et, charmé par son regard couleur émeraude, il poursuivit la chanson en lui prenant les mains :

« Elle mourut d'une fièvre et personne ne put la sauver. Et ce fut la fin de ma douce Molly Malone… »

Le public demeura silencieux pendant quelques instants après la fin de la chanson, puis les applaudissements éclatèrent dans la salle et Nan se précipita dans ses bras.

Oubliant alors qu'ils étaient en public, il l'embrassa et la serra longuement dans ses bras.

— Est-ce que ça veut dire que j'ai gagné ? lui murmura-t-il à l'oreille.

— Ramène-moi au gîte…

— Tout de suite, répondit-il avant d'aller serrer la main à Donald. C'était une bonne chanson, mon vieux, lui dit-il.

— J'aurais dû réfléchir avant de la chanter, j'ai mal choisi. Quant à toi, tu as presque réussi à me faire pleurer !

— Ta chanson était magnifique, Riley, lui dit Nan tandis qu'il l'entraînait dehors.

— Je l'ai chantée pour toi.

— Personne ne m'a jamais chanté de chanson.

— Je me suis appliqué. J'en avais assez de voir ces gars te faire les yeux doux.

Quelques minutes plus tard, il se gara devant le gîte puis prit la main de Nan pour l'accompagner, dans la nuit, jusqu'à la porte.

Là, elle se tourna vers lui.

— Merci, Riley. Merci d'avoir rendu mémorable ma première journée en Irlande.

Il se pencha et posa doucement ses lèvres sur les siennes.

— J'en suis heureux, Nan. Y a-t-il autre chose que je puisse faire pour toi ?

Sans attendre sa réponse, il lui ouvrit la porte et alluma la lumière dans l'entrée.

— Ce n'est pas mieux ainsi ?

— Si. Merci…

Plus le temps passait, moins il parvenait à nier son désir. Il ne connaissait Nan que depuis une douzaine d'heures mais il ne pensait qu'à une seule chose : l'attirer dans sa chambre et lui faire l'amour, toute la nuit durant.

Elle l'obsédait tellement qu'il avait même pris le temps de passer chez lui pour se munir de quelques préservatifs.

— Tu n'auras pas peur toute seule ?

— Non.

— Je pourrais rester un petit peu si tu le souhaites.

Tout en parlant, il passa un bras autour de ses hanches fines et approcha sa bouche de la sienne.

C'était presque devenu un réflexe, il avait besoin de la toucher, de la caresser, de l'embrasser. Il avait besoin de la sentir contre lui.

Il effleura ses lèvres avec sa langue et sentit aussitôt Nan glisser ses mains sous son blouson pour le lui ôter.

— Maintenant que tu m'as enlevé ma veste, je suis obligé de rester un petit moment, dit-il.

— Seulement un petit moment ? répondit-elle avec un sourire coquin aux lèvres.

Pour toute réponse, il s'assit sur le canapé puis l'attira sur ses genoux et l'embrassa de nouveau avec une infinie gourmandise, une infinie tendresse.

Sans cesser de l'embrasser, elle le débarrassa de son T-shirt puis plaqua ses mains fines sur son torse. Riley ne fut plus alors qu'une boule d'émotions. Tout son corps était en feu.

Nan bougea légèrement sur ses genoux, effleurant son sexe tendu, et il réprima un soupir de plaisir. Il n'en pouvait plus d'attendre.

Sans doute prit-elle ce soupir pour un signe d'impatience car elle se débarrassa en quelques gestes de son propre T-shirt, ne gardant que son soutien-gorge de dentelle.

Charmé par cette vision, Riley posa sa bouche sur son cou fin puis laissa sa langue tracer un chemin humide sur sa peau soyeuse et palpitante. Lorsqu'il atteignit ses seins aux courbes parfaites, il repoussa la dentelle, dévoilant une peau laiteuse qui donna un nouveau coup de fouet à son désir.

Nan laissa échapper des petits cris de plaisir qu'il trouva d'un érotisme fou, et qui attisèrent encore l'incendie de son désir.

Comme hypnotisé, il referma sa bouche sur un téton gonflé, durci, ferma les yeux, puis serra les poings pour tenter de se maîtriser, de se contrôler. Les sensations qui le traversaient étaient d'une force incroyable, mais s'il ne se reprenait pas tout de suite il ne pourrait jamais s'arrêter.

Or Nan n'était pas une de ces filles qu'il rencontrait à la fin des concerts, quelqu'un qu'il ne reverrait jamais. Il l'appréciait sincèrement, voulait passer du temps avec elle, apprendre à la connaître, et il n'était pas question de faire quoi que ce soit qui risque de compromettre ces projets.

Il glissa alors son bras sous ses genoux puis la porta jusqu'à la chambre. Là, il la posa doucement sur le lit.

— Je vais y aller, lui annonça-t-il ensuite en déposant à regret un dernier baiser sur ses lèvres. Je n'ai pas envie de partir, mais je pense que c'est mieux. Tu as eu une très longue journée et tu as besoin de dormir.

— J'ai envie que tu restes, Riley.

— Nous ne nous connaissons que depuis douze heures, Nan. Je pense que nous devrions attendre encore douze heures, ou peut-être même vingt-quatre, avant de faire l'amour.

— D'accord.

— Pour une fois, je vais essayer de me conduire en gentleman.

— Inutile… Je sais déjà que tu n'es pas un gentleman. Tu m'as traitée de femme coincée, souviens-toi !

A ce rappel, il éclata de rire.

— J'avoue avoir eu tort, mademoiselle Galvin. Tu es la femme la moins coincée que j'aie jamais rencontrée. Je te verrai demain matin. Viens me retrouver au pub ; je te préparerai un bon petit déjeuner. Bonne nuit, Nan…

— Bonne nuit, Riley.

Une fois dehors, dans la nuit fraîche et odorante, il prit une profonde inspiration et sourit.

Jamais il n'avait repoussé les avances d'une femme séduisante. Mais, d'un autre côté, jamais il n'avait désiré une femme comme il désirait Nan.

Et les bonnes choses, dans la vie, méritaient toujours qu'on attende un peu avant de les obtenir…

- 3 -

— Salut…

Nan adressa un sourire charmeur à l'Apollon installé derrière le bar, puis se raidit immédiatement, gênée, se rendant compte que ce n'était pas Riley. C'était son frère, celui qu'elle avait rapidement croisé la veille au soir. Quelle idiote elle était !

— Vous êtes Danny, c'est bien ça ?

— Oui, le petit frère de Riley. Je ne sais pas si vous aurez l'opportunité de rencontrer notre frère aîné, Kellan, durant votre séjour. Il habite à Dublin.

— Enchantée. Je suis Nan Galvin, répondit-elle en s'installant sur un tabouret.

— Je sais. Alors, dites-moi, Nan, comment se passe votre séjour à Ballykirk ?

— Très bien. Je n'ai pas encore vu grand-chose depuis mon arrivée, mais Riley a proposé que nous allions faire du tourisme après le petit déjeuner. Malheureusement, j'ai dormi tellement tard qu'il est presque l'heure du déjeuner. Est-ce que Riley est ici ?

— Non. Il a dû partir à Glengarriff acheter des moules pour le déjeuner, mais il a promis qu'il serait de retour vers 11 heures. Ce qui veut dire que… qu'il devrait être là d'ici dix minutes. Je peux vous offrir quelque chose en attendant ?

Elle réprima un bâillement avant de répondre.

— Du café, s'il vous plaît. J'essaye de mettre mon horloge interne à l'heure locale, mais je crois qu'il va me falloir plus d'une nuit.

— Vous aimez votre café comment ?

— Noir et fort.

— Katie a préparé de la brioche aux fruits secs. Vous en voulez une tranche avec ? Elle sort du four, elle est toute chaude.

— Avec grand plaisir. J'ai lu que c'était une spécialité irlandaise.

Danny disparut dans la cuisine, et Nan en profita pour examiner plus attentivement la salle.

Riley lui avait raconté qu'enfant il venait y écouter les chanteurs qui se produisaient les week-ends, mémorisait leurs chansons puis essayait de les jouer à son tour, avec la guitare offerte par son père. Ce pub était donc son refuge, tout comme la bibliothèque était le sien.

Elle jeta un coup d'œil à une photo en noir et blanc accrochée au mur. Elle avait été prise devant le pub et représentait un homme et une femme tenant par la main deux adolescentes et trois jeunes garçons. Riley et Danny y étaient aisément identifiables ; ils n'avaient pas beaucoup changé depuis, remarqua-t-elle, amusée. Ils affichaient toujours le même sourire malicieux.

La porte de la cuisine s'ouvrit soudain, la sortant brusquement de sa contemplation, et elle sursauta.

— Voilà pour vous ! lui lança Danny en déposant une tasse et une assiette sur le bar.

— Riley et vous n'avez pas beaucoup changé, lui dit-elle en désignant la photo.

— Elle a été prise le jour où mes parents ont acheté le pub. Je devais avoir sept ans, à l'époque… Ce qui veut dire que Riley en avait neuf et Kellan onze. Shanna et Claire étaient déjà ados. Si ça vous intéresse, il y a d'autres photos sur le mur du fond, dont certaines prises pendant des concerts de Riley.

Nan but une gorgée de café avant de répondre.

— Il est délicieux. Dites-moi, Danny, où me conseillez-vous d'aller pour faire des courses ?

— Il y a une petite épicerie dans le village, dans laquelle vous trouverez des légumes, de la viande… La boulangerie est juste à côté. Pour le poisson, le mieux est de vous rendre directement au port. Et, si ça ne vous suffit pas, il y a un supermarché à Kenmare, juste de l'autre côté de la baie.

— Merci.

— De rien, répondit-il en lui adressant un large sourire qui lui rappela celui de Riley. Maintenant, si vous voulez bien m'excuser, je dois aller dans la réserve inventorier les barils de bière.

Pour toute réponse, elle lui fit un petit signe de la tête, puis croqua avec gourmandise dans la brioche. Danny avait raison, elle était fameuse. Ce petit déjeuner était le meilleur qu'elle ait mangé depuis bien longtemps.

Sa tasse à la main, elle se dirigea vers le fond de la salle pour regarder les photos qu'il lui avait indiquées, curieuse de découvrir de nouveaux clichés de Riley. Certaines étaient si anciennes qu'elles en étaient toutes jaunies.

Danny ne lui avait pas menti : il y avait plusieurs photos de Riley sur scène, certaines prises alors qu'il n'était encore qu'un adolescent. Mais, sur toutes, il semblait rayonnant, heureux.

Elle allait retourner au comptoir pour reprendre de la brioche lorsqu'un petit cliché attira son attention. Elle s'approcha et l'examina attentivement. Il représentait un groupe de six jeunes filles et jeunes gens qui devaient tous avoir une vingtaine d'années.

Un vertige la saisit ; l'une des jeunes filles ressemblait comme deux gouttes d'eau à sa mère…

Elle posa sa tasse sur la table la plus proche, décrocha la photo du mur, et s'approcha d'une fenêtre pour l'examiner à la lumière.

Oui, c'était bien elle.

La photo était jaunie, mais Nan n'avait pas le moindre doute. La belle jeune femme rousse au milieu était bien sa mère.

L'émotion la gagna et elle sentit ses jambes faiblir. Elle avait besoin de s'asseoir.

Elle était en train de tirer une chaise lorsqu'un bruit attira son attention. Elle releva la tête et aperçut Riley qui lui faisait signe par la fenêtre.

Sans réfléchir, elle glissa alors le petit cadre dans sa poche. Non pas pour le voler mais parce qu'elle voulait prendre le temps d'examiner attentivement la photo. Heureusement, les clichés étaient si nombreux sur le mur que personne ne s'apercevrait de son emprunt. Elle la remettrait en place plus tard.

Riley poussa la porte du pub et elle lui sourit. Elle avait envie de l'embrasser, de l'enlacer, mais, encore troublée par sa découverte, elle se sentit soudain timide et un peu mal à l'aise.

— Salut…

— Mais qu'est-ce que c'est que ce bonjour ? demanda-t-il, à l'évidence déçu par la tiédeur de son accueil.

Et, sans attendre sa réponse, il l'attira à lui et l'embrassa.

Il l'embrassa avec une telle gourmandise qu'elle oublia instantanément toute timidité, toute réserve, toute gêne.

— Tu es debout bien tôt, Nan. Je pensais que tu dormirais toute la journée.

— Non, j'ai bien dormi, et maintenant je me sens en pleine forme.

— Tu as déjà pris ton petit déjeuner ?

— Danny m'a servi du café et de la brioche. Je n'avais rien au gîte.

— Il faudra que nous allions faire des courses. Je vais prendre un petit café, moi aussi, puis nous pourrons y aller.

Sans attendre, Nan vida sa tasse puis termina sa brioche en quelques bouchées.

— Parfait, lui lança alors Riley en lui ouvrant la porte. L'Irlande nous attend !

Une fois dehors, Nan se souvint que la petite Fiat était toujours au gîte.

— Nous allons devoir marcher. Je suis venue à pied.

— Nous prendrons ma voiture, dans ce cas… Elle est garée là-bas, lui indiqua-t-il d'un geste de la tête.

Nan se retourna et aperçut Katie qui sortait des paniers d'un quatre-quatre puis en fermait le coffre avant de rentrer dans le pub.

— C'est ta voiture ?

— Oui, j'ai besoin d'un grand coffre pour transporter mon matériel de concert. Et ce matin il a fallu que j'aille chercher des moules pour le déjeuner.

— Si cette voiture possède une boîte de vitesses automatique, je crois que je vais t'étrangler !

Riley éclata de rire puis lui ouvrit la portière.

— Désolé, Nan. C'est aussi une voiture manuelle, mais je ne te laisserai pas la conduire tant que tu ne maîtriseras pas la Fiat.

— J'ai renoncé à conduire ce genre de voiture. Je préfère avoir un chauffeur.

Il referma sa portière puis alla s'installer derrière le volant.

— Je suis ravi de te servir de chauffeur. Alors, dis-moi, où souhaites-tu aller ce matin ?

— J'ai besoin de faire quelques courses pour commencer.

— A vos ordres, madame !

Riley démarra, et Nan, plus avide encore de découvertes depuis qu'elle était tombée sur la photo de sa mère, observa attentivement le paysage.

— Je suis étonnée de ne pas voir tant d'arbres que ça. Je pensais les forêts bien plus nombreuses, en Irlande.

— C'est une longue histoire.

— Raconte-moi. J'ai envie de savoir.

— L'Irlande est une île rocheuse. Il y a longtemps, elle était en effet recouverte d'arbres, mais, parce qu'ils manquaient de terres cultivables, les habitants ont commencé à défricher le haut des collines, puis à descendre de plus en plus. Sous l'effet du ruissellement des eaux de pluie, la bonne terre, qui n'était plus retenue par les racines, a commencé à glisser vers l'océan. Peu à peu, la bruyère a alors envahi les terres, rendant vaine toute tentative pour reboiser. Quant aux rares arbres qui restaient, ils ont été coupés pour servir de bois de chauffage.

Nan contempla le paysage quelques secondes en silence.

— Même sans arbres, reprit-elle, je trouve la campagne magnifique. C'est tellement naturel, dépaysant…

— Tu as apporté ton appareil photo ? Nous allons nous arrêter au col de Healy, d'où nous aurons une vue magnifique. Je te préviens tout de suite, le massif des Caha ne ressemble pas aux Alpes, mais c'est tout de même le sommet du comté de Cork.

Pour toute réponse, elle sortit son appareil de sa poche, faisant alors tomber le cadre subtilisé au pub. Elle le rattrapa rapidement, mais pas suffisamment.

— Qu'est-ce que c'est ? lui demanda Riley.

Baissant les yeux, elle le lui tendit.

— C'est une photo de ma mère. Je l'ai trouvée au pub. Je n'avais pas l'intention de la voler, je… Je voulais juste prendre le temps de l'examiner plus attentivement.

— Ne t'inquiète pas, personne ne s'apercevra de sa disparition. La plupart des photos étaient déjà là lorsque mes parents ont acheté le pub, alors je ne peux malheureusement pas t'en dire beaucoup plus à son propos…

Il s'interrompit pour regarder la photo.

— Laquelle est ta mère ?

— Celle du milieu, avec les cheveux roux.

— Elle était très jolie. Je comprends maintenant d'où te viennent tes beaux yeux verts.

— Je ne crois pas que je lui ressemble. Je ressemble plus à mon père.

Négligeant le paysage, Nan examina de nouveau attentivement la photo.

Tous les jeunes gens qui y figuraient avaient dû connaître sa mère. Quelques-uns étaient peut-être même originaires de Ballykirk et, avec un peu de chance, certains anciens pourraient les identifier et l'aider à remonter jusqu'à ce ou cette Carey, à qui sa mère écrivait.

Tous avaient l'air si heureux. Sa mère elle-même affichait un sourire radieux. Elle resplendissait.

Etait-elle venue en Irlande à la poursuite d'un fantôme ? se demanda soudain Nan. A la recherche de quelqu'un qui n'existait pas ?

Elle avait très peu de souvenirs de sa mère. Tout ce qu'elle savait, c'était qu'il lui manquait quelque chose, comme une pièce d'un puzzle. Or, sans cette pièce, elle avait du mal à savoir qui elle était véritablement et ce qu'elle désirait faire de sa vie.

Quant à l'amour, elle n'en avait que l'image offerte par les livres et les films romantiques. Sa mère n'avait pas vécu assez longtemps pour lui apprendre à quoi ressemble l'amour, le véritable amour, celui qu'on ressent lorsqu'on rencontre l'homme de sa vie.

— Nous y voilà ! annonça soudain Riley en se garant, la sortant de ses réflexions. Nous allons devoir marcher un peu, mais tu verras, ça vaut vraiment le coup !

Surprise par le changement soudain de paysage et de temps, Nan regarda par la fenêtre. Le vent, qui soufflait désormais fort, ajoutait un caractère sauvage et ensorcelant à la campagne.

Elle rangea le cliché dans sa poche puis sortit de la voiture, admirant la vallée devant elle, les montagnes aux pentes douces et, partout, l'herbe verte.

— Nous aurons une meilleure vue si nous grimpons là-haut, dit Riley en nouant ses doigts aux siens.

A ce contact, elle sentit un délicieux frisson glisser le long de son dos, et une douce émotion l'envahit.

La veille encore, elle était seule au monde, et voilà qu'un homme avait envie de passer du temps avec elle. Un homme qui aimait l'embrasser, la caresser. Un homme qui désirait lui faire l'amour. C'était tellement inattendu qu'elle avait l'impression de vivre un rêve.

Heureuse, elle se lova contre lui et se détendit enfin.

Mais elle se crispa en apercevant deux moutons sauter par-dessus un muret et se diriger vers elle. Elle s'agrippa au bras de Riley et poussa un petit cri.

— Partez ! cria ce dernier en tentant de repousser les bêtes. Les touristes ont pris l'habitude de les nourrir, alors maintenant ils préfèrent les gâteaux à l'herbe et n'ont pas peur de s'approcher très près.

Comme pour prouver ces paroles, l'un des moutons s'approcha tout près de Nan, lui reniflant les jambes. Riant aux éclats, elle se mit à courir, poursuivie par l'animal.

— J'adore l'Irlande ! cria-t-elle, heureuse.

Oui, elle adorait l'Irlande, vraiment. Elle s'y sentait chez elle. Comme si elle y avait toujours vécu…

Ils s'engagèrent sur un petit chemin, s'arrêtant au passage à un ancien refuge devenu une boutique pour touristes, et s'achetèrent des glaces. Puis ils poursuivirent leur chemin, passant devant quatre statues de pierre blanche représentant les saints protecteurs de l'Irlande.

Riley n'était pas particulièrement croyant mais, après avoir passé toute sa vie sur une terre religieuse comme l'Irlande, il aimait penser que la religion faisait partie intégrante de sa vie.

— Tu es catholique ? demanda-t-il soudain à Nan.

— Ma mère l'était avant de se marier, ses parents aussi, mais moi, j'ai été baptisée à l'église épiscopale.

Riley sourit.

Plus il passait de temps avec Nan, mieux il la connaissait. Et tous les petits détails qu'il apprenait d'elle et de sa vie ne faisaient que renforcer ses sentiments.

— Nous aimons beaucoup la Vierge Marie, ici, en Irlande.

— Ces statues sont magnifiques.

Il passait par ici presque toutes les semaines en voiture, mais il ne s'arrêtait plus que rarement pour admirer le paysage.

— Il paraît que ce col est l'un des dix lieux les plus romantiques du pays.

— C'est pour cette raison que tu m'y as amenée ?

— Non. J'avais complètement oublié ce classement, je viens juste de m'en souvenir. Lorsque nous avons lu l'article, au pub, il y a quelques mois, je me souviens que nous avons tous éclaté de rire en nous demandant comment des journalistes avaient bien pu qualifier ces pierres de romantiques ! Mais, aujourd'hui, je comprends leur point de vue. En fait, tout dépend de la personne qui nous accompagne…

Une fois au sommet, ils demeurèrent immobiles quelques minutes et admirèrent la vue.

— Nous avons un pied dans le comté de Cork et l'autre dans le comté de Kerry. Là-bas, tu vois la ria de Kenmare et le lac de Glanmore. Derrière les collines, on aperçoit également la baie de Bantry, qui n'est pas très loin de Ballykirk.

— C'est vrai que c'est romantique… Mais ça le serait plus encore si tu m'embrassais.

— Etes-vous en train de me donner des ordres, mademoiselle Galvin ?

— Je ne t'oblige à rien du tout ; je suis même prête à faire tout le travail.

— Dans ce cas…, répondit-il d'une voix coquine, vas-y, applique-toi…

Il ferma les yeux et lui tendit sa bouche, mais elle ne l'embrassa pas. Au lieu de cela, elle éclata de rire. Il rouvrit alors les yeux et l'imita.

— Arrête ces grimaces, Riley !

— Est-ce que c'est mieux comme ça, demanda-t-il alors en tordant la bouche d'une façon différente.

— Non, pas du tout ! Détends ta bouche, ouvre-la juste un petit peu. Voilà, c'est mieux…

— Tu ne veux pas que je fasse le poirier en plus ?

— Non, c'est bien comme ça. C'est parfait, même.

Il la regarda s'approcher lentement de lui mais, au dernier moment, elle éclata de rire et se redressa.

— Ça ne peut pas marcher, Riley ! Je ne peux pas t'embrasser si tu fais l'imbécile !

— Bien sûr que si, tu es incapable de me résister !

— C'est vrai. Je t'aime bien. Tu es un homme très aimable.

— Je suis un bon gars.

— Oui, un bon gars, répéta-t-elle en imitant son accent irlandais.

Subjugué par son humour décapant, son charme naturel et son enthousiasme, il passa une main dans ses douces boucles et plongea les yeux dans son beau regard couleur émeraude.

— Tout va bien, Nan ? Tu avais l'air un peu… un peu préoccupée, tout à l'heure, dans la voiture.

— Je l'étais, mais ça n'avait rien à voir avec toi.

— Tu pensais à ta mère ?

Il l'enlaça avec douceur.

— Tu ne devrais pas être triste. Il y a de fortes chances pour que tu retrouves la trace de son séjour ici. Tu as ces lettres, maintenant une photo… Je suis persuadé que tu dénicheras bientôt d'autres indices.

Nan sortit la photo de sa poche et la lui tendit.

— Est-ce que tu reconnais quelqu'un ?

— Elle a été prise devant le pub, ça, j'en suis sûr. Mais pour le reste… Malheureusement, je ne reconnais personne… Vu la date, cette photo a été prise quand j'avais un an. Mais peut-être mon père pourrait-il t'aider. Ou bien Jimmy McPhee, le propriétaire précédent. Il habite toujours à Ballykirk. Il a quatre-vingts ans aujourd'hui mais encore toute sa tête.

— Tu voudras bien lui poser la question ?

— Nous irons le voir tous les deux. Nous pouvons même nous arrêter chez lui sur le chemin du retour, si tu veux.

Elle eut un petit hochement de tête bizarre, comme si, tout à coup, elle hésitait.

— Je ne sais pas… J'ai envie d'en savoir plus mais, en même temps, j'ai peur d'être déçue. J'ai peur qu'il m'annonce que la femme rousse de la photo est en fait une certaine Molly de Dublin. Si c'était le cas, je crois que j'en pleurerais toutes les larmes de mon corps.

— Ne t'inquiète pas. Je te prêterais ma manche pour les essuyer.

Comme si cette perspective la rassurait tout à fait, elle lui sourit, puis sortit son appareil photo. Elle passa ensuite les bras autour de son cou et lui embrassa la joue tout en appuyant sur le déclencheur de son appareil. Ensuite, elle lui montra la photo.

— Toi et moi, à l'un des endroits les plus romantiques d'Irlande, lui murmura-t-elle d'une voix enjôleuse dans le creux de l'oreille.

— Je pense que je peux te créer des souvenirs encore plus romantiques ! répliqua-t-il, des images osées plein la tête.

Oui, si Nan voulait placer son voyage sous le signe du romantisme, ce n'étaient vraiment pas les idées qui lui manquaient !

Lorsqu'elle avait organisé son voyage, Nan avait préparé un itinéraire très précis, un programme minuté pour tous les jours. Mais maintenant elle se rendait compte qu'elle voulait juste profiter des neuf prochains jours sans réfléchir, sans regarder sa montre, sans penser au retour.

Faire les courses l'avait amusée, car Riley avait fait des commentaires sur tout ce qu'elle avait mis dans son panier. De la nourriture en quantité suffisante pour une semaine et de quoi préparer un bon petit dîner en tête à tête, du moins s'il acceptait son invitation.

Même si tous les deux avaient évité de reparler des événements de la veille au soir, elle se doutait bien que la même question se poserait à leur retour au gîte et qu'ils devraient alors prendre une décision. Toute la journée, elle n'avait pu que constater la réciprocité d'un désir qui ne faisait que croître et que leur proximité exacerbait. Dès qu'il en avait l'opportunité en effet, Riley l'embrassait, ou lui caressait le bras, les cheveux…

Il n'était pas encore allé au-delà de ces manifestations, mais Nan voyait le désir illuminer ses beaux yeux bleus. Elle l'avait aussi senti à la façon qu'il avait de la tenir, de la caresser. Un désir si fort, si pressant, qu'il avait peu à peu fait disparaître chez elle toute sa retenue habituelle, toutes ses réserves.

Plus le temps passait, plus Riley lui plaisait et moins elle parvenait à contrôler l'attirance qu'elle ressentait pour lui. Oui, elle connaissait les risques d'une aventure purement sexuelle, mais ici, dans ce pays étranger, toute sa raison semblait l'avoir désertée.

Lorsqu'ils arrivèrent enfin au gîte, Riley l'aida à porter tous les sacs à l'intérieur et elle rangea ses courses.

— Zut ! J'ai oublié d'acheter du vin. Et de la bière, aussi.

— Ne t'inquiète pas. J'en apporterai.

— Lorsque tu reviendras pour le dîner ?

— Tu m'invites à dîner ?

— Oui, c'est le moins que je puisse faire pour te

remercier, tu ne crois pas ? A moins que… A moins que tu ne travailles, ce soir.

Tout à coup, elle était inquiète. Elle n'avait pas songé à cette éventualité.

— Non, non, je serai là, Nan, mais il y a une chose que je dois savoir…

— Laquelle ?

— Est-ce que j'apporte aussi ma brosse à dents ?

A ces mots, Nan sentit ses joues s'empourprer et son rythme cardiaque s'emballer. Elle posa la joue sur le torse de Riley pour tenter de masquer son émotion, mais il l'obligea à relever la tête.

— Est-ce que je suis trop direct, Nan ?

— Non, répondit-elle d'une voix timide. Ce serait bien que tu apportes… tout ce dont tu pourrais avoir besoin.

Il la serra plus fort contre lui et, peu à peu, elle se détendit, peu à peu elle s'abandonna.

— Nan… Je dois t'avouer que j'ai très envie de t'embrasser de nouveau, de te porter jusqu'à la chambre pour te faire l'amour immédiatement, mais je pense qu'il vaut mieux que je me retienne jusqu'à ce soir.

— Oui, se contenta-t-elle de répondre.

— Ce qui signifie qu'à partir de là nous avons deux options. Soit je pars et ne reviens que ce soir, soit nous allons maintenant rendre une petite visite à Jimmy McPhee.

— Allons rendre une petite visite à Jimmy McPhee.

— Parfait. C'est parti !

*
* *

— Il faut que tu saches que Jimmy aime flirter, la prévint Riley lorsqu'ils arrivèrent, quelques minutes plus tard, devant une petite maison de pierre. Il te demandera probablement s'il peut t'embrasser ou te toucher les fesses…

— Tu as dit qu'il avait plus de quatre-vingts ans !

— Oui, mais ça ne l'arrête pas. Chaque fois qu'il vient au pub, il se débrouille pour que des filles lui offrent des bières toute la nuit durant.

Riley frappa et quelques secondes plus tard un homme aux cheveux blancs et aux yeux pétillants leur ouvrit la porte.

— Mon Dieu, lança-t-il en apercevant Nan, Dieu m'a entendu, il m'a envoyé une jolie fille !

— Salut, Jimmy, répondit Riley. Nous sommes venus te poser quelques questions. Pouvons-nous entrer ?

— Seulement si vous acceptez une tasse de thé, répondit le vieil homme en les invitant à l'intérieur. Veux-tu bien me présenter ton amie, Riley Quinn ?

— Voici Nan Galvin. Elle est venue d'Amérique jusqu'à Ballykirk.

— D'Amérique ? J'ai un cousin en Amérique. Il habite à Boston. Peut-être le connaissez-vous… Il s'appelle Bobby McPhee.

Nan jeta un coup d'œil amusé à Riley.

— Je suis désolée, monsieur. J'habite dans le Wisconsin. C'est très loin de Boston.

— Asseyez-vous, leur proposa Jimmy sans prêter attention à sa réponse. Je vais préparer du thé.

Ils obéirent, et elle sortit la photo pour l'examiner une nouvelle fois.

Les chances qu'un vieil homme reconnaisse quelqu'un sur une photo prise vingt-sept ans plus tôt étaient faibles, hélas. D'un autre côté, sa mère était américaine, alors peut-être s'en souviendrait-il.

Jimmy revint quelques minutes plus tard avec du thé et quelques gâteaux sur une assiette. Mais, trop nerveuse pour boire ou manger, Nan lui tendit sans attendre la photo.

— J'espérais, monsieur, que vous pourriez reconnaître certaines des personnes qui sont sur cette photo. Elle était accrochée au mur du pub et a été prise il y a vingt-sept ans.

L'homme prit le cliché, mit ses lunettes, et l'examina pendant de longues minutes.

— Les jeunes gens ont l'air d'avoir une vingtaine d'années, ajouta-t-elle pour tenter de l'aider.

— Selon moi, la photo a dû être prise en 1984, précisa Riley, avant que mon père n'achète le pub.

Jimmy hocha la tête.

— Un des visages me dit quelque chose. Quel était son nom, déjà ? Il habitait dans la ferme qui se trouve de l'autre côté de Trafrask, au bout de la route, vers Glengarriff…

— Là où vivent maintenant les Donnely ? demanda Riley. A côté du lac ?

— Oui. Il travaillait sur un des bateaux de pêche, à Ballykirk. Mais comment s'appelait-il donc… Ça y est, je me souviens ! Il s'appelait Tiernan. Tiernan Findley.

En entendant ce nom, Nan retint son souffle.

— Tiernan… Vous en êtes certain ?

— Sûr et certain, répondit l'homme. Et son père s'appelait Carey.

Sous le choc, Nan ferma les yeux.

Elle n'y comprenait rien. Pourquoi sa mère lui avait-elle donné le nom de ce garçon ?

— Son père et lui passaient beaucoup de temps au pub, poursuivit Jimmy. Puis, un jour, ils ne sont plus venus. Je crois avoir entendu parler d'un accident en mer.

— Est-ce qu'ils habitent toujours à la ferme ? demanda Riley.

Jimmy secoua la tête.

— Si je me souviens bien, le père l'a vendue il y a une quinzaine d'années, mais je ne sais pas où il est parti. Vous pourriez poser la question à Kenny Craig. C'est lui qui lui louait la terre, avant qu'il ne vende.

D'une main tremblante, Nan récupéra la photo. Qui donc était ce Tiernan ? Qui était-il pour sa mère ? Avaient-ils juste été amis ? Plus que des amis ? Et pourquoi lui avait-elle donné comme prénom celui d'un garçon rencontré dans un pub de Ballykirk, en Irlande ? Peut-être cet homme était-il mort dans un accident en mer et sa mère lui avait-elle donné son prénom en souvenir ?

Tremblante, elle refoula toutes les questions qui se bousculaient en elle et se leva. L'émotion était trop forte. Elle avait besoin de prendre l'air.

— Je… Je dois y aller, murmura-t-elle d'une petite voix. C'était un plaisir de vous rencontrer, mais… je dois vraiment y aller…

Retenant tant bien que mal ses larmes, elle se dirigea vers la porte.

— Je vais y aller aussi, dit Riley. Merci, Jimmy.

— Elle va bien ?

— Je crois que cette enquête sur sa mère décédée est un peu pénible pour elle.

Une fois dehors, Riley lui prit la main.

— Il est mort, j'en suis certaine. Ma mère m'a prénommée Tiernan en souvenir de lui. Il était son ami et il est mort. Peut-être même était-elle amoureuse de lui.

— Tu n'en sais rien. Tu n'as pas encore toutes les réponses.

Il l'attira vers la voiture, mais elle s'arrêta.

— Je crois que je vais marcher jusqu'à la maison, Riley. J'ai besoin de réfléchir.

— Comme tu veux. Est-ce que le dîner tient toujours ?

— Oui, bien sûr. Je t'attends à 19 heures.

— Super !

Il déposa un baiser sur sa joue comme pour tenter de la rassurer.

— Ne te torture pas avec ça, Nan. Nous ne sommes certains de rien pour le moment.

« Ne te torture pas ? »

Mais il ne la connaissait pas ! Il ignorait qu'elle passait justement son temps à se torturer, à se poser mille questions existentielles.

Pour toute réponse, elle se contenta d'un geste de la tête puis prit la direction du village.

Lorsqu'elle se retourna, quelques secondes plus tard, elle vit que Riley la regardait toujours. Il semblait inquiet.

Il avait raison, elle se torturait probablement l'esprit pour rien. Peut-être ce Tiernan vivait-il heureux quelque part et lui parlerait-il de sa mère. Mieux valait ne pas s'inquiéter pour le moment. Quant à la présence de Riley à ses côtés, peut-être était-elle un coup du destin ? Peut-être l'avait-elle rencontré parce qu'il pouvait l'aider dans ses recherches.

Une aide ? Etait-ce tout ce qu'il était pour elle ?

Elle avait tant de questions. Mais aucune réponse pour le moment, hélas.

- 4 -

— Te voilà donc, espèce de paresseux !

Riley fusilla du regard son frère aîné, Kellan, puis se tourna vers Danny qui se tenait derrière le bar.

— Tu peux me trouver une ou deux bouteilles de vin ? Du bon vin, s'il te plaît. Il me faudrait également quelques bouteilles de bière.

— Du blanc ou du rouge ?

— Il t'a dit du bon vin ! fit Kellan en lui donnant une tape dans le dos.

— En attendant, je boirais bien un whiskey.

Danny le servit puis lui tendit le verre.

— Tu fêtes quelque chose, Riley ? lui demanda-t-il. Tu portes une chemise repassée et une veste que tu ne mets d'habitude que les grands jours... Il faudra d'ailleurs que tu m'expliques à l'occasion pourquoi tu t'habilles toujours comme un clochard alors que tu as de l'argent.

Kellan gagnait bien sa vie comme architecte, et Danny également, en tant que forgeron et sculpteur sur métal, mais c'était en effet Riley le plus riche des trois.

Mais, alors que Danny et Kellan avaient devant eux un avenir tout tracé, le sien était plus incertain, plus qu'incertain même. Le public pouvait en effet, du jour au lendemain, s'enticher d'un autre chanteur, et il en serait réduit à des expédients.

Jusqu'à présent, vivre au jour le jour ne l'avait pas

dérangé. Il était même heureux d'une existence sans penser au lendemain, sans penser au futur. Mais voilà qu'à sa grande surprise son avenir commençait à le préoccuper, et il n'avait plus envie de refouler ces questions dans un coin de sa tête. Aujourd'hui, son futur le préoccupait.

Etait-ce à cause de sa rencontre avec Nan ? Non, quelle idée ! Il était bien trop tôt pour penser à un avenir avec elle !

Peut-être était-ce tout simplement le signe qu'il mûrissait, qu'il était temps pour lui de trouver un travail plus stable, comme celui d'auteur ou de producteur...

— Alors, reprit Kellan, en le sortant de sa réflexion. Vas-tu enfin nous en dire plus ou as-tu l'intention de passer ta soirée à fixer ton verre ?

— J'ai un rendez-vous.

— Avec la fameuse Américaine ? Quand pourrai-je la rencontrer ?

— Elle est très belle, expliqua Danny à son frère aîné. D'où ma question : pourquoi perd-elle son temps avec Riley ? C'est un tel mystère que j'ai eu du mal à en dormir cette nuit.

— Je l'admets, j'aime bien cette fille, répondit Riley pour couper court à leurs supputations. Et je ne sais pas pourquoi. Elle est jolie, mais elle ne ressemble à aucune des femmes avec lesquelles je suis sorti jusqu'à présent. Elle est... surprenante...

— J'ai entendu dire que les Américaines sont des furies au lit. Tu confirmes ?

— Je ne l'ai rencontrée qu'hier matin et je n'ai pas encore eu la chance d'aller aussi loin. Cela dit, même si ça avait été le cas, je ne vous en aurais pas parlé !

— A mon avis, tu perds ton temps. Elle va rentrer

chez elle. Elles rentrent toutes chez elles, Riley, alors ça ne vaut pas le coup de tomber amoureux.

— Je sais…

Tomber amoureux serait une erreur, il en était bien conscient, mais…

— Le problème est que je ne suis pas sûr de pouvoir résister, elle est si… si…

— Si quoi ?

— Je ne sais pas. Elle traverse une période difficile en ce moment et je ressens le besoin de l'aider.

— Tu veux la sauver ? lui demanda Danny. Tu veux la sauver tout comme papa a sauvé maman. Tu sais ce que ça signifie, n'est-ce pas ?

— Oui, ça veut dire que je vais devoir aller tout seul chercher mon vin et ma bière ! répliqua-t-il en se levant.

Il en avait assez de leurs questions. Il n'avait plus envie de répondre.

— Tu chantes toujours samedi soir ? poursuivit néanmoins Danny.

— Oui. Nous répétons à 15 heures, alors n'oublie pas de fermer le pub pour que nous soyons tranquilles. Le concert débute à 21 heures. Maggie Griffith fera la première partie, à partir de 19 heures.

— Et Dublin ? Tu n'étais pas censé y aller la semaine prochaine pour enregistrer en studio ?

— Je n'ai pas besoin d'une secrétaire, Danny ! Je sais très bien où je dois être, et quand.

— Ne te fâche pas ! Je ne faisais que poser une question.

Riley laissa échapper un juron puis, sans un mot de plus, se dirigea vers la cave.

Là, il attrapa une bouteille de vin rouge, une de

vin blanc, puis les mit dans un vieux panier avec six bouteilles de bière.

Oui, il était bien attendu à Dublin, la semaine suivante, pour enregistrer de nouvelles chansons. Mais sa rencontre avec Nan avait modifié ses priorités.

Aujourd'hui, il n'était plus si impatient de se retrouver en studio. Il cherchait au contraire une excuse valable pour repousser l'enregistrement.

Il pourrait toujours dire qu'il avait mal à la gorge ou qu'il avait pris froid… Il était difficile de réserver un studio, il le savait bien, mais Nan en valait vraiment le coup.

Il ressortit de la cave, déterminé à échapper aux sarcasmes de ses frères. Ils pouvaient bien se moquer de lui, eux aussi étaient célibataires, depuis des mois même. Et eux aussi seraient prêts à tout s'ils rencontraient la femme de leur vie.

Il sortit du pub puis passa devant sa voiture, mais ne s'y arrêta pas. Il préférait marcher les deux kilomètres qui le séparaient du gîte. S'il passait la nuit avec Nan, mieux valait éviter les ragots. L'éventualité d'une relation entre eux était sans doute déjà un des sujets de conversation favori dans le village, alimenté par leur baiser public passionné la veille ; autant ne pas ajouter trop vite de l'eau au moulin des bavards…

A mi-chemin, il croisa Fergus O'Malley qui promenait ses chiens.

— Bonsoir, Riley.

— Bonsoir, Fergus.

— Tu vas rendre visite à ta nouvelle amie ?

Riley soupira.

Si Fergus O'Malley était au courant, cela voulait dire

que la rumeur s'était propagée encore plus vite qu'il ne le craignait.

— Je lui apporte quelques provisions, choisit-il alors de répondre en montrant son panier.

— C'est donc comme ça qu'on dit aujourd'hui, fit Fergus en rigolant. Apporter des provisions ?

Sans cesser de rire, le vieil homme reprit son chemin et, ne sachant quoi ajouter, Riley reprit également le sien, accélérant simplement son allure.

Une fois devant la porte du gîte, il attendit quelques instants avant de frapper. Cette soirée, il le sentait, pourrait être déterminante, et il avait besoin d'y réfléchir un peu.

Mais, lorsque la porte s'ouvrit sur une Nan resplendissante, avec sa robe bleu pâle qui dévoilait des jambes dignes de celles d'une ballerine et sa poitrine aux rondeurs parfaites, il oublia aussitôt toutes les questions qui le tenaillaient quelques minutes plus tôt et la dévora du regard.

Au bout de quelques secondes, sa raison le rappela à l'ordre cependant, et il se força à se reprendre.

— Désolé, Nan, je ne voulais pas te fixer comme un benêt, mais, tu es si belle…

— Merci. Tu n'es pas mal non plus.

— Je peux entrer ?

— Bien sûr, tu es chez toi, répondit-elle en s'écartant pour le laisser passer.

Il pénétra dans le salon, et les bonnes odeurs provenant de la cuisine excitèrent aussitôt ses papilles.

Tout à coup, il eut très faim. Faim de nourriture, mais pas seulement !

— Je t'ai apporté du vin et de la bière.

— C'est gentil. Je vais mettre la bière au réfrigérateur.

— Je m'en occupe, je sais où il est.

Il se glissa dans l'étroite cuisine et mit les bouteilles au frais.

— J'espère que tu aimes manger italien ? Spaghettis au menu ce soir…, lui annonça-t-elle en le rejoignant.

— J'aime beaucoup.

Ce n'était pas un mensonge mais, à cet instant, ce n'était pas à des pâtes qu'il pensait. C'était à Nan.

Il ne désirait plus qu'une chose : la prendre dans ses bras et l'embrasser encore et encore, jusqu'à en être rassasié, si la chose était possible.

Il la suivit hors de la cuisine et, comme si elle devinait son impatience, elle l'enlaça, plaqua sa bouche sensuelle sur la sienne et l'embrassa avec passion.

Il laissa échapper un grognement puis, incapable de résister, il céda au plaisir d'enfouir ses doigts dans ses boucles brunes, approfondissant leur baiser. Le désir rugissait dans ses veines comme un torrent que rien ne pouvait arrêter.

Ce baiser était bon, mais il ne lui suffisait pas. Il voulait caresser Nan, découvrir son corps, le posséder, le célébrer, l'admirer.

Il laissa alors ses mains vagabonder sur les courbes appétissantes de la jeune femme puis se glisser sous sa robe, au contact d'une peau aussi douce que de la soie. Il aurait voulu ralentir, prendre son temps, savourer le moment de la découverte, mais la tentation était si forte, le désir si impérieux, qu'il avait du mal à ne pas s'emballer.

Nan aussi semblait impatiente.

Sans cesser de l'embrasser, elle déboutonna sa chemise puis la sortit de son pantalon et la fit glisser sur ses épaules. Une fois ses bras libérés, il lui remonta la robe et empoigna ses fesses jusqu'à lui faire pousser des petits cris de plaisir.

Ils semblaient avoir oublié le dîner, oublié la réalité, mais cela lui importait peu. Il ne pensait plus qu'au corps frémissant sous ses mains, au corps dansant entre ses bras. Il ne pouvait plus attendre, c'était impossible.

Nan ouvrit alors son pantalon. Il répondit en la débarrassant de sa robe.

Il avait toujours aimé le corps des femmes et le plaisir qu'il lui procurait, mais jamais il n'avait ressenti un désir aussi puissant.

Il ne connaissait Nan que depuis quelques heures mais l'attirance qu'il ressentait pour elle ne cessait de grandir.

Nan fit glisser la fermeture Eclair de sa braguette et il se débarrassa de ses chaussures. Elle posa ses mains sur ses hanches, sous le tissu, et, d'un geste rapide, fit tomber son pantalon à ses pieds. Ensuite, elle rompit leur baiser et, se redressant, riva son regard émeraude au sien.

— Tu te sens bien ? lui demanda-t-il, soudain inquiet.

— Très bien.

— Tant mieux, mais si j'avais su je n'aurais pas mis une si belle chemise. Et je serais venu directement en caleçon.

— Tu es prévenu pour la prochaine fois, rétorqua-t-elle, malicieuse, en laissant une main tentatrice glisser sur son torse avant d'effleurer l'élastique de son sous-vêtement.

Un frisson le saisit et il se mordit la lèvre pour réprimer un gémissement de plaisir.

— Et maintenant ? Qu'est-ce qu'on fait ?

— On fait la course ?

Sans attendre sa réponse, elle se précipita vers la chambre. Il la rattrapa en quelques enjambées, l'enlaça puis se laissa tomber sur le lit en la serrant dans ses bras.

Zut, songea-t-il soudain. Il avait oublié ses préservatifs dans la poche de sa veste.

— Ne bouge pas, Nan, je reviens.

— Où vas-tu ?

— J'ai besoin d'un accessoire.

Lorsqu'il revint, il la trouva allongée sur le lit, alanguie et sensuelle, telle la déesse de l'amour.

— J'avais oublié ceci, lui expliqua-t-il en lui montrant les protections.

— Cinq seulement ? Petit joueur !

— Vantarde !

Il sauta sur le lit et s'allongea sur elle, appuyant ses mains de part et d'autre de son beau visage. Il était prêt, plus que prêt même ! Il ne pouvait plus attendre. Son sexe était tendu à l'extrême, dur comme un roc.

Les yeux brillants d'anticipation, il approcha sa bouche de la sienne, l'effleura, la goûta comme si c'était la première fois.

Ils avaient fait preuve d'impatience pendant les préliminaires, et maintenant il avait envie de prendre son temps, de savourer ces instants d'intimité avec Nan.

Mais elle semblait avoir d'autres idées en tête. Elle se tortillait sous lui, se frottait avec sensualité contre lui, contre son sexe.

Elle glissa soudain ses mains dans son caleçon et il réprima un grognement avant d'oublier, comme par magie, toutes ses bonnes résolutions.

Oublié son désir de prendre son temps. Il ne désirait plus qu'une chose : sentir ses doigts fins autour de son sexe. Tout de suite.

Son cœur battant à toute allure, il l'attrapa alors par les hanches, la fit rouler au-dessus de lui, lui offrant ainsi toute liberté pour mener la danse.

— J’en ai assez de ces vêtements, murmura-t-elle tout en se débarrassant de son soutien-gorge.

Elle se mit ensuite debout puis, les yeux dans les yeux, fit glisser sa culotte le long de ses longues jambes galbées avec une infinie lenteur, une infinie sensualité.

— Coquine !

Pour toute réponse, elle lui montra son caleçon d’un geste. Obéissant, il s’en débarrassa.

— C’est mieux comme ça ?

Elle laissa son regard glisser vers son sexe tendu.

— Oui, répondit-elle avant de s’asseoir sur lui. C’est beaucoup mieux.

Il ferma les yeux pour tenter de se contrôler. Essayait-elle de le torturer ? Il en avait bien l’impression, car chacun de ses gestes, chacun de ses sourires, chacun de ses mots l’amenait un peu plus près de l’abîme.

Il prit son visage entre ses mains et l’approcha de sa bouche pour l’embrasser une nouvelle fois. Il ne pouvait pas s’en empêcher, il adorait l’embrasser. Leurs deux bouches semblaient faites pour s’entendre.

Impatient de s’insinuer en elle, il attrapa ensuite un préservatif, mais elle le lui prit des mains et l’ouvrit. Puis, d’un geste d’une sensualité folle, d’un érotisme inouï, elle le fit glisser le long de son sexe. La seconde suivante, elle s’empala sur lui.

Elle ferma les yeux et lui la fixa, envoûté, ensorcelé. Il l’observa aller et venir sur lui, savourant le délicieux contact entre leurs corps, les sensations qui l’emportaient, d’une incroyable intensité.

Au bout d’un moment, elle accéléra son allure, poussant de petits cris, et il devina qu’elle approchait du paradis. Quelques secondes plus tard, elle frémit, rejeta la tête en arrière ; alors, lui agrippant les hanches, il donna un dernier coup de reins, l'accompagnant dans la jouissance avant de s'effondrer, comme elle, sous le choc du plaisir.

Quelques minutes plus tôt, il était un homme rationnel, raisonnable. Maintenant, il n'était plus qu'une boule d'émotions, incapable de réfléchir.

Recouvrant peu à peu ses esprits, il rouvrit les yeux.

Nan le fixait, un sourire satisfait aux lèvres.

— Je n'ai même plus faim, fit-elle dans un soupir, avant de s'allonger à côté de lui.

— Nous pouvons nous reposer un moment, en attendant de retrouver l'appétit.

— Pour le sexe ou la nourriture ?

— Pour le sexe. Et peut-être la nourriture aussi.

— Ou la nourriture *puis* le sexe…

Il éclata de rire.

— Alors tu as faim, finalement ?

— Je meurs de faim !

— Dans ce cas, je vais de ce pas m'occuper de toi !

Entre l'amour et la nourriture, Nan se sentait comblée. Qu'aurait-elle pu désirer d'autre ? Elle avait tout !

Après qu'ils se furent reposés au lit pendant une heure, pour se remettre de leurs émotions, Riley avait décidé qu'il avait besoin de manger.

Mais, plutôt que de manger à table, ils avaient partagé un pique-nique érotique au milieu du lit, les draps leur servant de nappe, des bols remplaçant les assiettes et des tasses les verres.

Jusqu'à présent, le sexe l'avait toujours rendue un peu nerveuse. Elle se demandait si elle faisait ce qu'elle devait, si elle s'y prenait bien, si elle donnait du plaisir à son partenaire… Mais, avec Riley, elle ne se posait plus la moindre question. Tout semblait naturel. Tout semblait couler de source.

Pourquoi ?

Avait-elle mal choisi ses partenaires jusqu'à présent ? Ou bien sa timidité l'avait-elle empêchée de s'abandonner corps et âme ? Elle l'ignorait.

— Ces spaghettis sont délicieux ! s'exclama soudain Riley, la ramenant au présent.

— Je ne suis pas très bonne cuisinière, en fait. A part les pâtes, je ne sais pas faire grand-chose d'autre. Mais avec du parmesan, c'est bon.

— Nous ne servons pas de pâtes au pub. Ici, nous sommes plutôt des amateurs de steaks et de pommes de terre… Peux-tu me passer un bout de pain, s'il te plaît.

— J'avais l'intention de préparer du pain à l'ail, mais j'ai finalement pensé qu'il valait mieux éviter l'ail ce soir, dit-elle avec un sourire malicieux. Je me suis dit que ça pourrait être gênant si jamais nous décidions de nous embrasser.

— Tu as bien fait.

Il posa son assiette sur le sol puis attrapa son pied et commença à le masser doucement.

— Tu sais, Nan, je pensais bien que ça arriverait, mais je ne pensais pas que ce serait aussi… Aussi intense, aussi puissant…

Soulagée d'apprendre qu'il avait lui aussi passé un bon moment, elle sourit, heureuse.

Elle avait eu cinq amants avant lui, cinq amants qui ne s'étaient pas montrés très passionnés au lit. Mais elle avait décidé, juste avant l'arrivée de Riley, qu'elle n'allait pas laisser ses expériences passées l'empêcher de passer un bon moment avec lui.

Maintenant qu'ils avaient fait l'amour une première

fois, elle découvrait en elle une femme différente. Elle se sentait bien avec lui, libre de se laisser aller à ses désirs, à son plaisir. Il ne la connaissait pas assez pour la juger ou pour mettre en question son expérience.

— C'est vrai, c'était très bon.

Il lui embrassa le dessous du pied et elle lui sourit encore.

— J'aime te voir sourire, Nan.

— Je souris parce que je suis heureuse. Je passe de très bonnes vacances.

— Nous n'avons pas reparlé de la photo. Est-ce que tu as décidé ce que tu voulais en faire ?

— Je ne sais pas... Je suis venue ici pour en apprendre plus sur ma mère, mais en fait je crois que c'est moi que je découvre.

Il riva son regard au sien. Il semblait étonné.

— Notre personnalité d'adulte dépend beaucoup de celle de nos parents, il me semble. Or je ne me souviens pas beaucoup de ma mère, et parfois j'ai l'impression qu'à cause de ça, de cette ignorance, je ne sais pas comment me conduire en tant que femme. Comme si j'étais un puzzle dont il manquait des pièces... Le problème est que je ne sais pas où trouver ces pièces.

— Je ne comprends pas.

Elle le regarda en silence durant de longues secondes, hésitant, se demandant si elle était prête à lui faire des confidences, puis elle prit une profonde inspiration et se lança. Après tout, que risquait-elle ? Elle n'était là que pour quelques jours.

— Le sexe, pour commencer... J'ai eu des amants, mais je n'ai jamais rien ressenti de particulier avec eux jusqu'à présent. Enfin... ce que je veux dire c'est que je savais comment fonctionnaient les corps, bien sûr, mais ça n'avait aucun sens pour moi. Jusqu'à aujourd'hui, avec toi.

— Et qu'as-tu ressenti ?

— Je me suis sentie libre, complètement libre. Libre de me concentrer sur mes sensations, sur mon plaisir, et c'était parfait, merveilleux. Ça te semble peut-être idiot, mais pour moi, c'était important. Et inattendu.

— Je suis heureux d'avoir pu t'aider, répondit-il.

Puis il se pencha et posa sa bouche sur la pointe de son sein.

— Puis-je t'aider pour autre chose, Nan Galvin ?

— Je n'en suis pas sûre.

— Moi, si. Je suis sûr d'une chose déjà : que je veux passer les huit prochains jours et les huit prochaines nuits dans cette maison, avec toi.

Surprise, elle le dévisagea.

— Tu n'as pas besoin de travailler ?

— Mon frère et mon cousin me remplaceront. Je dois juste chanter au pub samedi soir mais, à part ça, je suis entièrement à toi ! Et, à ce propos, que voudrais-tu faire demain, pour ta troisième journée en Irlande ? Avant que tu répondes, sache que passer mes journées au lit avec toi serait, de loin, mon premier choix.

— Je crois que nous pourrions commencer par faire la grasse matinée. Ensuite, nous pourrions trouver un bel endroit pour déjeuner et visiter quelques sites touristiques.

— Il y a de la nourriture au réfrigérateur et, pour ce qui est des visites, je serais ravi de partir à la découverte de ton corps.

— Je ne vais pas passer ma journée au lit, Riley ! Je suis censée visiter l'Irlande. J'avais même tout prévu, tout organisé…

— Qu'avais-tu prévu pour ce soir, par exemple ?

Elle chercha dans ses souvenirs.

— J'avais imaginé une promenade à Ballykirk, jusqu'au port, et un dîner dans un pub typiquement irlandais.

— Tu as fait mieux : un pique-nique érotique avec un Irlandais typique !

— Je ne suis pas venue ici pour le sexe, Riley !

Elle avait bien pensé qu'elle passerait de bonnes vacances, mais jamais elle n'avait imaginé que son séjour se déroulerait ainsi.

— Dans ce cas..., fit-il.

Il sortit du lit et commença à ramasser leurs vêtements.

— Habillons-nous, Nan, sinon nous ne pourrons pas résister à la tentation.

— Non, reviens au lit !

Un sourire satisfait aux lèvres, comme s'il avait atteint l'objectif recherché, il se réinstalla sur le lit et reprit le massage de son pied.

— Je suis heureux de voir que nous avons enfin résolu cette question...

— Tu es content de toi, n'est-ce pas ? Pourquoi ai-je l'impression que tu parviens toujours à ton but avec les filles et que je ne suis qu'une fille de plus sur la liste de tes conquêtes ?

Tout en parlant, elle le vit se raidir. Il s'approcha de son visage et, soudain sérieux, riva son regard au sien.

— Tu es différente de toutes les femmes que j'ai rencontrées, Nan. Et, si tu penses que je m'amuse avec toi, tu te trompes. Tu te trompes lourdement. Tu es très loin de la vérité.

A ces mots, Nan sentit un frisson la traverser. Il était si sincère, si direct, qu'elle n'avait d'autre choix que de le croire. Et pourtant, elle savait qu'il aimait flirter. Elle savait que les hommes aussi séduisants que lui étaient capables de faire croire n'importe quoi aux femmes.

— Et que feras-tu, lorsque je repartirai ? osa-t-elle lui demander.

— Tu n'es pas encore repartie, Nan… Je gérerai ce problème lorsqu'il se présentera. En attendant, donne-moi ton bol.

— Pourquoi ? J'ai encore faim.

— Crois-moi, j'ai mieux à t'offrir que des pâtes !

Elle lui tendit son bol et il le posa sur la table de chevet. Puis il l'attrapa et s'allongea sur elle, nouant ses membres aux siens.

— Il est l'heure du dessert, murmura-t-il d'une voix enjôleuse avant de l'embrasser avec une gourmandise infinie, comme si toute sa vie dépendait de ce baiser.

— C'est censé être meilleur que mes pâtes ? rétorqua-t-elle en éclatant de rire. J'ai déjà mangé des biscuits industriels achetés dans des distributeurs qui étaient bien meilleurs que ces baisers !

Pour toute réponse, il prit son sein en coupe, puis en pinça la pointe offerte.

— Tu fais des progrès, Riley. C'est mieux, mais ça ne vaut pas encore un bon gâteau au chocolat bien crémeux.

Il remplaça alors ses doigts par sa bouche, la léchant jusqu'à ce qu'elle laisse éclater un fou rire.

— Maintenant, ce baiser est aussi bon que… que du pop-corn au caramel.

— Pourquoi les Américains sont-ils obsédés par le pop-corn ? lui demanda-t-il avant de tracer un chemin de baisers humides le long de son ventre.

Lorsqu'il parvint à sa toison, il lui écarta lentement les cuisses, puis glissa sa langue dans ses replis les plus intimes et elle se cambra pour lui donner un meilleur accès, s'abandonnant à cette délicieuse torture.

Jamais elle ne s'était livrée à ce point !

Mais, avec Riley, elle n'était pas timide, elle n'avait plus aucune retenue. Il lui avait appris que pour l'amour il n'y avait aucune règle, aucune limite.

En quelques secondes, elle sentit les prémices de l'orgasme l'envahir, comme si Riley connaissait déjà toutes les réactions de son corps.

Il poursuivit néanmoins ses caresses sensuelles, l'amenant chaque fois plus près du plaisir ultime, de la délivrance. A chaque coup de langue, son impatience grandissait, mais elle ne voulait pas céder, pas tout de suite. Elle voulait d'abord voir jusqu'où elle pouvait aller.

Tremblante, elle enfouit ses doigts dans son épaisse chevelure brune, lui murmura des mots doux et laissa les vagues d'un plaisir intense la submerger, lentement, régulièrement.

Riley semblait déterminé à prendre son temps, comme s'il cherchait à lui prouver qu'il pouvait lui offrir quelque chose que les autres hommes ne pouvaient pas lui offrir.

Les vagues de plaisir devinrent plus puissantes et, peu à peu, elle se sentit approcher des étoiles. Incapable de se retenir plus longtemps, elle se laissa aller, sentant tout à coup des milliers de feux d'artifice exploser en elle, des spasmes de plaisir d'une intensité inouïe déferler sur elle.

Elle quitta le monde réel en poussant un long cri de plaisir.

Lorsqu'elle reprit son souffle, Riley remonta en traçant un nouveau chemin de baisers humides et elle se lova contre lui, contre sa chaleur.

— Maintenant, tu ne mangeras plus jamais de gâteau

au chocolat sans penser à moi, lui murmura-t-il d'un ton malicieux.

Elle éclata de rire.

— Je penserai à toi à chaque fois que je mangerai un dessert. Crème brûlée, tarte au citron… Tous seront des souvenirs de Riley Quinn.

Après cela, ils demeurèrent un long moment au lit à discuter et à rire. Ensuite, ils firent de nouveau l'amour, cette fois-ci très lentement, jusqu'à être privés de toute force. Puis Nan s'endormit entre les bras de Riley en se demandant s'il lui manquerait lorsqu'elle serait rentrée chez elle.

La lune éclairait la chambre d'une douce lumière.

Cela faisait plusieurs heures qu'ils avaient éteint et qu'il observait Nan.

Elle était allongée à côté de lui, sur le côté, les draps remontés jusqu'aux hanches, lui offrant une vue magnifique de son corps de déesse.

Il la regarda longuement, tentant de mémoriser chaque détail de son visage parfait, de sa silhouette fine.

Il s'était imaginé s'endormir d'un coup, terrassé de fatigue après avoir fait l'amour avec tant de passion, mais non, le sommeil avait été remplacé par un sentiment de paix, de quiétude, mêlé à une énergie qu'il ignorait posséder.

Il avait l'impression que tout ce qu'il avait ressenti ce soir se transformait en musique dans sa tête, en mots. Cela faisait longtemps qu'il n'avait ressenti pareille inspiration !

Il avait besoin de s'exprimer, d'écrire les mots qui l'assaillaient avant qu'ils ne s'échappent.

Il s'assit dans le lit puis, rêveur, se passa une main dans les cheveux.

Il avait vingt-huit ans.

La plupart des chanteurs étaient déjà connus à cet âge. Et, si ce n'était pas le cas, ils commençaient à chercher une autre carrière. Mais pas lui, du moins jusqu'à ce qu'il rencontre Nan. Le mariage, les enfants… Sans doute qu'un jour, il désirerait tout cela… Pour le moment, cependant, la vie de musicien était difficilement compatible avec la vie de famille.

Ses parents avaient bien proposé de lui vendre le pub. Aucun de ses frères et sœurs ne voulait s'en occuper, et cela lui permettrait d'avoir toujours un lien avec la musique. Mais il hésitait, car devenir propriétaire du pub le lierait à jamais à Ballykirk.

En plus, une femme serait-elle intéressée par la perspective de s'occuper d'un pub ?

Il caressa le dos nu de Nan ; elle bougea mais ne se réveilla pas.

Sa rencontre avec elle lui avait appris autre chose, à savoir qu'un jour il rencontrerait une femme avec qui il voudrait passer sa vie et qu'alors il devrait être prêt à prendre soin d'elle, y compris financièrement.

Etait-elle la femme qu'il attendait ? Comment pourrait-il savoir, elle restait si peu de temps en Irlande ? Et s'il laissait Nan repartir et s'apercevait ensuite qu'elle était la femme de ses rêves, que se passerait-il ?

Doucement, il se glissa hors du lit et remit son pantalon. Puis, pieds nus, il sortit de la maison.

Là, il prit une profonde inspiration pour tenter d'y voir plus clair. Mais une nouvelle mélodie lui traversa la tête. Une bonne mélodie. Il devait l'écrire avant de l'oublier.

La vie était parfois ironique.

Il n'avait pas écrit une bonne chanson depuis des mois et il lui avait suffi de faire l'amour avec Nan pour que l'inspiration le gagne de nouveau. S'il poursuivait sur ce rythme, il aurait au bout de la semaine un album entier !

Il rentra dans la maison puis chercha du papier dans la commode. Résolu à écrire toutes ses idées avant qu'elles ne s'échappent, il alluma une petite lampe à côté du canapé.

Une heure plus tard, à quatre heures du matin, il se rendit compte qu'il ne pourrait pas dormir. Impossible. Les mots l'assaillaient, de même que les mélodies.

Au bout du compte, il se trouva avec trois nouvelles chansons et les étudia, les étalant devant lui, pendant un long moment.

Elles étaient bonnes, vraiment bonnes. Elles méritaient de figurer sur son nouveau disque.

Tant mieux. Il avait désormais une bonne raison pour repousser l'enregistrement. En plus, peut-être aurait-il encore de nouvelles chansons d'ici à quelques jours.

— Qu'est-ce que tu fais ?

Il se retourna en entendant Nan, et l'aperçut dans l'embrasure de la porte, enroulée dans le drap.

— Je suis désolé si je t'ai réveillée. Je ne pouvais pas dormir.

Elle le rejoignit puis s'assit à côté de lui sur le canapé.

— Tu écris ?

— Oui. Je ne sais pas d'où vient l'inspiration, mais… Non, ce n'est pas vrai. Je sais d'où vient l'inspiration.

— D'où ?

— De ce qui s'est passé dans la chambre. J'ai ressenti juste après le besoin de l'écrire.

— Tu y parles de sexe ?

— Non, d'hommes, de femmes, de passion, d'amour…

Elle replia ses jambes et se lova contre lui.

— Chante-m'en une, Riley.

— Elles ne sont pas encore prêtes, répondit-il avant de déposer un petit baiser sur sa tête. Mais, lorsque ce sera le cas, tu seras la première à les entendre, c'est promis…

— Mmm, murmura-t-elle, les yeux fermés, la voix endormie. C'est gentil.

Elle se lova un peu plus contre lui et, quelques minutes plus tard, il s'aperçut qu'elle s'était endormie. Il reprit alors son carnet et continua à écrire.

Il avait passé beaucoup de temps à chercher ce qui lui manquait pour être totalement heureux, sans le trouver. Mais, à cet instant précis, dans cette maison, avec Nan endormie tout contre lui, il se sentait comblé, heureux. S'il avait pu arrêter le temps, il l'aurait fait sans hésiter.

Hélas, il savait que ce moment ne durerait pas. Bientôt, Nan devrait le quitter. Ne lui resteraient plus ensuite que les souvenirs de leurs jours ensemble et une poignée de chansons nouvelles.

- 5 -

Avant même d'ouvrir les yeux, Nan reconnut l'odeur du café chaud.

Un sourire aux lèvres, elle s'étira langoureusement.

Après trois nuits passées ensemble, Riley et elle commençaient à avoir leurs petites habitudes. Comme chaque matin, il s'était levé à l'aube pour écrire ses chansons tandis qu'elle paressait au lit.

La veille, ils étaient allés en promenade dans le Burren, un vaste plateau situé dans le comté de Clare que Nan avait trouvé magnifique avec ses fleurs sauvages qui tranchaient par leur délicatesse et leurs couleurs avec les imposants blocs de granit. Ils avaient ensuite déjeuné dans un pub, à Ennis, puis s'étaient arrêtés dans chaque village sur le chemin de Lough Leane.

Après une promenade romantique autour du lac, ils avaient dîné dans un bon restaurant de Killarney avant de rentrer à Ballykirk.

Sur la route, Nan avait aperçu à plusieurs reprises des panneaux indiquant la direction de l'aéroport de Shannon et elle avait fait son possible pour les ignorer, pour ne pas penser au moment où elle devrait repartir. Tout comme elle essayait en permanence d'ignorer ses sentiments grandissants pour Riley.

En vain.

Plus elle passait de temps avec lui, plus elle s'attachait

à lui, et plus elle était persuadée qu'il était l'homme de sa vie et qu'elle aurait beaucoup de mal à le quitter, à la fin de ses vacances.

Mais peut-être ses sentiments n'étaient-ils pas réels ? ne pouvait-elle s'empêcher de se demander par moments. Peut-être se laissait-elle tromper par la magie de ce voyage, placé sous le patronage de sa mère disparue et tout empreint d'une valeur affective qui rendait les choses confuses dans son esprit et son cœur ?

Peut-être n'était-elle pas amoureuse mais simplement attirée par Riley… Non. Son cœur lui criait le contraire. Son cœur lui criait qu'elle était bel et bien en train de tomber amoureuse de lui.

A plusieurs reprises, elle avait senti des mots d'amour monter à ses lèvres en sa présence, mais elle s'était retenue de les prononcer.

Comment Riley réagirait-il, s'il connaissait ses sentiments ? Leur relation n'était probablement pour lui qu'une aventure de vacances, une aventure qui prendrait fin sitôt qu'il la déposerait à l'aéroport.

A moins qu'il n'ait lui aussi des sentiments pour elle…

Perdue, elle réprima un soupir.

La partie physique de leur relation était simple. Mais la partie émotionnelle, elle, était… déroutante.

— Je sais que tu as envie de ce bon café, fit Riley d'une voix chantante.

Les yeux encore fermés, elle tendit la main mais ne saisit aucune tasse.

— Ne me dis pas que tu es en train de marchander un café contre du sexe ! Tu es vraiment un homme désespéré, Riley Quinn !

— Non, je suis un homme heureux, répondit-il en s'asseyant au bord du lit.

Elle ouvrit enfin les yeux.

Il avait pris sa douche, et ses cheveux étaient encore humides. Il était vêtu seulement d'un jean dont le bouton n'était pas fermé, et elle le trouva encore plus beau que d'habitude.

— Bonjour.

— Comment fais-tu pour être aussi belle dès le réveil ? Même les cheveux en désordre, tu es magnifique.

D'une main, elle tenta machinalement de se recoiffer. Contrairement à ce qu'affirmait Riley, elle n'était pas belle au réveil. Avec ses boucles qui partaient dans tous les sens, elle ressemblait à un ours.

— Vas-tu enfin me donner ce café ou attends-tu que je te lance un oreiller ?

A son grand soulagement, il lui tendit la tasse.

— Je suis passé au pub, tout à l'heure, et je t'ai rapporté de la brioche et de la salade de fruits préparées par Katie, ainsi que du jus d'orange.

— Tu m'as apporté le petit déjeuner ? C'est si gentil… Viens ici, ça mérite un baiser !

Il se pencha vers elle, laissa sa bouche s'attarder sur ses lèvres, et elle ferma les yeux. Il n'y avait pas meilleur réveil ! Les baisers de Riley étaient bien plus doux et romantiques que la sonnerie stridente d'un réveil.

— Quelle heure est-il ?

— 10 heures.

— Déjà ? Je crois que je pourrais passer toutes mes vacances dans cette chambre…

— Ce n'est pas du tout ce que j'ai entendu voici trois jours ! J'ai cru comprendre au contraire que tu aimais courir partout comme une femme possédée par le démon du tourisme.

— Si j'ai été possédée par ce démon du tourisme, je

ne le suis plus. J'ai passé des mois à préparer ce voyage, à en organiser chaque journée. J'ai lu des dizaines de guides, de récits de voyage, j'ai fait de longues recherches, et maintenant… Et étrangement, maintenant, tout ça ne m'intéresse plus.

— Ça ne me dérange pas, répondit-il en riant avant de redevenir sérieux. J'ai des nouvelles pour toi, Nan. J'ai fait quelques recherches et j'ai découvert où vit à présent Carey Findley…

Nan s'assit.

Elle était tellement accaparée par son aventure avec Riley et le questionnement incessant qu'occasionnait en elle l'évolution de ses sentiments, qu'elle en avait presque oublié la raison principale de sa venue en Irlande.

Une vague de culpabilité l'assaillit soudain. Comment avait-elle pu oublier ?

— Il vit à environ trente kilomètres d'ici, dans un village qui s'appelle Kealkill, continua Riley. J'ai essayé de l'appeler, mais il n'était pas chez lui. Je lui ai laissé un message.

— Qu'est-ce que tu lui as dit ? Tu lui as parlé de moi ?

— Je lui ai demandé de me contacter au pub, c'est tout.

Nan referma ses bras autour de ses genoux et fixa ses orteils pendant quelques instants, ne sachant comment réagir à cette annonce.

— J'imagine que c'est une bonne nouvelle…, finit-elle par déclarer d'une voix mitigée. Lorsqu'il appellera, nous irons lui rendre visite et nous pourrons lui parler des lettres qu'il a écrites à ma mère. Dans combien de temps penses-tu qu'il se manifestera ?

— Je lui donne un jour ou deux et, s'il ne rappelle pas, nous passerons chez lui, répondit-il avant de lui caresser tendrement la joue. Alors, quel est le programme de la journée ?

— J'aimerais que tu m'emmènes dans un endroit intéressant, que tu me montres quelque chose de magnifique, d'irlandais et d'historique… Peut-être pourrions-nous aller embrasser le rocher de Blarney ?

— Sûrement pas ! Il y a bien mieux à faire que de se pencher du sommet d'un château pour embrasser une pierre sur laquelle des milliers de personnes ont déjà posé les lèvres. D'autant qu'à partir d'aujourd'hui tes lèvres n'appartiennent plus qu'à moi !

— Maintenant que tu le dis, embrasser ce rocher ne me semble plus une aussi bonne idée.

Elle but une gorgée de café avant de reprendre.

— Qu'est-ce que tu as fait depuis que tu es levé ?

— J'ai travaillé sur une chanson que j'aimerais chanter demain soir.

— Chante-la-moi maintenant.

— Non, je ne suis pas encore prêt.

— Tu chantes uniquement au pub ?

— Non, je fais des concerts dans toute l'Irlande, de temps en temps avec mon groupe, d'autres fois seul. Parfois, je vais jusqu'à Londres. J'ai écrit plusieurs chansons pour des chanteurs à succès. L'une d'elles a même été choisie comme bande-son d'un film.

— Tu aimes ce que tu fais, j'imagine ? C'est tellement passionnant !

Il haussa les épaules.

— Pas toujours… Il m'arrive par moments de penser que je ferais mieux de tout arrêter, de trouver un vrai métier pour gagner ma vie de façon plus classique.

— Pourquoi ? Si tu es heureux comme ça, l'argent ne devrait pas faire de différence. Personnellement, je ne deviendrai jamais millionnaire en travaillant dans une bibliothèque, mais j'aime mon travail.

— Je n'ai jamais été sûr de vouloir tout ce qui accompagne habituellement le succès et la fortune. Les fans, l'attention permanente des médias…

— Moi, je regrette de ne pas avoir un talent particulier comme toi. Ma mère était une artiste. Je possède d'ailleurs quelques aquarelles qu'elle a peintes. Mon père jouait très bien du piano, mais, de mon côté, je ne sais rien faire d'exceptionnel. Je n'ai aucun don.

— Au lit, tu es exceptionnelle. Tu me fais complètement perdre la tête !

Elle éclata de rire, puis passa une main caressante sur son torse.

— J'imagine qu'il y a beaucoup de femmes prêtes à ramper pour te faire perdre la tête au lit…

— J'admets que, jusqu'à ce que tu mettes les pieds en Irlande, tout allait bien pour moi de ce côté-là. Bon… Je t'ai parlé de mon travail, maintenant parle-moi du tien. Tu travailles donc dans une bibliothèque…

— Je travaille depuis plusieurs années dans une bibliothèque universitaire. Je suis directrice adjointe du secteur des collections spéciales.

— Quel genre de collections ? Des bandes dessinées ?

— Non. Je suis en charge de la conservation des livres anciens, des cartes, des vieux manuscrits… Lorsque des chercheurs viennent à la bibliothèque, je les aide à trouver les documents dont ils ont besoin. Je catalogue également les documents que nous achetons ou que nous recevons en don. Nous venons d'ailleurs de recevoir une importante donation de cartes anciennes.

— Ça a l'air intéressant…

— Menteur ! rétorqua-t-elle en riant, avant de lui

prendre sa tasse. Tu te dis qu'il ne doit rien y avoir de plus ennuyeux au monde, ne le nie pas ! Quand tu as su ce que je faisais dans la vie, tu as même cru que j'étais une vieille bonne femme !

— J'ai déjà reconnu mon erreur, mais je m'en excuse encore une fois.

— Ton travail est tellement plus excitant que le mien, Riley ! Tu procures du plaisir à tes spectateurs, de l'émotion, tu leur crées des souvenirs, tandis que moi, je ne brasse que de la poussière lorsque je sors mes vieux livres. Je les fais éternuer.

— Mais tu pourrais faire autre chose si tu le souhaitais.

Elle s'adossa contre l'oreiller, sans même prendre la peine de remonter le drap.

Elle ne ressentait pas le besoin de se cacher. Elle se sentait parfaitement à l'aise avec Riley, et excitée lorsqu'elle le voyait la dévorer du regard.

— Lorsque j'étais ado, je rêvais d'être une héroïne romantique, comme Jane Eyre, et avant cela, une princesse de conte de fées. J'ai toujours vécu le nez dans les livres alors le choix de travailler dans une bibliothèque m'a semblé évident, le moment venu, et…

Elle s'interrompit soudain, inquiète à l'idée d'avoir l'air ridicule. Mais c'était à Riley qu'elle parlait, lui rappela une petite voix dans sa tête, et Riley l'acceptait telle qu'elle était. Elle ne devait pas avoir peur.

— J'ai écrit un livre pour la jeunesse l'année dernière…

— C'est vrai ? De quoi parle-t-il ?

— D'un monstre qui vit dans le placard d'une petite fille. Après la mort de ma mère, pendant très longtemps, j'ai eu peur d'aller me coucher. Je ne pouvais pas m'endormir car j'avais peur de me réveiller le lendemain et de découvrir que tout mon monde avait changé. Je crois que c'est parce que ma mère est morte une nuit et que mon père me l'a appris à mon réveil.

Il prit sa main, noua ses doigts aux siens, et ce geste de tendresse la toucha profondément. L'émotion la gagna et elle sentit sa gorge se serrer.

— Je suis désolé, Nan.

— Avant de tomber malade, ma mère avait l'habitude de me lire des histoires chaque soir. Et, avant de sortir de ma chambre, elle ordonnait à tous les monstres de partir et de revenir un autre jour. Le problème, c'est que je n'ai pas d'illustrations pour ce livre. Je ne sais pas dessiner.

— Tu pourrais peut-être trouver un illustrateur ici. Danny a étudié dans une école d'art, il t'aidera…

— Il sait dessiner ? Il est illustrateur ?

— Je ne l'ai jamais vu dessiner, sauf des esquisses pour ses sculptures, mais je suis persuadé qu'il connaît des illustrateurs. Il fabrique des portails, des portillons mais aussi des sculptures un peu étranges. Il est connu et a des clients dans le monde entier.

— Il est aussi connu que toi ?

— Nous n'avons pas le même public. Ses fans à lui sont des gens riches qui possèdent de belles maisons, tandis que les miens ne sont que des poivrots qui traînent toute la journée dans les bars.

Elle éclata de rire.

— Tous tes fans ne sont pas des ivrognes, Riley ! La preuve, j'en suis une, dit-elle en tentant de glisser un doigt sous la ceinture de son jean.

— Au lieu de faire des bêtises, répondit Riley en retirant sa main, va donc prendre ta douche. Une journée chargée nous attend.

— Je crois que je ne me suis pas encore remise du décalage horaire.

— Tu as pourtant eu quatre nuits pour te mettre à l'heure irlandaise. Si tu continues, je vais finir par croire que tu n'es qu'une paresseuse.

Il posa sa tasse puis, d'un geste, retira les couvertures et l'attrapa. Surprise, elle poussa un petit cri.

— A la douche, Nan ! Ensuite, tu prendras ton petit déjeuner.

— Non ! cria-t-elle.

Mais elle ne se défendit pas.

Pourquoi l'aurait-elle fait ? Elle se sentait si bien, nue, entre ses bras puissants.

Lorsqu'ils parvinrent à la salle de bains, il la posa au sol, fit couler l'eau et attendit qu'elle soit suffisamment chaude avant de pousser Nan à l'intérieur.

— Cette douche va finir de te réveiller.

Sans doute… Mais elle avait une autre idée.

Elle l'attrapa par son jean, l'ouvrit puis, sans le moindre mot, le fit glisser sur ses hanches.

— Que dirais-tu d'une douche à deux ?

— La cabine est beaucoup trop petite.

— On se serrera, ce sera drôle.

Il ne répondit pas.

Il se contenta de finir de se déshabiller puis entra à son tour dans la cabine et tira le rideau derrière eux.

— Je te l'avais dit, Nan, c'est trop petit !

La douche était en effet bien étroite pour deux. Mais cela ne la dérangeait pas. Au contraire, leurs corps étaient maintenant collés l'un à l'autre. Ils s'imbriquaient d'une façon si érotique que sa température grimpa instantanément et que des idées osées germaient dans son esprit à une vitesse incroyable.

— Est-ce que tu peux attraper le savon ?

Riley passa un bras au-dessus de son épaule puis

attrapa la bouteille de gel douche et se tortilla ensuite pour la lui mettre dans la main.

— Peut-être y arriverions-nous mieux si nous échangions nos places, proposa-t-il en l'attrapant par les hanches.

Mais, en bougeant, il trébucha, marcha sur le bas du rideau et commença à glisser, l'entraînant dans sa chute.

Nan éclata de rire en atterrissant par terre.

— Regarde ce que nous avons fait, grogna Riley, mimant la colère. Le rideau est déchiré. Je vais être obligé de déduire son coût de ta caution !

— Ce n'est pas ma faute, c'est toi qui es tombé en premier.

— Mais c'est toi qui as insisté pour que je te rejoigne ! Et pourtant, je t'avais prévenue. Je t'avais dit que la douche était beaucoup trop petite !

Lovée contre lui, elle se mit à bouger avec sensualité, se frottant contre son corps nu.

— Mon pauvre chéri, quel sacrifice tu as fait en acceptant de te doucher avec une femme qui s'offrait à toi !

— Une femme qui s'offrait à moi ?

Elle posa sa bouche sur son torse musclé.

— Oui, une femme qui s'offrait à toi. Une femme qui s'offre toujours à toi et qui a d'ailleurs quelques projets érotiques en tête.

— Des projets érotiques, dis-tu ?

— Reste ici quelques minutes, et tu vas voir !

— Où allons-nous ? demanda Nan.

— A Bantry, répondit Riley en l'entraînant vers le port. Il fait beau, alors j'ai pensé que nous pourrions y aller en bateau plutôt que par la route.

— Vraiment ? Nous allons prendre un bateau ?

— Oui, nous allons même prendre celui-ci…, fit-il en

lui indiquant du doigt un petit bateau de pêche amarré au bout du quai.

Il détacha les cordages puis l'invita à monter à bord et s'installa derrière la barre.

— C'est ton bateau ?

— Celui de mon oncle. C'est un bateau ancien qu'il a restauré. Mon arrière-grand-père l'utilisait pour aller pêcher. Il est trop petit pour les pêcheurs professionnels d'aujourd'hui mais suffisamment grand pour des promenades en mer.

— Il est très beau.

— Tiens, ouvre ce coffre… Tu y trouveras un gilet de sauvetage. Mets-le, lui ordonna-t-il tout en manœuvrant pour sortir du port.

Nan obéit et, lorsque ce fut fait, Riley éclata de rire. Celui qu'elle avait enfilé était beaucoup trop grand pour elle.

— Tu n'as qu'à me le donner. Tu devrais en trouver un à ta taille dans l'autre coffre…

Elle s'exécuta et trouva en effet un gilet plus petit là où il le lui avait indiqué.

— Et maintenant, il te faut des bottes.

— Des bottes ?

— Oui, répondit-il en lui en tendant une paire. On les porte par-dessus ses chaussures.

Elle les enfila et contempla ses pieds, pouffant de rire.

— Je suis grotesque, Riley !

— Tu n'es pas grotesque, tu es adorable ! Et toujours aussi belle.

Il avait fréquenté beaucoup de femmes, ces dix dernières années, mais jamais il n'en avait aimé une comme il aimait Nan.

Peu importait ce qu'il proposait comme activité, elle

semblait toujours heureuse, toujours enthousiaste, toujours contente de passer ses journées en sa compagnie.

Il s'était souvent demandé comment ses parents avaient fait pour réussir leur mariage. Aujourd'hui, il se rendait compte qu'ils aimaient simplement passer du temps l'un avec l'autre. C'était aussi simple que cela.

Et ça l'était aussi avec Nan. Leur relation était facile, naturelle… comme allant de soi…

Il sortit de la baie de Ballykirk, puis mit le cap sur Bantry, examinant avec attention la surface de l'eau.

— Là-bas ! Regarde, Nan, des phoques !

— Oui, je les vois, répondit-elle en battant des mains comme une petite fille au cirque. Il y a même un bébé ! Nous pouvons nous approcher ?

— Pas ici, l'eau n'est pas assez profonde, mais peut-être un peu plus loin.

Elle le rejoignit derrière la barre et passa ses bras fins autour de lui. Il sourit, heureux.

— J'ignorais qu'il y avait des phoques en Irlande, murmura-t-elle.

— Il y a de nombreuses légendes à leur propos, ici. As-tu déjà entendu parler des *selkies* ?

— Non. Je n'ai rien lu à ce sujet dans mes guides touristiques.

— Les *selkies* sont des sortes de sirènes avec un corps de phoque. Le jour, elles nagent entre les rochers. La nuit, elles abandonnent leur peau de phoque et se métamorphosent en femmes magnifiques. Toujours selon la légende, les hommes qui les voient tombent alors instantanément amoureux.

— Et ils sont heureux ? Ces hommes… avec leur sirène ?

— Hélas…

Il secoua la tête.

— Une *selkie* regrette toujours sa vie dans la mer. Elle reste toujours attachée à l'océan. Elle aime les plages, les falaises… La nuit, elle se promène sur les rives et chante des chansons tristes.

— Elles ne peuvent pas retourner dans l'eau ?

— Seulement si elles retrouvent leur peau de phoque. Mais, si elles retournent à l'eau, elles ne pourront plus jamais en ressortir. On raconte que les enfants des *selkies* ont les cheveux foncés, la peau pâle et les pieds palmés.

— J'adore cette histoire !

— Il y a beaucoup d'autres histoires dont les héroïnes sont des sirènes. Certaines sont heureuses, d'autres tragiques. Quand nous étions petits, mon père nous disait que ma mère était une *selkie*, si bien qu'une fois Danny et moi avons cherché sa peau de phoque dans toute la maison. Lorsque ma mère l'a appris, elle s'est mise en colère. Mais elle ne nous a pas punis. Elle a puni mon père pour nous avoir mis cette histoire en tête.

— Enfant, on croit aux contes de fées. Mais, aujourd'hui, toi et moi sommes assez grands pour savoir que les fées n'existent pas, que les phoques ne peuvent pas devenir de belles femmes et…

Il l'interrompit en levant la main.

— Regarde, Nan… Il y a un troupeau…

Il approcha le bateau pour lui permettre de voir un peu mieux.

— Les eaux de l'Irlande sont un sanctuaire pour les phoques, les baleines, les dauphins… Ici, ils ne craignent ni les chasseurs ni les pêcheurs.

Il attrapa un seau vide sur le pont et le lui tendit.

— Cogne ce seau contre le bateau. Ils croiront que tu vas les nourrir et s'approcheront encore.

— Nous pouvons leur donner à manger ?

— Non. Ce n'est pas une bonne idée, car ensuite ils passeront tout leur temps dans les ports à attendre de la nourriture.

— Comme les moutons l'autre jour ?

Il approuva d'un signe de tête.

— Exactement. De temps en temps, nous pouvons aussi apercevoir des dauphins dans la baie, ou bien des baleines.

— C'est magnifique, fit-elle en se mettant sur la pointe des pieds pour l'embrasser. Merci de me faire découvrir ce spectacle, Riley…

Une heure plus tard, il amarra le bateau au port de Bantry, puis il aida Nan à se débarrasser de ses bottes et de son gilet de sauvetage.

— C'est jour de marché aujourd'hui, lui expliqua-t-il. Avant que nous y allions, je dois te dire que tous les prix sont négociables, mais si les commerçants devinent que tu es une touriste ils refuseront de les baisser.

En se promenant parmi les étals, ils croisèrent quelques pêcheurs que Riley connaissait, quelques éleveurs, qui insistèrent tous pour qu'il leur présente Nan. Ils s'arrêtèrent également pour écouter plusieurs musiciens, dont un vieil homme qui jouait des chansons des Beatles au piano et un jeune garçon qui chantait en s'accompagnant à la guitare.

— Continue, petit, tu chantes très bien ! lança Riley en lui donnant quelques pièces.

— C'était gentil de ta part de l'encourager, lui dit Nan lorsqu'ils s'éloignèrent.

— Lorsque j'étais jeune, je venais au marché avec mes parents et ils me laissaient quelques heures de libres pour chanter. Mes frères étaient très jaloux, parce que je revenais toujours à la maison avec des pièces.

Il s'interrompit pour lui montrer un pub.

— Ce pub propose les meilleurs sandwichs aux saucisses de tout le comté. On pourrait manger un morceau avant de continuer notre promenade, si tu veux.

— Bonne idée.

A l'intérieur, ils trouvèrent une table libre et commandèrent des sandwichs et des bières.

Nan était plus affamée qu'elle voulait bien l'avouer car elle dévora son sandwich en quelques bouchées. Sans attendre, Riley lui en commanda un second.

— Nous avons le même genre de saucisses dans le Wisconsin, lui expliqua-t-elle. Des *bratwursts.* Tu les aimerais. Nous les faisons cuire au gril ou bien dans la bière, avec des oignons. J'habite près d'un stade, et les jours de match, toute la maison sent la saucisse.

Elle prit une nouvelle bouchée avant de continuer.

— Tu as déjà été en Amérique ?

— Jamais, mais j'aimerais beaucoup. Mon agent m'a conseillé d'aller donner des concerts là-bas, à Boston, à Chicago…

— Madison est à deux heures à peine de Chicago. Si tu donnais un concert là-bas, je pourrais venir t'écouter. Ou bien tu pourrais venir quelques jours chez moi et je te ferais visiter la région, même si ce n'est pas aussi beau que l'Irlande.

— Si je venais, ce ne serait pas pour le paysage, Nan.

— Il y a pourtant des sites intéressants : la tour Sears à Chicago, le zoo de Madison…

Il adorait l'écouter parler, même lorsqu'il n'avait aucune idée de quoi elle parlait. De temps en temps, il rêvait même de se glisser dans son cerveau pour apprendre tout ce qu'elle savait. Et aussi pour savoir ce qu'elle pensait exactement de lui.

Etait-elle amoureuse ?

— Comment s'appelle cette variété de pomme de terre ? lui demanda-t-elle soudain, le sortant de sa réflexion.

— Ce sont des boxty.

— Elles sont délicieuses, mais elles seraient encore meilleures avec quelques oignons, ou bien une purée d'ail.

Il continua à la regarder profiter de son repas, repensant à la question qui le tenaillait. Etait-elle amoureuse de lui ?

Elle devait repartir cinq jours plus tard et il lui avait promis de l'accompagner jusqu'à l'aéroport, mais, plus le temps passait, plus il voulait lui demander de rester. Cinq jours, cela ne lui suffisait pas. C'était trop court. Beaucoup trop court !

— Si tu voulais rester quelques jours de plus, tu le pourrais, osa-t-il dire soudain, comme si de rien n'était. Le gîte n'est pas reloué.

— Mon budget est très serré. Je ne peux pas me permettre de rester plus de dix jours.

— Tu n'aurais pas à payer. Tu pourrais être mon invitée.

— Si seulement… Dire que nous sommes déjà vendredi ! J'ai l'impression que ça fait une éternité que je suis ici.

Il avait également cette impression.

— Après le concert, demain soir, je serai totalement à toi.

— Tu n'es pas obligé, Riley. Je n'attends pas que tu sois à ma disposition vingt-quatre heures sur vingt-quatre.

Il prit sa main et noua ses doigts aux siens, puis déposa un baiser au creux de son poignet.

— Je crois que je suis un peu plus qu'un simple chauffeur, Nan.

Elle lui adressa un clin d'œil qui éveilla instantanément tous ses sens.

— Oui, tu es plus qu'un simple chauffeur, Riley.

— Ce qui n'empêche pas que j'aime te faire visiter les environs. En plus, ça te permet d'éviter les lieux trop touristiques.

— A propos de tourisme, où allons-nous demain ? Non, attends, ne me dis rien, je préfère avoir la surprise.

— Je vais y réfléchir. Je dois répéter avec mon groupe dans l'après-midi, mais nous pouvons passer la matinée ensemble. Nous pourrions en profiter pour essayer de rappeler Carey Findley.

Il prit une bouchée de pomme de terre avant de demander :

— Parle-moi de ta vie aux Etats-Unis, Nan.

— J'habite dans la maison où j'ai grandi.

— Tu as des amis ?

— Tu parles de petits amis ?

Il haussa les épaules, soudain mal à l'aise et un peu honteux de sa curiosité. C'était évidemment ce qu'il voulait savoir.

— Est-ce que tu sors avec quelqu'un en ce moment ?

— Il y a un homme… Larry. Il travaille avec moi à la bibliothèque. Nous sommes sortis ensemble plusieurs fois, mais…

— Larry ? Non, Nan, tu plaisantes ! Tu ne peux pas sortir avec un type qui s'appelle Larry ! C'est impossible. Un Larry porte des mocassins et des lunettes à triple foyer, il conduit une vieille voiture et passe tous ses dimanches à tondre sa pelouse. C'est sa seule passion, son seul passe-temps.

Elle éclata de rire.

Il la faisait rire, c'était un bon point. Malheureusement,

il avait l'impression qu'elle ne prenait aucune de leurs conversations au sérieux.

— Il fut un temps, reprit-elle, où je pensais que si je voulais vraiment me marier un jour je pourrais l'épouser. Il est gentil, il aime les livres, il a une bonne situation… Mais aujourd'hui je n'en ai plus envie.

— Dieu soit loué !

— Oui, Dieu soit loué… Malheureusement, je crois que j'aurais du mal à trouver quelqu'un qui puisse rivaliser avec toi !

— Dans ce cas, ne cherche pas, fit-il en redevenant sérieux. Reste ici…

— Tu sais bien que ce n'est pas possible, Riley.

— Tout est possible !

— Tout ? Vraiment ? Je peux me mettre toute nue ici, si le cœur m'en dit ?

— Hélas non. Tu te ferais malheureusement chasser du pub avant d'avoir eu le temps de finir tes pommes de terre.

— C'est bien la preuve que tout n'est pas possible, Riley. J'adore ces pommes de terre… En fait, depuis que je suis en Irlande, j'adore les pommes de terre !

Riley réprima un soupir. Il mourait d'envie de lui dire ce qu'il ressentait, combien il aimait passer du temps avec elle, mais, chaque fois qu'il abordait le sujet, d'une manière ou d'une autre, elle trouvait un moyen de blaguer. Elle semblait refuser sur ce point toute conversation sérieuse.

Peut-être valait-il mieux attendre qu'ils soient seuls, dans la chambre du gîte, pour revenir sur le sujet. Il voulait tant qu'elle se rende compte du caractère magique de leur rencontre.

Il lui parlerait dans la soirée, sa décision était prise.

Il lui dirait qu'il ne voulait pas qu'elle reprenne l'avion, qu'il ne voulait pas qu'elle reparte aux Etats-Unis, et il le lui répéterait jusqu'à ce qu'elle comprenne.

Nan trouva le marché de Bantry épatant. L'ambiance était chaleureuse, les étals multicolores, les produits appétissants… Tout lui faisait tellement envie qu'au bout de quelques minutes seulement elle avait déjà plusieurs sacs de victuailles à la main.

Ils retournèrent alors au bateau les poser, puis revinrent pour continuer leurs courses.

Nan était déterminée à trouver le souvenir parfait de son séjour en Irlande. Elle avait déjà cherché à Killar mais n'avait rien trouvé, alors peut-être qu'ici…

Elle s'arrêta soudain devant une petite boutique de vêtements et aperçut un foulard dans la vitrine.

— Regarde, Riley !

Le motif imprimé représentait une carte d'Irlande.

— Tu ne le trouves pas joli ?

— C'est un foulard de grand-mère !

— Je ne suis pas d'accord. Je pourrais l'encadrer. J'adore les cartes, tu sais…

— Alors achète une vraie carte. Il y a une bonne librairie à Ennis qui vend également des cartes anciennes. Je peux t'y emmener si tu veux.

— Aurons-nous le temps avant mon départ ?

— Est-ce que tu es obligée de me rappeler sans cesse que tu repars bientôt, Nan ?

Elle ne répondit pas. Que pouvait-elle répondre ?

— Je vais entrer dans la boutique et regarder de près le foulard. Ils en ont peut-être d'autres modèles…

— Je t'attends ici.

— Tu ne veux pas entrer avec moi ?

— Non. Je ne suis pas fan de shopping. A moins bien sûr qu'il s'agisse de lingerie. Dans ce cas-là, je serais plus que ravi de te donner des conseils.

Elle éclata de rire.

— Va donc boire une bière au pub, de l'autre côté de la rue. Je viendrai te rejoindre lorsque j'aurai terminé.

— Tu en as pour longtemps ?

— Un quart d'heure maximum.

Elle le regarda traverser la rue puis, sans attendre, entra dans la boutique.

— Bonjour, lança le vendeur dès qu'elle poussa la porte. En quoi puis-je vous aider, mademoiselle ?

— J'ai aperçu un foulard en vitrine. En avez-vous d'autres du même genre ?

— Bien sûr ! Ce sont des modèles uniques, réalisés par un artiste local. Je vais vous les montrer…

Nan examina les foulards mais, plus elle les regardait, plus elle se rendait compte qu'aucun ne serait parfait, car ils ne lui feraient penser qu'au paysage. Or son souvenir le plus puissant de l'Irlande serait toujours Riley.

Peut-être pourrait-elle alors trouver une chose qu'elle associerait plus facilement à lui ?

— Vendez-vous de la lingerie ? demanda-t-elle.

— Je suis désolé, non. Nous n'avons que des chemises de nuit. Mais vous en trouverez chez Burkes. Sa boutique est au coin de la rue…

Elle le remercia puis se dépêcha de sortir avant de jeter un coup d'œil à sa montre. Il lui restait dix minutes avant d'aller rejoindre Riley. Cela suffirait pour trouver quelque chose de sexy.

Elle entra donc chez Burkes puis, déterminée à ne pas perdre de temps, demanda à une vendeuse où se trouvait le rayon lingerie. Sur le chemin, elle remarqua une robe vert pâle, très décolletée.

Une robe féminine, sexy, exactement ce dont elle avait besoin pour le concert de Riley… Si elle portait cette robe, il oublierait instantanément toutes les autres femmes venues l'écouter.

— Puis-je l'essayer ? demanda-t-elle à la vendeuse, oubliant tout à coup son envie de lingerie.

— Bien sûr. Les cabines d'essayage sont au fond du magasin. Je viendrai dans quelques minutes voir si elle vous va.

Une fois dans la cabine, Nan se déshabilla puis passa la robe. Le tissu était doux, soyeux, moulant ; il mettait en valeur toutes ses courbes.

— C'est parfait, murmura-t-elle en souriant à son reflet dans le miroir.

Ce qu'elle y voyait lui plaisait énormément. Elle se sentait à l'aise dans cette robe, même si elle devait la porter sans soutien-gorge.

Elle passa la main sous le vêtement, ôta sa culotte puis sourit. Peut-être pourrait-elle même la porter sans rien dessous ? Certainement que ça plairait à Riley !

Ou peut-être pourrait-elle mettre un string…

Elle fit la grimace à cette idée.

Elle n'avait jamais porté de string. Cela lui avait toujours semblé trop inconfortable, mais elle était prête à beaucoup d'efforts pour plaire à Riley.

Un bruit à la porte de la cabine d'essayage la fit soudain sursauter.

— Puis-je vous apporter autre chose ? lui demanda la vendeuse.

Elle entrouvrit.

— J'ai besoin de lingerie. Peut-être un string, blanc, en dentelle…

Quelques minutes plus tard, elle entendit de nouveau frapper. Elle ouvrit et se retrouva nez à nez avec Riley.

— Laisse-moi entrer, Nan, lui murmura-t-il avec un regard malicieux.

— Non, tu ne peux pas venir ici.

— Allez, Nan… Il n'y a personne.

— Comment m'as-tu trouvée ?

— Je t'ai vue entrer dans le magasin depuis le pub.

— Alors retournes-y !

Il devait à tout prix partir, la vendeuse allait revenir d'une minute à l'autre. Sans compter qu'elle était un peu déçue : elle voulait tant lui faire la surprise !

Elle tenta de refermer la porte, mais il l'en empêcha. Inquiète à l'idée que la vendeuse ne les voie, elle le fit alors entrer rapidement.

— D'accord tu rentres mais tu t'assois, tu relèves les pieds et tu ne bouges pas !

— La robe est jolie. Tu portes quelque chose en dessous ?

Sans attendre sa réponse, il tenta de glisser une main sous sa robe, mais elle le repoussa.

— Tu es nue ?

— Oui.

— Mon Dieu, je n'aurais pas dû venir ici ! Tu vas me rendre fou.

A cet instant, elle entendit des bruits de pas et, d'un signe de tête, elle ordonna à Riley de se taire.

Lorsque la vendeuse frappa, elle entrouvrit très légèrement la porte et prit les cintres que la jeune femme lui tendait.

— Merci. Je n'en ai que pour quelques minutes.

— Prenez votre temps, répondit l'autre, comme si elle devinait qu'elle n'était plus seule dans la cabine.

Sentant ses joues s'empourprer, Nan referma vite.

— Voyons un peu ce que tu as là…, fit Riley.

— Arrête ! J'avais juste besoin de quelque chose à mettre demain soir, car je n'ai rien apporté de joli. A vrai dire, je ne possède rien de joli. En tout cas, rien qui ressemble à cette robe.

— Tu serais sexy même si tu portais un sac de pommes de terre.

Soudain gênée par ce compliment, elle haussa les épaules.

— La robe est vraiment très jolie, Nan, mais je refuse que tu la portes sans rien en dessous.

— C'est pour cette raison que je voulais mettre un string.

— Regarde-les, répliqua-t-il en lui tendant les cintres. Ils sont si petits que tu ferais tout aussi bien de ne rien mettre.

— Je pensais que tu trouverais ça sexy.

— Bien sûr que c'est sexy ! Le problème est que tous les hommes présents dans la salle le penseront également. Et je ne veux pas que ma petite amie se balade ainsi.

Elle prit une profonde inspiration en regardant le string de dentelle puis fixa son reflet.

— Tu aimes la robe ?

— Je l'aimerais plus si tu portais un T-shirt en dessous.

— Je n'arrive pas à croire que tu sois aussi coincé !

Il se leva, l'attrapa par les hanches et l'approcha de lui, puis effleura ses lèvres des siennes.

— Ne t'inquiète pas, Nan. J'adore cette robe et je te trouve magnifique dedans.

Il la poussa contre le miroir, laissant ses mains

vagabonder sur son corps, puis lui mordilla le lobe de l'oreille, et elle sentit ses défenses faiblir.

— Tu crois que la vendeuse peut nous voir ? demanda-t-elle.

— Elle peut voir nos pieds, en tout cas, mais je suis sûr que ce n'est pas la première fois qu'une cabine d'essayage est occupée par deux personnes, répondit-il en déposant un baiser dans le creux de son cou. J'aime vraiment beaucoup cette robe.

— Moi aussi.

— Tu as acheté le foulard, finalement ?

— Non, il ne me plaisait pas suffisamment. Je veux trouver le souvenir parfait.

Il s'écarta légèrement d'elle, puis sortit une boîte de sa poche.

— J'ai trouvé quelque chose qui pourrait te convenir, Nan.

— Qu'est-ce que c'est ?

— Pas grand-chose, mais c'est typique.

Elle ouvrit la boîte et y découvrit une bague en or. Elle la sortit et l'examina.

— C'est un *claddagh*, lui expliqua Riley. Le cœur représente l'amour, les mains l'amitié et la couronne la loyauté.

— Elle est très jolie.

— Elle doit être portée d'une certaine façon, mais je ne me souviens plus très bien de la règle. Certaines femmes la portent comme alliance ou bague de fiançailles, à la main gauche, alors tu peux la porter à la main droite.

Sans attendre, elle la glissa sur son annulaire droit et sourit.

— Elle est à ma taille.

— J'ai eu de la chance.

— Merci, Riley. Elle me plaît beaucoup. C'est exactement ce que je cherchais.

— Je suis heureux d'avoir pu t'aider. Maintenant, je vais sortir et te laisser tranquille. On se retrouve dehors ?

Elle répondit d'un simple signe de la tête.

Une fois seule, elle s'assit sur le tabouret, fixa la bague et sentit son cœur faire des bonds dans sa poitrine.

Que signifiait un tel cadeau ?

Etait-ce une tradition, en Irlande, d'offrir une bague à une quasi-inconnue ?

Pourquoi Riley la lui avait-il offerte ? Devait-elle y voir un signe ?

Elle l'ignorait. Elle savait simplement qu'elle avait envie d'en voir un.

- 6 -

Installé sur la scène, sa guitare entre les mains, Riley jeta un coup d'œil aux paroles qu'il avait écrites tout en accordant l'instrument, puis, frustré, réprima un soupir.

Pourquoi ses chansons semblaient-elles toujours plus réussies lorsqu'il les créait que lorsqu'il les chantait ? Ce n'était pas la première fois qu'il avait l'impression enthousiasmante d'avoir créé la chanson parfaite et qu'il était déçu lorsqu'il la jouait en public.

C'était pour cette raison que certains artistes se laissaient entraîner dans des spirales autodestructrices. Pour un musicien, il n'y avait rien de pire que la déception, la sensation d'être un raté. Or, depuis que Nan était entrée dans sa vie, les doutes qui l'assaillaient étaient encore plus nombreux que d'habitude.

Pendant longtemps, l'existence telle qu'il la menait lui avait convenu, et aujourd'hui il n'en voyait plus que les défauts.

Même s'il voulait tomber amoureux de Nan et envisager un avenir avec elle, il ne le pouvait pas. Il n'avait rien à lui offrir. Tout ce qu'il possédait tenait dans son quatre-quatre. Il n'avait pas de vrai travail, pas de maison à lui, aucun diplôme ni projet professionnel qui puisse lui procurer un revenu régulier.

Il n'avait aucun talent particulier, à part celui de chanter dans des bars.

Que diable lui était-il passé par la tête pour offrir une bague à Nan ? Et pourquoi lui avoir fait croire qu'il ne s'agissait que d'une marque d'amitié, alors qu'il savait pertinemment que ce n'était pas le cas ?

Dès qu'il avait vu la bague dans la vitrine, il avait voulu l'offrir à Nan. Cette bague représentait tous les sentiments qu'il éprouvait pour elle, réunis dans un seul petit morceau d'or. L'amitié, la loyauté et… Et un sentiment plus fort dont il ignorait encore s'il s'agissait d'amour ou non, qu'il ne parvenait pas à nommer, mais qu'il savait très intense.

Il avait rencontré la jeune femme cinq jours et cinq nuits plus tôt seulement, alors comment pouvait-il savoir si ce qu'il éprouvait pour elle était de l'amour ?

Il était néanmoins sûr d'une chose : il la désirait. Il la désirait plus que tout au monde. Elle lui faisait perdre la tête dès qu'elle l'embrassait, et il adorait lui faire l'amour toute la nuit durant… Alors peut-être s'agissait-il d'excitation sexuelle plutôt que d'amour… Peut-être confondait-il les deux.

Après leur excursion à Bantry, la veille, ils étaient rentrés au gîte et avaient préparé leur dîner, un dîner à base de saumon et de légumes frais. Puis, pour le dessert, ils avaient partagé une tarte aux pommes que Nan avait achetée au marché. Ils avaient pris leur temps pour manger, comme un délicieux jeu de séduction.

Riley n'avait jamais imaginé tomber amoureux, mais il devait avouer qu'il aimait passer ses soirées tranquillement avec Nan. Il aimait lui préparer le café le matin, et il aimait aussi tout ce qui se passait entre ces deux moments. Pour la première fois, il imaginait à quoi pouvait ressembler la vie à deux et était séduit.

Se forçant à refouler ces pensées, il essaya de se concentrer sur sa chanson.

Quelques minutes plus tard, la sainte trinité fit son entrée dans le pub, rouspétant contre la décision de la municipalité de remplacer les lampadaires du village. Il posa alors sa guitare pour aller s'occuper d'eux.

— Quoi de neuf, messieurs ?

— Est-ce que tu peux m'expliquer pourquoi nous avons besoin de nouveaux lampadaires ? attaqua d'emblée Dealy. Je ne suis pas opposé à la modernisation, mais ceux qui sont en place fonctionnent très bien !

— Ils consomment trop d'électricité, à ce qu'il paraît, répondit Markus à sa place. D'après ce que j'ai compris, les nouveaux seront amortis en moins de dix ans.

— Peut-être, mais ensuite le maire nous expliquera que nous avons besoin de lampadaires encore plus performants. A ce rythme-là, je suis persuadé qu'un jour ils essayeront de nous vendre des lampadaires sur lesquels il faudra pédaler pour faire de la lumière, en nous expliquant que c'est plus économique !

Riley éclata de rire.

— On dirait que vous avez besoin d'une bonne bière.

Et, sans attendre, il posa devant eux trois verres.

— J'ai une question à vous poser, vous qui êtes depuis longtemps installés à Ballykirk... Est-ce que vous vous souvenez d'un type du nom de Carey Findley ? Jimmy McPhee dit qu'il habitait dans une ferme du côté de Glengarriff.

— Carey Findley ? Bien sûr que je me souviens de lui ! répondit Johnnie. C'est le cousin du cousin de mon beau-frère. Il habite à côté de Kealkill aujourd'hui. Il a déménagé après la mort de son fils.

— La mort de son fils ? demanda Riley.

— C'est une histoire tragique… Un jour, le garçon est parti faire du bateau avec quelques amis et l'un d'eux est tombé à l'eau. L'eau était froide et le fils de Findley a plongé à son secours, mais ils se sont noyés tous les deux. Après ça, Carey n'a plus supporté de vivre en bord de mer. C'est pour cette raison qu'il est parti à Kealkill. J'ai entendu dire que sa femme était morte de chagrin peu de temps après ce drame. Elle ne s'en est jamais remise.

— C'est affreux.

— Oui. Tout ça s'est passé il y a des années. Trente ans peut-être…

— Vingt-sept ans.

— Oui, tu as raison. Je me souviens, maintenant. Ça s'est passé quelques mois après la naissance de ma fille. Elle était malade et je n'ai pas pu aller aux obsèques.

— Pourquoi toutes ces questions ? lui demanda Markus.

Riley hésita. Devait-il parler de Nan ? Non, sans doute pas.

— Il y avait une photo de lui et d'autres jeunes sur le mur là-bas, et j'étais curieux, se contenta-t-il de répondre.

— Il venait souvent au pub, toujours à la recherche d'une jolie fille, reprit Johnnie.

— C'est ce que j'ai entendu dire, fit Riley avant de changer de sujet pour ne pas avoir l'air d'accorder trop d'importance au fils Findley. Katie a préparé un ragoût de bœuf. Je peux vous en proposer ?

— Ce serait très aimable, répondit Dealy. Où est ta jolie demoiselle aujourd'hui ?

— Elle se promène, répondit-il avant de se diriger vers la cuisine. D'ailleurs, je vais de ce pas la retrouver !

Dans la cuisine, il trouva Danny en train de lire le journal.

— Tu es venu travailler ?

— Une fois que j'aurai mangé, oui. J'ai pensé que tu voudrais passer la journée avec ta copine.

— Ce n'est pas ma copine. Du moins, pas officiellement.

— Tu voudrais que ce soit officiel ?

— Je n'en sais rien. Je n'ai pas envie qu'elle parte, mais j'ignore si c'est parce que je suis en train de tomber amoureux ou simplement parce que j'aime faire l'amour avec elle.

— Je préfère ne pas entendre ça ! s'écria à cet instant Katie, en faisant mine de se boucher les oreilles. Je refuse que vous parliez de sexe dans ma cuisine !

Riley éclata de rire.

— Katie, tu as trois enfants, tu dois bien être au courant des choses de la nature !

— Oui, mais je suis mariée et vous ne l'êtes pas. Et j'ai trois filles que je vous interdis d'approcher ! Sinon, gare à vous !

Danny prit son journal et se dirigea vers la porte arrière. Riley le suivit. Une fois dehors, ils s'installèrent sur un banc.

— Que vas-tu faire à propos de cette fille, alors ?

— Je ne sais pas. Il faut que je trouve un moyen de la faire rester.

— Tu as pensé à partir avec elle ? Ce serait un bon moyen de visiter les Etats-Unis.

— Oui, mais je n'ai vraiment pas grand-chose à lui offrir. Les femmes adorent les musiciens, mais elles ne veulent pas les épouser, du moins pas ceux qui chantent dans les pubs ou les bals.

— Mais tu gagnes bien ta vie. Et, si tu te concentrais sur l'écriture des chansons et la production, tu gagnerais encore plus. De combien as-tu besoin ? Tu as déjà assez pour t'acheter une maison.

— Nan mérite plus qu'une petite maison. Elle mérite une grande maison, de beaux habits et aucun souci jusqu'à la fin de sa vie.

— Tu es sûr que c'est ce qu'elle attend ? Elle ne semble pas très préoccupée par les choses matérielles.

— N'est-ce pas ce que désirent toutes les femmes ?

— Je pense que, lorsqu'on est amoureux, on veut simplement être avec l'autre.

Riley passa une main lasse sur son visage.

— Si seulement c'était aussi simple…

— Peut-être devrais-tu arrêter de t'inquiéter et laisser les choses se faire naturellement. Si elle ne t'aime pas, tu ne peux pas la forcer. En plus, tu n'es même pas sûr toi-même de ce que tu ressens.

Evidemment… Mais il savait néanmoins qu'il ne voulait pas qu'elle reparte.

— Danny… Tu ne t'es jamais demandé si tu n'étais pas passé à côté de la chance de ta vie, parce que tu ne faisais pas attention ou que tu n'avais pas laissé le temps au temps ?

— Je pense que, lorsqu'on trouve le véritable amour, on le sait.

— Comment peux-tu l'affirmer ? As-tu jamais été amoureux ?

— Non, mais c'est ainsi que je m'imagine le grand amour.

Tout en écoutant son frère, Riley jeta un coup d'œil à sa montre.

— Je continuerais bien cette discussion, mais il faut que j'y aille. Tu t'occupes de la salle ? La sainte trinité a commandé à manger.

— Pas de problème. Mais ne te torture pas l'esprit, Riley… La dernière chose que tu souhaites est de la convaincre de rester puis de réaliser plus tard que tu ne l'aimes pas vraiment. Ce serait trop cruel.

Réfléchissant aux dernières paroles de son frère, Riley remonta la rue pour retrouver Nan.

Elle avait décidé finalement de passer la matinée à explorer Ballykirk, toute seule. Elle voulait visiter l'église et faire un tour dans les quelques boutiques du village, et il lui avait promis de la retrouver pour un pique-nique au gîte, avant de retourner au pub pour sa répétition.

Si tout allait bien, après le concert, il tenterait une nouvelle fois de la convaincre de rester un peu plus longtemps. Il n'était pas si difficile de changer un billet d'avion. Et puis elle n'en savait toujours pas beaucoup plus sur le séjour de sa mère au village, alors peut-être voudrait-elle rester pour poursuivre son enquête.

Si ces arguments ne suffisaient pas, il trouverait bien d'autres raisons pour la convaincre de rester.

Oui, il en trouverait…

La salle du pub était comble lorsque Nan y entra, mais Riley lui avait réservé un siège à côté de Martin, son cousin, qui était en charge du son. Tant mieux, cela lui éviterait d'être écrasée dans la foule.

Le public était très nombreux, ce qui était surprenant, car Ballykirk n'était qu'un petit village. Mais tout le monde semblait connaître les musiciens.

Au fil du concert, les spectateurs se firent de plus en plus enthousiastes, et Nan se mit à danser, oubliant sa timidité. Avec elle, dans l'intimité, Riley était doux, tendre, sexy. Sur scène, elle découvrait un autre aspect de sa personnalité. Il jouait avec son public, lui souriait, le charmait… Et elle, il l'envoûtait. Sous son regard, elle n'avait plus peur de rien, plus peur de danser, plus peur de se laisser aller à la joie d'être, tout simplement.

Peut-être imaginait-elle des choses, mais elle avait l'impression qu'il chantait chaque chanson juste pour elle, qu'il ne voyait qu'elle dans la salle.

Lorsque le groupe termina la dernière chanson, elle lui fit un petit signe de la main et il lui sourit. Les musiciens descendirent de scène, mais Riley y resta et attrapa sa guitare acoustique.

— Voici une toute nouvelle chanson, que j'ai écrite pour une jolie Américaine, dit-il. C'est la première fois que je la chante en public… J'espère qu'elle vous plaira.

Touchée, Nan riva son regard au sien et l'écouta chanter l'histoire d'un homme amoureux d'une sirène.

Aussitôt, l'émotion l'envahit. Jamais elle ne s'était sentie aussi proche d'un homme. Elle en était bouleversée. Et fière aussi.

Cet homme, cet Irlandais si beau, si séduisant, qui avait des dizaines de filles à ses pieds, avait choisi de partager son lit à elle. Ce soir, c'était avec elle qu'il rentrerait. C'était à elle qu'il ferait l'amour.

A cette idée, un frisson d'anticipation et de désir glissa le long de son dos et elle sentit sa température grimper de quelques degrés.

Riley chanta deux autres chansons en solo, deux chansons d'amour, avant de saluer la foule, de quitter la scène et de venir vers elle.

Lorsqu'il parvint à son niveau, il prit sa main dans la sienne et la serra.

— Allez, Nan, sortons d'ici. J'ai besoin d'air frais.

— Et moi, j'ai besoin de toi, répondit-elle, les yeux brillants de désir.

Ils sortirent dans la nuit fraîche et elle passa un bras

autour de ses hanches tandis qu'ils déambulaient en direction de l'océan.

— Tu m'as impressionnée, Riley.

— Comment ? Parce que je sais vraiment chanter ?

— Non, je le savais déjà. Ce qui m'a impressionnée, c'est ton talent pour captiver le public. Les spectateurs sont fous de toi.

— Et toi ?

— Je suis folle de toi aussi, dit-elle avant de s'interrompre tout net, sous le choc.

Qu'avait-elle dit ?

Riley l'attira sur un banc, sur le quai, et elle s'assit, la gorge nouée. Il avait l'air très sérieux, tout à coup, sans doute à cause de ce qu'elle venait de dire.

Peut-être même était-il fâché.

Elle n'avait pas voulu dire qu'elle l'aimait… Juste qu'elle aimait la personne qu'il était sur la scène, lorsqu'il lui chantait une chanson.

— Je suis désolée, Riley. Je n'aurais pas dû dire ça.

— Tu n'aurais pas dû dire quoi ?

— Que… Que je suis folle de toi. Les mots ne sont pas sortis comme je le voulais.

— Aujourd'hui, au pub, j'ai demandé à des habitués s'ils se souvenaient de Carey Findley… Johnnie O'Malley en savait un peu plus à propos de Tiernan.

— Et alors ?

— D'après lui, Tiernan est décédé peu après le départ d'Irlande de ta mère.

— Comment est-il mort ?

— Il s'est noyé en essayant de sauver un ami qui était tombé à l'eau. Par ailleurs, j'ai rappelé Carey Findley cet après-midi et je l'ai eu. Il voudrait te rencontrer. Il se souvient de ta mère. D'après ce qu'il m'a dit, elle a eu une histoire avec Tiernan.

A ces mots, Nan sentit soudain l'air lui manquer. Tout à coup, elle étouffait. Elle n'arrivait plus à respirer.

Elle essaya de prendre une grande inspiration, en vain. Sa gorge était trop serrée.

— Etaient-ils amoureux ? parvint-elle néanmoins à demander.

— Je n'en suis pas sûr, mais, sachant qu'elle t'a donné son prénom, je pense que c'est possible.

— Non, non… Je ne veux pas entendre ça, dit-elle en posant ses mains sur ses oreilles. Je ne veux pas entendre qu'elle est tombée amoureuse de lui puis qu'elle est partie ou qu'elle est tombée amoureuse et qu'il est mort. Je ne veux pas d'une histoire triste. Sa vie l'a été suffisamment, après…

— Tu n'es pas obligée d'aller voir Carey.

— Si. Maintenant que je sais où il est, je dois y aller. Je dois en savoir plus sur les lettres qu'il a écrites à ma mère. Je dois en apprendre plus à son sujet. Je n'ai pas le choix.

Riley serra sa main dans la sienne.

— Tu n'es pas obligée, Nan, si ça te rend malheureuse.

— La vie n'est pas toujours rose et, de temps en temps, elle est même carrément triste, je le sais bien. Comme je sais que nous avons beau faire semblant que tout va bien entre nous, la réalité n'en reste pas moins que je vais repartir et que nous ne nous reverrons plus jamais !

— Je t'ai dit que tu pouvais rester, Nan.

— Ce n'est pas le problème ! Je suis venue ici pour en apprendre plus sur ma mère et je ne peux pas renoncer si près du but.

— De qui sommes-nous en train de parler, Nan ? De nous ou de ta mère ?

Lasse, elle se leva et fit quelques pas. Les questions se bousculaient en elle. Elle se sentait complètement perdue.

Quel était le véritable problème ? Sa mère ou ses sentiments pour Riley ?

Elle refusait de croire que Laura ait pu quitter l'homme qu'elle aimait.

Et elle refusait de penser qu'elle allait être obligée de faire la même chose.

— Je ne sais pas, dit-elle enfin en se laissant retomber à côté de lui. Peut-être ma mère l'aimait-elle. Et peut-être avait-elle décidé que ça ne suffisait pas et qu'elle devait rentrer. Peut-être a-t-elle fait le mauvais choix…

— Si elle a épousé ton père, c'est qu'elle était amoureuse de lui.

— Il était bien plus âgé qu'elle. Il avait presque quinze ans de plus.

— Ton père était aux Etats-Unis alors que Tiernan était ici, à des milliers de kilomètres. Il n'est pas difficile de comprendre son choix.

Elle se tourna vers lui et le fixa.

— Je crois que je vais rentrer à la maison.

— Au gîte ?

— Oui. J'ai besoin de réfléchir.

— Nan, s'il te plaît… Reviens au pub avec moi. On écoutera de la musique, on mangera un morceau…

— Non. Je te verrai plus tard, dit-elle avant de s'éloigner sans se retourner.

Elle passa devant le pub et accéléra son allure. Elle marcha si vite qu'au bout de quelques minutes elle se trouva à bout de souffle.

Mais elle ne s'arrêta pas.

Elle avait besoin de marcher. Elle avait besoin de marcher pour oublier, pour reprendre ses esprits.

Pourquoi était-elle venue en Irlande ?

Elle avait été vraiment naïve de croire qu'un conte de fées l'attendait ici. La vie n'était pas un conte de fées. La vie était faite de douleur, elle le savait bien.

Et pourtant elle était en train de commettre la même erreur que sa mère en tombant amoureuse d'un Irlandais, en écoutant son cœur plutôt que sa raison.

Elle passa la grille du jardin puis ouvrit la porte de la maison et demeura immobile quelques instants pour tenter de reprendre son souffle. Elle se laissa ensuite tomber sur le sol et enfouit son visage entre ses mains.

Serait-elle capable de quitter Riley, mercredi ?

Il était le premier homme qu'elle désirait à ce point. Il avait changé sa perspective sur le monde, sur elle-même, sur son futur. Sans lui, elle redeviendrait à coup sûr une femme ordinaire, or elle ne voulait pas redevenir une femme sans intérêt.

Elle essuya les larmes qui coulaient sur ses joues et se força à se reprendre. Elle se releva tant bien que mal, puis se dirigea vers la salle de bains et s'aspergea le visage d'eau froide.

Jetant un regard dans le miroir, elle ne reconnut pas la femme qui lui faisait face.

L'Irlande l'avait changée. En quelques jours, elle était devenue une autre femme, une femme en train de tomber amoureuse de Riley Quinn.

Il s'était insinué dans son cœur, dans son corps et, aujourd'hui, elle était prête à croire à l'amour.

Elle s'essuya le visage puis alla s'asseoir sur le canapé, un coussin serré entre les bras. Quelques instants plus tard, la porte d'entrée s'ouvrit. Elle se redressa.

Riley entra sans un mot, traversa la pièce et la prit dans ses bras.

Elle ne résista pas.

Elle ne voulait pas résister. Lorsque sa bouche trouva la sienne, elle laissa tomber ses dernières défenses, refoula toutes ses questions.

Plus rien n'exista que les mains de Riley qui allaient et venaient sur son corps, comme s'il cherchait à se rassurer, et elle s'abandonna à ses caresses.

— Je suis désolé, Nan, murmura-t-il en prenant son visage en coupe et en le relevant doucement. Je ne voulais pas te faire de la peine. Je n'aurais jamais dû me mêler de ce qui ne me regardait pas.

— Non, c'est moi qui suis désolée. Tu essayais de m'aider et je t'ai repoussé au lieu de te remercier.

— Dis-moi que tout va bien entre nous, ajouta-t-il d'un ton presque désespéré.

Elle le rassura d'un signe. Ses sentiments pour lui étaient aujourd'hui si forts qu'elle se sentait prête à oublier tous ses doutes, toutes ses craintes.

Sa mère avait peut-être commis une erreur en quittant l'Irlande, mais rien dans sa relation avec Riley ne ressemblait à une erreur. Elle était amoureuse de lui et elle refusait de nier des sentiments qui lui semblaient si naturels, si sains, si forts.

Il la débarrassa de ses vêtements, exposant sa peau à ses baisers, ses caresses et, fébrile, elle l'imita. Mais cela ne lui suffisait pas, elle en voulait plus. Elle voulait lui faire l'amour, sans attendre.

Il l'attira vers sa chambre, l'écrasa contre le mur, se frotta langoureusement contre elle, et elle, impatiente, tentait pendant ce temps de déboutonner sa braguette.

Lorsqu'il la libéra enfin, incapable de résister plus longtemps à la tentation, elle remonta sa robe.

Il glissa une main dessous, repoussant son string avant de s'insinuer dans ses replis les plus intimes. Aucune sensation n'était comparable au bien qu'il lui faisait quand il la caressait. Il lui faisait toucher les étoiles, lui faisait oublier qui elle était, où elle était.

— Je veux être en toi, murmura-t-il.

— Oui.

Elle ne pouvait rien dire d'autre.

Toute raison l'avait désertée. Elle n'était plus qu'un maelström d'émotions.

Il la souleva et elle noua ses jambes autour de ses hanches pour se laisser porter jusqu'au lit.

Là, Riley trouva un préservatif sur la table de chevet, le mit et, l'instant d'après, s'insinua en elle.

Sans attendre, il se mit à aller et venir en elle et, en quelques secondes, Nan sentit les prémices de l'orgasme l'envahir. Il accéléra son tempo, l'encouragea, et elle se cambra au maximum pour l'inviter au plus profond d'elle. Quelques secondes plus tard, tout son corps se tendit et elle lâcha un long cri animal, imitée presque aussitôt par Riley.

Ce dernier n'était arrivé au gîte que quatre ou cinq minutes auparavant et il venait déjà de lui offrir un des orgasmes les plus puissants de sa vie.

— Il faut que je retourne au pub, Nan, lui murmura-t-il.

Elle se redressa sur son coude.

— Que dis-tu ?

— J'ai laissé les membres du groupe là-bas…

Il s'interrompit pour l'embrasser.

— Tu veux m'accompagner ?

— Non, je crois que je vais rester ici. Tu reviendras ?

— Evidemment ! Rien ne pourra m'en empêcher. Ne doute jamais de mes sentiments pour toi, Nan. Ils sont bien réels.

— Vas-y, mais reviens vite.

Il se rhabilla rapidement puis revint pour déposer un dernier baiser sur sa joue.

— Je serai de retour très bientôt…

— Tu me retrouveras nue, répondit-elle avec un sourire malicieux sur les lèvres.

— Comment puis-je me concentrer quand tu me dis ce genre de choses, Nan ? protesta-t-il en levant les yeux au ciel.

Allongé, encore englué dans le sommeil, Riley tendit la main, cherchant le corps nu de Nan à côté de lui.

— Nan ?

Personne. La maison était silencieuse.

Il se leva et, sans prendre la peine de s'habiller, se dirigea vers la cuisine… pour se retrouver nez à nez avec Kellan.

— Bon Dieu, Kellan, qu'est-ce que tu fais ici ? Où est Nan ?

— Elle est dehors, lui répondit son frère. Elle boit son café dans le jardin. Mais tu devrais t'habiller, je n'ai plus l'âge de te voir nu.

— Qu'est-ce que tu fais ici ? répéta Riley.

— Je cherche un carnet à dessins. Je crois que je l'ai laissé ici la dernière fois que je suis venu.

Riley retourna dans la chambre mettre son jean.

— Il y a un carnet bleu dans le tiroir de la table de chevet, cria-t-il par la porte ouverte.

— Merci, fit Kellan en le rejoignant. Dis donc, tu as une sale tête, mon vieux !

— Je viens juste de me lever. Et j'ai travaillé tard hier soir.

— Ce n'est pas ce que je voulais dire. Regarde-toi dans un miroir, petit frère. Cette fille t'a ensorcelé et tu ne t'en rends même pas compte. Mais elle va partir dans quelques jours.

— Et alors ? rétorqua Riley d'un ton sec. Au moins, j'en profite, tandis que toi, tu n'as pas eu de relation sérieuse depuis Fiona, il y a trois ans.

A ces mots, il vit les traits de son frère se crisper et il demeura immobile, attendant une réponse cinglante. Mais Kellan se contenta de prendre une profonde inspiration.

— Tu as raison, Riley… Tu serais idiot si tu ne faisais pas ton possible pour voir où cette relation peut mener. Qui sait, peut-être Nan va-t-elle rester.

— Peut-être…

— Je dois repartir à Dublin. Je t'y verrai, la semaine prochaine ?

— La semaine prochaine…, répéta Riley en regardant son frère s'éloigner.

Il s'adossa contre la porte.

La semaine prochaine… tout redeviendrait normal. Il retournerait à sa vie d'avant.

Avant l'arrivée de Nan, il aimait sa vie. Mais, aujourd'hui, il savait qu'il lui manquerait quelque chose si elle partait.

Il devait donc faire plus d'efforts pour la convaincre de rester. Et, si jamais elle refusait malgré tout, il rencontrerait d'autres femmes. Il en trouverait une habitant les environs, et il la séduirait. Et, s'il avait de la chance, peut-être l'aimerait-il autant qu'il aimait Nan. Ça ne devrait pas être si compliqué : les femmes célibataires étaient nombreuses en Irlande.

Il se servit un café et sortit dans le jardin. Kellan discutait avec Nan.

Pour deux personnes qui ne se connaissaient pas, ils semblaient très à l'aise. Un peu trop, à son goût.

— Désolé de vous avoir dérangés ce matin, était en train de dire Kellan.

— Je suis heureuse de voir que vous avez retrouvé votre carnet, lui répondit Nan.

Kellan se dirigea ensuite vers la grille du jardin puis se retourna et lui adressa un salut amical de la main. Pourquoi était-il soudain de si bonne humeur ?

— Arrête de séduire ma copine, Kellan. Va-t'en !

— Va au diable, Riley ! Nan, si vous en avez assez de cette tête de pioche, passez-moi un coup de fil !

Il monta dans sa voiture et Riley alla s'asseoir sur le banc à côté de Nan.

— Tu devrais faire attention à lui. Il joue les jolis cœurs mais ce n'est qu'un obsédé.

— Il s'est très bien conduit avec moi, répondit-elle en lui prenant la main et en la caressant. Je suis contente de voir que tu es enfin réveillé.

— La nuit a été longue.

Elle posa sa bouche contre la sienne et y déposa un petit baiser.

— J'aime me réveiller en sentant un homme nu se glisser dans mon lit. Quelle heure était-il ?

— Deux heures passées. Je t'ai fait l'amour et tu t'es rendormie aussitôt.

— Je suis désolée !

— Tu n'as pas à être désolée, c'est moi qui le suis. Je ne voulais pas me mêler de ce qui ne me regarde pas. Tu as raison, c'est à toi de prendre les décisions qui te concernent, et je te soutiendrai quoi que tu décides.

— Je n'ai pas envie d'en parler pour le moment. Je veux juste profiter de cette belle matinée. Regarde l'océan… As-tu déjà vu un plus beau spectacle ?

— Oui, chaque fois que je te regarde.

Elle éclata de rire.

— Je vois, monsieur Quinn, que vous êtes tous des charmeurs dans la famille !

Il prit une gorgée de café.

— Il ne nous reste pas beaucoup de matins ensemble, Nan.

— Je sais.

— Que feras-tu, lorsque tu rentreras ?

— Je retournerai travailler. Je dois cataloguer mes cartes. Elles sont très intéressantes. Elles ont été utilisées par les pionniers.

— Tu aimes ton travail ?

— Oui. Je le trouve intéressant.

Riley se força à sourire.

Quoi qu'il fasse, il avait l'impression que jamais il ne pourrait se passer d'elle.

Il lui prit la main et remarqua qu'elle portait la bague qu'il lui avait offerte. A cette idée, un sentiment de satisfaction le gagna.

Du moment qu'elle la portait, elle ne l'oublierait pas.

— Tu vas me manquer…

— Tu m'aimes bien, n'est-ce pas ?

— Oui, je t'aime bien. En fait, je t'aime beaucoup.

Elle le fixa un long moment en silence et il eut l'impression qu'elle hésitait à se livrer.

— Peut-être qu'un jour je reviendrai, osa-t-elle dire enfin. Je ne te demande pas de m'attendre. Je comprendrais si tu rencontrais quelqu'un d'autre, mais, dans le cas contraire, je pourrais revenir…

— Quand ?

— Je ne sais pas… Au printemps prochain…

Il laissa échapper un soupir de frustration et l'enlaça avant d'enfouir son visage dans le creux de son cou.

— C'est dans trop longtemps.

— Nous n'avons pas besoin de décider tout de suite, Riley. Nous pouvons en reparler plus tard.

Etait-ce sa réaction à chaque fois qu'elle se trouvait face à une décision difficile à prendre ? Repousser à plus tard ? Lorsqu'il voyait quelque chose qu'il désirait, il n'hésitait pas, lui. Il se battait pour l'obtenir. Tout de suite.

Mais Nan semblait réagir de façon opposée. Elle réfléchissait, se posait mille questions existentielles.

Où diable était passée la jeune femme enthousiaste et libérée qu'il avait rencontrée quelques jours plus tôt ?

Il cueillit une fleur à côté du banc et, refoulant ses questions, la lui tendit.

— Dis-moi ce que tu veux faire aujourd'hui, Nan. C'est dimanche et presque tout le monde va à l'église. Nous ne pourrons donc pas prendre la voiture avant cet après-midi.

— Pourquoi ?

— Parce que beaucoup des petites routes seront encombrées de véhicules. Nous pourrions aller jusqu'à Cashel. C'est une abbaye en ruine perchée sur une colline. Elle est très jolie.

— Ça me paraît une bonne idée. Mais c'est moi qui vais conduire. Je crois que j'arrive maintenant à maîtriser la Fiat.

— Non, nous ne prendrons pas cette épave.

— Il y a moins d'une semaine, tu m'expliquais que c'était une voiture formidable.

— C'étaient des mensonges. Ce qui veut dire que

je n'ai pas d'autre choix que de te laisser conduire ma voiture maintenant.

— Vraiment ?

— Oui, vraiment.

Elle se leva. Elle avait l'air contente.

— Du moment où nous ne nous arrêtons pas au sommet des collines… J'ai encore du mal avec les démarrages en côte. Je ne peux pas conduire en ville non plus.

Riley prit sa main et l'attira sur ses genoux.

— Tu es bien exigeante, Nan Galvin !

— Je sais, tu vas devoir t'y faire. Du moins pour quelques jours.

— Ce n'est pas si terrible que ça.

— Qu'imaginais-tu exactement, en m'attendant à l'aéroport ? lui demanda-t-elle soudain.

— Je te voyais un peu comme ma tante Sally, avec des petites lunettes perchées au sommet de ton nez et des chaussures orthopédiques… En tout cas, je n'imaginais pas une seconde partager ton lit !

— Désolée de ne pas ressembler à l'image que tu te faisais de moi.

— Ma chérie, n'imagine jamais que j'aie pu être déçu. Tu m'as séduit dès que je t'ai vue.

Elle se lova contre lui.

— Tu veux savoir comment je t'imaginais, moi ?

— Oui.

— J'imaginais un Irlandais séduisant, avec des cheveux foncés et des yeux clairs. Un type un peu dangereux mais avec un bon fond. Et je ne m'étais pas trompée. Simplement, je ne pensais pas que tu m'attirerais.

— Quel a été le déclencheur ?

— Tes yeux. Tu as les plus beaux yeux que j'aie jamais vus.

Il la fixa pendant de longues secondes. Il ne pouvait plus le nier, il était amoureux d'elle. Fou amoureux… A cet instant, sa vie était parfaite. Il n'avait besoin de rien d'autre pour être heureux.

Il l'embrassa, s'attardant sur sa bouche sensuelle. Il était prêt à lui avouer qu'il l'aimait, mais malheureusement elle n'était pas prête à entendre ces mots.

Il la prit alors dans ses bras et la porta jusqu'à l'intérieur.

— Si tu me ramènes au lit, je vais commencer à me demander si tu n'es pas uniquement intéressé par le sexe, lui lança-t-elle, moqueuse.

— Détrompe-toi ! Je vais juste te chercher tes chaussures, chérie. Tu ne peux pas conduire ma voiture pieds nus.

- 7 -

Après la visite de l'abbaye de Cashel, construite au sommet d'une colline battue par les vents, Riley proposa à Nan de visiter celle d'Athassel, à quelques kilomètres seulement.

Ils garèrent le quatre-quatre au bord de la route puis enjambèrent un muret et traversèrent un champ pour rejoindre l'abbaye.

Il ne restait plus que quelques murs de l'ancienne église mais, sous le soleil du mois d'août, la pierre resplendissait. Jamais de toute sa vie, Nan n'avait vu plus bel endroit. Une parfaite image du romantisme…

Elle ferma les yeux pour tenter d'imaginer à quoi ressemblait l'abbaye autrefois. Au même instant, le vent se leva et elle se sentit transportée dans le passé, envoûtée par les esprits du lieu.

Elle se laissa aller à ses songes pendant quelques secondes puis rouvrit les yeux et se tourna vers Riley. Il était en train de fixer une rivière qui coulait non loin.

— Est-ce Cromwell qui a détruit cette abbaye ?

— Non. Je crois qu'elle a brûlé avant qu'il n'arrive en Irlande.

Tout en l'écoutant, Nan s'approcha de ce qui restait du clocher et jeta un coup d'œil à travers les barreaux métalliques qui bloquaient le passage vers l'escalier.

— Tu ne te demandes jamais comment c'était autrefois ? qui a vécu ici ? comment les gens y vivaient, ce qu'ils y faisaient chaque jour ?

— Je dois avouer que non, je ne me suis jamais posé la question. Pour moi, ces ruines ont toujours fait partie du paysage.

— Sans doute apprécie-t-on moins ce qu'on voit tous les jours... D'ailleurs, c'est sans doute pour cette raison que je t'intéresse... Je suis... exotique pour toi, d'une certaine manière.

Riley ne répondit pas. Il lui prit la main et l'entraîna à l'extérieur de ce qui restait du bâtiment.

Ils marchèrent le long des murs en ruines et, de nouveau, Nan sentit le passé l'envahir.

Ce pays semblait avoir capturé son imagination. Partout où elle regardait, elle voyait quelque chose qui attisait sa curiosité, qui la captivait. Et, en même temps, elle avait l'impression d'être déjà venue ici. Comme si, dans une autre vie, elle avait vécu en Irlande.

— Riley... Est-ce que tu crois à la réincarnation ?

Il la regarda avec curiosité avant de répondre. Il semblait surpris par sa question.

— Tu me demandes si je crois qu'on peut se réincarner en chat ou en arbre ?

— Non... En fait, je ne sais pas bien ce que je te demande, mais... Depuis que je suis arrivée en Irlande, partout où je vais, y compris dans le gîte, j'ai l'impression d'être déjà venue. C'est très étrange comme sensation...

Il ne s'agissait pas simplement de sa relation avec Riley ou du fait que ses ancêtres étaient originaires d'Irlande. Il ne s'agissait pas non plus du voyage de sa mère. Non, elle avait l'impression qu'il existait un lien très profond entre l'Irlande et elle, comme si l'île faisait partie d'elle, de son ADN, de sa personnalité… Mais elle avait du mal à l'exprimer clairement.

Elle grimpa sur quelques pierres et fixa l'horizon. Jamais elle n'avait vu un endroit plus beau.

A l'idée de quitter l'Irlande bientôt, de dire adieu à ces envoûtants paysages granitiques pour toujours peut-être, elle sentit son cœur se briser, mais elle se força à ne pas faiblir, à ne pas montrer sa tristesse.

— Avec le vent qui souffle dans ta robe, tu ressembles à une prêtresse des temps anciens, lui murmura Riley en s'approchant.

Amusée par son commentaire, elle se retourna et lui sourit.

— Je peux comprendre pourquoi certains pensent que ce lieu est magique. Je ressens quelque chose ici. C'est difficile à définir, mais…

— C'est à cause du sang irlandais qui coule dans tes veines, Nan.

Le sang irlandais qui coulait dans ses veines…

En avait-elle plus qu'elle ne le pensait ? Même si elle désirait plus que tout connaître la vérité, faire toutes ces recherches sur sa mère la déstabilisait. Au lieu de refermer des portes, cette enquête en ouvrait plus encore. Au lieu de lui donner des réponses, elle suscitait de nouvelles questions, vertigineuses…

Ce voyage, qui avait commencé comme un simple séjour pour rencontrer — croyait-elle alors — une amie d'autrefois de sa mère, était devenu, au fil des jours, un itinéraire bien plus compliqué, bien plus complexe.

— Donne-moi ta main, dit soudain Riley.

Surprise, elle obéit.

Il lui ôta du doigt la bague qu'il lui avait offerte.

— Qu'est-ce que tu fais, Riley ?

— Je fais ce que j'aurais dû faire lorsque je t'ai offert ce *claddagh*. Viens avec moi...

Sans plus d'explication, il la prit par la taille et l'entraîna vers la grille. Là, il se glissa entre deux barreaux et l'invita à l'imiter.

— Voyons où cet escalier nous mène.

— C'est interdit, Riley. Et probablement dangereux. C'est pour ça qu'il y a une grille.

— Mais la grille est large. C'est la preuve que les autorités veulent bien qu'on passe.

— Mais si quelqu'un nous voit...

— Qui pourrait nous voir ? Il n'y a personne ici ! En plus, je ne crois pas qu'on fasse quoi que ce soit d'interdit. Allez, viens, tu ne le regretteras pas, je te le promets.

Dans ce cas... Elle se glissa à son tour à travers la grille puis, un peu inquiète tout de même, suivit Riley dans l'escalier de pierre. Quelques-unes des marches étaient défoncées, mais l'ensemble parut à Nan très solide. C'était une nouvelle plutôt rassurante, car elle n'avait jamais été très téméraire.

— Regarde, s'écria-t-elle soudain en parvenant au sommet. C'est magnifique !

— Je t'avais prévenue.

Emerveillée, elle s'assit sur le mur pour contempler le paysage.

— Je dois réparer quelque chose, Nan, dit alors Riley en lui prenant la main, et je dois le faire tout de suite...

Sans un mot de plus, il ressortit la bague de sa poche et la mit au bout de son doigt.

— Lorsque tu portes la bague de façon que le cœur soit dirigé vers ta main droite, Nan, ça signifie que tu recherches l'amour. Mais, lorsque tu la mets dans l'autre sens, ça veut dire que tu as déjà trouvé l'amour.

Interloquée, Nan fixait son doigt.

Depuis deux jours, elle avait porté ce bijou comme s'il s'agissait d'un banal objet d'ornement, et tout à coup Riley lui apprenait qu'il avait une signification !

— Je ne comprends pas…

— A vrai dire, moi non plus. Je voudrais mettre des mots sur ce que je ressens pour toi, mais je n'y arrive pas. Tout ce que je sais, c'est que je veux être avec toi. Je ne veux être qu'avec toi.

— Pour combien de temps ?

— Je ne sais pas… Pour aussi longtemps que tu le souhaites. Mais, si c'est plus de dix jours, n'aie pas peur de me le dire car tu peux rester, Nan. D'ailleurs, je veux que tu restes.

Tout en l'écoutant parler, elle avait rivé son regard au sien et elle vit peu à peu la vérité se refléter dans ses pupilles azurées. Mais, maintenant que Riley avait prononcé les mots qu'elle rêvait d'entendre, que devait-elle faire ? Comment devait-elle réagir ?

Cette relation avait commencé comme une merveilleuse aventure de vacances, avec un début et une fin. Mais à présent tout semblait avoir changé. Riley s'était ouvert à elle. Et lui avait donné un choix.

Que devait-elle lui répondre ?

— Donc… ça veut dire que nous sommes ensemble ? lui demanda-t-elle d'une voix mal assurée.

— On dirait.

Elle laissa échapper un petit rire nerveux.

— C'est un peu bête de le décider officiellement, non ? Après tout, nous avons déjà couché ensemble.

— Tout ça, c'est le passé, Nan. Cette bague représente le futur.

De plus en plus mal à l'aise, elle se mordit la lèvre. Elle se sentait complètement perdue.

— Je dois rentrer chez moi mercredi, et tu le sais, Riley.

— Tu n'es pas obligée. Tu es adulte et tu peux faire ce que tu veux. Tu peux rester ici pour le reste de l'été, ou jusqu'à Noël, ou bien pour toujours. Il faut juste que tu prennes ta décision.

— Que feras-tu si je pars ?

— Je ne sais pas encore. Et je pense que je ne le saurai pas tant que je ne me retrouverai pas dans cette situation.

Elle baissa les yeux sur la bague et sentit les larmes lui monter aux yeux, mais elle se força à les refouler. Elle devait se maîtriser.

Etait-elle en train de vivre ce qu'avait vécu sa mère lorsqu'elle avait quitté l'homme qu'elle aimait ? Laura avait-elle envisagé de rester avec lui ou bien avait-elle su, immédiatement et avec certitude, que son destin n'était pas de vivre en Irlande ?

— Je tiens à toi, Riley, je tiens vraiment à toi… mais je crois que c'est très facile pour toi de me demander de rester, répondit-elle alors pour tenter de lui faire comprendre ce qu'elle ressentait. Tu n'as rien à perdre, tu ne laisses rien derrière toi…

— Et toi, que laisses-tu derrière toi, Nan ? Si j'ai bien compris, tu es seule, tes parents sont décédés, tu n'as ni frère ni sœur…

— Mais ma vie est là-bas, aux Etats-Unis ! Je l'ai construite, cette vie ! Serais-tu prêt, toi, à tout abandonner pour me suivre ?

— Je pense que je le pourrais, si je pensais que nous avions une chance.

Se mordant la lèvre pour retenir ses larmes, elle enleva la bague.

Tout allait beaucoup trop vite pour elle.

— Je ne peux pas accepter ce bijou, Riley. C'est… C'est beaucoup trop rapide.

— Je veux que tu la gardes. Mets-la dans l'autre sens, ça m'est égal. Mais garde-la, s'il te plaît. Je n'aurais pas dû te bousculer ainsi, Nan. Je m'excuse. Je comprends que ce soit une décision difficile à prendre.

— Ce n'est pas grave, je ne t'en veux pas.

— Pourquoi n'oublions-nous pas cette conversation ? proposa-t-il alors, se forçant à l'évidence à prendre un ton léger.

— Si tu veux.

Elle remit alors la bague, le cœur dirigé vers la main droite.

Même si elle avait entendu ce que lui avait dit Riley, elle n'était pas sûre d'avoir bien compris ce qu'il attendait réellement d'elle.

Elle n'était pas sûre non plus de pouvoir oublier les mots qu'il avait prononcés.

Etait-il en train de suggérer une sorte d'engagement ? Mais elle, voulait-elle de cet engagement ? Elle l'ignorait, et se sentait complètement perdue.

Elle se mit à faire quelques pas le long du mur et regarda en direction du vieux cimetière. Des croix celtiques marquaient l'endroit où reposaient des gens aujourd'hui oubliés de tous. Des gens qui, pourtant, avaient aimé et avaient été aimés.

Peut-être devait-elle écouter son cœur plutôt que sa raison. Après tout, la vie était trop courte pour avoir des regrets. Elle le savait d'expérience.

Il lui restait encore trois nuits pour décider, trois

nuits à dormir entre les bras de Riley. Ensuite, lorsque l'heure serait venue pour elle de faire un choix, elle ne réfléchirait pas. Elle ne suivrait que ce que son cœur lui dicterait, et tout ne pourrait alors qu'aller bien.

Oui, c'était exactement ce qu'elle allait faire : suivre son cœur.

Nan avait décidé de passer la journée du lundi seule. Riley n'avait pas été ravi de cette décision, mais elle lui avait expliqué qu'elle avait besoin de mettre un peu de distance entre eux après leur discussion dans l'ancienne abbaye. Elle avait besoin de réfléchir, seule, car plus elle passait de temps avec lui plus elle avait du mal à penser calmement, posément.

La veille, lorsqu'il lui avait demandé de rester, elle avait failli accepter, mais elle n'était pas sûre d'être capable de prendre ce genre de décision. Elle n'avait jamais été une fille impulsive.

En attendant de choisir, elle avait décidé de rendre visite à Carey Findley et avait promis à Riley d'être de retour en fin d'après-midi.

Elle allait entrer dans Kealkill lorsqu'elle aperçut un panneau indiquant la présence d'un château.

Un château ? Pourquoi pas…

Le visiter lui permettrait d'avoir un peu plus de temps pour rassembler son courage. Elle en avait bien besoin.

Elle gara la voiture puis se promena un moment au milieu des ruines avant de s'arrêter, rêveuse, une main sur un mur de pierre.

Comme sa mère, elle était venue dans ce pays magique pour se rapprocher de ses ancêtres. Comme elle, elle était tombée amoureuse d'un bel Irlandais. Elle passait par les mêmes étapes qu'elle, ressentait tout ce qu'elle avait dû ressentir. A cette différence près : elle avait le choix. Elle pouvait décider de rester, de croire en l'amour, ou bien de repartir.

Elle se tourna vers le soleil et ferma les yeux.

Aussitôt, une étrange sensation l'envahit. Elle avait l'impression de ne plus être seule.

Quelques instants plus tard, un chien aboya et, sortant à regret de son songe, elle rouvrit les yeux et regarda l'animal s'approcher d'elle.

Il lui tourna autour des jambes comme s'il attendait des caresses.

— Ne vous en faites pas, mademoiselle, il est gentil, lui lança alors un homme. Allez, Georgie, laisse la demoiselle tranquille.

Nan caressa l'animal, qui s'éloigna ensuite en courant puis revint vers eux.

— Excusez-le, reprit l'homme en s'approchant d'elle. Il aime saluer les gens qu'il ne connaît pas.

— Il ne m'a pas fait mal, j'ai juste été surprise.

— Que faites-vous ici, toute seule ? Vous cherchez à parler aux esprits ?

— Quelque chose de ce genre-là, oui, répondit-elle avec un petit rire nerveux. Je n'arrive pas à l'expliquer mais j'ai l'impression que ce lieu est magique.

— Il l'est, répondit l'homme. Je viens marcher ici tous les jours. Et, de temps en temps, j'aperçois des elfes. Surtout le soir.

— J'adorerais voir des elfes avant de partir !

— Vous venez des Etats-Unis ?

Elle acquiesça d'un signe de tête.

— Je ne suis là que pour quelques jours seulement. J'ai loué une maison à Ballykirk.

— Je connais ce village. Je possédais une ferme là-bas, autrefois.

Elle lui tendit la main.

— Je me présente : Nan, Nan Galvin…

L'homme lui prit la main en blêmissant.

— Tiernan Galvin ?

— Oui. Vous êtes Carey, n'est-ce pas ? Carey Findley ?

— Oui, c'est moi.

Des forces magiques l'avaient à l'évidence amenée dans ce lieu, songea Nan. Il ne pouvait pas s'agir d'une simple coïncidence, c'était impossible. Ils étaient faits pour se rencontrer.

— J'ai reçu un appel d'un certain Riley Quinn, et je me demandais si vous passeriez me voir. Au cas où vous viendriez, j'avais même laissé un mot sur ma porte.

— A vrai dire, je n'étais pas sûre de venir. Mais finalement je n'ai pas eu besoin de prendre la décision. On dirait que le destin a décidé pour moi.

Cherchant par où commencer, elle se passa une main sur le visage.

Carey Findley lui souriait, comme s'il l'attendait. Elle ne pouvait plus reculer.

— Nous devrions peut-être nous asseoir.

Sans un mot, il la suivit et s'installa à côté d'elle.

Elle ouvrit la bouche puis la referma.

— Je… Je ne sais pas quoi dire.

— Alors permettez-moi de commencer, lui proposa-t-il. Je me suis longtemps demandé si vous finiriez par venir. Lorsque votre mère a arrêté de m'écrire, je me suis aussi demandé si elle vous parlerait un jour de Tiernan.

— Elle a arrêté de vous écrire parce qu'elle est décédée.

A ces mots, elle le vit se raidir et des larmes apparurent dans ses yeux.

— Je suis désolé, Nan. C'est ce que j'avais craint, car, dans ses dernières lettres, Laura me disait qu'elle était malade. Mais je n'étais pas sûr.

— Vous la connaissiez ?

— Oui. Elle a logé dans notre ferme lors de son séjour à Ballykirk. Nous avions quelques lits que nous louions aux étudiants qui voyageaient en Irlande. Elle était magnifique, toujours joyeuse, de bonne humeur…

— Et votre fils ? A quoi ressemblait-il ?

— Il était beau, charmant… Sans doute trop charmant d'ailleurs. Toutes les filles l'adoraient, mais votre mère… Votre mère est la seule à avoir réussi à capturer son cœur. Lorsqu'elle est partie, il s'est senti trahi. Il était triste et en colère.

— Je suis désolée de ce qu'il lui est arrivé.

— Tiernan était notre fils unique. Ma femme ne s'est jamais remise de sa mort.

— S'aimaient-ils ? Tiernan et ma mère ?

Carey referma ses mains autour de sa canne avant de répondre.

— Oui, ils étaient tous les deux très jeunes, mais très amoureux aussi. Lorsque nous avons appris qu'elle était enceinte… ça a été difficile. Tiernan n'était pas prêt à devenir père, et Laura était toute seule, là-bas, alors…

— Attendez… je ne comprends pas. Qui était enceinte ? Une ex-petite amie de votre fils ? Est-ce pour cette raison que ma mère est repartie ?

— Nan, vous ne savez donc pas ?

Elle se raidit et, interdite, posa une main sur sa poitrine. Son cœur battait-il encore ? Pouvait-elle toujours respirer ?

— Le bébé… c'était moi ?

— Je pensais que c'était pour ça que tu étais venue.

Tu es ma petite-fille, Tiernan… C'est pour cette raison que j'ai écrit à ta mère pendant toutes ces années. Pour avoir de tes nouvelles…

Abasourdie, Nan se leva et s'appuya sur un mur pour tenter de reprendre son souffle.

Tout s'éclaircissait enfin.

Une petite voix dans sa tête lui avait bien suggéré cette hypothèse, quelques jours plus tôt, mais elle avait refusé d'y croire.

— Elle… Elle était enceinte lorsqu'elle est partie ?

— Laura a découvert qu'elle était enceinte de retour aux Etats-Unis. Elle savait que Tiernan était le père, alors elle lui a écrit une lettre pour le lui annoncer. Furieux, il a jeté la lettre à la poubelle, et je l'ai trouvée. J'ai alors essayé de lui parler, de le convaincre… Mais, entre-temps, ta mère s'est mariée avec celui qui allait être ton père.

— Et ensuite, Tiernan a eu son accident.

— La nouvelle de la grossesse de Laura l'a bouleversé. Après la lettre de ta mère annonçant son mariage, il a changé, il est devenu une tête brûlée, ne respectant plus rien ni personne. Je crois qu'il avait compris à quel point il l'aimait et qu'il avait fait la plus grosse erreur de sa vie. Mais il était trop tard.

Emue, Nan lui prit la main.

— Vous avez perdu votre petite-fille puis votre fils…

— J'ai perdu ma femme, aussi. Cette histoire l'a tuée. Après l'accident de Tiernan, elle ne pouvait plus lire les lettres de ta mère. Elle ne voulait plus regarder les photos qu'elle nous envoyait, de peur de reconnaître en toi les traits de Tiernan. D'ailleurs, je dois avouer que tu lui ressembles.

— J'ai lu vos lettres. C'est d'ailleurs ce qui m'a amenée en Irlande.

— J'ai toujours les lettres que Laura m'a envoyées, et toutes les photos. Elle a aussi laissé un carnet de dessins que j'ai trouvé dans la chambre de Tiernan après sa mort. Je crois que tu devrais les avoir.

— Ça me ferait très plaisir.

Il se leva et siffla pour appeler son chien.

— Viens, Nan. J'habite juste à côté. Je vais faire du thé et nous pourrons discuter.

Elle se releva et sentit aussitôt ses genoux vaciller. Les émotions lui avaient fait perdre tous ses moyens.

Sur le chemin, Carey lui posa des questions sur sa vie, depuis ses souvenirs d'enfant jusqu'à ce qu'elle avait fait depuis son arrivée en Irlande.

Elle lui répondit tant bien que mal, sans réfléchir. Elle avait l'impression d'être sur pilote automatique. Tout tournait autour d'elle, elle avait le vertige, envie de pleurer, de rire…

Qu'avait dû ressentir son père ? se demanda-t-elle soudain. Il connaissait forcément la vérité, et pourtant il avait gardé le secret, il avait élevé l'enfant d'un autre.

Et sa mère ? Avait-elle souffert lorsqu'elle avait quitté l'homme qu'elle aimait pour se marier avec un autre ? Plus elle y réfléchissait, plus elle avait l'impression que toute sa vie n'avait été qu'une énorme méprise.

Carey n'habitait pas très loin en effet. Sa maison était petite, bien entretenue. Elle ressemblait au gîte de Riley avec ses murs blancs et sa porte peinte en bleu.

— Je vais faire chauffer de l'eau, lui dit Carey une fois qu'ils furent à l'intérieur. Assieds-toi et repose-toi pour te remettre de tes émotions.

Encore tremblante, Nan s'assit et remarqua soudain des photos. Plusieurs photos d'elle, d'elle enfant.

Il lui fallut alors une grande emprise sur elle-même

pour ne pas se mettre à pleurer. Cet homme était son grand-père. Elle n'était plus seule au monde désormais, elle avait un grand-père.

Elle attrapa une photo représentant un garçon aux cheveux bouclés et aux yeux malicieux.

— C'est Tiernan, lui expliqua Carey en revenant dans la pièce.

Incapable de retenir ses larmes, elle les laissa venir, se contentant de les essuyer, puis elle prit le carnet que lui tendait son grand-père. Elle l'ouvrit et, aussitôt, reconnut la main de sa mère dans les dessins.

— Je crois qu'elle l'a laissé pour lui, pour qu'il se souvienne du temps qu'ils avaient passé ensemble. Lorsque j'ai déménagé, je l'ai trouvé dans son placard, et depuis j'ai toujours rêvé de pouvoir te le rendre un jour.

Touchée par ces mots, par ce cadeau, elle serra le carnet contre sa poitrine.

— Merci. Je crois... Je crois que je le regarderai plus tard. Au calme.

— Je comprends que tout cela soit un grand choc pour toi, Nan.

— J'ignore quoi dire, Carey... Ce matin, je n'avais pas de famille, et, maintenant, j'ai un grand-père.

— Tu as l'intention de repartir aux Etats-Unis ?

— J'ai un vol mercredi.

— Si tu voulais bien m'écrire de temps en temps, ça me ferait plaisir, et je promets que je répondrai. J'aimerais aussi qu'on puisse échanger quelques photos. Je...

Il s'interrompit et alla chercher un portrait de Tiernan.

— Tu devrais le prendre. Tu as besoin d'une photo de ton père.

Elle releva les yeux vers lui et vit l'espoir illuminer ses prunelles.

Il ne la connaissait pas, et pourtant elle voyait bien qu'il ne voulait pas qu'elle parte.

Peut-être l'aimait-il déjà. Peut-être l'aimait-il depuis toujours, comme un grand-père aime sa petite-fille.

Elle essaya de l'imaginer, ouvrant les lettres de Laura, regardant les photos, essayant de deviner quelle enfant elle était, et l'émotion l'étreignit. Elle ne pouvait pas rester sinon elle allait s'effondrer !

— Je… Merci…

— Si jamais tu reviens en Irlande, tu dois me promettre de me rendre visite, Nan.

— Je le promets. Vous pensez vraiment qu'ils étaient amoureux ?

— Je n'en ai pas le moindre doute. Si tu les avais vus ensemble, tu l'aurais su toi aussi avec certitude. Mais je ne crois pas que ta mère était prête à abandonner sa vie en Amérique pour se marier avec un jeune Irlandais qu'elle connaissait à peine. Elle a pris la bonne décision. Mon fils n'était pas prêt à devenir un mari ou un père. Elle aurait été malheureuse ici, loin de sa famille, de son pays.

Incapable de retenir plus longtemps son émotion, Nan se redressa.

— Je… Je dois y aller, maintenant. Mais je reviendrai, demain.

— Peut-être pourrais-tu venir pour le petit déjeuner ? Ou le déjeuner ? Je te donnerai les lettres de ta mère.

— Pour le petit déjeuner, avec plaisir…

Elle se dirigea vers la porte puis se retourna.

— Merci !

— Non, merci à toi, répondit Carey en lui adressant un large sourire. Tu as rendu un vieil homme très heureux.

Nan se glissa dehors puis courut sur le chemin, le carnet et la photo contre son cœur.

Lorsqu'elle atteignit la voiture, elle était essoufflée.

Tout avait changé. Elle avait un grand-père, une autre famille. Elle avait une vie en Irlande désormais.

Elle ouvrit la voiture puis se glissa derrière le volant.

Elle allait rentrer au gîte, retrouver Riley. Elle lui avouerait tout, et il saurait quoi faire.

Il était près de 18 heures et Nan n'était toujours pas là ! Elle avait pourtant promis d'être de retour en fin d'après-midi.

Riley jeta un nouveau coup d'œil anxieux à sa montre.

Peut-être aurait-il dû lui prêter son portable et lui demander de l'appeler si elle pensait être en retard. Peut-être aurait-il dû lui laisser le quatre-quatre plutôt que la Fiat.

— Je suis vraiment le roi des idiots !

Pour patienter, il retourna dans la cuisine et vérifia où en était le dîner qu'il avait préparé. La tourte à la viande était brûlée et le pain, qu'il avait mis à réchauffer, dur comme de la pierre.

Génial !

Il fixa la bouteille de vin.

Peut-être pourrait-il boire un verre, cela lui changerait les idées.

Il devait à tout prix se calmer. Il n'avait objectivement aucune raison de paniquer. Il n'y avait vraiment pas de quoi s'inquiéter, du moins pas avant qu'il ne fasse nuit. Nan prolongeait simplement sa promenade…

Il était en train de se servir un verre de vin, quelques minutes plus tard, lorsqu'il entendit le bruit d'un moteur de voiture.

Sans attendre, il se précipita dehors.

Il s'agissait bien de la Fiat.

Nan apparut et, instantanément, il oublia tout, ses inquiétudes, ses angoisses. Il courut vers elle et l'enlaça.

Il l'embrassa comme un drogué en manque, comme si sa vie en dépendait.

Au bout de quelques secondes, il rompit le baiser et la dévisagea.

Elle avait l'air très émue.

Allait-elle bien ? Quelque chose avait-il changé entre eux ?

— Tout va bien, Nan ? J'étais inquiet.

— Je… Je suis désolée d'être en retard.

Il la serra de nouveau dans ses bras.

— Tu as raison de l'être, le dîner est raté ! Mais d'un autre côté je n'ai jamais été un grand cuisinier.

— Tu as préparé à dîner ? C'est gentil.

— Je n'ai pas exactement *cuisiné*. J'ai simplement acheté un plat surgelé et je l'ai mis au four. C'est une tourte à la viande, et…

Elle passa ses bras autour de lui et posa sa tête contre son torse.

— Je suis allée le voir, Riley…

Il la força à relever la tête.

— Carey Findley ?

— Oui… C'est… C'est mon grand-père. Je suis la fille de Tiernan. C'est pour ça que je porte son nom. Après avoir quitté l'Irlande, ma mère a découvert qu'elle était enceinte. Elle lui a écrit mais il n'a pas bien réagi à cette annonce… Il… Il ne voulait pas être père, il n'était pas prêt, alors elle a épousé mon père.

Voyant l'émotion étreindre son beau visage, Riley la serra de nouveau dans ses bras puis l'attira à l'intérieur de la maison et lui offrit un mouchoir pour essuyer ses larmes.

— Je suis désolé, Nan. Je ne pensais pas que c'était possible. Et toi ?

— Peut-être… En fait, une fois que Carey me l'a dit, j'ai compris que je le savais déjà. J'ai eu l'impression que les pièces du puzzle se mettaient enfin en place.

Elle lui sourit avant de reprendre.

— Il est tellement gentil, Riley ! Il avait des photos de moi dans son salon, des photos de moi petite que ma mère lui avait envoyées. Il m'a offert un carnet de dessins qui lui appartenait et une photo de Tiernan… Je les ai laissés dans la voiture. D'ailleurs, il faudrait que j'aille les chercher.

— Non, je ne veux pas te quitter pour le moment.

Elle se lova un peu plus contre lui et poursuivit.

— Je n'ai jamais eu de grands-parents. Ma mère avait de mauvaises relations avec ses parents, et je comprends pourquoi aujourd'hui. Quant aux parents de mon père, ils sont morts avant ma naissance. Mais Carey est adorable. Il ressemble à ces grands-pères fantastiques qu'on voit dans les films.

— Tu es heureuse d'être allée le voir, alors ?

— Je suis heureuse de connaître la vérité, mais je ne l'ai pas encore complètement assimilée.

Il noua ses doigts aux siens et les porta à sa bouche pour les embrasser.

— Tu m'as manqué, Nan.

— Vraiment ?

Oui, elle lui avait vraiment manqué.

— Tu m'as manqué à un point inimaginable.

— Ne me regarde pas comme ça.

— Comment ?

— Comme si tu voulais m'enlever pour m'emmener dans la chambre. Je connais ce regard.

— Non, tu ne le connais pas, dit-il avant de changer de sujet. Je vais te chercher un verre de vin. Puis nous prendrons une couverture et nous monterons sur la colline. Là, nous nous reposerons et mangerons…

Sans attendre, il fit ce qu'il avait dit, revint avec la couverture, puis attrapa deux verres et la bouteille de vin.

Nan l'attendait à la grille, un livre à la main.

Ils passèrent derrière la maison, à travers le jardin et les champs fleuris, puis montèrent au sommet de la colline. Là, ils installèrent la couverture au sol.

— Dis-moi tout, Nan. Tu as passé toute la journée avec lui ?

— Non. Lorsque je suis partie, j'ignorais si j'allais m'arrêter chez lui, car j'étais nerveuse. Je suis d'abord allée au château de Carriganass, puis, en arrivant à Kealkill, j'ai vu qu'il y avait là aussi un château en ruines. Je pensais aller ensuite chez Carey, quand il est arrivé avec son petit chien. Là, au milieu de nulle part, il est apparu !

— C'est étonnant.

— Je sais. C'est exactement ce que je lui ai dit. Même si j'avais finalement renoncé à le voir, nous nous serions rencontrés, comme si c'était notre destin. Je suis ensuite allée chez lui, nous avons discuté un moment, et puis l'émotion est devenue trop forte. Il a fallu que je parte. Mais j'ai promis de retourner le voir demain matin. Tu viendras avec moi ?

— Bien sûr, répondit-il en lui tendant un verre de vin. En attendant, je te propose que nous portions un toast. Je propose que nous portions un toast à ta nouvelle famille. Et à ta nationalité, car tu es désormais une citoyenne irlandaise.

Elle le fixa, les yeux grands ouverts. Elle semblait étonnée.

— Je ne suis pas irlandaise, Riley.

— Si, Nan. Si l'un de tes parents est irlandais, tu es automatiquement irlandaise. C'est ainsi. Tu devras sans doute faire quelques démarches administratives pour que ça devienne officiel, mais ça ne devrait pas être trop difficile.

Nan le fixa un long moment puis secoua la tête.

— Après réflexion, oui, je crois que je me sens très irlandaise.

— Dans ce cas, Tiernan Galvin, reprit-il en exagérant son accent irlandais déjà fort, je vais t'apprendre quelques mots très utiles dans ce pays…

— Je préférerais que tu m'embrasses.

— C'est vrai ?

Alors, sans plus se faire prier, il posa doucement sa bouche sur la sienne et, peu à peu, accentua son baiser. Aussitôt, tous ses sens s'éveillèrent. Il sentit son sexe se tendre dans son pantalon et sa température grimper de quelques degrés.

En un seul baiser, cette femme arrivait à lui faire perdre la tête, à l'enflammer !

Il l'embrassa longuement, savourant le goût sucré de sa bouche, les sensations de sa peau soyeuse contre la sienne, mais il ne la déshabilla pas. Il ne voulait pas aller plus loin. Du moins pas maintenant. Il attendrait qu'ils soient nus, dans son lit.

— Qu'est-ce que tu m'as manqué, cet après-midi ! lui dit-il une nouvelle fois en rompant enfin leur baiser. Je ne savais pas quoi faire de ma carcasse, tout seul.

— Et que faisais-tu donc, avant que j'arrive ?

— Je ne m'en souviens plus, mais ça ne devait pas être très intéressant.

— Que feras-tu, lorsque je serai repartie ?

— Je ne sais pas et, à vrai dire, je ne veux même pas y penser. Je resterai sans doute à l'aéroport en espérant que tu reviennes un jour…

— C'est un peu pathétique, non ?

— Je sais, mais à présent tu as une raison de revenir en Irlande. Tu y as un grand-père, alors je suis moins triste.

— Je ne veux pas que tu sois triste, Riley.

Elle passa sa main douce dans ses cheveux puis lui embrassa le front.

— Je suis sûre que tu te débrouilleras très bien sans moi.

Il ne répondit pas.

Il ne pouvait pas répondre, car il avait eu la preuve, durant cette journée de solitude passée à l'attendre, qu'il serait malheureux sans elle. Il passerait sans doute le premier mois à boire plus que de raison, le second à être en colère contre le monde entier.

gravée sur la pierre tombale, cette dernière avait survécu à son mari pendant onze ans.

Nan poursuivit son chemin et, quelques minutes plus tard, découvrit enfin la tombe de Tiernan.

Elle se baissa et passa la main dessus pour la nettoyer et pouvoir lire l'inscription.

— Tiernan Findley, né le 13 juin 1960. Décédé le 3 novembre 1984. *Go gcasaimid ar chéile arís*, déchiffra-t-elle à haute voix.

Qu'est-ce que cela voulait dire ? Si seulement elle parlait le gaélique…

Elle contemplait toujours l'inscription lorsqu'elle entendit les aboiements d'un chien. Elle releva la tête, se retourna et aperçut alors Danny, le frère de Riley, de l'autre côté du mur.

Il lui adressa un signe de la main.

— Vous devriez faire attention, Nan ! Aina Mc Garrity hante ce cimetière depuis le mois dernier.

— La vieille femme qui est décédée ?

— Oui, elle attend les prochaines funérailles.

— Je ne comprends pas.

— Son fantôme ne peut pas partir avant que quelqu'un d'autre ne soit enterré.

Soudain mal à l'aise, Nan s'approcha de lui.

Aina Mc Garrity l'avait-elle observée ? Etait-ce elle, la présence qu'elle avait sentie un peu plus tôt ?

Non, c'était impossible…

— C'est un beau cimetière, dit-elle lorsqu'elle atteignit enfin le mur, refoulant ses idées absurdes dans un coin de sa tête. J'étais en train d'admirer les tombes.

— Elles sont belles. Nous autres Irlandais faisons très attention à notre mort.

— Parlez-vous gaélique, Danny ? Il y a une inscription sur une tombe, et j'aimerais savoir ce qu'elle veut dire.

Danny passa la grille puis la rejoignit devant la tombe de Tiernan.

— Riley nous a annoncé la nouvelle, dit-il.

Pour toute réponse, elle se contenta d'un hochement de tête. Elle ne souhaitait pas parler de sa découverte. Elle était encore trop troublée pour cela.

— Vous savez ce que cette inscription veut dire ? lui demanda-t-elle plutôt.

— « En attendant de se retrouver. »

Elle lui sourit.

— « En attendant de se retrouver »... Ça me plaît. C'est joli.

— Vous avez fini ici ? Je rentre au village. Je dois ouvrir le pub.

— Oui, je vous accompagne... J'ai dit à Riley que je le retrouverais au pub.

Elle jeta un dernier coup d'œil à la tombe puis fit demi-tour.

— Est-ce vous qui avez fabriqué cette grille ? lui demanda-t-elle. Riley m'a dit que vous étiez forgeron.

— C'est moi, oui. C'est une de mes premières commandes. Ma mère m'a dit à l'époque que ce portail me garantirait une place au paradis.

Il referma la grille derrière eux et ils suivirent la route jusqu'au village, côte à côte.

— Que vouliez-vous dire, à propos d'Aina Mc Garrity tout à l'heure ?

— Je rigolais... Ce n'est qu'une stupide superstition.

— Racontez-moi...

— Selon la légende, lorsque quelqu'un meurt, son fantôme rôde dans le cimetière jusqu'à ce qu'un nouveau mort soit enterré. Lorsque deux cérémonies sont organisées le même jour, les familles se dépêchent d'aller au cimetière pour enterrer leur mort en premier et être sûres qu'il ira directement au paradis.

Nan éclata de rire.

— Si je comprends bien, Aina est coincée dans le cimetière jusqu'à ce que quelqu'un d'autre soit enterré !

— Oui, mais vous ne savez pas encore tout. Selon certains, la main d'un mort serait un remède miracle à toutes les maladies.

— Il faut manger la main d'un mort ? Quelle horreur !

— Non, non. Nous ne sommes pas macabres à ce point ! Non, on raconte que, si vous êtes malade, être caressé par la main d'un mort peut vous guérir. C'est pour cette raison que, lorsqu'un décès survient, toutes les personnes malades rendent visite au défunt avant son enterrement pour lui toucher la main.

Nan frissonna.

Cette légende lui donnait la chair de poule.

— Lorsque j'étais au cimetière, j'ai eu l'impression que je n'étais pas seule, que quelqu'un m'observait.

— Si ça peut vous rassurer, sachez que les fantômes et les esprits ne peuvent pas franchir une rivière. Si l'un d'eux vous poursuit, il vous suffit de trouver un cours d'eau.

— Merci du tuyau, répondit-elle en riant.

— En tout cas, vous pouvez être tranquille, Aina ne peut pas quitter le cimetière. Vous êtes donc en sécurité.

— J'ai vu les tombes de membres de la famille Quinn, lui dit-elle.

— Mes grands-parents sont en effet enterrés dans ce cimetière, Rory et Rooney Quinn. Les parents de Rory sont également là, Jack et Siobhan. Jack a été tué pendant la guerre civile. C'est son bateau que vous avez utilisé avec Riley pour aller jusqu'à Bantry l'autre jour. Quant à Rory, il était pilote dans la RAF pendant la Seconde Guerre mondiale.

— Riley dit que vous êtes un artiste, choisit-elle de répondre pour changer de sujet et oublier un peu la mort. A l'occasion, je serais ravie de voir votre travail.

— Pourquoi pas, répondit-il en haussant les épaules. J'ai quelques objets dans mon atelier. Nous pouvons nous y arrêter sur le chemin, si vous voulez.

— Avec plaisir.

Danny était aussi gentil et charmant que Riley. Que Kellan aussi d'ailleurs… Il lui raconta d'autres légendes jusqu'à ce qu'ils arrivent à son atelier, une petite grange située à l'arrière de sa maison.

Comment les frères Quinn pouvaient-ils encore être célibataires, tous autant qu'ils étaient ? se demanda-t-elle. C'était un mystère pour elle. Ils étaient pourtant tous les trois séduisants, charmants, sympathiques…

Refoulant ces questions dans un coin de sa tête, elle entra dans l'atelier. La pièce n'était pas éclairée, mais elle parvenait néanmoins à voir les sculptures.

— Voilà donc ce que je fais pendant mon temps libre…

— C'est magnifique, Danny !

Il était vraiment doué.

Elle s'approcha d'une caisse de bois remplie de petits animaux.

— Qu'est-ce que c'est ?

— J'ai sculpté ces petites choses lorsque j'étais enfant. C'est comme ça que j'ai commencé, en sculptant du savon, des morceaux de bois flotté… Tenez, j'ai quelque chose pour vous.

Il lui tendit une croix celtique en fer forgé.

— Je l'ai créée pendant ma phase religieuse, lui expliqua-t-il. J'en ai sculpté beaucoup, mais c'est la seule qui me reste.

— Je... Je ne peux pas accepter.

— Bien sûr que si ! Cette croix vous protégera des esprits malins, des pickpockets et des voleurs de grand chemin.

— Merci. Avez-vous déjà exposé vos œuvres ?

— Je participe régulièrement à des expositions à Dublin et dans une galerie à Shannon. Mais je n'ai pas beaucoup de temps pour créer. Je passe le plus clair de mes journées à fabriquer des portails, des grilles... C'est cette activité qui me permet de gagner ma vie.

Nan continua son exploration et s'approcha d'une sculpture représentant un gigantesque oiseau, les ailes déployées.

— Je ne m'y connais pas beaucoup en art, Danny, mais je sais que vos sculptures sont magnifiques. Elles dégagent tant d'émotions...

— J'ai créé un oiseau similaire qui est exposé à Dublin. Une commande pour le ministère de la Culture.

Pendant la demi-heure suivante, Danny lui détailla chacune de ses œuvres, répondant patiemment à toutes ses questions.

Elle n'avait aucun mal à lui parler. Elle se sentait bien avec lui, comme si... Comme s'ils faisaient partie de la même famille. En plus, il semblait sincèrement intéressé par ses opinions et ses commentaires.

Avec Riley, chaque conversation était sous-tendue par leur attirance mutuelle. Tandis que Danny... Danny était comme un ami, un confident.

La visite terminée, elle le regarda placer un drap sur ses œuvres pour les protéger.

Avait-elle envie de faire partie de la famille Quinn ? se demanda-t-elle soudain. A l'exception de son grand-père irlandais, elle était seule au monde. Or elle aurait aimé avoir une famille, une grande famille sur qui compter.

Quand elle y réfléchissait, elle commençait à comprendre pourquoi ses grands-parents maternels n'avaient jamais fait partie de sa vie. Sans doute n'avaient-ils pas voulu que Laura garde son enfant. Peut-être avaient-ils désapprouvé, ensuite, son mariage avec un homme plus âgé qu'elle. D'une certaine façon, elle pouvait comprendre qu'ils aient pu être choqués d'apprendre que leur fille était enceinte. Mais Laura avait pris une décision sage en gardant son enfant et en se mariant.

Peut-être était-elle encore amoureuse de Tiernan à cette époque.

Peut-être pensait-elle encore à lui au moment de mourir.

Après avoir vu l'inscription sur la tombe, elle avait envie de croire qu'ils étaient enfin réunis.

En tout cas, une chose était certaine : Laura avait désiré son enfant.

Elle l'avait aimée.

— Riley m'a dit que vous repartiez bientôt, reprit Danny, la sortant de sa réflexion.

— Demain, répondit-elle tandis qu'ils reprenaient le chemin du pub. Mais, à vrai dire, je n'ai pas très envie de repartir. Je n'ai pas vu la moitié des sites que je voulais visiter. Je m'étais préparé un programme très détaillé, très précis et… et je l'ai complètement ignoré.

— C'est toujours comme ça avec les plans trop bien préparés. D'ailleurs, votre projet de retour pourrait, lui aussi, tomber à l'eau.

— Malheureusement, mon travail m'attend.

— Vous aimez ce travail ?

Elle ouvrit la bouche pour répondre puis se ravisa.

Répondre « oui » ne correspondait plus à ce qu'elle ressentait au fond d'elle.

Aimait-elle son travail autant que Danny aimait le sien ? Il venait de lui expliquer qu'il n'aurait rien pu faire d'autre, qu'il n'avait jamais imaginé devenir autre chose que sculpteur.

Inutile de se voiler la face, elle ne ressentait pas le même genre d'élan, de ferveur, vis-à-vis de son travail de bibliothécaire. Bien sûr, elle aimait son métier, mais il ne s'agissait pas d'une passion comme la musique pour Riley ou la sculpture pour Danny. Sans compter que n'importe qui pouvait la remplacer, à la bibliothèque.

— Oui, mentit-elle néanmoins, j'aime beaucoup mon travail.

— Dans ce cas, vous ne devriez pas avoir de mal à quitter l'Irlande.

Pour toute réponse, elle se contenta de hausser les épaules, puis elle demeura silencieuse pendant le reste du chemin.

Quelques minutes plus tard, ils entraient dans le pub et elle aperçut Riley, derrière le bar, en train d'écrire quelque chose.

Il leva les yeux, les dévisagea l'un après l'autre, puis lui lança un regard noir.

Bizarre…

— J'ai rencontré Danny au cimetière. Il m'a fait visiter son atelier, lui expliqua-t-elle, se demandant pourquoi il avait l'air aussi sombre. Je n'ai pas fait attention à l'heure.

— Tu es en retard, Danny, se contenta de répondre Riley en indiquant la pendule à son frère.

— N'exagère pas ! Je n'ai que quinze minutes de retard.

— Vingt, rétorqua Riley. Aujourd'hui, c'est ma

dernière journée avec Nan, et je ne suis pas prêt à en perdre quinze minutes !

Puis, d'un geste brusque, il ôta son tablier, le jeta sur le bar et vint lui prendre la main.

— Viens, Nan, sortons d'ici.

— Merci pour la visite, Danny. Si je ne vous revois pas, sachez que j'ai été très heureuse de faire votre connaissance.

Une fois dehors, elle se planta devant Riley.

— Si je peux me permettre, tu n'as pas été très poli avec ton frère !

— J'ai le droit de lui parler comme bon me semble !

— Pourquoi es-tu d'aussi mauvaise humeur ? Nous avons juste fait le chemin ensemble. Il a été gentil avec moi, m'a fait visiter son atelier...

— C'est comme ça qu'il séduit toutes les filles.

Abasourdie, elle le fixa, la bouche ouverte, craignant d'avoir mal compris.

Riley pensait qu'il y avait quelque chose entre Danny et elle ? C'était n'importe quoi !

— Tu t'es vraiment levé du pied gauche, ce matin !

Pour toute réponse, il passa une main lasse sur son visage.

— Bon Dieu, Nan ! Comment veux-tu que je réagisse ? J'ai l'impression que le temps m'échappe et que je ne peux rien faire. Tu repars demain, nous ne sommes pas sûrs de nous revoir un jour, et j'ai l'impression que ça ne te dérange pas le moins du monde.

C'était la première fois qu'il lui parlait de cette façon, et il n'avait aucun droit de lui parler aussi durement ! Elle n'avait rien fait de mal.

Serrant les poings pour maîtriser sa colère naissante, Nan lâcha un long soupir puis fit demi-tour et prit la direction du gîte. S'il se conduisait de cette manière possessive et idiote, elle préférait rentrer.

— Parfait ! lui cria-t-il, va-t'en si tu n'acceptes même pas qu'on se dispute !

A ces mots, sa colère grimpa d'un cran et, incapable de se taire plus longtemps, elle se retourna et le fixa, les mains sur les hanches.

— Tu te conduis comme un imbécile, Riley ! Et, quand tu te conduis comme un imbécile, je ne t'aime plus.

Riley lâcha un juron.

Nan avait raison. Il se conduisait comme le dernier des idiots.

Le problème était qu'il n'arrivait pas à s'en empêcher. Il lui suffisait de penser à son départ pour devenir fou, pour perdre la tête.

Où était-elle partie ?

Sans doute avait-elle pris la direction du gîte pour bouder. Il allait la rejoindre, s'excuser, puis ils feraient l'amour et tout irait bien.

Oui, voilà ce qu'il allait faire…

Il ne voulait pas perdre le peu de temps qui leur restait à être en colère. Ce serait dommage et bête.

Déterminé à faire la paix avec elle, il lui courut donc après et la rattrapa en quelques secondes.

— Nan… Je suis désolé… Je sais que tu étais juste gentille avec Danny. Je n'aurais pas dû réagir ainsi, mais… je ne peux pas m'en empêcher, j'ai envie de passer chaque seconde qui reste avec toi.

— Contrairement à toi, Danny est un gentil garçon.

— Dans des circonstances normales, je suis moi aussi un gentil garçon, alors j'espère que tu me pardonneras.

— Est-ce que tu es en train de t'excuser, là ? Parce

que, si c'est le cas, laisse-moi te dire que tu peux faire mieux.

— Je suis désolé, répéta-t-il en lui prenant la main et en la portant à ses lèvres. Je suis vraiment désolé, Nan. Tu veux bien me pardonner ?

Elle hocha la tête, comme si elle ne voulait pas céder trop vite.

— Tu n'as aucune raison d'être jaloux, Riley. Je trouve que tu t'es très mal conduit avec ton frère, tu n'aurais pas dû lui parler ainsi. Je n'ai pas de frère mais, si j'en avais un, je lui parlerais mieux.

— Tu as raison. Je promets d'aller lui présenter mes excuses. Mais plus tard… Maintenant, veux-tu que je me mette à genoux devant toi pour implorer ton pardon, ou préfères-tu que nous nous embrassions et que nous passions tout de suite à autre chose.

— Tu m'embrasseras plus tard. Pour le moment, je veux rentrer, préparer à déjeuner puis m'occuper de mes bagages.

Il ne répondit pas. Il se contenta de la suivre, en silence, toujours nerveux.

— Alors, demanda-t-il au bout d'un moment pour tenter de détendre l'atmosphère qui restait lourde, de quoi as-tu parlé avec Danny ?

— Surtout de son travail. Il se promenait avec ses chiens et il est passé près du cimetière. J'étais allée voir la tombe de mon père. Il m'a traduit l'inscription en gaélique. « En attendant de se retrouver… » Je trouve que c'est un beau message. Un message plein d'espoir.

— A mon avis, c'est plutôt triste. Ça me rappelle que, de temps en temps, les gens se séparent pour toujours. Regarde ta mère et Tiernan…

— J'ai envie de croire qu'ils se sont retrouvés,

qu'aujourd'hui leurs esprits peuvent poursuivre ce qu'ils ont commencé il y a vingt-sept ans.

— Ou peut-être sommes-nous en train de vivre cette histoire à leur place. As-tu jamais pensé à cette hypothèse ?

Elle ne répondit pas. Elle se contenta de marcher.

— J'ai faim, finit-elle par dire au bout d'un moment, choisissant à l'évidence de changer de sujet.

Que pouvait-il faire de plus ?

Il avait insisté à chaque fois qu'il en avait eu l'opportunité, sur la difficulté de leur séparation future, pour lui faire prendre conscience du mal qu'ils auraient à se quitter. Mais, quoi qu'il dise, Nan semblait déterminée à ne pas modifier ses plans. Elle refusait de toute évidence d'envisager une vie en Irlande avec lui.

Tentant de refouler sa colère autant que sa déception, il lui indiqua la boulangerie au bout de la rue.

— Ils vendent là les meilleurs hot dogs du monde. Je vais t'acheter à déjeuner.

Ils entrèrent dans la boutique et, en plus des hot dogs, il acheta deux tartes aux pommes et deux sodas.

Puis ils s'installèrent sur des tables de pique-nique, dans un parc non loin.

— Tu es très jolie ce matin, dit-il en lui tendant un soda.

— La flatterie ne te mènera à rien, Riley.

— Alors dis-moi ce que je dois faire, Nan. Dis-le-moi, parce que je me sens perdu.

Elle prit une bouchée de hot dog en hochant la tête, comme si elle ignorait comment lui répondre.

— Tu aimes ton travail ? lui demanda-t-elle enfin.

— Je n'ai pas vraiment de métier.

— Je parle de ta musique, de tes chansons. C'est bien comme ça que tu gagnes ta vie, non ?

— Oui.

— Imaginerais-tu faire autre chose de ta vie ? Autre chose que la musique ?

— Bien sûr. De toute façon, il faudra bien que je m'arrête un jour ou l'autre. Je ne pourrai pas continuer à chanter dans les pubs jusqu'à quatre-vingts ans !

— Je crois que tu ne comprends pas bien ma question…

Elle s'interrompit et fronça les sourcils. Elle semblait chercher ses mots.

Il lui prit alors la main et la serra pour lui donner du courage.

— Ressens-tu de la passion pour la musique, Riley ? Aurais-tu une moins bonne opinion de toi si tu ne chantais plus ?

Il prit le temps de réfléchir.

Mais, à vrai dire, depuis que Nan était entrée dans sa vie, il ne se posait même pas cette question.

Serait-il capable d'abandonner sa carrière et de tout de même être heureux ? Pourrait-il être heureux en faisant autre chose, un métier classique lui permettant de gagner un salaire tous les mois, ou était-il un chanteur dans l'âme ?

Question difficile.

— Je crois que je ne pourrais jamais arrêter de chanter, répondit-il enfin. Je ne gagnerai peut-être pas toujours ma vie de cette façon, mais j'aime être sur scène, j'aime chanter. Et toi ?

— Je suis compétente, j'aime mon métier. Les gens pensent que je travaille bien et que je suis une employée modèle. Mais je commence à penser que je suis peut-être restée à la bibliothèque parce que c'était facile. Le problème est que je n'ai jamais réfléchi à ce que je pourrais faire d'autre.

Il la dévisagea, étonné de cette confidence.

Pour la première fois, elle ne semblait plus opposée à un changement de vie.

C'était une bonne nouvelle car, si elle était moins attachée à son travail qu'elle ne le croyait, peut-être finirait-elle par accepter de démissionner et de venir vivre en Irlande.

Mais il se força à ne pas insister. Il refusait de passer sa dernière journée avec elle à essayer de la convaincre de rester. Il voulait au contraire profiter de sa compagnie sans penser à rien et lui faire l'amour une dernière fois.

Il était sûr des sentiments qu'il éprouvait pour elle. Mais, pour ce qui était de Nan… il ne savait quoi penser. Il avait des doutes. Il avait bien l'impression qu'elle était attachée à lui, mais de quelle manière, exactement ? S'agissait-il d'amour ou d'une simple attirance sexuelle ?

Il pourrait lui poser la question tout de go, bien sûr, mais il avait trop peur d'entendre la réponse.

— Quels sont tes projets pour ta dernière journée ? choisit-il de lui demander à la place.

— Je ne sais pas. Il me reste tant de choses à voir… D'un autre côté, je crois que j'en ai assez du tourisme. Je voudrais juste m'asseoir, profiter de la vue…

— Accepterais-tu que je m'asseye à côté de toi ?

— Avec plaisir. Pourquoi ne m'emmènes-tu pas à l'endroit le plus beau de Ballykirk, tiens ?

— Je connais le lieu idéal, mais nous devons d'abord passer au gîte. Il nous faut une couverture, à boire… et de bonnes chaussures.

— Où allons-nous ?

Riley l'attira à lui et la serra dans ses bras avant de répondre.

— Je vais t'emmener dans mon refuge secret. Un endroit que personne d'autre ne connaît.

— Vraiment ?

— Non, en fait… mes frères le connaissent, et sans doute d'autres personnes, mais j'aime penser que je suis le seul.

Ils rentrèrent donc au gîte et Riley prépara le nécessaire pour leur petite expédition. Ensuite, il sortit de la maison et retrouva Nan qui l'attendait, des chaussures de sport aux pieds.

— Je suis tout excitée ! lui avoua-t-elle.

— Ne te fais pas trop d'idées, je ne voudrais pas que tu sois déçue. Tu devrais mettre un pantalon et prendre un gilet, il peut faire frais.

Elle retourna dans la chambre et revint quelques secondes plus tard avec un gilet.

— Avant de partir, Nan, je dois te demander de me jurer que tu ne révéleras à personne l'existence de ce lieu. Cet endroit n'est connu en principe que des frères Quinn. Si Kellan et Danny savent que je t'y ai emmenée, ils risquent de m'en vouloir jusqu'à la fin de mes jours.

— Je le jure ! répondit-elle en levant la main. Je ne révélerai à personne où tu m'emmènes.

— Alors nous pouvons y aller.

Le sentier descendait de la falaise jusqu'à la plage, raide, mais Riley lui indiquait les meilleurs passages pour ne pas risquer de tomber.

Au bout de quelques minutes, il sauta enfin sur le sable puis lui tendit la main pour l'aider.

— Nous sommes arrivés, Nan.

Ils étaient dans une petite crique, non loin du port de Ballykirk mais à l'abri des regards. Cette crique était invisible du sommet de la falaise. On ne la voyait que de l'océan.

Charmée par le lieu, elle lui sourit.

— C'est adorable… Est-ce qu'on peut se baigner ?

— L'eau est un peu froide, mais pourquoi pas ? Mes frères et moi, nous avions l'habitude de nous baigner ici autrefois, lui expliqua-t-il tout en enlevant ses chaussures et en étalant la couverture sur le sable. Nous appelions cette crique le « repaire des bandits », car il y a une grotte, là-bas, et nous pensions que c'était l'endroit idéal pour cacher un trésor. Il nous faut surveiller l'heure car, à marée haute, l'océan recouvre complètement la plage. Viens donc ici, je meurs d'envie de t'embrasser !

Il l'attira à lui, enfouissant ses doigts dans ses cheveux, et elle se lova contre lui.

— Dix jours ne me suffisent pas, Nan. Je commence tout juste à m'habituer à toi, et tu dois déjà repartir.

Elle riva son regard au sien.

Elle ne voulait pas penser au lendemain.

— Nous sommes ici, maintenant, Riley. Profitons-en. Je ne partirai pas avant l'arrivée de la marée, je te le promets.

Pour le lui prouver, elle s'assit sur lui, ôta son pull puis son chemisier, se contentant de garder son soutien-gorge.

Comme envoûté par cette vision, il prit son sein en coupe, geste qui électrisa aussitôt tous ses sens, et alluma en elle un incendie de désir.

Elle ferma les yeux.

— C'est exactement comme ça que j'ai envie de passer ma dernière journée !

— Est-ce que tu as un fantasme sexuel ? lui demanda soudain Riley.

Curieuse, elle le regarda.

— Pourquoi me poses-tu cette question ?

— Parce que j'en ai un en ce moment. Lorsque j'étais adolescent, je venais ici et je pensais à ce que je ferais si je trouvais une sirène sur la plage. J'essayais d'imaginer à quoi ressemblerait la sirène, et il se trouve que tu ressembles à celle de mon fantasme.

— Je ne te crois pas.

— C'est vrai pourtant... J'ai toujours aimé les femmes aux cheveux longs mais, dans mes rêves, la sirène avait toujours les cheveux foncés et courts, comme toi.

— Peut-être savais-tu, au fond de ton âme, qu'un jour je viendrais ? Peut-être nous sommes-nous déjà rencontrés dans le passé ? Tu étais un pêcheur et j'étais une sirène...

— Enlève tes vêtements. Je veux me souvenir encore.

Amusée, elle se leva puis, un sourire malicieux aux lèvres, se débarrassa prestement de son pantalon et de ses chaussures.

— Que faisais-tu lorsque tu rêvais à ta sirène ?

— Je faisais ce que font tous les adolescents lorsqu'ils pensent à des femmes nues !

— C'est pour ça que tu m'as amenée ici ?

Sans attendre sa réponse, elle dégrafa son soutien-gorge puis enleva sa culotte et elle le vit avaler sa salive comme s'il avait du mal à se contrôler.

— Ce n'est plus un fantasme, c'est la réalité maintenant, Nan...

Elle riva alors son regard au sien et vit le désir illuminer ses prunelles bleu azur. Aussitôt, son rythme cardiaque s'emballa. Son cœur battait même si fort dans sa poitrine qu'elle le sentait prêt à exploser.

— A quoi rêvais-tu exactement, Riley ? Raconte-moi ton fantasme.

Il s'assit avant de lui répondre.

— La sirène se tenait devant l'océan. C'est là que je la trouvais, fixant l'horizon.

Nan se dirigea alors au bord de l'eau, plongea un pied dedans et hocha la tête. Non, elle était vraiment trop froide pour se baigner. Elle se contenta de demeurer immobile et d'attendre.

Quelques secondes plus tard, elle sentit Riley arriver derrière elle, lui mettre la couverture autour des épaules et lui caresser tendrement le ventre.

Envoûtée, elle ferma les yeux, rejetant la tête en arrière lorsqu'il glissa un doigt entre ses cuisses.

Il s'agissait du fantasme de Riley, et, pourtant, elle avait l'impression qu'il s'agissait du sien tout autant.

Elle essaya d'imaginer à quoi il pensait, ce qu'il aurait pu faire avec la sirène puis, lentement, elle se tourna pour le voir.

Il plongea dans ses yeux puis, sans cesser d'explorer son corps de ses mains, se mit à l'embrasser avec gourmandise. Il la caressa comme il ne l'avait jamais caressée, avec une infinie tendresse. Des caresses douces, lentes, parfois hésitantes puis, la seconde d'après, très appuyées.

Au bout de quelques secondes, comme s'il en avait assez de l'embrasser, il prit sa main et l'allongea sur le sable.

Sans doute allait-il se déshabiller à son tour.

Non, à l'évidence, son fantasme n'était pas allé jusque-là, se dit-elle lorsqu'il commença à déposer une nuée de baisers dans son cou, sur sa poitrine.

Il referma soudain sa bouche sur un bout de sein tendu et elle retint son souffle, réprimant un cri de plaisir.

Il s'intéressa ensuite à l'autre sein et, sous le charme, sous le choc, elle enfouit ses doigts dans son épaisse chevelure et se cambra. Elle se consumait. Elle était en fusion…

Quand il s'insinua entre ses jambes, elle se mordit la lèvre et frissonna d'impatience. Son entrejambe était douloureux tant elle le désirait. Elle n'en pouvait plus d'attendre.

Mais, au lieu de venir en elle, il se redressa et la regarda avec un sourire coquin aux lèvres.

— Que se passe-t-il, Riley ?

— C'est à cet instant que mon fantasme s'achevait et que je me réveillais.

— Il s'arrêtait comme ça ?

— Non, c'est moi qui n'allais pas plus loin, car j'en avais alors terminé.

Elle éclata de rire.

— Je vois que tu t'es amélioré au fil des ans !

— Oui, mais je ne suis pas sûr d'avoir envie d'abîmer mon souvenir.

— Dans ce cas, laisse-moi t'aider…

Elle ouvrit sa braguette puis glissa sa main dans son caleçon. Son sexe était déjà tendu, dur.

— Ferme les yeux, Riley.

Il obéit et elle se mit à le caresser avec langueur et sensualité. Elle voulait qu'il vive son fantasme jusqu'au bout mais de façon plus intense.

Elle dévorait tour à tour du regard son torse et son visage. Riley était le plus bel homme qu'elle ait jamais vu. Son corps était beau mais son âme également.

En le regardant ainsi, détendu, les yeux fermés, elle

avait l'impression d'être réellement la sirène de son fantasme. Mais, contrairement aux *selkies* de la légende, elle ne voulait pas retourner à l'océan, elle voulait vivre ici, avec lui, vivre une vie différente de tout ce qu'elle connaissait. Mais, pour cela, elle devait se livrer totalement à lui, se débarrasser de la peau dans laquelle elle vivait depuis vingt-sept ans et oser.

Aurait-elle le courage nécessaire ?

Elle l'ignorait, car jamais elle n'avait pris de décision hâtive, irréversible, du moins avant de venir en Irlande.

Elle devait dans un premier temps repartir pour être sûre d'elle. C'était le seul moyen de tester ses sentiments, de savoir si oui ou non ils étaient réels, s'ils étaient assez forts…

Mais alors est-ce qu'elle ne se retrouverait pas face au même dilemme que la sirène ?

Une fois rentrée aux Etats-Unis, pourrait-elle revenir ?

A cet instant, ici, leur vie était réelle, leurs sentiments étaient réels. Elle était maîtresse de son destin. Mais, si elle repartait, que se passerait-il ? Pourrait-elle retrouver ce bonheur ?

Elle entendit la respiration de Riley devenir plus rapide, plus rauque, et elle devina qu'il était près de jouir.

Elle pourrait passer sa vie à le rendre heureux, comme à cet instant, et elle serait heureuse. Mais comment être certaine que jamais elle ne regretterait sa vie aux Etats-Unis ?

Il atteignit la jouissance dans un cri animal et elle ferma les yeux, contente.

Grâce à elle, il avait vécu son fantasme. Au moins, il se souviendrait d'elle lorsqu'elle serait partie.

- 9 -

Le soleil venait juste de se lever lorsque le réveil sonna. Riley l'arrêta et se força à ne pas se rendormir. Nan serait furieuse si elle ratait son avion.

Elle devait décoller à 11 h 30, et il fallait deux heures pour rejoindre l'aéroport… Ce qui voulait dire qu'ils devraient partir à 8 heures au plus tard.

Dans deux heures.

Carey avait proposé à Nan de l'emmener à l'aéroport, mais il avait insisté pour le faire lui-même. Il tenait à être la dernière personne à la voir.

Il se retourna et la regarda, s'attardant sur son fin visage, comme il l'avait fait pendant des heures durant la nuit, après lui avoir fait l'amour. Avant cela, il avait encore tenté de la faire changer d'avis, de la convaincre au moins de prolonger ses vacances, pour qu'elle admette enfin qu'elle désirait rester autant que lui le voulait.

En vain.

Nan était résolue à partir.

Alors il avait fini par accepter l'idée de ne pas la voir pendant quelques mois et décidé de commencer à économiser de quoi se payer un billet jusqu'à Madison.

Une fois là-bas, il essaierait de la convaincre de revenir en Irlande.

— Nan, murmura-t-il en caressant doucement son visage à la peau soyeuse. Il faut te réveiller, ma chérie…

Elle laissa échapper un petit grognement ensommeillé, puis se retourna.

— Nous devons partir pour l'aéroport dans deux heures.

Elle ouvrit les yeux et le fixa.

— C'est aujourd'hui, Riley ?

— Oui, c'est aujourd'hui.

— Je ne suis pas prête…

Il ne répondit pas. A quoi bon insister une fois de plus pour qu'elle reste ? Il savait qu'elle ne changerait pas d'avis, et refusait de passer le peu de temps qu'il leur restait en une vaine dispute.

— Nous avons encore deux heures devant nous, se contenta-t-il de dire. Tu as fait tes bagages hier. Tu as juste à prendre une douche et à t'habiller.

— Et te faire l'amour.

— Oui, il ne faut pas oublier cette étape, c'est la plus importante.

Elle passa une main sur son visage et laissa échapper un long soupir.

— De temps en temps, j'ai l'impression de vivre un rêve, Riley. J'ai peur de me réveiller, chez moi, à Madison, et de me rendre compte que je ne t'ai jamais rencontré.

— Ne t'inquiète pas, je te téléphonerai pour te rappeler que tu ne rêves pas.

— Oui, il faudra que tu m'appelles. Nous devrons aussi nous envoyer des courriels, et utiliser Skype.

— Skype, c'est ce qui permet de se voir ?

— Tu auras besoin d'une connexion à haut débit.

Il faudrait pour cela qu'il demande de l'aide à Kellan. Contrairement à lui, son frère s'y connaissait en informatique.

— A quelle heure arriveras-tu chez toi, Nan ?

— Très tard. Mon avion doit atterrir vers minuit, et ensuite j'ai encore deux heures de route. Je devrais être à la maison vers trois heures du matin. Ce qui veut dire qu'il sera…

— Six ou sept heures de plus ici. Je pourrais t'appeler vers 9 heures, heure irlandaise. A ce moment-là, j'aurai déjà passé une nuit sans toi.

— Je suis persuadée que tu t'en sortiras très bien.

Très bien ? Il en doutait.

— Je me demande si je ne vais pas venir dormir au gîte, pendant quelque temps, fit-il en enfouissant son visage dans l'oreiller. Les draps ont l'odeur de la crème hydratante que tu mets après la douche.

Elle tendit la main et attrapa le flacon qu'elle avait posé sur la table de chevet.

— Tu peux la garder si tu veux, dit-elle. Tu pourras en mettre les jours où je te manquerai trop. Ou bien tu pourras en tartiner ton oreiller avant de t'endormir.

— Tu ne parles pas sérieusement, si ?

— Non. Parce que, si je suis sérieuse, je vais pleurer, or je n'ai pas envie de pleurer.

Elle serra sa main dans la sienne.

— Je reviendrai, je te le promets, Riley. J'ai aussi promis à mon grand-père de revenir, peut-être même pour Noël. Ce n'est pas dans si longtemps que ça, quatre mois à peine… Les semaines vont passer très vite, tu verras.

— Quatre mois… Mais c'est une éternité !

— Depuis combien de temps n'avais-tu pas couché avec une fille avant que j'arrive ?

— Plus de quatre mois.

— Alors tu sais que tu peux y survivre, c'est bien.

Il éclata de rire.

De toute évidence, elle ne connaissait rien à la physiologie masculine.

— Ça ne marche pas ainsi, Nan. Je suis un homme affamé et tu viens de m'offrir le plat le plus délicieux, le plus fameux qui existe. Et maintenant tu m'obliges à faire la grève de la faim ; tu crois que la nourriture ne va pas me manquer ?

— Si c'est si difficile que ça, alors il faudra que nous fassions l'amour par téléphone.

— L'idée est tentante, je l'admets, mais une conversation téléphonique ne remplace pas vraiment le contact physique. Enfin… on pourra tout de même essayer.

— A propos de contact physique…

Elle ne termina pas sa phrase. Elle se contenta de le chevaucher.

Sentant l'émotion l'envahir, il la dévora du regard, comme pour mémoriser chacun de ses traits, l'absorber, la graver dans sa mémoire.

C'était peut-être la dernière fois qu'il lui ferait l'amour. Comment allait-il vivre sans elle ? Même quelques mois ?

Nan était si belle, si sexy… Exactement le genre de femme dont tous les hommes rêvent. Ce qui voulait hélas dire que des centaines d'hommes pourraient tenter de la séduire pendant leur séparation.

Elle se frotta langoureusement contre son sexe tendu et, envoûté par ces sensations d'une intensité inouïe, il lui empoigna les fesses, oubliant instantanément ses questions. Il se sentait déjà prêt à toucher les étoiles.

Il mourait d'envie de s'insinuer en elle, dans sa douce moiteur. Il était même prêt à la pénétrer sans protection, tellement il était impatient.

Il attendit néanmoins qu'elle attrape la boîte de préservatifs.

Mais elle ne le fit pas. Au lieu de cela, elle s'empala sur son sexe, un sourire malicieux sur les lèvres. Aussitôt, il sentit son sang se mettre à bouillir dans ses veines et il retint son souffle.

Lentement, elle se mit à aller et venir sur lui, sans jamais le quitter des yeux, et il s'abandonna à la volupté.

Faire l'amour avec Nan avait toujours été extraordinaire, mais aujourd'hui les sensations étaient encore plus fortes, plus intenses. Chaque fois qu'elle bougeait, des vagues d'un plaisir inouï le submergeaient, des feux d'artifice explosaient en lui. Jamais il n'avait connu un tel plaisir. Jamais de toute sa vie.

Il se força à rassembler toutes ses forces pour se maîtriser et parvenir à attendre. Mais Nan ne semblait pas vouloir faire preuve de patience. Au contraire, même. Elle accéléra son tempo et il reconnut bientôt sur son beau visage les prémices de l'orgasme à la façon qu'elle avait de se mordre la lèvre, de lever les sourcils, de laisser échapper d'envoûtants petits cris.

Il glissa alors une main entre eux deux, caressa son bouton de plaisir qu'il devinait rose et gonflé. Aussitôt, elle se cambra en lâchant un long cri, et il l'imita.

L'orgasme était arrivé très vite, mais son intensité n'était pas moindre. Il n'y avait pas meilleure façon de terminer les vacances.

Il enfouit ses doigts dans ses boucles soyeuses et attira sa bouche vers la sienne.

Il mourait d'envie de lui dire qu'il l'aimait. Car il en était désormais persuadé, il l'aimait.

Mais il se retint. Tant qu'elle ne s'était pas rendu compte elle-même de ses propres sentiments, tant qu'elle ne les avait pas nommés et assumés, rien de ce qu'il pourrait dire ne ferait de différence.

— J'aimerais rester ainsi jusqu'à ce qu'il soit l'heure de partir, Riley.

— Tu ne veux pas prendre de douche ?

— Je ne veux pas perdre ton odeur. Je veux qu'elle soit encore sur moi lorsque j'arriverai à la maison.

Il glissa la main sous les couvertures et retrouva le flacon de crème. Il s'en étala sur le torse.

— Moi aussi. D'ailleurs, il va falloir que tu m'en envoies. Je crois que je vais en utiliser beaucoup !

Elle éclata de rire puis se glissa hors du lit, et attrapa les habits qu'elle avait laissés sortis.

— Donne-les-moi, fit-il en tendant la main.

— Tu veux mes habits ?

Il approuva d'un signe de tête et, perplexe, elle lui tendit sa robe et sa culotte. Aussitôt, il les glissa dans le lit.

— Qu'est-ce que tu fais ?

— Je cache ta peau de phoque. Tu es ma sirène. Sans ta peau, tu ne peux plus partir.

— Ce ne sont pas les habits qui font la différence, Riley. Lorsque j'ai posé le pied en Irlande, je suis devenue une autre personne. Je suis devenue ta maîtresse, la petite-fille de Carey et une citoyenne irlandaise.

Elle avait raison. Prendre ses vêtements ne changerait rien.

Il ressortit alors les habits et les lui rendit.

— Je ne vais pas te retenir prisonnière ici, Nan, mais un jour j'espère que tu resteras plus longtemps. Il y a tant d'endroits que nous n'avons pas encore vus…

— Allez, habillons-nous… Nous prendrons le petit déjeuner sur la route.

Mais il ne se leva pas tout de suite. Il refusait de bouger tant qu'elle n'était pas réellement prête à partir. Cependant, plus les minutes passaient, plus il la sentait s'éloigner de lui, comme si elle acceptait la fin de leur aventure. Cela le mettait en colère, le rendait triste, frustré.

Mais il refusait de gâcher leurs dernières heures ensemble en abordant le sujet et en risquant de la quitter fâchée.

— Je crois qu'il faut que tu m'embrasses encore une fois, se contenta-t-il de dire.

Elle s'approcha du lit et effleura ses lèvres avec les siennes. Emu, il ferma les yeux.

— Fais-le régulièrement et je promets d'être très sage, murmura-t-il, la gorge serrée.

Riley se gara dans la zone de dépose minute de l'aéroport, comme ils en avaient convenu.

Nan avait insisté pour qu'ils se disent au revoir à l'extérieur du terminal, plutôt que de souffrir jusqu'à la dernière minute.

Elle prit une profonde inspiration, tentant de contenir l'émotion qui l'étreignait.

— J'ai l'impression que ça fait des années que tu es venu me chercher à l'aéroport. Au fait, pourquoi avais-tu pris la Fiat alors que tu avais le quatre-quatre ?

— Je devais changer les pneus en venant. C'est pour cette raison que je suis arrivé en retard. Mais toi aussi tu étais en retard.

— Sur le moment, je t'ai trouvé tellement arrogant… Mais je m'étais trompée sur ton compte.

— Et moi, j'ai pensé que tu étais la plus belle femme que j'aie jamais vue.

— Tu croyais que j'étais casse-pieds.

— Oui, mais une jolie casse-pieds. Mais finalement tu n'es pas si casse-pieds que ça.

Elle se mordit la lèvre pour éviter de fondre en larmes comme une idiote.

— Je crois qu'il est l'heure de se dire au revoir, Riley. Nous allons nous embrasser… et ce sera terminé.

Pour toute réponse, il se contenta d'un signe de la tête.

— Au revoir, Nan.

— Au revoir, marmonna-t-elle, les yeux embués de larmes.

Il l'embrassa longuement, jusqu'à ce qu'une voiture klaxonne impatiemment derrière eux. Puis il rompit le baiser mais demeura le front contre le sien, comme pour prolonger le lien le plus longtemps possible.

— Appelle-moi quand tu arrives.

— Promis.

— Je t'aime, Nan.

En entendant ces mots, elle ferma les yeux et retint son souffle.

— Je t'aime, Riley, osa-t-elle dire à son tour, sûre d'elle.

Enfin sûre d'elle…

Puis, incapable de supporter la situation plus longtemps, elle ouvrit la portière et sauta dehors, se forçant à sourire. Elle attrapa son sac à l'arrière.

Riley la rejoignit sur le trottoir et l'enlaça une dernière fois.

— Vas-y, fit-il avant de déposer un dernier baiser sur le sommet de son crâne. Vas-y avant que je t'enlève et que je te ramène à Ballykirk !

Elle lui adressa un dernier regard puis se dirigea vers l'entrée du terminal.

Le premier pas fut difficile, mais elle se força à ne pas faiblir, à ne pas reculer, et avança jusqu'à la porte.

Là, elle se retourna une dernière fois et le vit qui la

regardait partir. Il leva la main pour lui faire signe et elle réprima un sanglot.

La porte se referma derrière elle et Riley disparut de sa vue. Elle continua à avancer, sans réfléchir, comme un robot.

A son grand soulagement, l'aéroport de Shannon avait un guichet des douanes américaines. La dernière chose qu'elle désirait était de terminer son voyage en faisant la queue pour déclarer ce qu'elle avait acheté pendant ses vacances.

Lorsqu'elle atteignit le guichet, elle sortit son passeport. L'employée américaine buta sur son prénom.

— Ça se prononce *Tiernan*, fit-elle pour l'aider.

— Où habitez-vous, mademoiselle ?

— A Madison, dans le Wisconsin.

— Combien de temps avez-vous passé en Irlande ?

— Pas suffisamment longtemps, murmura-t-elle avant de reprendre, plus fort : dix jours, neuf nuits.

— Quelqu'un vous a-t-il demandé de transporter un objet aux Etats-Unis ?

— Non.

— Avez-vous reçu des cadeaux pendant votre séjour ?

Elle tendit la main.

— Cette bague, répondit-elle en fixant le cœur.

Le souvenir du moment où Riley lui avait offert cette bague remonta aussitôt à sa mémoire. Des deux moments, plus exactement.

Dans le magasin de lingerie… Puis dans l'abbaye.

La bague remplaçait les mots. Par cette bague, Riley lui avait bel et bien avoué ses sentiments. Pourquoi ne l'avait-elle pas compris plus tôt ?

— Il m'aime.

— Vous dites ? demanda l'agent des douanes.

— Je ne crois pas que je puisse le faire.

— De quoi parlez-vous ?

— Je ne veux pas partir. Je peux faire demi-tour ?

— Vous ne voulez pas prendre l'avion, mademoiselle ?

— Je ne veux pas le quitter. Il m'a demandé de rester et je lui ai dit que je devais rentrer, mais il avait raison. Je n'ai pas besoin de rentrer aux Etats-Unis. Je peux rester ici, avec lui, et être très heureuse.

— Votre visa n'est valable que pendant trois mois.

— Ce… Ce n'est pas grave. Puis-je avoir mon passeport ?

L'agent le lui tendit et, impatiente, elle le saisit.

— Je reste.

— Bonne chance. Mais n'oubliez pas de renouveler votre visa pour ne pas vous retrouver dans l'illégalité.

— Je suis citoyenne irlandaise, en fait, répondit-elle, un large sourire aux lèvres. Ce qui veut dire que je peux rester aussi longtemps que je le désire !

Tout en courant vers la sortie, Nan chercha sa carte de crédit dans son sac. Elle allait devoir louer une voiture pour retourner à Ballykirk.

Mais au moins, cette fois-ci, elle saurait la conduire. Elle savait enfin conduire une voiture à boîte de vitesses manuelle.

La file d'attente devant le loueur de voiture était longue et il lui fallut presque quinze minutes pour parvenir au guichet.

— J'ai besoin de louer une voiture, dit-elle en tendant sa carte de crédit. Une petite voiture. Une Fiat par exemple.

— Avez-vous une réservation ?

— Non. Pourquoi ?

— Je suis désolé, mais toutes nos voitures sont

déjà réservées. Je vous conseille d'essayer un de mes concurrents.

Tirant sa valise, Nan alla donc faire la queue devant une autre agence. Malheureusement, la réponse qu'on lui fit fut la même. Sans réservation, elle allait devoir attendre au moins deux heures, mais sans garantie.

Déterminée à ne pas se laisser abattre, elle sortit alors l'argent qui lui restait. Suffisamment pour payer le trajet jusqu'à Ballykirk. Du moins si elle parvenait à convaincre un chauffeur de taxi de l'y conduire.

Elle sortit et se dirigea d'un pas décidé vers la première voiture.

— Combien cela coûterait-il d'aller jusqu'à Ballykirk ? demanda-t-elle au chauffeur.

— C'est près de Bantry ?

Elle acquiesça d'un signe de tête.

— Deux cent cinquante euros, répondit l'homme.

— Je vous en offre trois cents.

— Montez.

Elle allait ouvrir la portière lorsqu'elle sentit quelqu'un lui taper sur l'épaule.

— Excusez-moi, avez-vous du feu, mademoiselle ? lui demanda une voix masculine.

En entendant la voix, elle se figea, frissonnant de la tête aux pieds, puis, lentement, le cœur battant à toute allure, elle se retourna.

Riley ?

Elle sentit les larmes lui monter aux yeux mais, cette fois-ci, elle ne les refoula pas.

— Ri… Riley… Tu es toujours là ?

— J'avais décidé d'attendre jusqu'à ce que ton avion décolle, au cas où tu changerais d'avis.

— Vous montez ? s'impatienta le chauffeur.

— Elle a déjà un chauffeur, répondit Riley à sa place.

— Oui, je sais, c'est moi, fit l'homme. Elle vient de m'offrir trois cents euros.

— Ecoutez, rétorqua Riley d'un air féroce, c'est ma copine et je l'emmènerai où elle le désirera.

— Pas de problème, répondit l'autre en levant la main en signe d'excuse. De toute façon, je n'avais pas très envie d'aller jusqu'à Ballykirk.

Nan enlaça Riley et le serra fort contre son cœur pendant de longues minutes, pour être sûre qu'elle ne rêvait pas et qu'il était bel et bien là.

— Comment savais-tu que je ferais demi-tour ?

— Je ne le savais pas, mais je l'espérais.

— J'étais stupide. Je ne veux pas partir, Riley. Je n'ai pas besoin de partir. Je veux rester avec toi tout l'été.

Tout en prononçant ces mots, elle vit un sourire s'afficher sur son beau visage.

— Et après..., continua-t-elle, nous verrons bien.

— Non. Si tu m'aimes, tu resteras pour toujours, pas pour quelques semaines.

— Alors, je resterai pour toujours, Riley. C'est ici chez moi.

Oui, elle était chez elle. Elle n'avait plus le moindre doute à ce propos.

— Dans ce cas, ma chérie, je suggère que nous rentrions à la maison.

— Oui, répondit-elle en plongeant dans son magnifique regard azur. Rentrons à la maison !

— La voiture est au parking, mais ne crois pas que je vais tirer ta valise cette fois !

— Si c'est ainsi, je préfère prendre un taxi !

— Très bien, répondit-il en attrapant son sac. Mais ne crois pas que tu puisses tout obtenir de moi.

— Si vous n'êtes pas gentil, monsieur Quinn, je ne coucherai pas avec vous.

Il serra sa main dans la sienne et elle se détendit. Elle n'avait plus aucune question, juste des certitudes. La certitude qu'elle aimait Riley, qu'elle l'aimait plus que tout au monde.

— Tu as faim ou préfères-tu que nous rentrions à la maison faire l'amour.

— J'aimerais bien manger.

— Mon Dieu, Nan, je t'aime tant !

— Je sais, Riley, moi aussi. Et maintenant je veux rentrer à la maison.

Si vous avez aimé ce roman, retrouvez dès le 1er octobre les aventures du deuxième des trois frères Quinn, Danny, dans la collection Passions Extrêmes *!*

KAREN FOLEY

Protection très rapprochée…

Passions extrêmes

éditions HARLEQUIN

Titre original : DEVIL IN DRESS BLUES

Traduction française de EMMA PAULE

83-85, boulevard Vincent-Auriol, 75646 PARIS CEDEX 13.
Service Lectrices — Tél. : 01 45 82 47 47
www.harlequin.fr

- 1 -

« Rien de bon n'arrive jamais après minuit. »

C'était ce que sa mère disait toujours, et Sara Sinclair avait tendance à la croire. Un bref coup d'œil à l'horloge du tableau de bord lui indiqua qu'il ne restait que vingt minutes avant l'heure fatidique. Cela faisait à présent plusieurs kilomètres qu'elle suivait — à distance de sécurité — une voiture de sport qui zigzaguait dangereusement sur une petite route départementale. Le chauffeur était certainement soûl, mais à l'évidence sa conduite irresponsable relevait aussi de l'attitude de la femme assise près de lui — Sara voyait sa tête aller et venir sur ses genoux, et se redresser par moments avant de disparaître de nouveau sous le tableau de bord.

Révoltée, elle attrapa son portable afin d'appeler la police. Sur cette route sinueuse, l'homme avait déjà de la chance de n'avoir pas provoqué d'accident. En d'autres circonstances, elle aurait peut-être trouvé ces tourtereaux amusants, mais pas cette nuit. Pas alors qu'elle n'avait qu'une envie : rentrer chez elle, enlever sa robe du soir ajustée et se pelotonner sous une couverture avec une bonne tasse de chocolat chaud. Dire qu'à peine six heures plus tôt elle avait eu un mal fou à contenir son excitation ! En sa qualité de journaliste, elle avait dû assister au bal annuel du Charity Works Dream, une réception ultrachic à sept cent cinquante dollars le repas, destinée à récolter des fonds pour les marines blessés au combat. Mais, maintenant que c'était terminé, elle se sentait vide et déçue. Oh ! pas déçue par l'événement en lui-même, non, mais déçue par elle-même.

Un jour, peut-être, elle prendrait de l'assurance et n'hésiterait plus à dire le fond de sa pensée, au lieu de s'inquiéter de ce que les autres pourraient penser d'elle. *Sois plus sûre de toi*, se répéta-t-elle mentalement, tel un mantra.

Ce bal était un des événements sociaux les plus courus de l'automne à Washington, et elle avait sauté de joie quand sa rédactrice en chef l'avait choisie pour y assister, d'autant qu'elle était la dernière venue dans l'équipe de rédaction de l'*American Man Magazine*. Elle avait passé des heures à se demander quelle tenue revêtir et à rêver des aventures que lui réserverait la soirée. Mais pourquoi était-ce elle qu'on avait sélectionnée, plutôt que d'envoyer l'un des rédacteurs chevronnés du magazine ? Elle s'était posé la question sans trouver de réponse, jusqu'au moment où l'invité d'honneur était monté sur l'estrade pour faire son discours.

Rafe Delgado, sergent d'artillerie du corps des marines, était éblouissant dans son uniforme d'apparat bleu, et Sara n'avait pas été la seule femme de l'assistance à ne pouvoir en détacher les yeux. Il avait une carrure d'athlète et un visage d'une beauté diabolique. Cet homme était tout bonnement stupéfiant, sans parler de sa voix… une voix aussi étourdissante qu'un whisky hors d'âge.

— Voilà l'homme dont je veux que vous obteniez une interview, lui avait soufflé sa rédactrice en chef, assise près d'elle. Je vous le présenterai dès la fin des discours. Delgado est un héros authentique, et je compte sur vous pour pouvoir publier une interview exclusive.

— Juste parce qu'il soutient une soirée de bienfaisance au bénéfice de ses frères d'armes ? avait riposté Sara en tournant un regard incrédule vers sa supérieure. C'est assez noble en soi, mais je n'irais pas jusqu'à le qualifier d'héroïque !

L'*American Man Magazine* publiait des portraits d'hommes éminents et puissants aux parcours divers et variés. Sara en avait déjà interviewé un certain nombre, mais jamais encore on ne lui avait demandé d'écrire un papier sur un homme pour la simple raison qu'il soutenait une bonne cause. A moins, bien sûr, qu'il n'ait assorti ce soutien de quelques millions de dollars, mais ce genre de contribution allait bien au-delà de la solde d'un sergent d'artillerie.

— Pour quelqu'un qui se prétend journaliste, vous êtes remarquablement sous-informée, avait rétorqué sa rédactrice en chef en lui jetant un regard indulgent. Sachez que c'est le sergent Delgado qui a mené le sauvetage des trois Américaines membres d'une organisation humanitaire au Pakistan.

— C'était lui ?

— Il est passé à l'action avec son commando, mais c'était lui la tête pensante. Ne vous laissez pas leurrer par sa belle mine et son uniforme. D'après ce que je sais, c'est un coriace, un vrai. Sans compter qu'il a oublié d'être bête. Il parle une dizaine de langues étrangères.

— Comment savez-vous tout cela ? avait alors demandé Sara en fixant son interlocutrice. L'identité des soldats du commando n'a jamais été révélée.

Lauren lui avait adressé un clin d'œil malicieux.

— Mettons que j'ai des sources dignes de foi et assez haut placées.

Sara avait alors reporté toute son attention sur l'homme

en uniforme. Ainsi, c'était lui, le soldat des Opérations spéciales en charge du sauvetage spectaculaire des membres de l'organisation humanitaire ? L'incident datait du mois précédent. Trois Américaines avaient été capturées et retenues en otages par les talibans. Comme tout le monde, Sara avait suivi de près le récit de leur sauvetage, mais on n'avait jamais dévoilé l'identité des cinq hommes responsables de cet acte de bravoure. Deux des soldats avaient été gravement blessés pendant l'opération, mais le commando avait réussi à ramener les trois femmes saines et sauves.

Les discours s'étaient achevés et le bal avait commencé. Lauren avait alors guidé Sara à travers la foule jusqu'au sergent Delgado. Celui-ci était engagé dans une conversation avec un groupe d'hommes en smoking, et il n'avait tout d'abord pas paru les remarquer. Sara en avait profité pour l'observer de près, et elle avait éprouvé une étrange sensation en admirant son profil de statue grecque. Comme des papillons au creux de son ventre…

De loin, elle l'avait trouvé très beau, mais elle n'avait pas été préparée à la virilité brute qu'il dégageait quand on le voyait de près. Sur une échelle de un à dix, le sergent Delgado méritait au moins quinze, et sans doute plus. Il était plus grand qu'elle ne l'avait pensé, et la coupe de son uniforme ne dissimulait en rien sa puissante musculature. La courte veste bleu marine et la large ceinture dorée ne faisaient qu'attirer l'attention sur ses hanches minces et son ventre plat.

Sara contemplait la coupe ajustée du pantalon qui moulait ses fesses à la perfection quand il s'était mis à rire, lui donnant soudain la chair de poule. Son cœur s'était mis à battre la chamade à l'idée qu'elle allait vraiment rencontrer cet homme et être l'objet de son attention, et sans doute avait-elle laissé échapper un gémissement, car tous les hommes du petit groupe s'étaient tournés vers elle avec un regard interrogateur.

Le sergent Delgado avait pivoté lui aussi, et elle s'était sentie toute petite sous la force brute de son examen. Avec une lenteur certainement délibérée, il avait fait courir sur elle ses yeux noirs, et elle n'avait pu qu'y noter un intérêt certain.

— Lauren, quel plaisir de vous voir ! s'était exclamé l'un des hommes en tendant la main à l'intéressée. Je vous présente Lauren, la rédactrice en chef de l'*American Man Magazine*, avait-il ajouté à l'intention du petit groupe.

— Et permettez-moi à mon tour de vous présenter Sara Sinclair, l'une de mes meilleures rédactrices, avait répondu Lauren en propulsant Sara en avant. Ses articles sont toujours très appréciés.

A ces mots, Sara avait perçu comme un mouvement de recul, une méfiance instinctive chez Rafe Delgado ; elle avait vu son visage se fermer et il l'avait détaillée une dernière fois de la tête aux pieds, lui donnant le sentiment d'être scannée. Il l'avait examinée, identifiée, et rejetée.

Elle avait alors dû mobiliser toute sa volonté pour ne pas se passer elle-même en inspection et se mettre à inventorier ses défauts physiques. Elle savait qu'elle avait belle allure. Mieux que cela, en fait. Une amie lui avait prêté une robe Carolina Herrera bleu cobalt, et elle avait rassemblé ses cheveux en un chignon lâche et élégant. Pour tout bijou, elle portait une paire de boucles d'oreilles en strass avec un bracelet assorti. Elle s'était en outre maquillée avec un soin extrême… Mais, à la vérité, elle aurait aussi bien pu être vêtue d'une robe en toile de jute, à en juger par le regard méprisant dont il l'avait couverte. A cet instant, Sara n'avait eu qu'une envie : tourner le dos à tout ce beau monde et quitter les lieux. Non seulement elle se sentait terriblement gauche, mais son instinct lui soufflait que cet homme n'accepterait jamais de lui accorder une interview.

Sauf que Lauren Black avait sorti sa baguette magique et s'était lancée dans un discours enthousiaste à propos du fonds Semper Fi et de la façon dont il changeait la vie des soldats blessés et de leurs familles, et Sara avait vu le sergent Delgado se concentrer sur la rédactrice en chef puis, lorsque celle-ci lui avait demandé s'il accepterait de donner une interview à Sara pour l'*American Man Magazine*, il avait répondu d'un bref hochement de tête assorti d'un « D'accord » plutôt sec.

— Je vous remercie, avait hasardé Sara en lui tendant la main, mais il n'avait pas dû remarquer son geste, à moins qu'il n'ait délibérément choisi de l'ignorer.

Au bout d'une seconde de gêne, elle avait laissé retomber sa main et l'avait refermée sur le tissu de sa robe. Mais l'instant d'après, leurs yeux s'étaient croisés, et Sara s'était perdue dans les profondeurs des yeux noirs du sergent. Troublée, le souffle coupé quand il avait glissé son regard sur sa bouche, elle n'avait pas pu lutter contre la vague de chaleur qui l'avait envahie.

Quelques instants plus tard, il avait rompu le contact visuel, sorti une carte de son portefeuille et la lui avait tendue.

— Je suis en permission à partir de demain. Appelez-moi et nous prendrons rendez-vous.

Puis il avait tourné les talons. Rendue muette par cette grossièreté patente, elle avait cherché les mots pour lui dire que, tout compte fait, elle n'avait plus la moindre envie d'écrire quoi que ce soit à son sujet, mais Lauren l'avait entraînée à l'écart sans lui laisser le temps d'ouvrir la bouche.

— On a réussi ! Ça va être le morceau de résistance du numéro de décembre ! Appelez-le demain matin à la première heure pour fixer le rendez-vous. Ne lui laissez pas la moindre chance d'oublier qui vous êtes ni l'accord qu'il nous a donné.

Sara avait retenu à grand-peine un soupir méprisant. Elle avait la certitude que Rafe Delgado n'oubliait jamais rien, tout comme elle était bien décidée à ne pas l'appeler dans la matinée. Il s'attendrait sans nul doute à recevoir son appel, et une impulsion perverse la poussait à ne pas lui donner cette satisfaction. De plus, cette interview ne lui disait rien qui vaille, d'autant que Lauren avait plus ou moins piégé le sergent pour l'obliger à l'accepter.

— Il croit que nous voulons faire un article sur son travail de bienfaisance en faveur du fonds Semper Fi, avait-elle rétorqué un peu sèchement. Comment croyez-vous que ça va tourner quand je commencerai à lui poser des questions sur le sauvetage des otages, alors qu'il n'a jamais reconnu publiquement son implication ?

Lauren lui avait lancé un clin d'œil tout en mangeant l'olive de son Martini.

— Pourquoi croyez-vous que je vous ai choisie ? Vous êtes-vous regardée dans un miroir, dernièrement ? Vous pourriez passer pour la petite sœur de Nicole Kidman, en plus sexy. Il sera tellement hypnotisé par votre décolleté qu'il ne fera pas attention aux questions que vous lui poserez. Arrangez-vous pour porter quelque chose qui mette ces jolies petites choses en valeur.

Estomaquée, Sara s'était détournée pour masquer sa confusion. Avait-elle vraiment été invitée au bal à cause de ses seins ? Lauren avait-elle menti en prétendant qu'elle était l'une de ses meilleures rédactrices ?

Elle rêvait de devenir reporter depuis l'âge de douze ans, depuis le jour où une journaliste d'investigation était venue dans son collège. Fascinée par les histoires que leur avait racontées cette femme, correspondante à la Maison Blanche, elle s'était imaginée dévoilant elle-même des scandales au plus haut niveau dans la capitale. Elle avait donc passé son diplôme de journalisme avant d'aller s'installer à Washington pour y faire carrière. Malheureusement, et en dépit de sa belle réussite universitaire, elle n'était pas parvenue à intégrer des publications aussi convoitées que le *Washington Post*. Elle avait donc accepté un poste de rédactrice débutante à l'*American Man Magazine*. A présent, elle ne pouvait que se demander si elle n'avait pas été embauchée *uniquement* à cause de son tour de poitrine.

— Allons bon ! s'était écriée sa rédactrice en chef. Ne faites pas cette tête ! Vous avez des seins superbes, et n'allez surtout pas vous imaginer qu'il ne les a pas remarqués. Et puis quoi, on est à Washington — il y a des fuites tous les jours, ici. Il pensera que vous êtes assez futée pour avoir fait le lien entre lui et les otages. Pour quelle autre raison voudriez-vous lui parler ?

La réponse avait fusé dans l'esprit de Sara. Parce qu'il était un des hommes les plus attirants qu'elle ait jamais croisés ? Parce que chacune des femmes présentes aurait volontiers donné un bras pour se retrouver seule avec lui pendant une heure ? Mais elle s'était mordu les lèvres et avait gardé cette réponse pour elle, et elle s'était ensuite arrangée pour quitter la réception le plus vite possible.

Et voilà qu'à présent, pour ajouter à cette horrible soirée, elle se retrouvait derrière un automobiliste ivre qui risquait de lui coûter un accident ! Furieuse, elle composa le numéro de la police sur son portable. Elle n'allait pas laisser un chauffard gâcher définitivement sa soirée — déjà que la découverte de la véritable raison pour laquelle elle avait été invitée à ce gala avait suffi à faire voler en éclats la magie de la réception.

Enfin, ce n'était pas tout à fait vrai… Déjà, son enthousiasme avait fondu quand le sergent Delgado avait paru ne même pas la voir. Oh ! elle ne s'attendait certes pas à ce qu'il tombe pantelant à ses pieds… mais la regarder comme si elle était invisible ? Sur ce point, Lauren avait tout faux. Il ne l'avait pas plus remarquée, elle, que ses seins. Mais pourquoi n'avait-elle pas reproché sa grossièreté à Lauren, ou émis une repartie cinglante ? Pourquoi avait-elle gardé le silence ?

Et pourquoi s'en souciait-elle, d'abord ?

Elle ne savait rien de cet homme. Peut-être était-il marié et père de famille nombreuse. Toutefois, elle ne le pensait pas. Un homme comme le sergent Delgado était marié au corps des marines. Ce qui était vraiment dommage, vu qu'il avait un regard des plus fascinants et un corps à tomber par terre…

Soudain, son attention fut brutalement ramenée sur sa conduite et, lâchant son téléphone portable, elle enfonça la pédale de frein au moment où la voiture qui roulait devant elle traversait brutalement la route, escaladait le talus et terminait sa course contre un arbre, le tout dans un sinistre fracas.

Le cœur battant à tout rompre, Sara immobilisa son propre véhicule sur le bas-côté. Si le plafonnier de la voiture accidentée était allumé, elle ne décela aucun mouvement dans l'habitacle. Un jet de vapeur s'échappait en sifflant du capot enfoncé.

Un coup d'œil dans le rétroviseur lui suffit pour constater qu'ils étaient seuls sur la route déserte. Elle n'avait croisé personne en plus de vingt kilomètres. Elle dégrafa sa ceinture de sécurité, tâtonna sur le sol à la recherche de son portable et lâcha un juron à mi-voix en ne le trouvant pas. Elle se redressa, reporta les yeux sur la voiture accidentée et inspira à fond. Son portable, elle s'en occuperait plus tard ; pour l'instant, il fallait surtout aller constater la gravité des dégâts et voir s'il y avait des blessés.

Elle alluma ses feux de détresse, descendit de voiture, remonta le bas de sa robe au-dessus de ses chevilles et se précipita vers le véhicule. Et s'ils étaient morts, tous les deux ? Ou pis encore ? Elle n'était pas d'un naturel prude, mais au souvenir de ce que le couple faisait juste avant l'accident, elle n'avait aucune envie de regarder si le conducteur avait été… démembré, pour ainsi dire.

Pleine d'appréhension, elle se mordit la lèvre, s'approcha du côté passager et se pencha vers la vitre. Les deux airbags s'étaient déployés et elle vit que les occupants étaient en train de rajuster leurs vêtements. Elle se détourna par discrétion, avant de serrer les bras autour d'elle dans la fraîcheur de la nuit d'automne. Elle entendit soudain s'ouvrir la portière du conducteur et fit volte-face.

— Je suis désolée, commença-t-elle. Je voulais juste m'assurer que vous alliez bien. Etes-vous blessé, ou…

Sa voix la trahit au moment où elle reconnut l'homme aux cheveux argentés qui rentrait sa chemise dans la ceinture de son pantalon ; il avait une coupure au-dessus de l'œil et une expression aussi excédée que secouée. Mais que faisait Edwin Zachary, principal conseiller du président des Etats-Unis, sur cette route à une heure aussi tardive ?

Sara regretta alors de s'être arrêtée et d'avoir dû être témoin de l'accident, car elle n'avait pas besoin de regarder dans la voiture pour comprendre que la femme qui accompagnait M. Zachary ne pouvait être son épouse. Diane Zachary, philanthrope et mécène, était l'une des femmes les plus populaires et les plus en vue de Washington. Il était impossible de l'imaginer se livrant à un acte indécent, et encore moins faisant une fellation à son mari pendant qu'il conduisait.

Pour mieux confirmer ses doutes, la portière passager s'ouvrit à la volée sur une jeune femme qui s'écroula par terre. Elle éclata de rire, se remit malaisément sur pied et repoussa ses longs cheveux noirs de son visage. Elle portait une minuscule robe bustier qui lui couvrait à peine les seins et qui, à en juger par son aspect froissé, avait été très récemment retroussée et chiffonnée autour de sa taille. Ce n'était définitivement pas Diane Zachary.

— Je t'avais dit de garder les mains sur le volant ! lança-t-elle au chauffeur en bafouillant un peu. C'était bien ça, l'accord. Oh ! mon Dieu, Eddie, tu saignes !

— Colette, s'exclama Edwin Zachary d'une voix pincée en lui jetant un regard d'avertissement, avant de se tourner vers Sara. Je vous remercie de vous être arrêtée, mademoiselle... ?

— Sinclair, répondit Sara d'une toute petite voix. C'est vrai, vous saignez.

Il porta la main à son front et esquissa une grimace en découvrant le sang.

— Ce n'est rien. Juste une égratignure, répondit-il d'un ton brusque en sortant de sa poche intérieure un mince portefeuille de cuir. Je me demande si je pourrais vous demander de me rendre un service, mademoiselle Sinclair ? Je ne voudrais pas que cette jeune personne prenne froid en attendant l'arrivée d'une dépanneuse. Pourriez-vous la ramener chez elle ? Bien entendu, je tiens à vous dédommager pour le temps et l'essence, poursuivit-il en tendant plusieurs billets à Sara. Et je vous serais reconnaissant de ne parler de ce… de cet accident… à personne. L'augmentation des primes d'assurance et tout cela… enfin, je suis sûr que vous comprenez.

Il lui fit signe de prendre l'argent.

Horrifiée, Sara esquissa un pas en arrière et leva les deux mains en signe de refus.

— Ce n'est pas nécessaire, vraiment, assura-t-elle. Je vais me faire un plaisir de ramener votre amie chez elle, mais il n'est pas question que j'accepte votre argent.

La dénommée Colette traversa la pelouse en tanguant un peu pour venir passer les bras autour du cou d'Edwin.

— Je me charge de ça pour toi, Eddie. Après tout, je pense que je l'ai bien gagné.

Edwin la laissa prendre l'argent sans protester.

— Il… euh… il commence à faire froid et, avec mon système d'alerte On-Star, les secours sont déjà prévenus de l'accident, déclara-t-il en se dégageant. Vous feriez mieux d'y aller.

— On s'en va, on s'en va, le rassura Colette en fourrant l'argent dans le petit sac qu'elle avait à l'épaule.

Elle se pencha et lui posa un baiser sur le menton.

— J'espère qu'on se reverra bientôt.

Sara se détourna, mal à l'aise.

— Je vous attends dans ma voiture.

A travers le pare-brise, elle regarda Colette tituber sur le talus pour venir la rejoindre. Edwin Zachary avait tiré un portable de sa poche et le brandissait au-dessus de sa tête à la recherche d'un signal.

— Eh bien, j'avoue que tout ça est un peu gênant, lança Colette en grimpant dans la voiture et en repoussant ses cheveux en arrière.

Elle jeta à Sara un regard oblique qui lui permit à l'évidence d'enregistrer la robe de soirée et les bijoux.

— Vous avez tout de Cendrillon au moment où elle s'est sauvée du bal. Où donc est votre prince charmant ?

Sara se surprit à sourire malgré elle. Rafe Delgado avait tout du prince, mais il ne pouvait absolument pas être qualifié de charmant, même avec une imagination aussi fertile que la sienne ! Il était plutôt le prince des Ténèbres. Elle frissonna au souvenir de l'examen auquel l'avaient soumise ses yeux noirs.

— Il n'y a pas de prince charmant, répliqua-t-elle d'un ton léger. Où dois-je vous conduire ?

L'adresse que lui indiqua Colette ne lui ferait pas vraiment faire un détour. Sara jeta un coup d'œil à la pendule du tableau de bord et calcula qu'elle pourrait déposer sa passagère inopinée et être malgré tout chez elle avant minuit. Cendrillon, vraiment !

Elles parcoururent plusieurs kilomètres sans échanger un mot. Sara tournait fréquemment les yeux vers Colette, qui fredonnait tout bas. Ce devait être la nuit la plus étrange qu'elle ait jamais vécue.

— Donc… vous êtes une amie d'Edwin Zachary ? déclara-t-elle pour briser le silence.

Colette la foudroya du regard.

— Vous le connaissez ?

Sara se concentra sur la route et s'efforça de conserver un ton neutre.

— Eh bien, non, je ne le connais pas personnellement. Mais je l'ai reconnu : il est conseiller du président.

Il y eut un bref silence.

— Me croiriez-vous si je vous disais que c'est mon oncle ?

— Euh… non, fit Sara en jetant un regard entendu à sa passagère.

— En fait, je peux tout vous expliquer…

— Je vous en prie, l'interrompit Sara en levant une main. Vous êtes adultes l'un comme l'autre. Ce que vous faites ne me regarde pas. Et, pour être franche, je ne suis pas sûre de vouloir en savoir plus.

— Prenez à gauche ici, dit Colette en indiquant une allée latérale menant à un groupe de bâtiments résidentiels en brique. Vous pourrez me laisser devant le prochain immeuble, là.

Quand Sara immobilisa sa voiture, Colette tendit la main vers la poignée, avant d'hésiter.

— Ecoutez, dit-elle en se tournant vers Sara, vous m'avez l'air d'être une fille bien. Je sais que tout cela semble un peu louche, mais il n'y a vraiment pas de quoi en faire une montagne. Les hommes seront toujours des hommes, vous savez !

— Bien sûr, répondit Sara en hochant la tête, pressée de la voir sortir de sa voiture et de pouvoir enfin rentrer chez elle. Bonne nuit, conclut-elle avec un sourire forcé.

Avec un soupir, Colette ouvrit sa portière.

— Merci de m'avoir ramenée.

Alors qu'elle sortait de la voiture, la bandoulière de son sac se prit dans le frein à main situé entre les deux sièges. Colette tira dessus d'un geste impatient et le sac s'ouvrit, déversant son contenu sur le siège. La jeune femme lâcha un juron.

— Laissez-moi vous aider, proposa Sara en se penchant pour remettre argent et produits de maquillage dans le sac, avant de le lui tendre.

— Merci, marmonna Colette, le haut du corps toujours dans la voiture.

Elle chercha le regard de Sara et lui parla d'une voix basse et insistante.

— Ecoutez… à propos de ce soir… oubliez ce que vous avez vu, d'accord ? Retournez dans votre petit environnement protégé et poursuivez votre vie de conte de fées, déclara-t-elle, avant de consulter sa montre-bracelet. Mais vous feriez mieux de vous presser, Cendrillon. Il est minuit passé.

- 2 -

Le lendemain matin, Sara s'éveilla avec un solide mal de tête. Elle avait mal dormi. Les événements de la veille au soir n'avaient cessé de tourner dans son esprit et, quand elle avait fini par trouver le sommeil, aux alentours de 3 heures, des images troublantes d'un homme sombre et très beau balançant son corps puissant au-dessus d'elle étaient venues hanter ses rêves. Elle avait voulu protester, le repousser, mais elle n'avait pu nier la promesse que recelaient ses yeux ni la manière dont il faisait réagir son corps. Elle s'était réveillée à la fois excitée, endolorie et… frustrée.

Une fois dans la cuisine, elle alluma le petit poste de télévision posé sur le plan de travail et se mit en devoir de préparer du café. Elle allait attraper un bol quand elle se figea et referma le placard, les yeux rivés sur l'écran. Un journaliste se tenait devant l'entrée des urgences de l'hôpital local.

« Edwin Zachary, l'un des principaux conseillers de la Maison Blanche, a été transporté ici la nuit dernière, légèrement blessé, après s'être endormi au volant sur Post Road. Il a reçu les soins nécessaires et a quitté l'hôpital tôt ce matin. Il n'y avait heureusement aucun autre occupant dans la voiture au moment de l'accident. »

Sara éclata d'un rire incrédule.

— Endormi ! C'est ça ! marmonna-t-elle avant d'aller

dans le couloir récupérer le petit sac à main qu'elle avait la veille au soir.

Elle mourait d'impatience d'appeler Lauren et de lui raconter l'incident. A sa connaissance, sa rédactrice en chef était la seule à pouvoir comprendre les implications possibles de ce qu'elle avait vu. Sara n'approuvait pas toujours ce que faisait Lauren pour obtenir un bon papier, mais elle savait que cette dernière prenait son travail de responsable de la rédaction très au sérieux. Elle pourrait lui indiquer la meilleure manière de procéder.

De sa pochette de soirée, elle sortit son portefeuille, un bâton de rouge à lèvres, la carte professionnelle de Rafe Delgado, mais pas le portable recherché. Elle se souvint alors qu'elle l'avait lâché au moment où elle avait dû écraser la pédale de frein, lors de l'accident. Elle prit ses clés, chaussa des claquettes, ouvrit la porte et descendit rapidement les trois étages.

Parvenue à sa voiture, elle ouvrit la portière côté passager et s'accroupit. Il n'était pas facile de discerner quoi que ce soit sur la moquette noire. Elle pencha la tête pour regarder sous le siège et repéra le téléphone, logé entre le siège et la console centrale. Bras tendu, elle essayait de l'atteindre quand ses doigts heurtèrent ce qui avait tout l'air d'un petit livre. C'était un agenda de poche, qu'elle saisit aussitôt. Une fois son portable récupéré, elle referma la voiture et emporta les deux objets chez elle. Elle laissa tomber l'agenda sur la table de la cuisine et composa le numéro de sa rédactrice en chef.

— Allô ! Lauren, Sara Sinclair à l'appareil.

— Sara ! répondit sa supérieure d'une voix ensommeillée. J'espère que vous vous rendez compte qu'il n'est même pas 8 heures du matin et qu'on est dimanche ?

— Je sais. Je suis désolée de vous réveiller. Mais je

regardais les informations et je pense que vous devriez être au courant des dernières nouvelles.

— Je vous écoute, répondit Lauren d'un ton un peu plus alerte.

— Edwin Zachary, le conseiller de la Maison Blanche…

— Je sais qui il est, merci, l'interrompit Lauren. Eh bien, qu'est-ce qu'il a fait ?

— Il a eu un accident de voiture la nuit dernière. J'ai été témoin de cet accident et je me suis arrêtée pour proposer mon aide.

— Que s'est-il passé ? Est-ce qu'il va bien ?

Sara repoussa une mèche de cheveux derrière son oreille et attrapa un bol dans le placard.

— Il a été soigné à l'hôpital pour des blessures bénignes, mais rien de bien méchant.

Il y eut un bref silence.

— Je suppose que, si vous m'appelez pour me raconter ça, c'est qu'il y a une raison ?

— Ils ont dit aux informations qu'il était seul dans la voiture et qu'il s'est endormi au volant.

— D'aaa-ccord…

Sara perçut une impatience voilée dans le ton de Lauren.

— Eh bien, ce n'est pas vrai, poursuivit-elle. Il n'était pas seul et il ne s'est certainement pas endormi au volant. Il était en compagnie d'une jeune femme qui n'avait rien à voir avec son épouse. Quand je me suis arrêtée pour proposer mon aide, M. Zachary m'a demandé de la ramener chez elle et de ne rien dire à personne. Il a même essayé d'acheter mon silence.

— Ah bon ? fit Lauren, manifestement bien réveillée à présent.

— Et, s'il a perdu le contrôle de sa voiture, ce n'est pas parce qu'il s'est endormi au volant, poursuivit Sara.

S'il a percuté un arbre, c'est parce que la femme qui l'accompagnait lui faisait une fellation.

Il y eut un nouveau silence.

— Ce ne serait pas le premier gros bonnet de Washington à être pris le pantalon sur les chevilles, fit enfin remarquer Lauren. Que voulez-vous me faire comprendre, au juste ? Que vous avez l'intention de le dénoncer ?

— Lauren, c'est un coup énorme, surtout quand on sait qu'Edwin Zachary est l'un des partisans les plus virulents des vertus familiales. C'est lui qui a dénoncé le sénateur Baldwin pour son aventure extraconjugale. Zachary est très bien placé dans la course à l'élection présidentielle, et il se permettrait de faire ça ? Ça relève d'une hypocrisie démentielle ! Alors, oui, je pense qu'il serait bon de suivre cette histoire.

— Je suis d'accord, dit Lauren en poussant un soupir. Savez-vous qui était la femme ? Pourrions-nous obtenir qu'elle corrobore votre histoire ?

— Je sais qu'elle s'appelle Colette, et je sais aussi où elle habite.

— O.K. Demandez-lui sa version, et puis nous en discuterons. Sans cela, nous n'aurons que votre parole contre celle de Zachary.

— Je l'aurai, assura Sara.

— Euh… Sara ? Tout cela promet un bon papier, mais rien n'est encore fait. Et votre interview du sergent Delgado ? Ça, c'est du sûr, et c'est notre priorité pour le moment. Je refuse que vous passiez trop de temps sur l'affaire Zachary. Est-ce clair ?

A ces mots, Sara résista à l'envie de brandir son téléphone devant son visage pour le fixer d'un œil stupéfait. Elle avait perçu chez Lauren une réelle réticence à creuser un sujet qu'elle venait pourtant de lui apporter sur un plateau, et elle ne comprenait pas pourquoi. L'*American Man Magazine* se consacrait aux hommes de pouvoir, mais ne se limitait pas aux portraits flatteurs. La publication s'enorgueillissait d'exposer non seulement les bons et les mauvais côtés du pouvoir, mais aussi ses aspects détestables. Et Lauren était réputée impitoyable quand il s'agissait de dénoncer des scandales politiques. Enfin, c'était généralement le cas. Pourquoi cette histoire-ci devrait-elle être différente ?

— J'appellerai le sergent dans la journée, promit-elle.

« Même si je n'en ai aucune envie… », ajouta-t-elle pour elle-même en raccrochant. Elle se versa enfin un bol de café, reprit la carte du sergent dans sa pochette de soirée, s'installa à la table de la cuisine et contempla sombrement le rectangle de carton. Les rêves de la nuit étaient encore trop présents dans sa mémoire. Il lui suffisait de fermer les yeux pour sentir des lèvres chaudes et exigeantes sur les siennes. Elle frissonna et rouvrit grand les yeux.

La carte de visite était simple et directe : un épais rectangle de vélin blanc avec le logo du corps des marines dans l'angle supérieur et, au milieu, le nom de Delgado, son grade et un numéro de téléphone en gras. Sara prit une profonde inspiration, saisit son portable et composa le numéro. Il n'était pas encore 8 h 30 et elle berça un temps l'espoir pervers de le tirer du lit.

— Delgado, entendit-elle dans le combiné à la deuxième sonnerie.

La voix était sèche et alerte. Allons bon, il devait être réveillé depuis des heures ! Sans prévenir, des images de lui sortant nu d'un lit défait envahirent l'esprit de Sara. Des images très nettes : la peau mate et souple, des muscles déliés, un début de barbe sur la mâchoire volontaire, une main qui passait machinalement sur un ventre-tablette de chocolat...

— Allô ! répéta-t-il d'un ton impatient qui tira Sara de sa rêverie.

— Euh... bonjour, sergent Delgado. Je... euh... Sara Sinclair à l'appareil. Nous avons fait connaissance hier soir, au bal de bienfaisance...

Elle fit une grimace et regretta de n'avoir pas employé un ton plus autoritaire, ni appelé plus tard dans la journée. Il s'imaginerait qu'elle était au désespoir, pour l'appeler si tôt un dimanche matin.

— La journaliste, répliqua-t-il, avant de prendre une voix plus grave. Oui, je me souviens.

— Je voulais convenir d'un rendez-vous... enfin, d'une interview avec vous pour le magazine, et je voulais savoir quel moment vous conviendrait.

— Ça dépend, demanda-t-il d'un ton traînant. Combien de temps vous faut-il ?

La question était logique, et pourtant l'imagination débridée de Sara la para de toutes sortes de doubles sens. Elle s'empourpra tout en songeant avec soulagement qu'il ne pouvait la voir.

— Je prendrai le temps que vous voudrez bien m'accorder, parvint-elle à répondre. Enfin, le temps qu'il faudra pour écouter votre histoire. Toutefois, si vous n'avez qu'une heure, ça ira aussi.

Il y eut un bref silence.

— Que diriez-vous de mardi ? finit-il par proposer.

Sara relâcha un souffle qu'elle ignorait avoir retenu.

— Ce sera parfait.

Peu désireuse de le rencontrer dans le décor intime d'un restaurant, elle lui indiqua un café populaire situé au bout du jardin des sculptures de la National Gallery. Le lieu possédait une terrasse agréable qui offrait l'avantage d'être toujours bondée. Ils décidèrent de s'y retrouver à 15 heures pour un café. Une fois la communication terminée, Sara se laissa aller contre le dossier de sa chaise et réfléchit à la perspective de revoir Rafe Delgado. Comment réagirait-il quand elle passerait du fonds Semper Fi au sauvetage des otages ? Elle réprima un frisson. Si seulement cette histoire n'avait pas une telle importance pour Lauren ! Si seulement Lauren ne l'avait pas choisie, elle, pour mener cette interview !

Son regard tomba alors sur le petit agenda noir qu'elle avait retrouvé dans sa voiture. Perplexe, elle le saisit et le feuilleta. Il avait dû tomber du sac de Colette quand celle-ci l'avait renversé en sortant de voiture, la veille au soir. Elle le reposa sur la table et décida qu'elle irait le lui rapporter dans la matinée. Certes, elle avait prévu de passer son dimanche à se détendre, mais elle tenait là le prétexte rêvé pour revoir Colette et lui soutirer des renseignements plus précis quant à sa relation avec Edwin Zachary. Peu importait ce qu'avait dit Lauren, elle savait qu'elle tenait un scoop.

Immobile à la porte de l'immeuble devant lequel elle avait déposé sa passagère la veille, Sara inventoria la liste des occupants placardée près de la porte, mais n'y vit nulle part le prénom de Colette, pas plus qu'un nom précédé de l'initiale C. Ne sachant que faire, elle vit une femme âgée gravir les marches du perron.

— Puis-je vous aider, mademoiselle ? demanda la nouvelle venue.

— Oui, s'il vous plaît, répondit Sara, soulagée. Je cherche une… une connaissance. Elle a oublié un objet personnel dans ma voiture et je voudrais bien le lui rendre, mais je ne connais que son prénom.

— Ce n'est pas un problème, répondit la femme en souriant. Je connais tout le monde dans cet immeuble, et dans toute la résidence, d'ailleurs. Quand on vit dans le même quartier depuis des années, précisa-t-elle avec un petit rire, on se fait un point d'honneur de connaître tous ses voisins. Quel est le prénom de votre amie ?

— Colette.

— Colette ? répéta la femme d'un ton surpris.

Elle réfléchit un court instant avant de secouer la tête.

— Non, ma foi, je ne vois pas… Etes-vous sûre d'avoir la bonne adresse ?

— Oui. Je l'ai déposée devant cette porte hier soir. Elle a environ vingt-cinq ans, de longs cheveux noirs et elle fait à peu près ma taille. Elle est très jolie.

Alors, la femme sourit.

— J'ai l'impression que vous ignorez qu'il s'agit d'une résidence pour personnes de plus de cinquante ans ! déclara-t-elle.

Prise de court, Sara étouffa une exclamation.

— Ah non, en effet, je ne le savais pas, répondit-elle.

— Vous pouvez me faire confiance si je vous dis qu'aucune femme de ce quartier ne correspond à votre description. Notre benjamine a deux fois l'âge de votre amie.

— Vous en êtes certaine ? demanda Sara, perplexe. Enfin, je l'ai déposée juste devant cet immeuble.

— L'avez-vous vue y entrer ?

— Euh, non, je ne crois pas.

— Eh bien, voilà !

— Bon, eh bien, tant pis, dit Sarah en s'efforçant de

sourire à son interlocutrice. En tout cas, je vous remercie de votre aide.

Elle regagna sa voiture tandis que la femme pénétrait dans le bâtiment. D'un geste excédé, elle jeta l'agenda sur le siège passager, puis poussa un gros soupir et chercha ses clés dans sa pochette. Elle allait mettre le contact quand le petit carnet attira soudain son regard. Il s'était ouvert en atterrissant sur le siège. En haut de la page, à la date de la veille, figuraient les initiales *E.Z.* tracées d'une écriture très nette.

Edwin Zachary.

Intriguée, Sara saisit l'agenda et étudia l'annotation.

« E.Z. Préfère céder le contrôle. Aime : fellations, rouge à lèvres écarlate, petite robe sexy, pas de culotte. Fantasme : sexe dans les lieux publics. »

Stupéfaite, Sara tourna les pages jusqu'au week-end suivant et lut ce qui avait été noté pour le vendredi soir.

« W.W. Alpha dominant. Aime : bondage et brutalité. Prévoir bandeau pour les yeux et bas de soie. »

Médusée, Sara passa à la note suivante.

« P.D. $$$$. Uniquement hôtel Four Seasons. Champagne et caviar. Robe rouge, moquette et escarpins à bout ouvert. Réclame attention/dorlotement/massage intégral. Fétichiste des pieds. Aime prendre en levrette. »

Tout le reste était du même acabit, annotation après annotation, week-end après week-end, pendant plusieurs mois consécutifs. Sara revint à la date de l'accident et relut le commentaire. Elle repensa à ce qu'elle avait vu dans la voiture juste avant l'accident et comprit que les préférences d'« E.Z. » avaient été respectées dans les moindres détails, jusqu'au rouge à lèvres écarlate de Colette. Stupéfaite par les implications du contenu du petit agenda, elle se laissa aller contre le dossier du siège et regarda devant elle sans rien voir. Pas étonnant que Colette — si c'était seulement son prénom — n'ait pas voulu lui indiquer sa véritable adresse. Les femmes offrant des services sexuels moyennant rétribution n'étaient jamais bien vues par la loi, surtout quand lesdits services étaient rendus à des hommes puissants de Washington.

Reprenant le carnet, elle examina les initiales des autres rendez-vous de Colette. Combien d'entre eux étaient également des hommes politiques en vue ? Colette travaillait-elle seule, ou faisait-elle partie d'une organisation plus vaste ? S'était-elle rendu compte de la perte de son agenda et, si tel était le cas, jusqu'où irait-elle pour le récupérer ? Elle devait être dans tous ses états. A présent, la journaliste en Sara envisageait la possibilité de poursuivre ses investigations, de démasquer non seulement Edwin Zachary, mais aussi tous les autres clients référencés dans le petit carnet.

Publier cette histoire lui garantirait sans nul doute une renommée nationale. Toutefois, était-ce vraiment ce genre de journaliste-là qu'elle souhaitait devenir ? Si elle rêvait depuis toujours de dévoiler un scandale important, elle n'avait jamais songé à l'élément humain derrière les gros titres. Les scandales sexuels n'étaient pas inhabituels à Washington, mais des affaires comme celle-ci pouvaient détruire des individus. Accepterait-elle cette responsabilité ? Tenait-elle vraiment à voir son nom accolé à ce genre de notoriété ?

D'un autre côté, une histoire pareille pourrait être un tremplin unique pour décrocher sa propre chronique dans des publications majeures. Ce serait sans doute le point de départ d'une grande carrière.

Elle poussa un petit grognement de frustration et feuilleta encore l'agenda. Elle finit par repérer un numéro de téléphone au dos de la page de garde. Il était peu probable que Colette ait inscrit son propre numéro dans le carnet, mais si, par le plus grand des hasards, c'était bien le cas ? Sara prit son portable et composa le numéro. Une femme répondit à la troisième sonnerie.

— Juliet à l'appareil, répondit une voix grave et cultivée.

— Allô ! dit Sara, le cœur battant à coups redoublés. Bonjour, je cherche une certaine Colette.

Il y eut un bref silence.

— Excusez-moi, qui est à l'appareil ?

— Je m'appelle Sara Sinclair. J'ai fait la connaissance de Colette la nuit dernière.

— Vraiment ? reprit la voix, vaguement amusée. Et qu'est-ce qui vous fait croire que je connais votre amie ?

— Eh bien, j'ai trouvé votre numéro dans un petit carnet qu'elle a fait tomber dans ma voiture. Je ne connais pas vraiment cette Colette, mais je l'ai raccompagnée chez elle cette nuit après l'accident de voiture qu'elle a eu en compagnie d'Edwin Zachary. Ce nom vous dit quelque chose, j'en suis certaine. Je ne peux pas m'empêcher de penser que Colette voudra récupérer cet agenda, puisqu'il contient la liste de ses rendez-vous pour les prochains mois. Une liste très détaillée, ajouterais-je. Vous auriez peine à croire ce qu'elle a écrit sur M. Zachary. C'est choquant, vraiment.

Il y eut un autre silence, puis la dénommée Juliet reprit la parole d'une voix glaciale.

— Je tiens à ce que vous m'écoutiez très attentivement, mademoiselle Sinclair. Je vous conseille de brûler ce carnet et de tout oublier de cette Colette. A présent, vous allez avoir la gentillesse de raccrocher et de ne plus jamais composer mon numéro. Je vous dis cela pour votre bien. Vous ne savez pas dans quoi vous vous embarquez.

Sara frissonna à ces mots et fut tentée d'obéir. Elle en avait par-dessus la tête. Pourtant, elle s'entendit demander :

— Qui êtes-vous ? Et dans quel genre d'histoire trempez-vous ?

Quelques secondes s'écoulèrent, et elle crut que la femme allait raccrocher.

— Peu importe qui je suis, lui répondit-elle enfin. Ce qui compte, c'est que vous détruisiez ce carnet et que vous oubliiez ce que vous y avez lu.

Sara reporta les yeux sur l'agenda et revit en pensée l'incident de la veille. Jamais elle ne pourrait oublier ce qui s'était produit ni l'argent que lui avait tendu Edwin Zachary pour tenter d'acheter son silence. Elle n'était peut-être pas une journaliste d'investigation, mais l'instinct lui soufflait de creuser encore. Si cette histoire était révélée par un autre journaliste, Lauren ne le lui pardonnerait jamais. Aussi répugnante qu'elle pût trouver la situation, aussi forte que fût la tentation de suivre le conseil de Juliet et de raccrocher, elle ne pouvait s'y résoudre.

— Ce qui me semble intéressant, c'est que Colette se soit servie d'initiales pour identifier chacun de ses... rendez-vous, poursuivit-elle, comme si son interlocutrice n'avait pas répondu. Je suis certaine que je parviendrai à découvrir quelles personnes se cachent derrière ces initiales. A propos, est-ce que je vous ai dit que j'étais journaliste à l'*American Man Magazine* ?

Il y eut un nouveau silence, encore plus long.

— Je peux vous voir mardi après-midi, finit par lâcher Juliet.

Jetant un coup d'œil à son planning, elle s'aperçut qu'elle avait accepté de rencontrer Rafe Delgado le même mardi à 15 heures.

— Je serai libre à l'heure du déjeuner, si cela vous convient, répondit-elle. Mettons, 13 heures au Pavillon Café ? Il se trouve à l'entrée ouest du jardin des sculptures de la National Gallery.

— Je le connais. Je n'aurai en revanche pas le temps de déjeuner, car j'ai un emploi du temps chargé. Je pourrai vous y retrouver à 14 heures, mais je ne pourrai pas rester longtemps.

Sara réprima un soupir de soulagement. Au moins, cette rencontre avec Juliet n'empiéterait pas sur l'interview de Rafe Delgado.

— Ce sera parfait, dit-elle avant de marquer une pause. Comment vous reconnaîtrai-je ?

— Ne vous en faites pas, riposta Juliet d'un ton ironique. Je suis sûre que je n'aurai moi-même aucun problème pour vous identifier. Il me suffira de chercher une femme à l'air particulièrement… avide.

Tout en raccrochant, Sara ne put s'empêcher de se demander si elle ne venait pas de commettre une erreur fatale.

- 3 -

Arrivée une demi-heure en avance au café ce mardi-là, Sara cherchait toujours à se convaincre qu'elle n'était ni paranoïaque ni nerveuse à la perspective de rencontrer la mystérieuse Juliet. Elle jeta son dévolu sur une table qui offrait une vue dégagée sur le jardin des sculptures, mais aussi une rapide échappatoire : il lui suffirait d'enjamber la chaîne séparant la terrasse du trottoir pour se fondre dans la foule des passants. Son imagination débridée lui jouait certainement des tours, mais, en admettant que Juliet trempait bel et bien dans des activités illicites, comment savoir de quoi elle était capable ?

Il faisait frais et beau, et la terrasse embaumait le café fraîchement moulu. Sara se commanda un chocolat chaud et le but à petites gorgées en observant les passants. Une bourrasque agita les arbres non loin d'elle, et des feuilles dorées tombèrent en virevoltant jusqu'au sol. Alors qu'elle les suivait du regard, un homme attira son attention. Appuyé contre un lampadaire, il consultait ce qui ressemblait à un guide de Washington, mais Sara eut la nette impression que c'était elle qu'il fixait à travers ses lunettes de soleil.

Mal à l'aise, elle s'empara de la carte du café et feignit de s'absorber dans sa lecture. Elle se sentit incommensurablement seule en dépit du monde qui l'entourait.

— Mademoiselle Sinclair ?

Elle releva les yeux. Une femme se tenait devant sa table. Elle avait une cinquantaine d'années et était d'une grande élégance, avec ses yeux noirs un peu bridés et ses longs cheveux lisses rassemblés en queue-de-cheval. Elle respirait l'aisance dans son pantalon de fine laine, ses bottes et son manteau de cuir.

— C'est bien moi, répondit Sara en se levant pour serrer la main tendue. Je vous en prie, asseyez-vous.

Juliet commanda une tasse de café avant de se tourner vers Sara pour l'examiner avec attention.

— Vous êtes plus jeune que je ne pensais.

— Et vous, plus âgée.

Un sourire joua sur les lèvres de la femme.

— Touché. Cependant, l'âge ne peut rien contre la jeunesse d'esprit, dit-elle en consultant sa montre, un bijou onéreux autour duquel scintillait ce qui ressemblait à de vrais diamants. Et si nous en venions directement à nos moutons ? J'ai un avion à prendre cet après-midi et je ne voudrais pas être en retard.

— D'accord.

Sara sortit le petit carnet noir de son sac et le posa sur la table, tout en conservant une main dessus.

— Voici l'agenda que Colette a laissé dans ma voiture après l'accident qu'elle a eu avec Edwin Zachary. Il contient des descriptions détaillées des personnes avec lesquelles elle a rendez-vous. Des descriptions… salaces.

Les yeux de Juliet étincelèrent.

— Avez-vous quelque chose à voir avec cet accident ? demanda-t-elle.

Sara secoua la tête sans détacher les yeux de son vis-à-vis. Cette Juliet ne paraissait pas le moins du monde décontenancée par le fait que l'agenda de Colette contenait des informations potentiellement explosives.

— Non. Je roulais derrière eux, et disons qu'il y avait une bonne raison pour que M. Zachary soit incapable de se concentrer sur sa conduite, répondit-elle sèchement. Vu ce que Colette était en train de lui faire, c'est un miracle qu'ils ne se soient pas tués tous les deux.

— Je peux l'imaginer sans peine, affirma Juliet avec un petit sourire entendu.

Sara reprit le carnet et le feuilleta, pendant que Juliet buvait une gorgée de son café.

— Je pense que vous ne comprenez pas. Tenez, laissez-moi vous lire un exemple de notes.

Elle releva les yeux vers son interlocutrice. Si celle-ci paraissait parfaitement maîtresse d'elle-même, elle avait toutefois crispé les doigts autour de sa tasse. Sara s'éclaircit la gorge et commença sa lecture.

— « T.F. Préfère activités de groupe avec accessoires, aime regarder action f-f », lut-elle, avant de jeter un regard faussement innocent à Juliet. Je présume que « f-f » veut dire femme-femme ?

— Très intéressant, dit Juliet en levant vivement une main au-dessus de sa tasse. Mais j'en ai assez entendu.

— Attendez, ce n'est pas fini, insista Sara. « Amène parfois un ami pour regarder », lut-elle, avant de feuilleter rapidement le carnet. Oh ! Celle-ci est excellente ! Elle inclut de la nourriture. Je me demande qui peut bien être ce L.P. ? Eh... n'y a-t-il pas un chef de cabinet qui s'appelle Lawrence Palmer ? Je vous l'accorde, il n'est pas de première jeunesse, mais on ne sait jamais...

— O.K., ça suffit.

Juliet se pencha par-dessus la table et, si son sourire ne s'effaça pas, ses yeux étincelèrent d'une lueur dangereuse.

— Je n'ai nul besoin d'en entendre davantage.

— Pourquoi votre numéro de téléphone est-il inscrit

au dos de la page de garde ? riposta Sara en baissant la voix, afin que personne ne les entende. Est-ce parce que vous dirigez un réseau de call-girls ?

— Ne dites pas n'importe quoi.

— Admettons. Alors quel est votre lien avec Colette ? Vous ne pouvez nier que vous la connaissez.

— Colette travaille effectivement pour moi, reconnut la femme. Mais ce n'est pas du tout ce que vous pensez.

— Dans ce cas, expliquez-moi, je vous en prie, car pour moi elle avait tout l'air de vendre ses services.

Juliet poussa un soupir, se laissa aller contre le dossier de sa chaise et dévisagea Sara un moment.

— Je dirige une entreprise qui offre des services à une clientèle exclusive, des hommes prêts à payer de grosses sommes pour réaliser leurs fantasmes.

— Des fantasmes sexuels ?

— Ne soyez pas ridicule ! s'exclama Juliet en éludant d'un mouvement de doigts. Ce serait illégal. Nous vendons des fantasmes, mais nos services se limitent à des jeux de rôles. Nos clients payent pour que nous créions une illusion réaliste de romance ou de séduction, mais il est formellement interdit aux filles de coucher avec les clients, précisa-t-elle. Et, si elles le font, c'est strictement privé et cela n'a rien à voir avec l'arrangement de départ.

— Et quel est le nom de cette entreprise de… réalisation de fantasmes ? demanda sèchement Sara.

— Je l'avais baptisée le Club de la Pantoufle de Vair, répondit Juliet. Approprié, ne trouvez-vous pas ?

Sara eut un petit sourire au souvenir de Colette la comparant à Cendrillon échappée du bal.

— Vous parlez à l'imparfait ?

— Oui, en effet. Cela fait un bon moment que j'ai envie de voyager et j'ai décidé qu'il était temps de le faire et de laisser mon entreprise derrière moi, répondit Juliet, avant de lui jeter un regard entendu. Elle ne vaut pas que je risque ma vie pour elle.

Sara la dévisagea et remarqua de fines rides autour des yeux sombres. S'il était indiscutable que Juliet restait une belle femme, elle ne rajeunissait pas. En dépit de son attitude, il y avait comme une vulnérabilité en elle, comme si sa vie n'avait pas toujours été rose. Sara avait-elle vraiment envie de publier un article qui risquait de la détruire ? Et d'ailleurs, qui était-elle pour se permettre de juger ce qui se passait entre des adultes consentants ?

Elle poussa un soupir et se passa une main sur les yeux, indécise. Au bout d'un instant, elle tendit le petit carnet noir à Juliet.

— Ecoutez, pourquoi ne le prendriez-vous pas ?

Elle crut déceler comme une sorte d'admiration réticente dans les yeux noirs.

— Vraiment ? Et pourquoi me le donneriez-vous ? Avec le contenu de cet agenda, vous avez le pouvoir de mettre à genoux certains des hommes les plus puissants de Washington.

— Disons que je suis moins « avide » que vous le pensez, riposta Sara avec un petit rire avant de reposer le carnet sur la table en le poussant vers Juliet. Prenez-le. S'il vous plaît.

A son grand étonnement, Juliet recula sa chaise, les mains levées.

— Non, merci. Je vous l'ai dit, mon entreprise appartient désormais au passé.

— A cause de moi ? s'étonna Sara.

— Seigneur, non ! répondit Juliet en riant. J'ai à me préoccuper de gens bien plus effrayants que vous. Des gens qui mettent mon téléphone sur écoute et garent de grosses berlines banalisées devant mon domicile pour le surveiller.

Saisie d'un frisson d'appréhension, Sara ne put s'empêcher de tourner les yeux vers l'endroit où elle avait repéré l'homme, avant l'arrivée de Juliet. Il était toujours là, mais il discutait à présent au téléphone en regardant vers le jardin. Avait-elle été le jouet d'une imagination trop fertile quand elle avait pensé qu'il l'épiait ? N'était-ce pas bel et bien un touriste ? Ou avait-il une raison plus inquiétante de traîner près de ce café ?

— Qui pensez-vous qui vous surveille ? demanda-t-elle en reportant son regard sur son interlocutrice.

— Les fédéraux, probablement, répondit Juliet en ouvrant son sac pour passer une main dedans. Ce qui signifie qu'il est temps pour moi de laisser le Club de la Pantoufle de Vair derrière moi. Cependant, que vous le vouliez ou non, vous êtes impliquée vous aussi, à présent.

— Je ne suis impliquée dans rien du tout ! répondit Sara avec un petit rire étonné. Si vous reprenez cet agenda, je ferai comme si rien de tout cela n'était arrivé.

Juliet réitéra cependant son refus.

— Vous avez été impliquée dès l'instant où vous avez composé mon numéro. Même si vous ne m'aviez pas donné votre nom, ceux qui écoutent mes appels auraient retrouvé votre trace, affirma-t-elle en lui décochant un sourire de compassion. Croyez-moi… vous *êtes* impliquée. Quant à ce carnet, je n'en veux pas et, comme il est plus que probable que je n'entendrai plus jamais parler de Colette, je ne vois aucune raison pour que vous me le donniez, ajouta-t-elle avant de consulter sa montre. Bon, il se fait tard et j'ai un avion à prendre.

Elle se leva.

— Où allez-vous ? demanda Sara en l'imitant aussitôt. Et que dois-je faire de ce carnet ?

— Franchement ? J'adorerais voir son contenu faire la première page du *Washington Post*, mais c'est un avis tout à fait personnel.

Elle eut un petit rire vaguement amer.

— Ne soyez pas si choquée ! enchaîna-t-elle. Pourquoi ces hommes ne devraient-ils pas être un peu exposés à la censure ? L'histoire a montré que ce ne sont jamais eux qui souffrent quand on dévoile des scandales, mais les femmes, ajouta-t-elle, avant de prendre une grande inspiration. Quant à ma destination, c'est quelque part, loin, très loin d'ici. Je suis sûre que vous vous souvenez de ce qui est arrivé à la dernière… « Madame » qui avait menacé de révéler les noms de ses clients. Eh bien, merci, mais très peu pour moi. Je n'ai aucune intention d'être retrouvée pendue dans un abri de jardin.

Juliet plongea la main dans son sac et en sortit un trousseau de clés, mais il lui échappa et tomba sur le sol. Sara se précipita pour le ramasser en même temps que Juliet, qui lui glissa alors quelque chose dans la paume.

— Prenez ça et gardez-le en sécurité, lui murmura-t-elle avec force. Peut-être dans un coffre, à la banque.

Ouvrant les doigts, Sara découvrit une petite carte mémoire.

— Qu'est-ce que c'est ?

— Considérez cela comme une forme d'assurance, lui répondit Juliet en souriant et en récupérant ses clés.

— Une assurance ? Contre quoi ?

Juliet se redressa et regarda Sara en faire autant.

— Une assurance vie, ma chère.

Sur ce, elle tourna les talons et, se frayant un chemin

parmi les tables bondées, disparut par l'entrée principale de l'établissement.

Lentement, Sara se rassit et contempla la petite carte mémoire. Quels secrets contenait-elle, et pourquoi Juliet avait-elle tenu à la lui donner ? Elle repensa alors que les fédéraux surveillaient Juliet. Serait-elle désormais dans leur collimateur elle aussi ?

Bien malgré elle, son regard partit vers l'homme aux lunettes de soleil. Il était encore là, mais une femme et une petite fille l'avaient rejoint. Elle le vit soulever l'enfant dans ses bras, prendre la femme par la taille et les entraîner toutes les deux vers le jardin.

Sara lâcha un petit rire et s'en voulut de sa bêtise. Elle avait dramatisé sans raison. Personne ne s'intéressait à elle ; elle ne courait aucun danger. Elle ouvrit son sac et glissa la barrette dans une petite poche à fermeture Eclair où elle ne risquerait pas de la perdre. Elle y jetterait un coup d'œil en rentrant chez elle.

— Mademoiselle Sinclair ?

Surprise, elle se redressa et découvrit l'imposante stature d'un homme. L'espace d'une seconde, son cœur se figea de terreur, puis elle se ressaisit.

— Sergent Delgado !

Sans parvenir à masquer son soulagement, elle se leva pour le saluer et en eut le souffle coupé. Il portait un T-shirt blanc imprimé sous une veste de cuir noir et un jean qui moulait ses cuisses musclées. Avec sa peau mate et ses cheveux aile de corbeau, il avait l'air plus dangereux que jamais, et elle se félicita d'avoir choisi ce bar très fréquenté pour le rencontrer.

— Vous avez eu l'air surprise de me voir, fit-il remarquer avec un regard interrogateur. Me serais-je trompé d'heure ?

— Non, non. En fait, je suis surprise qu'il soit déjà 15 heures, dit-elle en lui désignant la chaise que venait de libérer Juliet. Je vous en prie, asseyez-vous.

Il s'exécuta, avant de désigner sa tasse vide et le café encore à moitié plein devant lui.

— Vous êtes ici depuis un moment, et je ne suis apparemment pas votre premier rendez-vous.

— J'ai effectivement rencontré une... une amie, mais elle avait un avion à prendre, répondit Sara en se rasseyant avec un sourire. Que voulez-vous prendre ? Un café ? Une bière, peut-être ?

— Un café, ce sera parfait, dit-il au serveur. Serré. Et un autre chocolat chaud pour la dame.

— Comment avez-vous su... ?

Il braqua les yeux sur sa bouche et porta un doigt à ses lèvres.

— Vous avez un peu de chocolat, juste là.

— Ah bon ?

Mortifiée, Sara se passa la langue sur les lèvres, avant de les essuyer avec sa serviette en papier.

— C'est parti ?

Il garda les yeux rivés sur sa bouche avec une intensité qui la mit mal à l'aise. Son estomac se noua.

— Oui, finit-il par répondre à voix basse. C'est parti.

Sara s'éclaircit la gorge et tenta de reprendre contenance.

— Je vous remercie d'avoir accepté de me rencontrer. Votre discours au bal de bienfaisance m'a vraiment impressionnée.

Il inclina la tête.

Sara sortit un petit magnétophone à cassettes et un bloc-notes de son sac et les posa sur la table.

— Je vais prendre quelques notes pendant que nous

discutons. J'espère que cela ne vous dérange pas si j'enregistre, dit-elle en désignant le petit appareil.

Il éluda d'un haussement d'épaules et Sara crut déceler comme une pointe d'amusement dans son regard noir.

— Pas du tout. De quoi aimeriez-vous parler ?

— Pourquoi ne me parleriez-vous pas de votre travail avec les marines blessés et le fonds Semper Fi ?

Rafe se laissa aller contre le dossier de sa chaise et entrecroisa les doigts sur son ventre. Les pans de sa veste s'écartèrent, et Sara put lire l'inscription sur son T-shirt.

« Tu peux fuir, mais tu mourras fatigué. »

Aussitôt, et bien involontairement, une image envahit son esprit. Rafe la poursuivant. Rafe la capturant. Rafe lui faisant des choses qu'elle n'avait jamais vécues qu'en fantasme. Elle mourrait peut-être fatiguée, mais elle mourrait heureuse.

Déconcertée, elle se pencha sur son bloc-notes et fit mine d'écrire. Ce T-shirt était un rappel immédiat et expressif de ce que l'homme faisait dans la vie, de ce à quoi il s'était engagé. Elle savait pourquoi les hommes affectés au sauvetage des otages se trouvaient au Pakistan avant le kidnapping. Le porte-parole de l'armée avait prétendu que l'unité était venue assurer la sécurité lors de l'inauguration d'une école de filles que le corps des marines avait aidé à financer, mais, si elle en croyait les rumeurs — et Lauren —, la véritable activité de Rafe au Pakistan consistait à traquer les chefs talibans. Une opération si secrète que la Maison Blanche niait en avoir eu connaissance.

— J'ai eu d'excellents amis blessés ou tués en Afghanistan ou en Irak, répondit-il d'une voix si basse qu'elle dut tendre l'oreille. Le fonds Semper Fi aide leurs familles en leur offrant une assistance financière au moment où elles en ont le plus besoin.

— Mais n'est-il pas vrai que vous faites bien plus qu'offrir une assistance financière ?

— Nous offrons aussi un soutien psychologique à la fois aux soldats et à leur famille, c'est exact.

Il lui raconta l'histoire d'un soldat grièvement blessé par une bombe artisanale. L'intégralité de son unité basée en Irak se rassemblait chaque dimanche pour l'appeler au téléphone afin de lui remonter le moral et l'encourager.

— C'est une histoire magnifique et émouvante, commenta-t-elle quand il eut terminé. Pendant votre discours de l'autre soir, vous avez dit que vous travailliez bénévolement au Naval Hospital de Bethesda. Pourriez-vous m'en parler ?

Un sourire las étira la bouche de Rafe, mais n'atteignit pas ses yeux.

— Je n'ai pas parlé de cela pour obtenir une quelconque reconnaissance. Ce que je fais à l'hôpital, je le fais parce que ces hommes sont mes frères. Ce sont eux, les véritables héros. Je voulais juste attirer l'attention sur leur situation.

— Vous récoltez de l'argent pour aider leurs familles à boucler les fins de mois. Vous passez du temps avec ces hommes, et vous passez du temps avec leurs familles. Je dirais que, vous aussi, vous êtes un héros.

Elle ne manqua pas de noter la contraction de sa mâchoire.

— Ne vous méprenez pas à mon sujet, mademoiselle Sinclair. Je ne suis ni quelqu'un de bien, ni un héros. Si vous saviez ce que je fais pour gagner ma vie, vous n'accepteriez même pas d'être assise ici avec moi.

Sara prit une longue inspiration et se refusa à réfléchir

à ses prochaines paroles, sous peine de ne pas trouver le courage d'aborder le sujet.

— Il y a trois femmes membres d'une organisation humanitaire qui, je pense, seraient en désaccord avec vous. Je suis sûre que, pour elles, vous êtes le prototype du héros.

Rien ne changea dans l'expression masculine, ce qui parut assez remarquable à Sara. Seul un très léger tressaillement trahit sa surprise. Elle crut alors sentir une certaine tension s'installer entre eux, un peu comme si son interlocuteur s'était ramassé sur lui-même. Sara trouva ce subtil changement à la fois effrayant et fascinant.

— Je ne vois pas de quoi vous parlez, répondit-il d'une voix calme.

Si tout tremblait en elle et qu'elle avait les mains moites, Sara soutint toutefois son regard.

— Je suis sûre que vous voyez très bien, au contraire. Vos hommes et vous vous trouviez au Pakistan le mois dernier, en principe pour assurer la sécurité de dignitaires lors de l'inauguration d'une école de filles à Peshawar, mais nous savons tous les deux qu'en réalité vous étiez en mission secrète pour traquer les talibans. Heureusement pour ces femmes, vous étiez aussi en position de pouvoir les sauver.

Rafe posa les deux mains bien à plat sur la table et se pencha en avant. Bien incapable de détourner le regard, Sara se retrouva piégée dans la fermeté de son regard noir. Quand il parla, ce fut d'une voix basse et râpeuse.

— J'ignore d'où vous tenez cette information, mademoiselle Sinclair, mais, à votre place, je vérifierais bien mes sources avant de publier une histoire qui n'a pas de base réelle et qui pourrait finir par vous attirer des ennuis, à vous comme à votre magazine.

Seul l'éclat dur dans les yeux noirs trahissait son extrême contrariété. Et Sara ne pouvait le lui reprocher. Si sa rédactrice en chef avait raison et que le sergent Delgado avait réellement joué un rôle dans le sauvetage des otages, son article pourrait pulvériser la couverture de soldat des Opérations spéciales infiltré qu'il avait pris soin de se façonner.

— J'ai une source digne de foi, qui prétend que vous étiez la tête pensante de ce sauvetage, lâcha-t-elle néanmoins tout à trac. Si vous vouliez bien m'en parler, cela ferait un article passionnant. Et, bien sûr, le magazine apporterait un gros soutien au fonds Semper Fi.

Rafe la contempla un instant, visiblement médusé, avant de se mettre à rire.

— Nom d'un chien, je dois me ramollir ! s'exclama-t-il en se levant. Cette interview est terminée, mademoiselle Sinclair.

— Attendez ! Comment ça, terminée ?

Il était en colère. Une colère qui émanait de lui par bouffées. Mais, quand il reprit la parole, ce fut d'une voix calme.

— Je m'étais donné pour règle de ne jamais parler aux journalistes, mais vous aviez l'air si sincère en voulant m'interviewer sur le fonds Semper Fi que j'ai décidé de faire une exception et de vous rencontrer malgré tout, expliqua-t-il d'un ton dégoûté. Seulement, les marines blessés ne vous intéressent pas vraiment, n'est-ce pas ? Ce que vous voulez, c'est publier un scoop sur des faits classés secret-défense, sans vous soucier du risque que cela fera courir à d'autres marines.

Il s'écarta de la table et replaça la chaise au-dessous.

— Navré de vous décevoir, mademoiselle Sinclair,

mais vous allez devoir trouver quelqu'un d'autre pour alimenter vos ragots.

— Non, attendez ! implora Sara en se levant elle aussi.

Il la dévisagea, insondable.

— Je vous demande pardon, dit-elle très vite. Je ne veux mettre personne en danger. Si je vous promets de garder votre identité secrète, voudriez-vous bien revenir sur votre décision ?

Le regard noir la balaya une fois encore de haut en bas, puis vint brièvement s'attarder sur sa bouche. L'espace d'un instant, Sara crut déceler comme du regret dans son expression.

— Adieu, mademoiselle Sinclair.

Elle le regarda se frayer un chemin parmi les tables et disparaître sur l'avenue. Alors, elle s'aperçut qu'elle était toujours debout et que plusieurs consommateurs l'observaient avec intérêt, aussi se rassit-elle. Le serveur arriva à cet instant et déposa un chocolat chaud fumant devant elle.

— Laissez tomber le café, lui dit-elle avec un sourire d'excuse. Il est parti.

Comment diable Lauren avait-elle pu imaginer que Rafe Delgado accepterait de lui parler des otages ? Pis, pourquoi elle-même avait-elle accepté de l'interroger à ce sujet ?

Elle poussa un grognement de frustration et rêva de pouvoir refaire l'interview. Pourquoi n'avait-elle pas suivi son instinct ? Pourquoi avait-elle fait mine d'être intéressée par ses actions caritatives ? Que pensait-il d'elle à présent ? Qu'elle était une journaliste comme les autres, prête à tout pour obtenir un bon papier ? Elle poussa un soupir. Elle ne pouvait lui reprocher d'être parti. A sa place, elle aurait fait la même chose. Mais qu'allait-elle dire à Lauren ? La rédactrice en chef comptait sur elle.

Le chocolat chaud dégageait un arôme engageant, mais elle n'en avait plus la moindre envie. Elle eut mal au ventre en songeant à la réaction de Lauren. Celle-ci serait furieuse et elle ne la ferait plus venir à des galas de ce genre. Elle la reléguerait au rang des autres subalternes chargés d'alimenter la rubrique des chiens écrasés.

Elle rassembla ses affaires, sans oublier le petit agenda noir, déposa l'argent des consommations sur la table, puis s'apprêta à partir. Soudain, elle eut la nette impression d'être observée. Elle étudia à la dérobée les autres consommateurs, mais n'en trouva aucun qui parût s'intéresser à elle. Toutefois, les poils de sa nuque s'étaient bel et bien hérissés. Mine de rien, elle fouilla du regard les trottoirs et le jardin, mais, en dehors du flot de touristes et de badauds qui se prélassaient en cet agréable après-midi d'automne, rien ne paraissait sortir de l'ordinaire.

La sensation d'être surveillée restait néanmoins bien présente. Mal à l'aise, elle fourra ses affaires dans son sac et, sans regarder autour d'elle, traversa le café pour sortir par la porte principale. Ce ne fut qu'une fois sur le trottoir encombré qu'elle respira mieux. Personne ne la surveillait, c'était juste un effet de son imagination. Cependant, alors qu'elle s'en allait vers sa voiture, elle ne put s'empêcher de jeter un coup d'œil par-dessus son épaule.

- 4 -

Rafe avait besoin d'un verre. Vraiment besoin.

En quittant le Pavillon Café, il emprunta Constitution Avenue jusqu'à trouver un petit pub dans lequel il s'engouffra. Il commanda une Guinness, s'installa à une table devant la fenêtre et se repassa mentalement le déroulement de l'interview.

Il n'avait pas voulu rencontrer Sara Sinclair, il n'avait pas voulu être aspiré par l'éclat de son sourire ou l'ingénuité de ses yeux bleus. Il s'était bien dit que personne ne pouvait être aussi sincère, et il avait eu raison. Sara Sinclair se servait du masque de sa candeur et de son allure de jeune fille de bonne famille pour dissimuler sa vraie nature et tromper son monde en faisant croire qu'elle n'avait que l'intérêt d'autrui à cœur. Bref, elle était la copie conforme d'Ann Lonquist, la femme qui l'avait dégoûté à jamais des journalistes.

Il se souvenait encore de la nuit où ses hommes et lui s'étaient faufilés dans le complexe où, avec deux autres femmes, Ann était captive des talibans. Jusque-là, la mission de sauvetage s'était déroulée sans encombre. L'équipe avait neutralisé les gardes postés autour du bâtiment et il ne leur avait fallu que quelques minutes pour localiser les otages, dans une pièce centrale de la maison.

Ensemble, ils étaient entrés et avaient rapidement

évalué la condition physique des trois femmes. Elles étaient épuisées, terrorisées, mais indemnes. La plus jeune, Ann Lonquist, s'était accrochée à lui, éveillant son instinct de protection. L'espace d'un instant, il s'était vu en chevalier volant au secours d'une damoiselle en détresse, mais, son entraînement reprenant vite le dessus, il avait repoussé ce fantasme. Ses hommes et lui avaient pris la direction de la sortie, faisant de leurs corps un bouclier pour les femmes. Soudain, ils étaient tombés nez à nez avec un chef taliban. L'homme remontait un couloir en tournant pensivement un coûteux appareil photo entre ses mains. L'expression de surprise horrifiée qui s'était peinte sur ses traits en découvrant le commando des Opérations spéciales aurait pu être comique si la situation n'avait pas été aussi périlleuse. Rafe aurait pu l'éliminer sans le moindre bruit et sans alerter les autres talibans si Ann n'avait pas poussé un hurlement outragé.

— Mais c'est mon appareil !

Elle avait voulu se précipiter en avant, mais avait été ceinturée par l'un des hommes de l'équipe, tandis que Rafe se jetait sur l'ennemi en poussant un juron à l'instant même où ce dernier sortait un revolver de sa ceinture et faisait feu dans leur direction, touchant le sergent-chef Brody à la cuisse.

Alors, l'enfer s'était déchaîné.

Ils auraient encore pu s'esquiver sans dommage si Ann Lonquist ne s'était pas arrêtée pour récupérer son appareil et prendre plusieurs clichés du cadavre du taliban. Rafe l'avait empoignée par le bras et traînée à sa suite en faisant feu de sa main libre sur les insurgés qui avaient surgi, et la jeune femme avait continué à faire cliqueter son obturateur.

— Mais qu'est-ce que vous fabriquez ? avait-il rugi.

— J'enregistre le sauvetage, avait-elle bafouillé en gigotant pour se dégager.

Excédé, il lui avait arraché l'appareil des mains pour le fourrer dans l'une de ses poches de ceinture.

— Maintenant, dépêchez-vous ! avait-il ordonné. Sinon, je vous jure que je vous laisse là !

Si elle avait ouvert grand ses jolis yeux bleus, elle avait tenu sa langue. Alors que l'équipe entraînait les femmes vers la sortie, des coups de feu avaient retenti autour d'eux et un deuxième de ses hommes, le sergent Hager, s'était écroulé avec un cri de douleur étouffé. Rafe l'avait aidé à se redresser en le saisissant par son gilet pare-balles et il l'avait porté pour sortir enfin du complexe. Alors, l'un de ses hommes avait entrepris de mettre méthodiquement à feu les engins explosifs qu'ils avaient implantés autour de la zone quelques heures plus tôt. Dans la confusion, le commando avait réussi à se fondre dans l'obscurité avec les trois femmes et il n'avait pas fait de halte avant d'avoir parcouru plusieurs kilomètres dans les montagnes environnantes.

Rafe avait dû porter le sergent Hager tout le long du chemin. Son corps n'en pouvait plus d'épuisement quand ils avaient enfin trouvé un endroit sûr où s'arrêter. Il avait allongé son fardeau à terre et fouillé dans sa poche de ceinture pour prendre sa trousse de soins d'urgence, sortant au passage l'appareil photo et le posant par terre près de lui. La balle avait atteint son ami au flanc, juste au-dessous du gilet pare-balles.

— Il va falloir arrêter le saignement avant de pouvoir filer vers le point d'extraction, sinon il n'y arrivera jamais, avait-il sombrement constaté. Comment ça va, Brody ?

— Ça va, c'est juste une égratignure, avait affirmé

l'intéressé, alors qu'un autre soldat du commando posait un garrot sur sa cuisse blessée.

Une succession d'éclairs éblouissants avait fait sauter Rafe sur ses pieds, arme au poing. Et une véritable fureur s'était emparée de lui lorsqu'il s'était aperçu qu'Ann Lonquist avait repris son appareil et mitraillait la scène. L'avait-il vraiment trouvée attirante ? Avec un grondement sourd, il s'était approché d'elle.

— Mais vous êtes complètement idiote ou quoi ? avait-il rugi alors qu'elle reculait. Qu'est-ce que vous fichez donc ?

Il lui avait arraché l'appareil des mains.

— Je… j'enregistre, avait-elle balbutié.

— Mais qui êtes-vous, précisément ?

— Je… J'appartiens à une organisation humanitaire, avait-elle répondu d'une voix haut perchée, et il avait compris qu'elle mentait.

— A d'autres ! Je veux la vérité.

— D'accord. En fait, je… je suis photojournaliste, avait-elle reconnu piteusement. Mais j'avais un reportage à faire, et comment aurais-je pu avoir mon histoire autrement ? Je n'ai pas pensé une seconde que nous pouvions être kidnappées et retenues en otages…

— Avec vos conneries, mes hommes ont failli se faire massacrer, lui avait-il déclaré d'une voix basse et menaçante. Et voilà que maintenant, comme si ça ne vous suffisait pas, vous décidez de révéler notre emplacement exact en attirant nos poursuivants avec votre flash !

Dégoûté, révolté, il avait ouvert l'appareil et sorti la carte mémoire.

— Qu'aviez-vous prévu de faire avec ces photos ?

Elle ne répondit rien, mais à son expression il comprit

qu'elle avait bel et bien l'intention de les publier dans le magazine ou le journal pour lequel elle travaillait.

— Bordel ! avait-il soufflé, méprisant. Vous êtes prête à mettre toutes nos vies en danger, juste pour votre saloperie d'article…

— J'ai risqué ma vie pour ce reportage, rétorqua-t-elle. Ces photos, je les ai gagnées.

— Vous plaisantez, j'espère !

Il ne lui avait plus jamais adressé la parole, ni sur le trajet jusqu'à l'hélicoptère qui les attendait pour les évacuer, ni même quand ils étaient parvenus à la base de Bagram Air. Il avait même eu du mal à la regarder quand elle lui avait réclamé son appareil photo. Il le lui avait rendu — sans la carte mémoire — avant de lui tourner le dos.

Ses hommes avaient survécu, mais le sergent Hager avait dû quitter le corps des marines, car la balle qu'il avait reçue avait fait des dégâts. Rafe avait perdu un excellent soldat par la faute exclusive d'Ann Lonquist.

Il repensa à Sara Sinclair. En fait, il était surpris qu'elle ait eu ce comportement. Il y avait quelque chose d'attirant chez cette femme, et cela ne se résumait pas à la plénitude de sa bouche ou aux courbes voluptueuses de son corps. Non, elle dégageait une sorte d'innocence, de vulnérabilité très douce qu'il lui était impossible de dissimuler, bien qu'elle essayât de toutes ses forces — il s'en était rendu compte — de paraître indépendante et sophistiquée. Il se souvint de l'expression confuse qu'elle avait eue quand il avait ignoré sa main tendue le soir du bal, et il grinça des dents. Il s'était comporté comme un mufle, tout ça parce que avec ses yeux bleus et son air candide elle lui avait rappelé Ann Lonquist. Face à elle, il avait eu la même réaction initiale qu'avec Ann, en plus puissante encore. En la découvrant, il s'était un instant retrouvé la tête vide. Et, s'il avait certes refusé de lui serrer la main, il avait passé toute la soirée à se demander l'effet que cela ferait de promener les lèvres sur ce corps délicieux et de refermer les mains sur ses seins…

Il avala une longue gorgée de bière brune et se répéta qu'il était un imbécile. Il avait beau trouver Sara sensuelle et attirante, il n'aurait jamais la bêtise de s'engager dans une liaison avec elle.

Une journaliste ! Une saleté de journaliste !

Allez comprendre…

Il se demanda une fois de plus comment elle avait découvert son rôle dans le sauvetage des otages au Pakistan. Quelle pouvait bien être sa source ? Seules quelques personnes triées sur le volet étaient au courant et, ses propres hommes mis à part, la plupart évoluaient tout en haut de l'échelle au Pentagone.

Il allait boire une autre gorgée de bière lorsqu'il s'immobilisa, le verre à la main. Sara Sinclair passait tout près de lui, de l'autre côté de la vitre. Ses cheveux cuivrés voletaient sur ses épaules et ses seins oscillaient doucement sous son pull bleu. Il eut du mal à résister à l'envie de coller son nez au carreau pour la regarder s'éloigner. Sa propre stupidité le fit sourire et il leva de nouveau son verre, pour se figer une nouvelle fois. Un homme suivait Sara : Rafe le vit communiquer par gestes avec une deuxième personne postée de l'autre côté de la rue.

Son sang ne fit qu'un tour. Il reposa vivement sa chope et jeta de l'argent sur la table. Même si une petite voix dans sa tête lui conseillait de ne pas s'en mêler, il n'en prit conscience qu'une fois passé la porte du pub. Le geste qu'avait fait l'homme avait été rapide et subtil : il avait juste agité plusieurs fois les doigts, mais Rafe avait reconnu le langage des mains. Il en usait lui-même lors d'engagements rapprochés en Afghanistan ou au Pakistan.

Suivre. Intercepter. Rester hors de vue.

Le langage des mains était presque exclusivement employé par l'armée et la police, mais le poursuivant de Sara ne semblait faire partie ni de l'une ni de l'autre. En regardant vers le trottoir, le premier homme avançait en conservant délibérément cinq ou six passants entre sa cible et lui. Sur le trottoir d'en face, le deuxième se frayait rapidement un chemin dans la foule, visiblement pour devancer Sara.

La jeune femme tourna au coin de la rue et disparut. L'homme du trottoir d'en face accéléra alors, se faufilant au pas de course entre les voitures, afin d'atteindre l'étroit passage dans lequel elle était engagée. Rafe devina qu'elle se dirigeait vers le parking situé dans la rue suivante et que l'allée était un raccourci. Même en courant, il ne parviendrait jamais à la rejoindre avant les deux hommes, et l'instinct lui soufflait que tout cela ne sentait pas très bon pour elle.

Etouffant un juron, il réintégra le pub et fila vers la sortie de secours à l'arrière, suscitant une exclamation de surprise chez la serveuse, qui arrivait chargée d'un plateau.

— Désolé, lança-t-il en poussant déjà la porte.

Il se retrouva sur une étroite allée et s'orienta rapidement. S'il courait, il pourrait atteindre le passage par l'autre côté, mais il allait devoir faire vite s'il voulait rejoindre Sara avant les deux hommes. Il partit au sprint et estima qu'il ne lui faudrait pas plus de dix secondes pour arriver à l'endroit où elle déboucherait.

Derrière le pub, l'accès à l'allée avait été bloqué et il dut escalader une grille, mais cela ne lui réclama guère d'efforts. En atteignant le passage, il aperçut aussitôt Sara. Elle se trouvait au milieu et, à l'évidence, ne se doutait pas le moins du monde qu'elle était suivie.

— Sara ! lui cria-t-il d'une voix chaleureuse. Enfin, te voilà ! J'ai eu vraiment peur de ne pas te retrouver !

La jeune femme s'arrêta net et le considéra, stupéfaite. Derrière elle, ses poursuivants se figèrent également.

— Sergent Delgado ! s'exclama-t-elle.

Un vent mauvais s'engouffrait dans l'allée, faisant voleter la poussière autour de ses pieds et lui plaquant les cheveux sur les yeux. Elle les repoussa d'une main impatiente.

— Que se passe-t-il ?

— Rien de grave, assura-t-il en tournant les yeux vers les deux hommes.

Immobiles, indécis, ceux-ci conversaient à voix basse, à une trentaine de mètres derrière Sara. Rafe la prit par l'épaule et l'entraîna, doucement, mais fermement, vers l'extrémité du passage.

— Ce sont des amis à vous ? lui demanda-t-il à voix basse en désignant les deux hommes d'un geste discret.

Sara regarda par-dessus son épaule.

— Non, répondit-elle, perplexe.

Quelques instants plus tard, tous deux émergèrent dans une grande rue, où les passants et les voitures étaient nombreux. Rafe fit tourner Sara au coin de la rue après avoir jeté un dernier regard aux deux hommes. Manifestement frustré, l'un d'eux donna un coup de pied dans des détritus qui jonchaient le passage, puis l'un et l'autre tournèrent les talons pour repartir dans l'autre sens.

— Mais… qu'est-ce qui vous a pris de me courir après ? demanda Sara alors qu'ils marchaient sur le trottoir.

— Je… euh, j'ai oublié une chose que je devais vous dire.

Elle jeta un regard sceptique à la main qu'il avait passée sur son épaule, puis le dévisagea de son regard bleu plein de méfiance.

— Ah bon, vraiment ? Après la façon dont vous êtes parti tout à l'heure, j'ai du mal à imaginer que vous ayez encore envie de partager quoi que ce soit avec moi, rétorqua-t-elle. Vous vous êtes montré parfaitement clair.

Par la suite, il ne devait jamais vraiment comprendre ce qui le poussa alors à agir comme il le fit. Peut-être l'expression, dans les yeux de Sara — ce vestige de la blessure qu'il y avait vue le soir où il avait ignoré sa main tendue. Ou alors, sa façon de relever le menton en croyant manifestement réussir à dissimuler le tremblement de sa lèvre inférieure. Toujours est-il qu'en cet instant il éprouva un impérieux besoin de l'embrasser.

— Eh bien, en fait, je n'en suis pas si sûr, répondit-il, avant de la plaquer contre le mur de l'immeuble qu'ils longeaient.

Elle arrondit les lèvres en un « Oh » de surprise et lui posa les mains sur le torse avec l'intention évidente de le repousser. Il ne lui laissa cependant pas le temps de formuler sa protestation, car il lui recouvrit illico la bouche de la sienne. Elle se figea sous le choc.

Il comprit qu'il devrait s'écarter d'elle, mais, à l'instant où il enregistrait le fait qu'ils attiraient l'attention des passants, son corps tout entier constatait, lui, la formidable douceur des lèvres de sa compagne et le parfum délicat qu'elle dégageait. Elle sentait le gingembre et le miel, ce qui lui donna l'envie de la dévorer.

Il accentua son baiser et prit possession de sa bouche. Elle émit un petit son de gorge et relâcha la pression de ses mains sur son torse. Elle referma alors les doigts sur les pans de sa veste de cuir pour l'attirer encore plus près d'elle.

Elle avait vaguement le goût du chocolat qu'elle avait bu quelques minutes plus tôt, et il inclina la tête pour la goûter davantage. Cette bouche, sa bouche, l'avait attiré dès le soir du bal, mais ce baiser surpassait ses rêves les plus fous. Il n'avait pas prévu de l'embrasser, cela ne s'imposait vraiment pas, mais il avait été incapable de résister à l'attrait de cette bouche, et ce qu'il avait voulu n'être qu'un bref effleurement de lèvres s'était mué en quelque chose de bien plus puissant. Au prix d'un effort extrême, il se détacha de Sara et prit une grande inspiration.

— Oh..., souffla-t-elle, avant de relâcher la veste et d'en lisser les pans.

Rafe fit un pas en arrière. Plusieurs passants les dépassèrent en souriant. A présent, la victime ne craignait plus rien. Mission accomplie ! S'il avait deux doigts de jugeote, il tournerait les talons et s'en irait. Il commit cependant l'erreur de regarder la jeune femme. Elle s'effleurait les lèvres du bout des doigts, comme si elle y percevait toujours sa présence. Elle avait l'air stupéfaite, les cheveux ébouriffés là où il avait enfoui les mains, et encore du mal à respirer. Bref, elle avait une expression qui devait être très semblable à la sienne en cet instant.

Déstabilisée.

— Je ne vais pas m'excuser, finit-il par dire d'une voix

un peu rude. J'avais envie de faire cela depuis l'instant où je vous ai vue l'autre soir, au bal.

L'air totalement désorientée, elle s'écarta du mur et se remit à marcher.

— Est-ce pour cela que vous m'avez rattrapée ? Parce que vous vouliez m'embrasser ?

Il devait lui parler des deux hommes qui l'avaient suivie, et pourtant quelque chose lui fit tenir sa langue. Il avait cru lire un certain trouble dans les yeux de Sara quand, quelques instants plus tôt, il avait attiré son attention sur eux, et l'instinct lui soufflait qu'elle savait pourquoi ils étaient là. Même maintenant, elle jetait des coups d'œil anxieux autour d'elle. Cette réaction, sans doute involontaire, suffit à le convaincre qu'elle était en danger. Et qu'elle le savait.

— Oui, quelque chose comme ça, marmonna-t-il.

Elle émit une sorte d'exclamation contrariée et traversa la rue en direction d'un parking. Rafe lui emboîta le pas. Malgré sa démarche assurée, il percevait son inquiétude et ses interrogations.

— Dites-moi, lui demanda-t-elle en s'immobilisant près d'une petite berline gris métallisé. Qu'est-ce que vous voulez, en fait ? Après ce que vous m'avez dit tout à l'heure, j'ai beaucoup de mal à croire que vous êtes revenu juste pour… pour faire ça.

Rafe, de son côté, avait beaucoup de mal à croire qu'elle n'avait aucune idée du charme qu'elle dégageait.

— Il y avait une autre raison, finit-il par déclarer. J'ai changé d'avis au sujet de l'interview.

— Ah oui ? s'étonna-t-elle en le dévisageant, franchement soupçonneuse. Pourquoi ?

Il écarta les mains.

— Si vous, vous savez que j'y ai participé, il est raisonnable de penser que d'autres personnes sont également au courant. Et que ce n'est qu'une question de temps avant qu'un journaliste ou un autre décide d'en parler. Par conséquent, je préférerais que ce soit fait d'une manière qui raconte ce qui s'est véritablement passé et qui, en même temps, protège la vie de mes hommes.

Le scepticisme marquait toujours les traits féminins.

— Vraiment ? Et vous accepteriez que ce soit moi qui fasse cet article ?

Il réfléchit un instant et repensa à ce qu'il avait vu un peu plus tôt. Il était persuadé que les deux individus qui avaient suivi Sara lui voulaient du mal. Seraient-ils même allés jusqu'à la tuer ? A l'heure qu'il était, ils devaient encore rôder dans les parages, guettant une occasion d'achever ce qu'ils avaient entrepris. Contre eux, elle n'avait aucune chance.

— Oui, finit-il par répondre. Je vous raconterai toute l'histoire... à une condition.

— Qui est... ? dit-elle d'un ton méfiant.

— Vous allez devoir me suivre comme mon ombre vingt-quatre heures sur vingt-quatre pendant toute la semaine qui vient. Si, dans sept jours, vous tenez toujours à écrire cet article, je vous raconterai ce qui s'est passé au Pakistan.

Elle le dévisagea comme s'il était devenu fou, ce qui était certainement le cas ! Il ne voulait rien avoir à faire avec cette femme, il ne voulait pas la connaître ni se soucier de ce qui lui arrivait. Mais l'instinct lui soufflait que, s'il ne la gardait pas collée à lui, quelque chose de funeste risquait de se produire.

— Que voulez-vous dire... « vingt-quatre heures sur vingt-quatre » ? interrogea-t-elle.

Il n'osa pas croiser son regard. Elle ne devait pas déceler

dans ses yeux le loup qui rôdait en lui. Tout à coup, il tenait à ce qu'elle accepte son offre. Il le fallait à tout prix. Aussi se tourna-t-il vers la voiture et conserva-t-il un masque et une voix neutres.

— Cela signifie que, pendant une semaine, vous resterez avec moi nuit et jour. Et que vous irez partout où j'irai.

Sara éclata de rire à ces mots.

— Et pourquoi est-ce que je ferais cela ? Je n'y vois aucun intérêt. Pas le moindre !

Il reporta les yeux sur elle et affecta une nonchalance qu'il était loin d'éprouver.

— Si vous restez à mes côtés durant toute une semaine, vous verrez ce que je fais vraiment, et vous comprendrez que je ne suis pas un héros. Et puis, comment voulez-vous écrire un article sur une personne dont vous ne savez rien ?

Elle pinça les lèvres.

— Comment pourrai-je être sûre que ce n'est pas là un plan tordu pour m'avoir seule avec vous pour… enfin, vous voyez ce que je veux dire, objecta-t-elle en désignant l'immeuble où ils s'étaient arrêtés quelques instants plus tôt. Pour m'embrasser…

— Vous ne pourrez pas.

La question était logique, vu la façon dont il venait de se comporter. Certes, il aurait pu lui demander tout de suite la raison pour laquelle des individus plus que louches la suivaient et lui voulaient peut-être du mal. Toutefois, s'il y avait une chose qu'il avait apprise au cours de ses années de chasse au terrorisme, c'était bien à ne faire confiance à personne — et surtout pas à une jolie femme aux grands yeux bleus — avant de connaître l'ensemble des faits. Ce qui ne signifiait pas qu'il ne pouvait pas assurer sa sécurité entre-temps.

Elle mâchonna sa lèvre inférieure, pensive, puis se mit à fouiller dans son sac.

— Voulez-vous bien me laisser une minute, s'il vous plaît ? Je ne peux pas m'engager comme ça à passer une semaine avec vous. J'ai un travail, une vie ! Vous n'avez pas idée de ce que vous me demandez !

Elle pianota un numéro sur son portable et se détourna de lui en marmonnant quelque chose qui ressemblait fort à « Je dois être dingue ». Il ne put qu'approuver.

Il entendit des bribes de conversation et comprit qu'elle parlait avec sa rédactrice en chef, ou plutôt qu'elle essayait de la convaincre que passer toute une semaine en compagnie d'un militaire était une très mauvaise idée. A sa mine de plus en plus déconfite, il comprit qu'il avait gagné. Elle coupa la communication et lui refit face.

— C'est d'accord, maugréa-t-elle. Je vais le faire. A partir de quand voulez-vous commencer ?

— Maintenant, répondit-il avec un sourire sinistre.

- 5 -

Sara conduisait dans les rues de la capitale, plus que consciente de la voiture de sport noire qui la suivait. Jamais encore, de toute sa vie, elle n'avait accepté de faire une chose aussi insensée. La seule pensée de passer une semaine entière en compagnie de Rafe Delgado lui retournait les tripes. Elle avait appelé Lauren pour lui annoncer qu'elle ne pourrait pas obtenir l'interview, sauf si elle se pliait aux conditions peu orthodoxes de Rafe. D'un côté, elle avait espéré entendre la rédactrice en chef se rebiffer et lui dire qu'ils n'avaient pas besoin de cet article à ce point. D'un autre, elle s'était félicitée que Lauren n'en fît rien.

En fait, cette dernière avait au contraire insisté pour qu'elle fasse tout ce qu'il y avait à faire pour obtenir l'interview, et ajouté que le temps passé avec le sergent Delgado l'aiderait à donner à l'article une note personnelle et authentique.

Et au lieu de prendre l'air triomphant, Rafe avait arboré une expression sombre et déterminée quand elle lui avait indiqué sa réponse.

— Nous sommes bien d'accord, il n'y aura pas d'exception à la règle : vous resterez avec moi vingt-quatre heures sur vingt-quatre pendant ces sept jours, lui avait-il rappelé.

— Oui, je l'ai compris, avait-elle sèchement rétorqué.

Mais je vais tout de même devoir passer chez moi prendre quelques affaires et informer ma voisine de mon absence.

Et voilà qu'à présent elle rentrait chez elle avec un soldat des Opérations spéciales en remorque, un homme dangereux. Et quelque chose lui disait que, même si elle changeait d'avis, elle aurait désormais un mal fou à s'en débarrasser.

Une fois dans sa rue, elle se gara devant chez elle et se demanda ce qu'allait penser le sergent Delgado de son minuscule appartement. A Washington, les loyers étaient d'une cherté quasi obscène, et même ce deux-pièces dans un immeuble décrépit des faubourgs grevait son budget. Oh ! il n'était pas glamour, mais elle s'estimait malgré tout heureuse d'avoir trouvé à se loger là.

Bien décidée à poursuivre son rêve de devenir journaliste d'investigation, elle avait emménagé dans la capitale sitôt son diplôme en poche, quittant pour la première fois sa famille et la Pennsylvanie. Ses parents lui rendaient visite chaque mois et elle-même passait chez eux presque toutes ses vacances. Cependant, plus elle vivait à Washington, moins elle se sentait d'affinités avec sa petite ville natale, et elle avait fini par comprendre que, désormais, c'était ici qu'elle était chez elle. Elle s'y était fait des amis, elle y avait ses habitudes, sa vie. Un jour, peut-être, elle aurait les moyens de s'offrir un appartement plus spacieux et mieux situé, mais en attendant le sien lui convenait.

— C'est ici, dit-elle à Rafe lorsqu'il l'eut rejointe sur le trottoir. J'habite au dernier étage. Il n'y a pas d'ascenseur.

— Je pense que je vais pouvoir monter les trois étages, lui répondit-il, le regard malicieux.

Et même quarante, songea-t-elle. Cet homme avait une condition physique exceptionnelle et, si la façon dont le jean qu'il portait moulait ses cuisses devait être une indication, il était tout en muscles.

— O.K., répondit-elle.

Elle s'engagea dans l'étroite cage d'escalier, consciente de la présence du militaire derrière elle, et atteignit son palier un peu essoufflée.

— C'est là, dit-elle inutilement.

Elle frappa à la première porte après l'escalier, murmurant à Rafe qui l'interrogeait du regard :

— Il faut juste que j'avertisse ma voisine de mon absence, sinon elle va se faire du souci pour moi.

La porte fut entrouverte, et une femme minuscule aux cheveux gris ébouriffés les inspecta du regard. Puis, reconnaissant Sara, elle sourit et ouvrit la porte en grand.

— Bonjour, ma chérie.

— Bonjour, madame Parker, répondit Sara en lui désignant Rafe. Je vous présente le sergent Delgado. Je voulais juste vous prévenir que je vais m'absenter pendant une semaine, et je me demandais si vous pourriez garder un œil sur mon appartement.

— Bien évidemment ! répondit la vieille dame en évaluant Rafe d'un regard. Alors, comme ça, tu t'offres une petite escapade romantique ? Si tu veux mon avis, ça fait bien trop longtemps que je ne t'ai pas vue en compagnie d'un beau jeune homme !

— Madame Parker ! protesta Sara avec un rire gêné. Je suis bien certaine que ma vie amoureuse n'intéresse pas le sergent Delgado.

— Oh ! je ne sais pas, dit Rafe en faisant mine de réfléchir à voix haute, le regard brillant. Je pense que le sujet pourrait être… révélateur.

— Faites-moi confiance, marmonna-t-elle, vous vous ennuieriez à mourir. Je vous remercie, madame

Parker. Je pense être de retour dans une semaine, mais vous avez mon numéro de portable si vous avez besoin de me joindre.

Quand la vieille dame referma sa porte, Sara gagna la porte suivante et inséra la clé dans la serrure.

— Nous y voilà, déclara-t-elle en entrant.

Elle laissa la porte délibérément ouverte, car se retrouver seule avec cet homme la rendait un peu nerveuse, et aussi parce que sa carrure impressionnante menaçait de faire ressembler son appartement à un vulgaire cagibi.

— Mettez-vous à l'aise pendant que je rassemble quelques affaires, lui dit-elle.

Elle n'avait pas l'habitude d'avoir des invités, et le spectacle de Rafe dans son petit salon lui fit presque tourner la tête. Elle s'arrêta sur le seuil de sa chambre et se retourna. Il avait entrepris d'examiner les livres de la bibliothèque. Voulait-il avoir un aperçu de sa personnalité ? Elle avait principalement des classiques et des biographies, ainsi que des manuels de développement personnel.

— Excusez-moi, je suis navrée de vous déranger, dit une voix à la porte.

Rafe et Sara firent volte-face comme un seul homme. Mme Parker se tenait sur le seuil.

— Entrez, je vous en prie, dit Sara en venant vers elle. Qu'y a-t-il ?

— Eh bien, j'ai oublié de te dire qu'un ouvrier est venu aujourd'hui pour réparer ton balcon, déclara Mme Parker avec un sourire. C'était un jeune homme charmant et il n'a pratiquement fait aucun bruit. En fait, je ne l'aurais même pas vu si je n'étais pas sortie sur le balcon pour arroser mes fleurs, poursuivit-elle avec un petit rire en se plaquant une main sur le cœur. Mon

Dieu, comme il m'a fait sursauter ! Je ne m'étais pas aperçue qu'il était là, sur son échelle, et j'ai manqué de l'arroser avec mon tuyau !

— Quelqu'un est venu réparer mon balcon ? répéta Sara, perplexe. Vous êtes sûre ?

— Mais oui, répondit Mme Parker. J'ai cru que tu étais au courant, mais j'ai quand même voulu t'en parler. Bon, profitez bien de votre escapade, tous les deux, conclut-elle.

Elle prit congé et regagna son appartement, refermant la porte derrière elle.

Intriguée, Sara se dirigea alors vers la baie vitrée du salon, qui s'ouvrait sur un petit balcon de fer forgé.

— C'est bizarre, quand même. Je ne savais pas qu'il y avait un problème avec mon balcon…

Elle fit sauter le loquet et coulisser la fenêtre. Elle allait poser le pied dehors quand Rafe la rattrapa par le bras.

— Attendez. Vous sortez souvent sur ce balcon ?

Elle baissa les yeux sur la main qu'il refermait sur son bras, puis le regarda.

— Le week-end, j'y prends mon café, mais à part cela pas vraiment, répondit-elle en désignant de la main la table de bistrot et les deux chaises. Comme vous pouvez le voir, il y a à peine de quoi étendre les jambes, et la vue n'a rien de spectaculaire.

Situé à l'arrière du bâtiment, l'appartement donnait sur une ruelle avec un quai de chargement et plusieurs bennes à ordures. En face, des escaliers d'incendie métalliques ornaient l'arrière d'un autre immeuble d'habitation en brique.

— Voyez-vous un inconvénient à ce que je vérifie ces réparations avant que vous sortiez ? lui demanda Rafe.

Surprise, elle secoua la tête.

— Non, pas du tout. Je vous en prie.

Il passa la tête à l'extérieur et examina les balcons de chaque côté du sien. L'un d'entre eux était chargé de jardinières débordant de géraniums.

— Est-ce le balcon de Mme Parker, sur la gauche ? Vous croyez que ça la dérangerait si j'y grimpais ?

— Euh… en fait, je n'en sais rien, commença Sara.

Mais il était déjà trop tard.

S'accrochant au cadre de la fenêtre, Rafe avait balancé son corps à l'extérieur pour atterrir sans encombre sur le balcon de Mme Parker.

— Oh ! mon Dieu ! s'exclama Sara. Que faites-vous ? Vous auriez pu vous tuer !

— Surtout, restez où vous êtes, ordonna-t-il.

Il s'accroupit et regarda le dessous du balcon de Sara à travers la balustrade. Il garda le silence un bon moment avant de se relever et de revenir chez elle comme il était parti. Ce ne fut que lorsque ses pieds furent posés en sécurité sur le parquet que Sara s'autorisa à respirer.

— Vous êtes complètement cinglé. Vous le savez, au moins ? fit-elle d'une voix rendue sèche par la peur. Et si vous étiez tombé ? Vous auriez pu vous tuer ! Quelle personne sensée risquerait ainsi sa vie pour vérifier une réparation ?

A sa grande surprise, Rafe se contenta de hausser les épaules.

— Je crois que c'est juste ancré en moi. « Faire confiance, mais vérifier tout de même. »

— Alors ? Qu'avez-vous vu ? Les réparations ont été bien faites, n'est-ce pas ?

L'espace d'un instant, elle crut déceler quelque chose dans le regard brun — une lueur qui lui arracha un frisson — mais cela disparut très vite.

— A votre place, je ne retournerais pas sur le balcon tant que le propriétaire n'aura pas fait vérifier les travaux. Il y a un écrou qui, à mon avis, a besoin d'être resserré.

— C'est dangereux ?

— Je ne sais pas. Cela provoquera peut-être seulement une fêlure du ciment, mais le balcon pourrait être instable. Il vaut mieux éviter d'y aller tant qu'il n'a pas été vérifié.

— D'accord, merci.

— Je vous en prie.

En regagnant sa chambre, Sara ne put toutefois se défaire de l'impression qu'il lui cachait quelque chose.

Perturbé par ce qu'il venait de constater, Rafe se passa une main dans les cheveux en regardant Sara refermer la porte de sa chambre. Quelqu'un avait indéniablement travaillé sur les supports, avec l'intention très nette de saboter le balcon au lieu de le stabiliser. Deux des quatre systèmes de soutien en équerre avaient été arrachés. Si quiconque posait le pied sur la petite terrasse, les deux soutiens restants lâcheraient certainement, projetant l'infortuné dans la rue, douze mètres plus bas. Son sang se figea à la seule pensée de ce qui aurait pu se produire. Une telle chute aurait gravement blessé Sara… si elle ne l'avait pas carrément tuée.

Il referma les portes coulissantes, les verrouilla et tira la petite table de cuisine devant pour bloquer l'accès à l'extérieur. Avec un peu de chance, cela dissuaderait quiconque de sortir prendre le frais sur le balcon avant qu'il n'ait été réparé.

Le doute n'existait plus à présent. Quelqu'un essayait bel et bien de nuire à Sara. Un œil sur la porte fermée et l'oreille aux aguets, il se déplaça sans bruit dans l'appartement et chercha un indice de ce qui pourrait mettre sa vie en danger. Il ouvrit les tiroirs de son bureau ancien, mais n'y trouva que des factures, des notices d'appareils électroniques et un stock de vieilles cartes de vœux. Il prit soin de replacer chaque objet dans la position exacte où il l'avait trouvé. Il eut beau procéder à une fouille méthodique, il ne trouva rien qui pût suggérer que la jeune femme trempait dans des activités douteuses.

En fait, tout, dans cet appartement, indiquait une vie désespérément calme. Il y avait un sac de tricot près du canapé, une pile de journaux et de livres sur la table basse, des photos encadrées partout — sur les murs, les étagères et toutes les surfaces disponibles. C'étaient des photos d'elle avec des bébés, des enfants, des amis étudiants et des gens plus âgés. Il fut ravi de constater que rien ne laissait supposer que Sara avait un petit ami.

Un tapis de yoga et une balle d'exercice étaient posés dans un coin, et il y avait plusieurs DVD de gymnastique près de la petite télévision. Tout était propre et bien rangé. Même le réfrigérateur était organisé. Il contenait des fruits, des yaourts et des légumes frais. Sur le plan de travail, le casier à bouteilles en fer forgé délicatement ouvragé était vide, et il ne trouva nulle part trace d'un quelconque alcool. Il commençait à soupçonner Sara Sinclair de n'avoir aucun vice quand il découvrit un tiroir débordant de barres chocolatées de qualité, et il ne put s'empêcher de sourire.

Quand elle rouvrit enfin sa porte de chambre, il faisait mine d'étudier une photo encadrée sur laquelle Sara figurait en compagnie d'un homme d'âge mûr. Tous deux étaient installés sous une hutte et dégustaient du jus de fruit sur fond de mer des Caraïbes.

— C'est mon père, révéla-t-elle en lui prenant la photo des mains pour la replacer sur le bureau.

— Donnez-moi ça, dit-il en retour en désignant le sac de voyage qu'elle avait sur l'épaule et la mallette d'ordinateur portable. Je m'en occupe.

— C'est bon, grommela-t-elle. Ça va.

Il ignora ses protestations et lui prit le sac et l'ordinateur, avant de faire mine de vaciller sous le poids.

— Seigneur, marmonna-t-il, qu'est-ce que vous avez mis là-dedans ?

Le sac de voyage n'était pas gros, mais il pesait son poids.

— Juste quelques petites choses indispensables, répondit-elle avec désinvolture. Mais cela ne me suffira que pour quelques jours. Je n'ai pas voulu faire une valise entière. Je me suis dit que je pourrais revenir dans un ou deux jours pour prendre des vêtements propres.

— Bien sûr, grommela-t-il.

Il se demanda ce qu'elle pouvait bien avoir dans ce sac préparé pour seulement quelques jours. A croire qu'elle avait empaqueté un gilet pare-balles, des bottes de combat et une ceinture complète de munitions.

Elle le précéda vers la porte, avant de s'immobiliser en voyant la table poussée devant la baie vitrée. Sans dire un mot, elle se tourna vers lui et il remarqua qu'elle avait pâli.

— C'est juste une précaution, la rassura-t-il. Je ne tiens pas à ce que vous oubliiez que le balcon n'est pas sûr et que vous sortiez inopinément dessus quand vous reviendrez.

— Je vous remercie.

Quand ils quittèrent le bâtiment, la nuit commençait

à tomber. Sara voulut se diriger vers sa voiture, mais Rafe l'arrêta d'une main sur son bras.

— Laissez votre voiture ici. Nous allons prendre la mienne.

Elle fit volte-face vers lui, les joues roses.

— Vous savez quoi ? Tout ça commence à ressembler davantage à une captivité forcée qu'à une opportunité journalistique ! s'exclama-t-elle en gesticulant avec impatience vers sa voiture. Pourquoi ne pourrais-je pas prendre ma voiture et la garer près de chez vous ? J'ai besoin de ma voiture, sergent. Cela ne me dérange pas de vous suivre comme votre ombre pendant une semaine, mais je refuse de dépendre de vous. Et si notre arrangement ne fonctionnait pas ? Si l'envie me prenait de repartir ?

Elle avait pris une pose défensive, manifestement prête à la polémique. Rafe remarqua certains indices révélateurs de sa volonté de s'opposer à lui sur ce point, voire de tout annuler. Même dans la faible lumière, il vit ses pupilles se dilater et faire pratiquement virer ses yeux du bleu au noir. Elle respirait plus vite, avait contracté tous ses muscles et carré ses poings fermés sur ses hanches. S'il lui en laissait l'occasion, elle partirait en courant.

— D'accord, répondit-il d'un ton léger. Si cela vous rassure, alors je tiens à ce que vous preniez votre voiture.

— Vraiment ? l'interrogea-t-elle, dubitative, et il put presque voir la résistance irradier de son corps.

— Tout à fait. Avez-vous un GPS, au cas où nous serions séparés par la circulation ?

— Oui.

Il lui indiqua l'adresse et posa les sacs sur le siège arrière. Il aurait préféré l'avoir avec lui dans sa propre voiture, car s'il prenait l'envie à quelqu'un de les suivre il serait bien plus difficile de le semer.

— Vous avez mon numéro de portable, lui rappela-t-il. J'habite à trois quarts d'heure d'ici, près de la base de Quantico, alors n'hésitez pas à m'appeler si vous me perdez dans la circulation. Je m'arrêterai pour vous attendre.

— Ça va aller, assura-t-elle. Croyez-le ou non, je suis autonome. Je n'ai nul besoin d'un homme, même d'un homme aussi fort et capable que vous, pour veiller sur moi.

Le doute saisit Rafe tandis qu'il la regardait monter dans sa voiture. Sara Sinclair ignorait à quel point elle avait besoin de lui.

- 6 -

En fin de compte, Sara réussit à ne pas le perdre dans les rues de la capitale ni sur la voie rapide qui allait vers Quantico, au sud. La plupart des amis militaires de Rafe habitaient sur la base, mais lui-même avait plutôt opté pour un appartement à proximité, dans la ville de Triangle. Il préférait de loin ce quartier calme, bordé de forêts protégées, à l'énergie bouillonnante de la base du corps des marines. Certes, ce dernier était toute sa vie et il n'en aurait jamais choisi une autre, mais il n'en appréciait pas moins la solitude de sa maison quand il revenait de missions ou de déploiements outre-mer.

Bien qu'il fût l'un des cinq membres permanents d'une unité des Opérations spéciales, il avait la réputation d'être un solitaire, et cela ne le dérangeait pas. Si les autres hommes de l'équipe avaient noué de solides liens d'amitié, il avait pour sa part tendance à rester un peu à l'écart. Certes, il donnerait sa vie pour n'importe lequel d'entre eux, même le plus jeune et le plus récent dans l'équipe, le caporal Josh Legatowicz, dit Lego — qui était bien plus insolent qu'il n'était en droit de l'être —, mais il préférait rester seul quand il se trouvait en permission.

Il obliqua dans la rue qui menait chez lui en jetant un coup d'œil à la voiture de Sara dans le rétroviseur. L'environnement était paisible et rien n'indiquait qu'ils aient été suivis, mais il préféra ne pas prendre le risque

que la voiture de la jeune femme soit repérée dans son allée. Il se gara sur le bas-côté et fit signe à Sara, qui arrêta sa voiture à côté de la sienne et descendit la vitre côté passager.

— Allez vous garer dans le garage, lui dit-il en désignant le rez-de-chaussée de sa maison.

— Mais, c'est un garage à une place ! Et votre voiture, qu'allez-vous en faire ?

— Je vais la laisser dehors. Elle ne craint rien.

Lorsqu'elle se fut garée, il prit les deux sacs et entraîna Sara dans la maison, plus que conscient de sa présence près de lui. Si l'appartement de la jeune femme était coquet, son intérieur à lui était carrément spartiate, avec son parquet de chêne luisant et ses murs dénués de toute décoration. Un tapis ornait le sol du salon, où trônaient un vieux canapé de cuir fatigué, un fauteuil hérité de son oncle, un guéridon et une table basse assortie, ainsi qu'une lampe. Sur un côté, une télévision à écran plat surmontait une cheminée à gaz. Il y avait une chaîne stéréo correcte et quelques photos de lui et de ses amis marines sur une étagère. Cependant, à présent qu'il cherchait à voir l'ensemble à travers les yeux de Sara, il se disait qu'elle devait le trouver très terne. Sa mère lui avait bien envoyé des coussins et un plaid décoratif pour son canapé, mais ils étaient toujours emballés quelque part. Il faudrait vraiment qu'il les récupère, songea-t-il.

— Il y a une chambre d'amis en haut de l'escalier, annonça-t-il en la précédant.

Sur le palier, il ouvrit la porte de la chambre en question, qui lui servait également de bureau, et alluma. Un grand lit recouvert d'un couvre-lit à l'effigie des Red Sox était installé sous la fenêtre, et la pièce possédait aussi un bureau, avec son ordinateur et divers appareils électroniques.

— C'est plutôt fonctionnel, mais le lit est confortable et vous disposez de votre propre salle de bains, expliqua-t-il en traversant la pièce pour lui montrer la petite salle de douche attenante. Il y a des serviettes de toilette, du savon et du shampoing dans le placard. Prenez tout ce dont vous avez besoin.

— Merci, murmura-t-elle en le regardant déposer les sacs sur le lit.

Il éprouva le besoin de sortir très vite de la chambre, car son esprit commençait à lui projeter des images de la jeune femme étendue sur le logo des Red Sox. Nue.

Etrange ! Cela ne lui était encore jamais arrivé, cette impression d'être à deux doigts de perdre le contrôle. Debout au milieu de la pièce, Sara le regardait. Se doutait-elle des pensées qui l'assaillaient ? Pouvait-elle percevoir à quel point il était près d'ignorer les signaux d'alarme qui résonnaient dans sa tête et de faire quelque chose qu'ils regretteraient tous les deux par la suite ? Se passant une main dans les cheveux, il se détourna et sortit. Loin de la tentation, mais pas de son imagination, qui continua à lui projeter des images en Technicolor de Sara dans sa maison. Dans sa douche. Dans son lit.

Elle le suivit au rez-de-chaussée.

— Bon sang, quelle heure est-il ? demanda-t-elle en allant se percher sur un tabouret devant l'îlot central de la cuisine. Je meurs de faim.

— Et si je faisais un saut pour nous chercher des pizzas ? proposa-t-il aussitôt, pressé de trouver une excuse pour s'éclipser et reprendre ses esprits. Il y a une très bonne pizzeria, juste à côté de la base. Aller-retour, je devrais en avoir pour une demi-heure.

— Mmm… Ça me paraît une bonne idée, répondit-elle, en lui lançant un regard taquin. Mais ça ira si je reste ici toute seule ? D'un point de vue technique, notre arrangement devrait m'obliger à vous accompagner, non ?

A son grand dam, Rafe ne put réprimer un sourire.

— Vous ne risquez rien ici, même sans moi. Assurez-vous juste de bien verrouiller la porte derrière moi, d'accord ?

Ignorant quel genre de pizza aimait Sara, Rafe en choisit une aux trois fromages, une à la viande et une végétarienne, puis il s'arrêta dans une station-service, où il acheta un pack de bière, une bouteille de chianti et, sur une impulsion, une boîte de préparation pour chocolat chaud. En rentrant chez lui, il s'aperçut qu'il s'était absenté plus d'une heure.

Il ne trouva Sara ni dans le salon ni dans la cuisine. Il posa ses emplettes sur l'îlot de la cuisine et se dirigea vers l'escalier avec l'intention de monter frapper à sa porte pour l'avertir de son retour. Il s'immobilisa cependant en entendant le ruissellement de la douche et fit aussitôt machine arrière, tandis que les images qu'il était parvenu à refouler lui revenaient en tête.

— Mon Dieu ! marmonna-t-il. Je perds vraiment les pédales…

D'accord, cela faisait un petit moment qu'il n'avait pas eu de relations sexuelles, mais il ne pensait pas en être arrivé au point de sauter sur une parfaite inconnue. Une femme qui lui avait fait confiance, à laquelle il avait assuré qu'il n'avait pas d'arrière-pensée en lui demandant de passer une semaine en sa compagnie.

Il regagna la cuisine, s'ouvrit une bière et s'apprêtait à ranger les autres dans le réfrigérateur quand son regard tomba sur le sac de Sara posé par terre dans le salon. L'eau coulait toujours dans la salle de bains de la chambre d'amis, aussi attrapa-t-il prestement le sac, qu'il posa sur le plan de travail de la cuisine pour en entreprendre une fouille méthodique. Il devait comprendre pourquoi Sara avait été suivie et pourquoi on avait saboté son balcon.

Il inventoria les appels récents et les SMS sur son portable, mais ne trouva rien de suspect. Ecartant une petite trousse de maquillage et une plaquette de pilules contraceptives, il feuilleta le carnet de notes dont elle s'était servie durant la brève interview. A l'exception des quelques lignes qu'elle avait gribouillées au cours de l'entretien, il était vierge.

Il ne restait plus qu'un petit agenda noir, qu'il posa devant lui avant de passer la main dans le sac pour s'assurer qu'il n'avait rien manqué. Percevant un léger renflement, il ouvrit une pochette intérieure zippée et y trouva une carte mémoire. Il serait bien allé voir ce qu'elle contenait, mais son ordinateur se trouvait dans la chambre de Sara. Impossible d'y entrer pendant qu'elle était sous la douche. Peut-être plus tard, dès que l'occasion se présenterait. Il remit l'objet en place, reprit le carnet noir et le feuilleta.

— Ce n'est pas vrai…, marmonna-t-il tout haut au bout de quelques instants.

Dans sa vie, il avait vu et fait des choses qui horrifieraient le commun des mortels. En fait, il avait cru ne plus pouvoir être choqué par quoi que ce soit, ni même surpris, mais il s'apercevait à présent qu'il avait eu tort.

Stupéfait, il referma le carnet. Il savait parfaitement ce que signifiaient ces notes et ce qu'elles impliquaient, mais il n'arrivait pas à faire coller cette réalité à ce qu'il savait de Sara Sinclair. Si elle l'avait déçu en le pressant de questions à propos du sauvetage des otages, au moins avait-il compris les raisons qu'elle avait de le faire.

Mais ça…

Jamais il n'aurait pensé qu'une femme comme Sara Sinclair fût capable de vendre son corps ou d'avoir des relations sexuelles avec des inconnus pour de l'argent. Il reprit l'agenda à contrecœur et relut quelques-unes des notes sordides qu'il contenait. Des images dérangeantes envahirent son esprit et il ferma les yeux pour les chasser, mais tout ce qu'il put voir fut Sara — la douce, la saine, l'authentique Sara — allongée sous un animal suant et haletant, se soumettant aux désirs sexuels les plus tordus. La nausée l'envahit. Il referma les mains sur le carnet et s'efforça de maîtriser sa rage croissante, alors qu'il n'avait qu'une envie : détruire quelque chose, frapper.

N'importe quoi…

Jamais encore il n'avait ressenti une telle rage impuissante. Il inspira à fond et s'obligea à se détendre, à réfléchir calmement. Il ne pouvait laisser ses émotions gouverner ses actes. Alors que la fureur commençait à refluer et qu'il repensait à ce qu'il avait vu, le doute s'insinua peu à peu en lui. Il y avait, dans ce carnet, un petit quelque chose qui n'allait pas, mais il ne parvenait pas à mettre le doigt dessus. Il se pencha de nouveau sur le sac et entreprit de le fouiller encore à la recherche du bloc-notes de Sara.

— Mais qu'est-ce que vous faites ?

Faisant brutalement volte-face, il la découvrit à quelques pas de lui, les cheveux humides et le visage vierge de tout maquillage. Vêtue d'un jean et d'un pull vert, elle avait l'air absurdement jeune. Elle le considérait avec un mélange d'horreur et de confusion, et il ne comprit que trop à quoi ressemblait ce qu'elle voyait en cet instant. Il avait une main dans le sac, dont la moitié du contenu était répandue sur le plan de travail. En matière de discrétion...

— Oh ! mon Dieu ! souffla-t-elle soudain en se précipitant vers lui.

Elle saisit alors le carnet noir et tenta de le lui arracher des mains, mais il l'en empêcha, le levant au-dessus de sa tête.

— Comment osez-vous ? articula-t-elle d'une voix dangereusement basse. Comment osez-vous fouiller dans mes affaires ? De quel droit ?

— Et si vous me disiez plutôt à quoi rime tout ceci ? riposta-t-il sur le même ton en agitant l'agenda. Seigneur, Sara ! S'il vous plaît, dites-moi que c'est une plaisanterie !

— Non, riposta-t-elle vertement. Ce n'en est pas une.

Quand elle tendit de nouveau la main pour récupérer le carnet, il la laissa faire. Il la regarda rassembler ses biens et les fourrer dans le sac. Puis elle lui jeta un regard de pure hostilité et remonta l'escalier au pas de charge. Il entendit le clic du verrou de la chambre.

— Nom d'un chien !

Il se passa une main sur le visage et hésita à la suivre. Peut-être valait-il mieux lui laisser le temps de se calmer un peu. Cependant, il n'était pas préparé à la voir redescendre avec sa veste sur le dos, son sac à l'épaule et sa mallette d'ordinateur à la main. Elle lui jeta un regard plein de défi et passa devant lui sans un mot.

— Hé, là ! lança-t-il en la prenant par le bras. Où allez-vous comme ça ?

— Lâchez-moi immédiatement, fit-elle en jetant un regard mauvais à la main sur son bras. Il est hors de question que je reste ici une minute de plus.

— Pourquoi ? Parce que j'ai découvert votre secret ?

— Parce que vous avez fouillé dans mon sac à main, rétorqua-t-elle avec un regard flamboyant. Pourquoi avez-vous fait ça ?

— Parce que je savais que vous cachiez quelque chose. Et j'avais raison !

— Je ne cache rien du tout.

— Ah, non ? Alors comment expliquez-vous ce qui est écrit dans ce petit carnet ?

Elle garda un instant le silence et il la vit chercher une réponse à lui faire.

— Que se passe-t-il ? ajouta-t-il à voix basse. Vous avez perdu votre langue ? Ou est-ce que vous avez oublié que vous aviez un rendez-vous ce soir ?

Il prit un air concentré et fit mine de réfléchir.

— Voyons voir… est-ce avec le monsieur qui aime la brutalité, ou celui qui préfère vous prendre en levrette en vous donnant du caviar à la becquée ? Est-ce comme cela que vous avez rencontré votre « source digne de foi » ? Vous savez, celui qui vous a parlé de mon implication dans le sauvetage des otages ?

— Quoi… ? répondit-elle, interdite, en le fixant. Vous croyez… Oh ! mon Dieu !

Ce fut au tour de Rafe d'être stupéfait quand elle éclata de rire, avant de se plaquer une main sur la bouche.

— Et vous trouvez ça drôle ? Je n'ai jamais rien trouvé d'amusant dans les relations sexuelles à haut risque.

Il vit le rouge lui monter au cou et envahir ses joues.

— Vous me croyez vraiment capable de faire ce genre de choses ? lui demanda-t-elle enfin. Je n'arrive pas à savoir si je dois me sentir flattée ou insultée.

— Croyez-moi si je vous affirme que je n'ai pas dit cela comme un compliment. Mais, à la vérité, j'ignore de quoi vous êtes capable.

— Pas de cela, en tout cas ! s'exclama-t-elle en posant ses sacs par terre. Cet agenda n'est pas à moi, Rafe. Ce n'est pas moi qui ai écrit toutes ces notes, et jamais je ne ferais des choses pareilles ! précisa-t-elle, tandis qu'un petit sourire fleurissait sur ses lèvres. Enfin, pas avec n'importe qui.

Le corps de Rafe réagit instantanément aux images que venaient de faire naître ces paroles — elle, faisant ces choses avec lui. Le rendant fou. Lui faisant perdre son sang-froid.

Il repoussa vivement ces visions érotiques et se rendit compte que c'était la première fois qu'elle s'adressait à lui autrement qu'en l'appelant « sergent Delgado ». Dommage que la façon dont son prénom sonnait dans sa bouche lui plût autant.

— Mais si ce carnet ne vous appartient pas, comment se fait-il qu'il soit en votre possession ? lui demanda-t-il sur un ton brusque.

Elle le dévisagea en se demandant visiblement si elle pouvait avoir confiance en lui. Puis elle alla poser son sac sur l'îlot central de la cuisine, l'ouvrit, reprit le petit carnet noir et le plaça sur le plan de travail.

— Tout ce que je sais, c'est qu'il appartient à une dénommée Colette. C'est une femme que j'ai ramenée chez elle l'autre soir, en rentrant du bal de bienfaisance. Elle a dû le laisser tomber en descendant de voiture. Je n'avais jamais vu cette femme auparavant.

Rafe la rejoignit. Elle lui arrivait au menton, aussi put-il sentir le parfum de miel et de gingembre de son shampoing. Ses cheveux commençaient à sécher en boucles soyeuses sur ses épaules, et il repoussa une envie impérieuse d'en saisir une mèche pour la passer entre ses doigts.

— Je peux ? demanda-t-il en désignant le bloc-notes.

Elle le lui tendit et il l'ouvrit à la page où elle avait écrit au cours de leur entretien. Puis il ouvrit l'agenda et le plaça à côté, sur le comptoir. Alors que Sara avait une écriture nette et élégante, celle de l'agenda était emberlificotée et agrémentée de cœurs et de smileys.

— L'écriture n'est vraiment pas la même, constata-t-il.

— Je vous l'ai dit, ce carnet n'est pas à moi.

— Mais qui est cette Colette, et comment se fait-il que vous l'ayez ramenée chez elle si vous ne la connaissiez pas ? Etait-elle à la réception de bienfaisance ? Est-ce que son… euh… son cavalier l'avait abandonnée ?

— Pas exactement, biaisa Sara, avant de désigner en souriant les trois boîtes à pizza empilées sur le comptoir : Vous attendez du monde ?

— Non, mais je ne savais pas ce que vous aimiez, alors j'en ai pris un assortiment, répondit-il en croisant les bras. N'essayez pas de changer de sujet, Sara. Comment cette Colette a-t-elle atterri dans votre voiture ?

Elle ouvrit l'une après l'autre les trois boîtes et se décida pour la pizza végétarienne. Il la regarda en saisir une part pour la porter à sa bouche et mordre délicatement dedans.

— Mmm ! s'exclama-t-elle en fermant les yeux. Elle est délicieuse, vous aviez raison.

Elle nettoya d'un coup de langue un soupçon de sauce sur sa lèvre et le corps de Rafe se tendit aussitôt.

— J'attends, annonça-t-il d'une voix plus dure qu'il ne l'aurait voulu.

— D'accord, dit-elle en s'essuyant les lèvres du bout des doigts. Mais, d'abord, vous devez me promettre que ce que je vais vous apprendre ne sortira pas de cette pièce. Promettez !

Rafe détestait faire des promesses quand il ne savait pas à quoi il s'engageait, mais il acquiesça malgré tout d'un bref hochement de tête.

— Je promets.

Visiblement à regret, Sara reposa sa part de pizza.

— Je rentrais chez moi ce soir-là, commença-t-elle, et, sur Post Road, je me suis retrouvée derrière une petite voiture de sport.

Fasciné, Rafe vit son visage s'empourprer et, un court instant, il pensa qu'elle n'allait pas poursuivre.

— Et alors… ? la poussa-t-il.

— Alors j'ai tout de suite compris ce qui se passait dans cette voiture pendant qu'elle roulait.

— Pourriez-vous être plus précise ?

— Vous savez bien…, dit-elle en esquissant un geste vague. Elle… elle avait la bouche sur lui.

— Elle l'embrassait ?

— Allez-vous vraiment m'obliger à vous faire un dessin ? demanda-t-elle en lui jetant un regard mauvais. Oui, elle l'embrassait… d'une certaine manière. Mais pas sur les lèvres, si vous voyez ce que je veux dire.

— Ah…

Rafe trouva amusant et touchant son malaise manifeste. Cela faisait très longtemps qu'il n'avait plus vu une femme rougir.

— D'accord, et puis ? Vous les avez suivis ?

— J'étais derrière eux. A un moment, leur voiture a fini dans un arbre et je me suis arrêtée pour voir si je pouvais leur être utile. Mais, quand j'ai reconnu le chauffeur, j'ai regretté de m'être arrêtée. Et c'est là que commence votre promesse de garder l'information confidentielle.

— Je vous ai déjà donné ma parole.

Elle laissa planer un petit silence, puis reprit.

— C'était Edwin Zachary.

Pour la deuxième fois en moins d'une heure, Rafe découvrit qu'il pouvait encore être choqué. Le nom de Zachary était bien le dernier auquel il s'attendait ! S'il existait bon nombre d'hommes politiques susceptibles de se trouver impliqués dans des malversations ou des scandales sexuels, Edwin Zachary, lui, avait toujours donné l'impression d'être largement au-dessus de la mêlée. Sa femme et lui étaient des piliers de la bonne société de Washington, et lui-même était réputé pour son éthique inébranlable. La rumeur faisait de lui le candidat le mieux placé pour la prochaine élection présidentielle. Pourquoi irait-il tout risquer en s'envoyant en l'air avec une prostituée ? Ça n'avait aucune logique.

— Allez-y, poursuivez ! Qu'est-il arrivé ensuite ?

Elle lui raconta alors comment Edwin lui avait demandé de raccompagner Colette chez elle, et comment il lui avait proposé de l'argent en échange de son silence.

— J'ai refusé l'argent, mais je ne pouvais pas refuser d'aider Colette, continua Sara. Alors, je l'ai raccompagnée, et le lendemain matin, j'ai trouvé l'agenda sous le siège de ma voiture. Je suis retournée à l'endroit où j'avais déposé la fameuse Colette, mais j'ai alors appris qu'aucune personne correspondant à sa description n'habitait là.

Rafe alla chercher une bière dans le réfrigérateur, la décapsula et la tendit à Sara, puis but une longue gorgée de la sienne. Il avait encore du mal à croire que l'incident ait pu mettre la vie de Sara en danger, mais il ne pouvait raisonnablement écarter la possibilité qu'Edwin Zachary cherche à la faire taire, surtout après son refus d'accepter son argent. Cela avait dû être un jeu d'enfant pour lui que de noter son numéro d'immatriculation et d'envoyer quelqu'un à sa recherche.

— Est-ce tout ?

Sara hésita, et il comprit qu'elle se demandait si elle pouvait lui en révéler davantage.

— Allez, Sara. Dites-moi tout.

— Il y a un numéro de téléphone inscrit au dos de la page de garde de l'agenda, alors je l'ai appelé, mais ce n'était pas celui de Colette. Il s'agissait d'une certaine Juliet, qui m'a dit diriger une entreprise qui a pour objet de réaliser les rêves des gens.

— Tu parles !

— Bien sûr, elle m'a juré qu'elle interdit à ses... à ses employées — faute d'un meilleur mot — de coucher avec les clients. Elle a bien précisé que, si elles le font, c'est leur problème, et que ça n'a aucun rapport avec le Club de la Pantoufle de Vair. Enfin, que ça n'*avait* aucun rapport avec le Club.

Rafe émit un grognement.

— Que voulez-vous dire, « ça n'*avait* aucun rapport avec le Club » ?

— Juliet pensait être surveillée par les fédéraux, elle a donc quitté le pays. Apparemment, le Club a cessé d'exister.

Tout se mit alors en place dans l'esprit de Rafe. Il savait à présent que la vie de Sara était réellement en danger. Restait à déterminer si Edwin Zachary était derrière tout cela. La seule autre personne ayant des raisons de vouloir faire taire Sara était la fameuse Juliet, surtout si elle savait avoir affaire à une journaliste qui risquait de tout révéler.

Il se souvint de ce qui s'était passé la dernière fois que la presse avait parlé d'une femme proxénète à

Washington : quelques jours plus tard, la brave dame avait été retrouvée pendue quelque part. Menacée de subir le même sort, cette Juliet avait peut-être décidé que Sara représentait un trop gros risque, non seulement pour son entreprise, mais pour sa vie même.

- 7 -

Sara observa Rafe par-dessus le bord de sa canette. Il avait l'air aussi dangereux que le lui avait dit Lauren. Il reprit le petit agenda noir, l'ouvrit à la page où était noté le numéro de téléphone de Juliet et sortit son portable.

— Que faites-vous ? demanda-t-elle, sachant qu'elle connaissait déjà la réponse.

Tout en le regardant faire, elle se demanda si elle devrait lui parler de la petite carte mémoire que lui avait confiée la femme. S'il ne lui en avait pas parlé, c'était qu'il n'avait pas dû la trouver dans son sac, du moins le présuma-t-elle. Elle lui avait raconté absolument tout le reste, alors pourquoi ne pas lui confier cela aussi ? L'instinct lui disait qu'elle pouvait lui faire confiance, mais autant garder ce détail secret tant qu'elle n'aurait pas examiné le contenu de la carte. Que lui avait murmuré Juliet à ce sujet, déjà ? Ah, oui, qu'il était sa police d'assurance. Si c'était la vérité, elle ferait peut-être mieux de n'en rien dire pour le moment.

Les yeux noirs de Rafe étincelèrent quand il se colla le portable à l'oreille.

— Chut, ne dites rien, commanda-t-il, un doigt sur la bouche.

Il écouta un instant, puis referma brutalement le téléphone.

— Le numéro n'est plus attribué.

— Cela colle avec ce que m'a dit Juliet, n'est-ce pas ? fit remarquer Sara.

— Possible, répondit-il en la dévisageant un bon moment. Bon, reprit-il avec un soupir, venez ! Emportons la pizza à côté. Je vais allumer un feu et voir s'il y a quelque chose de regardable à la télévision.

Sans attendre sa réponse, il prit deux des boîtes de pizza, sa bière, et s'en fut dans le salon, laissant Sara seule dans la cuisine. La jeune femme avait encore honte à l'idée qu'il ait pu la croire propriétaire de l'agenda, et le souvenir de sa réaction lui serra le cœur. Quand il avait exigé de savoir qui elle devait rencontrer, et qu'il avait ensuite récité quelques-unes des activités sexuelles détaillées dans le petit carnet, une question lui avait sauté à l'esprit : quel effet cela lui ferait-il de faire ces choses-là avec lui ? Elle fut parcourue d'un frisson.

Elle rejoignit Rafe dans le salon et s'assit au bout du canapé, sa canette en main. Elle le regarda se déplacer souplement, allumer le feu, puis zapper de chaîne en chaîne grâce à la télécommande pour finalement porter son choix sur un film de James Bond. Lui jetant un regard interrogateur, il s'installa à l'autre extrémité du canapé.

— Je croyais que vous mouriez de faim, dit-il en désignant sa part de pizza à peine entamée.

— C'était ce que je croyais moi aussi.

Il se pencha en avant, se cala les bras sur les genoux et joignit les mains.

— Ecoutez, je vous présente toutes mes excuses pour avoir fouillé dans vos affaires. Je n'avais pas l'intention d'envahir votre vie privée, mais il s'est passé quelque chose aujourd'hui qu'il faut que vous sachiez.

— Un tas de choses sont arrivées aujourd'hui, Rafe.

Au point où j'en suis, plus rien ne peut m'étonner. Je vous écoute, conclut-elle avec un petit rire triste.

Depuis l'instant où elle avait aperçu la voiture d'Edwin Zachary, rien n'avait plus été pareil dans sa vie.

— Vous vous souvenez des deux hommes dans la ruelle, cet après-midi ? Eh bien, je pense qu'ils vous suivaient.

A ces mots, elle repensa à l'impression qu'elle avait eue d'être surveillée quand elle était au café, et elle sut d'instinct que Rafe avait raison. Quelqu'un l'avait bel et bien surveillée, elle l'avait senti. Toutefois, en empruntant le passage, elle ne s'était rendu compte de rien. Elle n'avait pris conscience du danger qu'au moment où Rafe lui avait désigné les hommes derrière elle en lui demandant si elle les connaissait. Sur le moment, elle s'était posé des questions, mais ensuite Rafe l'avait embrassée et elle avait tout oublié. L'idée que quelqu'un pouvait la traquer, se faufiler sans bruit derrière elle comme on poursuit une bête de proie la rendit malade. Surtout qu'elle aurait dû se méfier. Cela faisait trois ans maintenant qu'elle vivait à Washington et elle avait l'habitude de se méfier de tout le monde. Oui, mais il faisait grand jour, et elle était si proche du jardin des sculptures et de l'affluence sur Independence Avenue qu'elle s'était crue en sécurité.

Mais alors...

Une terrible pensée lui vint et elle fut à deux doigts de lâcher un juron. Elle avait cru Rafe quand il lui avait dit qu'il rêvait de l'embrasser depuis le soir du bal. Pis ! Non seulement elle lui avait rendu son baiser, mais elle s'était même autorisé un fantasme sur ce que cela pourrait être de faire d'autres choses avec Rafe Delgado. Et voilà qu'elle apprenait que ce baiser avait eu un tout autre motif ! Il avait juste voulu donner le change ! Peut-être que… peut-être qu'il ne la trouvait même pas attirante…

— Ainsi, dit-elle en lui jetant un regard triste, vous m'avez rattrapée pour me protéger.

— J'ai réagi à l'instinct.

La façon qu'il avait de la regarder comme s'il pouvait lire dans ses pensées avait quelque chose de troublant, et Sara s'aperçut qu'elle n'arrivait pas à détourner le regard. De si près, ses yeux n'étaient pas vraiment noirs, mais d'un brun si sombre qu'on avait du mal à discerner ses pupilles. Il avait des cils épais et fournis, et sa bouche… diable, sa bouche paraissait avoir été sculptée dans le seul but du plaisir. Elle éprouva le besoin quasi insurmontable d'y coller la sienne.

— Vous m'avez embrassée juste au cas où ils nous épieraient toujours.

Elle baissa les yeux sur les mains qu'il avait jointes sur ses genoux, ses poignets et ses doigts forts, et le duvet noir qui couvrait ses avant-bras. Elle émit alors un petit rire d'autodérision.

— Je dois porter à votre crédit une performance très réaliste. Même moi, j'y ai cru.

— C'est vraiment ce que vous pensez ? lui demanda-t-il d'une voix basse et sourde. Que je vous ai embrassée juste pour la galerie ?

— Je me trompe ?

A son grand étonnement, il posa la main sur sa joue et alla enfouir les doigts dans ses cheveux encore humides. Il avait une expression intense et le feu couvait dans son regard.

— Sachez que je pensais tout ce que je vous ai dit après vous avoir embrassée, affirma-t-il d'une voix douce. J'ai eu envie de le faire depuis l'instant où vous m'avez été présentée au bal.

Et, comme pour donner plus de portée à ses paroles, il riva les yeux à sa bouche et inclina la tête vers elle. Sara eut à peine conscience d'aller à sa rencontre.

— Je suis navré, murmura-t-il, mais il faut que je…

Il n'acheva pas sa phrase, et la dernière chose que vit Sara avant de fermer les yeux fut cette bouche délectable s'approchant de la sienne.

Au contact de ses lèvres tièdes et fermes, elle émit un soupir de plaisir et se rapprocha de lui. Elle remonta les mains sur ses bras et perçut la dureté de ses muscles sous le coton fin du T-shirt. Il prit son temps, la taquina, la goûta, et elle remonta les mains plus haut sur ses épaules jusqu'à atteindre la peau satinée de sa nuque.

Il l'encouragea d'un petit grognement, referma les deux mains sur sa tête et l'inclina davantage afin de donner véritablement l'assaut à sa bouche. Il sentait un peu la bière, mais aussi le savon et quelque chose de plus épicé. Les doigts qu'il posait sur son visage étaient tièdes et forts, et le baiser qu'il lui donna fit naître en elle une vague brûlante de désir.

La première fois qu'elle avait vu Rafe Delgado, elle avait senti en elle une réaction physique intense et immédiate, mais la réalité de sa bouche dévorant la sienne surpassait de loin tout ce qu'elle avait pu imaginer. Elle ne s'était jamais considérée comme prude, bien au contraire, mais ses ex-petits amis étaient des intellectuels, ou des musiciens, plus rêveurs que dangereux, plus boudeurs qu'authentiquement virils. Les baisers de Rafe, eux, n'avaient rien d'hésitant ou de tempéré. Les doigts dans ses cheveux lui immobilisant la tête, il soumettait carrément sa bouche à une fouille minutieuse.

Il la poussa à s'étendre sur l'accoudoir du canapé et elle le laissa faire bien volontiers en l'attirant sur elle, tout au plaisir d'être plaquée sur les coussins de cuir par le poids délicieux du corps masculin. D'un regard ardent, il la dévisagea un instant.

— Ça va ? murmura-t-il.

— Oui…, répondit-elle, avant de l'attirer de nouveau vers elle.

Elle déploya les doigts sur ses cheveux courts, puis, impatiente, réussit à passer une jambe autour de sa cuisse. Il se nicha dans le berceau qu'elle lui offrait comme s'il avait été fait pour s'y adapter.

Elle lui caressa alors le dos, les hanches, avant de passer les mains sous son T-shirt. Sa peau était de la soie brûlante et elle s'enhardit à la caresser, à savourer la puissance de ce corps musclé.

Rafe dut percevoir son besoin de se rapprocher encore, car après lui avoir caressé l'épaule et le bras il referma hardiment la main sur son sein à travers le pull-over. Sara réprima un hoquet quand il se mit à le caresser, passant un pouce sur son mamelon durci.

— Tu es si douce, murmura-t-il avant de faire courir la langue sur sa joue, tout près de sa bouche.

Elle rouvrit les yeux, émue de voir ces épaules et ce visage penchés sur elle, et se cambra vers la main qui la caressait toujours. L'infime partie de son cerveau encore capable de raisonnement lui hurlait qu'elle ne connaissait pas du tout Rafe Delgado. Jamais encore elle n'avait fait l'amour avec un parfait inconnu. Elle n'envisageait pas le sexe sans une vraie relation préalable, mais elle dut bien s'avouer que l'idée la tentait de plus en plus.

Il fit descendre la main sur son pull-over jusqu'à la hanche, pour la faufiler ensuite sous le tricot et la plaquer sur le ventre de Sara. Quand il remonta pour lui emprisonner de nouveau le sein, seule la fragile barrière du soutien-gorge séparait encore sa peau de la paume tiède.

— Si douce..., répéta-t-il.

Et, avant qu'elle ne comprenne son intention, il remonta le pull, pencha la tête et referma la bouche sur son mamelon érigé au travers de la dentelle.

Un éclair de désir pur traversa alors Sara. Elle poussa un cri inarticulé de plaisir et plaqua la tête contre son cou en osant même refermer délicatement les dents sur le lobe de son oreille. Cela excita Rafe, qui fit descendre le soutien-gorge pour libérer les seins.

— Superbe, dit-il d'un ton presque révérencieux.

Il lui prit un sein à pleine main et entreprit d'en agacer et d'en caresser le mamelon, faisant frémir Sara sous lui. Ce ne fut que lorsqu'elle gémit doucement qu'il pencha la tête et referma la bouche sur elle.

Sara frotta la joue contre le velours de ses cheveux courts et inhala son parfum. Elle se cambra davantage en percevant l'arête dure de son érection au travers du jean. Jamais encore elle n'avait été aussi excitée, aussi consciente de son propre corps. Chacune de ses terminaisons nerveuses vibrait et en implorait plus encore.

Quand il abandonna le sein et entreprit de tracer un chemin de ses lèvres brûlantes vers le ventre de Sara, elle se laissa aller contre les coussins, consumée de plaisir. Elle retint son souffle lorsqu'il posa les mains sur la ceinture de son jean, et attendait qu'il le dégrafe quand, soudain, il s'écarta. Elle sentit l'air frais balayer sa peau dénudée et rouvrit les yeux, stupéfaite. Il s'était rassis et se frottait le visage à deux mains en respirant avec difficulté. Désorientée, Sara rajusta ses vêtements pendant qu'il se dégageait d'elle et se levait.

— Il faut qu'on parle, dit-il en la couvrant d'un long regard. J'ai très envie de te prendre ici, et tout de suite, mais je ne voudrais pas que tu penses que la seule raison pour laquelle je t'ai demandé de passer une semaine avec moi, c'était pour pouvoir coucher avec toi.

Sur le moment, Sara ne put trouver une meilleure raison de rester avec lui. Elle avait les seins douloureux, le corps palpitant d'un désir inassouvi, mais elle se remit toutefois en position assise et s'efforça de se concentrer sur ce qu'il disait… alors qu'elle n'avait qu'une envie :l'encourager à terminer ce qu'il avait commencé. Elle repoussa ses cheveux de son visage et se tourna vers lui, à la fois gênée et méfiante. Il affichait une mine sombre. Elle ne parvint pas à imaginer ce qui se passait dans sa tête.

Sara le regardait, les yeux encore embrumés de plaisir, les cheveux emmêlés et la bouche enflée de ses baisers. Il avait plus que tout envie de lui enlever son jean et de s'enfouir dans sa chaleur accueillante. Et il avait été à deux doigts de le faire, quand un dernier vestige de santé mentale l'avait arrêté. Même alors, il avait eu la tentation d'ignorer les sirènes d'alarme qui résonnaient dans sa tête. Il lui avait fallu mobiliser toute sa volonté pour mettre un frein au désir qui le consumait. Il avait arrêté, mais plusieurs minutes inconfortables s'étaient écoulées avant que le halo rouge qui lui brouillait la vision s'éclaircisse et qu'il parvienne à reprendre une certaine maîtrise de lui-même.

— Je sais pourquoi vous… pourquoi tu m'as demandé de te suivre comme ton ombre pendant une semaine, déclara-t-elle d'une voix douce. Tout ce que je t'ai dit est la pure vérité, et ceci ne fait que le prouver.

Il lui jeta un regard interrogateur en s'efforçant de ne

pas remarquer toute la sensualité qu'elle dégageait, ni la façon qu'elle avait de le contempler comme s'il était son héros particulier.

— Que veux-tu dire par là ?

— Ton insistance à passer une semaine avec moi n'a rien à voir avec mon article sur toi. Tu en as fait une condition pour pouvoir me protéger. Ce n'est pas héroïque, ça ?

Elle avait raison ; en dépit de ce qu'il lui avait promis, il n'avait jamais eu l'intention de répondre à ses questions concernant le sauvetage des otages. Et cela ferait de lui un héros ?

— Ecoute-moi bien, Sara, dit-il en choisissant ses mots. Ces deux hommes qui t'ont suivie avaient un but particulier. C'étaient des tueurs à gages. Je suis pratiquement sûr qu'ils voulaient te tuer.

Elle le dévisagea, interdite.

— Pardon ?

Il se rassit près d'elle et songea qu'elle n'avait aucune expérience de la part sombre du monde. Elle n'avait probablement jamais été victime d'agression, et encore moins la cible de tueurs.

— Qu'est-ce qui te fait croire cela ? insista-t-elle. Il y a une différence entre me suivre pour savoir où je vais et… et vouloir me tuer.

— Réfléchis un peu, répondit-il. Tu as vu Edwin Zachary en compagnie d'une call-girl. Et, comme si ça ne suffisait pas, elle perd son agenda dans ta voiture, un agenda qui contient non seulement les initiales et les préférences sexuelles d'un certain nombre de gens, mais aussi le numéro de téléphone de la femme qui dirige ce réseau spécialisé haut de gamme.

— Oui, mais comment peuvent-ils savoir que j'ai ce carnet ?

Rafe ne put s'empêcher de sourire devant une telle naïveté.

— Sara, tu lui as *téléphoné*. Tu lui as donné ton nom. Si les fédéraux l'avaient bel et bien mise sur écoute, il ne leur a fallu que quelques secondes pour remonter l'appel. Et ils savent dorénavant tout de toi et de ta vie.

— Oui, oui, je comprends bien, dit-elle en levant une main pour le faire taire. Mais je ne vois pas pourquoi les fédéraux voudraient me tuer ! Je n'ai rien à voir avec ce Club de la Pantoufle de Vair, moi ! Et, quand bien même j'en ferais partie, la police fédérale n'est pas là pour tuer les gens !

— Je ne dis pas que la police veut t'éliminer. Seulement, pour parvenir à ses fins, une personne dans la position d'Edwin Zachary peut très bien se servir des moyens dont elle dispose. Tu es journaliste, Sara, il le sait. Et personne ne peut dire jusqu'où il serait capable d'aller pour t'empêcher de révéler ses liens avec ce Club.

Lentement, Sara se pencha en avant et se couvrit le visage de ses deux mains.

— Je n'arrive pas à y croire, murmura-t-elle. J'ai bien senti qu'on me surveillait quand j'étais assise au café à t'attendre. J'avais repéré un homme qui me paraissait louche, mais en fait c'était un père de famille qui est reparti avec sa femme et son enfant.

— Ceux qui t'espionnaient savent comment ne pas se faire remarquer. A la manière dont je les ai vus se déplacer et communiquer, je dirais qu'ils ont un passé militaire.

— Mais pourquoi penseraient-ils qu'ils doivent me

tuer ? Me donner un avertissement, ou même me faire peur, cela ne suffirait pas ?

— Je pense qu'ils tenaient à t'empêcher de partager les informations en ta possession, quelles qu'elles soient.

Elle releva les yeux vers lui, visiblement inquiète.

— Comment ça ? Quelles informations ? Comment pourraient-ils penser que je détiens d'autres informations que celles que j'ai partagées au téléphone avec Juliet ?

Rafe l'observa de plus près. L'instinct lui soufflait qu'elle lui cachait encore quelque chose.

— Tu écris dans un magazine, déclara-t-il. Tu es en possession de l'agenda de Colette. Même si tu ne peux pas prouver qui sont bel et bien ses clients, tu as au moins vu quelque chose l'autre soir qui pourrait incriminer Edwin Zachary, et sans doute lui coûter son rêve de devenir président des Etats-Unis. Au minimum, et si tu décidais de publier cette histoire, les gens commenceraient à poser des questions et sa réputation en souffrirait sans aucun doute. Peut-être veut-il éviter tout cela. A tout prix.

Sara laissa retomber ses mains et le dévisagea, affolée.

— Mais alors, je n'ai aucune chance ! Enfin, comment pourrais-je faire pour échapper à des individus pareils ? Ils savent sans doute déjà où je me trouve en ce moment même. Je serai morte demain !

Elle semblait si terrorisée que Rafe décida de ne pas lui parler des supports sabotés de son balcon. Parfois, l'ignorance était une bénédiction. Il allait juste devoir redoubler de vigilance et veiller à ce qu'elle ne fasse rien et n'aille nulle part sans lui. Il fallait donc, avant tout, tâcher de regagner sa confiance et lui faire comprendre qu'avec lui elle était en sécurité.

— C'est pour cela que je t'ai amenée ici, lui expliqua-t-il. Ici, personne ne te fera de mal, Sara.

Elle le contempla. Elle était livide, mais l'ombre d'un sourire joua malgré tout sur ses lèvres.

— Tu n'es qu'un homme. Même avec tes états de service, que pourras-tu faire si quelqu'un d'aussi puissant qu'Edwin Zachary veut se débarrasser de moi ?

— Tu serais étonnée ! riposta-t-il en s'autorisant un petit sourire suffisant.

Puis, décelant son incertitude, il reprit son sérieux.

— Tu vas devoir me faire confiance. Je te protégerai, de mon corps s'il le faut.

— Pourquoi ? voulut-elle savoir. Pourquoi fais-tu cela pour moi ? Tu ne me connais même pas ! Et en plus je suis presque certaine que tu ne m'apprécies pas beaucoup !

Rafe se garda de protester : impossible de lui expliquer d'où il tenait sa méfiance vis-à-vis des journalistes sans reconnaître son implication dans le sauvetage.

— Mettons que les journalistes ne m'inspirent pas confiance, en effet, soupira-t-il en laissant délibérément courir le regard sur le visage féminin. Surtout quand ce sont de jeunes et jolies femmes ! Mais, tant que tu n'essaies pas de me tirer les vers du nez, je t'apprécie.

Il vit la couleur revenir sur ses joues. Elle attrapa sa canette et en but une gorgée, avant de la reposer brutalement, comme si une idée soudaine lui traversait l'esprit.

— Eh, nous oublions que ces deux types t'ont vu toi aussi ! Ils t'ont vu avec moi au café, et ils t'ont vu avec moi dans la rue. Ils savent sans doute déjà qui tu es. Peut-être qu'ils nous croient ensemble, tous les deux, conclut-elle en jetant un regard inquiet autour d'elle. Et s'ils avaient déjà encerclé la maison et attendaient juste l'ordre de donner l'assaut ?

Rafe comprit qu'elle était au bord de la crise de

panique. Avec vivacité, il vint s'accroupir devant elle et lui prit les mains. Elle avait les doigts gelés ; il les lui frotta pour les réchauffer.

— Eh ! fit-il avec douceur. Regarde-moi !

Elle obéit, le regard assombri par les horreurs qui défilaient sans doute dans sa tête.

— Il ne va rien nous arriver. S'ils ont compris qui j'étais, ils savent qu'il vaut mieux ne pas me chercher. Surtout quand je suis chez moi.

— Et si on allait prévenir la police ? lança-t-elle comme si elle reprenait espoir. Les flics pourront nous aider.

— Si ces gens-là ont pour réelle intention de te tuer, tu seras morte avant d'arriver au commissariat, lui répondit Rafe d'un ton neutre. Et n'oublie pas que la seule preuve concrète que nous ayons, ce sont des initiales dans un agenda. Le mieux que nous ayons à faire pour l'instant, c'est donc de rester ensemble et de trouver le moyen de te rendre plus intéressante vivante que morte. Et ne t'inquiète pas : rien ne t'arrivera pendant que je suis là. D'accord ?

Sara hocha la tête et laissa tomber son regard sur leurs mains jointes. Elle parut alors se détendre et, quand elle reprit la parole, ce fut d'une voix un peu moins pétrie d'angoisse.

— D'accord. Mais je ne comprends toujours pas pourquoi tu fais cela pour moi. Tu n'es pas responsable de moi, et je suis sûre que tu as mieux à faire que me servir de garde du corps, surtout que tu es en permission en ce moment et que tu es donc censé prendre du bon temps, te reposer, te détendre.

D'aussi près, il remarquait à présent que ses yeux n'étaient pas d'un bleu pur. Il y avait un mélange de bleu et de gris bordé de noir qui ressortait d'autant plus qu'elle était blême. A part sa bouche, c'était la première chose qu'il avait remarquée chez elle. Il se dit qu'il pourrait passer des heures à les contempler et se demanda combien d'hommes avaient succombé à leurs sortilèges. Sara paraissait ignorer à quel point elle était belle. Elle ne se maquillait presque pas et ne faisait rien pour attirer l'attention sur ses traits inhabituels ou sa silhouette tout en courbes. En fait, elle ne semblait pas avoir sa place dans une ville aussi sophistiquée que Washington.

Soudain, Rafe se rappela qu'Ann Lonquist aussi était douce et gentille. Ou, du moins, qu'il l'avait pensé. Elle s'était bien fichue de lui, avec son petit numéro de jeune fille en détresse et, si elle n'avait pas grande ressemblance physique avec Sara Sinclair, il existait d'indéniables similitudes entre les deux femmes. Il se détourna et se releva en se passant une main sur la nuque. Il avait commis une erreur en prenant Sara en charge, mais il n'avait jamais su fermer les yeux face à un combat inégal, et la jeune femme ne pourrait jamais, évidemment, se défendre seule. Que cela lui plût ou non, il devrait veiller sur elle jusqu'au bout.

— Je ne fais pas cela pour toi en particulier, répondit-il, conscient d'énoncer un mensonge. Et disons que je considère ça comme du repos et de la détente.

- 8 -

Sara resta longtemps éveillée après avoir souhaité une bonne nuit à Rafe. Elle ne pouvait s'empêcher de ressasser encore et encore les événements de la journée. Elle n'en revenait toujours pas : elle avait vu quelque chose qu'elle n'aurait pas dû voir et on lui voulait du mal à cause de cela. C'était difficile à croire et pourtant c'était vrai, elle en était convaincue désormais. Le regard qu'avait eu Rafe lorsqu'il lui avait parlé des deux hommes qui l'avaient suivie dans la rue ne laissait aucun doute sur sa sincérité. De toute façon, son propre instinct lui disait la même chose.

Elle se plaça sur le côté, en chien de fusil, cala mieux l'oreiller sous sa tête et écouta les bruits peu familiers de la maison. Une horloge cliquetait paisiblement et elle entendait en fond le vrombissement sourd du lave-vaisselle. Elle avait laissé sa porte entrouverte et un fin rai de lumière se dessinait sur le plancher. Elle savait que Rafe n'était pas loin ; elle s'était figée dans son lit en l'entendant grimper l'escalier et gagner sa chambre, située sur le même palier. Et elle s'était un instant demandé s'il s'arrêterait devant sa porte et comment elle réagirait s'il entrait dans sa chambre. Toutefois, il n'avait même pas ralenti en passant.

Le seul souvenir de son baiser et du contact de ses mains calleuses sur sa peau nue suffit à l'exciter de nouveau. Elle savait qu'elle lui plaisait, mais qu'un sens inné de l'honneur l'empêchait sans doute de suivre ses désirs. Peut-être était-il vieux jeu et s'imaginait-il que lui faire des avances équivaudrait à abuser d'elle, alors qu'il lui avait promis de ne pas la toucher…

Elle aurait dû lui être reconnaissante de ce respect qu'il lui témoignait. Après tout, il lui avait sans doute déjà sauvé la vie et il aurait été en droit de réclamer une sorte de dédommagement. Beau comme il l'était, il ne devait guère avoir de mal à attirer les femmes dans son lit. Sans doute savait-il qu'il suffirait d'un geste de lui pour qu'elle lui tombe dans les bras.

Elle réprima un grognement de frustration et roula sur le dos. Pourquoi diable avait-il de tels scrupules avec elle ? En cet instant, elle aurait tout donné pour qu'il pousse la porte de la chambre et vienne s'allonger avec elle dans le lit…

L'idée de faire l'amour avec Rafe — de sentir cet homme-là en elle — la mettait en feu. Les seins tendus, elle s'agita impatiemment entre les draps, se demandant s'il lui était déjà arrivé d'éprouver un *besoin* aussi intense. Tout l'excitait chez cet homme, depuis son regard café jusqu'à la force souple de son corps. Elle se souvint des quelques fois où il lui avait vraiment souri : cela avait transformé son visage du tout au tout. Même sa voix, grave et rugueuse, était sensuelle. Et, surtout, elle aimait les sensations qu'il lui faisait éprouver. Près de lui, elle se sentait soudain fragile, féminine.

En sécurité.

Sensuelle…

Elle roula sur le dos, passa les bras sous l'oreiller et tourna le regard vers le réveil, sur la table de nuit. Presque minuit ! Cela faisait plus de deux heures qu'elle s'était mise au lit et le sommeil se refusait toujours. Lorsqu'elle s'obligea à fermer les yeux, il lui sembla qu'elle voyait encore la lumière venue du couloir à travers ses paupières closes.

Elle repoussa les couvertures, s'assit sur le lit et posa les pieds par terre. Peut-être s'endormirait-elle si elle éteignait la lumière du palier. Elle dormait généralement en slip et en débardeur, mais, par égard pour Rafe, elle avait apporté un pantalon de pyjama en flanelle. Après l'avoir enfilé, elle gagna la porte à pas de loup et passa la tête à l'extérieur.

La chambre de Rafe était en face ; aucune lumière n'en filtrait, bien que lui aussi ait laissé sa porte entrouverte. L'interrupteur du palier se trouvait à côté de celle-ci. Si Sara y allait sur la pointe des pieds, elle pourrait éteindre et regagner son lit sans qu'il s'en aperçoive.

Avec précaution, elle fit un premier pas sur le palier. Une latte émit un grincement. Elle fit la grimace et continua sa progression avec lenteur, les bras écartés pour conserver son équilibre. Elle allait poser le doigt sur l'interrupteur quand la porte de Rafe s'ouvrit à la volée, lui arrachant un hurlement de surprise.

— Oh ! mon Dieu, hoqueta-t-elle. Quelle peur tu m'as faite !

— Qu'est-ce que tu fabriques, bon sang ?

Le visage dur, un bras appuyé contre le chambranle, il promena le regard sur elle sans rien perdre de son anatomie.

Elle se redressa et repoussa ses cheveux en arrière.

— Je n'arrivais pas à dormir, alors j'ai voulu éteindre la lumière du palier..., commença-t-elle, avant de s'interrompre brutalement : la voix lui manquait.

Rafe se tenait devant elle, portant en tout et pour tout

un caleçon moulant. Le souffle coupé, elle ne put que se perdre dans sa contemplation. Il avait des épaules puissantes et un torse qui semblait taillé dans le roc. Son ventre musclé et le caleçon serré autour de ses hanches minces ne faisaient qu'accentuer la puissance de ses cuisses. Sara dut croiser les mains pour ne pas les tendre vers sa peau couleur de miel.

— Je suis désolé, dit-il.

A l'évidence, il n'avait pas remarqué l'état dans lequel elle se trouvait : la bouche sèche, le souffle court, elle était incapable de la moindre pensée cohérente.

— Je m'étais dit que tu dormirais mieux si je laissais la lumière du palier allumée.

— Je… je n'arrive jamais à dormir avec la lumière, articula-t-elle d'une voix qui n'était guère qu'un coassement.

Il lui décocha un sourire ironique.

— C'est le cas de toutes les femmes ou presque, d'après mon expérience.

Elle le considéra, éberluée. Voulait-il dire… ? Oh ! Seigneur, oui, c'était bien dans ce sens-là qu'il avait prononcé ces paroles ! Aussitôt, elle s'imagina étendue entièrement nue sur son lit, la lumière allumée, tandis qu'il la contemplait à loisir. A cette pensée, le désir qu'elle avait éprouvé quelques minutes plus tôt, alors qu'elle cherchait vainement le sommeil, l'assaillit de nouveau, et elle resta pétrifiée. Le regard de Rafe la parcourut de haut en bas, s'arrêtant d'abord sur sa bouche, puis sur ses seins et plus bas encore, là où le pyjama taille basse exposait ses hanches et son nombril.

Le souffle coupé, elle vit comme du feu embraser le regard masculin. Lui aussi s'était figé, et la seule chose qui bougeait chez lui était un muscle qui jouait sur sa mâchoire. Elle n'osa pas baisser les yeux, mais il lui sembla qu'un léger renflement commençait à étirer le caleçon.

— Retourne au lit, Sara, dit-il tout bas. Il est tard.

— Oui, il est presque minuit.

Les battements de son cœur et son souffle s'accélérèrent, comme si elle venait de gravir un escalier au pas de course. Quelle était la règle numéro un du journaliste, déjà ? Sortir de sa zone de confort pour explorer des terrains nouveaux, aller au-devant des autres. Oserait-elle le faire ? Plus important encore, pourrait-elle vivre avec les conséquences, quelles qu'elles fussent ? Rafe pourrait la repousser. Il pourrait aussi ne pas le faire. Elle puisa des forces dans une grande inspiration.

— Ma mère dit toujours que rien de bon n'arrive après minuit.

— Elle a certainement raison.

A peine consciente de ce qu'elle faisait, Sara avança d'un pas. Sans la lâcher des yeux, il recula et ouvrit plus grand sa porte. C'était tout l'encouragement dont elle avait besoin, et elle fit alors la chose la plus hardie qu'elle eût jamais osée de sa vie : elle posa les mains sur le torse de Rafe, sentant les battements sourds de son cœur se répercuter dans ses doigts, et leva les yeux vers lui.

— Et moi, je pense qu'elle a tort, murmura-t-elle.

Rafe avait été perdu dès l'instant où il avait ouvert sa porte et trouvé Sara juste devant lui. Elle portait un débardeur qui lui moulait les seins et dévoilait son nombril. Aussitôt, il avait été tenté d'explorer la peau soyeuse de son ventre et ses courbes si féminines.

Résolu à se conduire en gentleman, il avait tenté de

la renvoyer dans sa chambre, mais elle s'était avancée vers lui, et là il avait dû s'avouer vaincu : il était dans l'incapacité de lui résister. Ses cheveux cuivrés formaient un halo ébouriffé autour de sa tête et ses pupilles étaient si dilatées qu'elles lui assombrissaient le regard. Quand elle l'avait touché, il n'avait pu que reculer en une invitation muette à le suivre.

Elle vint se placer d'elle-même entre ses bras et lui caressa les épaules, avant de refermer les mains sur sa nuque pour l'attirer vers elle. Il sentait sa peau s'embraser partout où elle la touchait. D'ordinaire, il n'était pas timide avec les femmes, loin de là, mais l'approche directe de Sara le stupéfiait. Oh ! il n'avait pas vraiment réussi à se la sortir de la tête, mais si tout à l'heure, dans le salon, il n'avait pas voulu pousser son avantage, c'était entre autres parce qu'il était persuadé qu'elle manquait d'expérience avec les hommes. Par peur de l'effrayer, il n'était pas allé plus loin.

Apparemment, il s'était trompé.

La bouche de Sara entra en contact avec la sienne et il se figea. Il ne devrait pas s'embarquer dans une relation avec elle, il le savait. Elle était trop tentante, trop irrésistible, et cela ne la rendait que plus dangereuse. Surtout pour un homme dont la carrière garantissait qu'il ne serait pas souvent là.

Déjà, elle avait entrepris de lui caresser les lèvres de sa bouche, et la sensation était fabuleuse. Il laissa échapper un grognement de reddition, passa les bras autour d'elle et la plaqua contre lui. Elle se pressa plus fort encore, enfouit les doigts dans ses cheveux et usa de sa langue pour forcer le barrage des lèvres. Transpercé de part en part par un désir impérieux, il ne rompit pas le baiser, mais souleva la jeune femme dans ses bras, referma la porte d'un coup de pied et l'emporta jusqu'à son lit.

Il la déposa et s'étendit contre elle. S'accrochant à lui, les bras passés autour de son cou, elle se frotta langoureusement contre lui. Les lampadaires de la rue projetaient une lumière diffuse dans la pièce, la baignant d'argent.

— Seigneur, tu me rends fou, murmura-t-il contre sa bouche.

Il perçut son sourire et profita de l'occasion pour prendre la direction du baiser et explorer sa bouche. Captant alors un petit gémissement, il fusionna leurs lèvres et elle lui prit la tête à deux mains.

Au prix d'un suprême effort, il s'arracha à sa bouche et lui sema un tendre chemin de baisers de la mâchoire jusqu'à l'endroit où son pouls battait follement, à la base du cou. Elle réprima un hoquet, se cambra et lui passa une main dans le dos. Prenant appui sur un coude, il se souleva suffisamment pour attraper le débardeur et le lui faire passer par-dessus la tête. Elle le laissa faire et se retrouva enfin à demi-nue sous lui.

— Sara, marmonna-t-il en posant la main sur un sein. Tu es la plus belle femme que j'aie jamais vue…

Il pencha la tête et donna un petit coup de langue au mamelon érigé. Le souffle soudain court, Sara balança les hanches sous lui. Il fit passer une main sur sa cage thoracique, lui caressa la hanche et glissa deux doigts sous la ceinture du pantalon de pyjama.

— Enlève ça, veux-tu ? murmura-t-il.

— Oui.

Soulevant les hanches pour l'aider à faire glisser le vêtement sur ses chevilles, elle l'envoya promener d'un coup de pied. Elle ne portait rien au-dessous, et il se délecta du spectacle de sa peau nacrée et du nid de boucles à la jonction des cuisses. Les seins se soulevant rapidement au rythme d'une respiration saccadée, elle contracta les muscles quand il lui caressa le ventre du dos de la main.

— Tu es vraiment sûre ? demanda-t-il tout bas.

Elle ne répondit pas tout de suite et il connut un bref instant de panique. Une fois qu'ils auraient fait l'amour, rien ne serait plus pareil. Il se connaissait assez pour savoir qu'assurer sa protection deviendrait alors un objectif personnel. Elle n'était en rien semblable aux femmes qu'il fréquentait d'ordinaire pendant ses brèves périodes de congé. Les autres ne cherchaient que le plaisir physique, elles n'étaient pas fanas de relations et n'avaient aucune intention de jouer les femmes de marin pendant ses absences. Cependant, l'instinct lui soufflait que Sara était différente, et cela lui collait une peur bleue.

Cependant, elle était bien là, étendue sous lui, et elle manifestait un désir si intense que ses doutes furent balayés. Il voulait cette femme, il la voulait à tout prix. Il ne restait plus qu'à espérer qu'elle ne s'attacherait pas trop à lui. Peut-être avait-il tort — peut-être ne recherchait-elle qu'un plaisir immédiat, elle aussi. Peut-être ne voudrait-elle pas davantage que ce qu'il pouvait lui donner. Il s'était trompé sur elle à propos d'autres choses, pourquoi ne se tromperait-il pas encore une fois ?

— Oui, je suis sûre, finit-elle par répondre, et elle referma la main sur lui à travers le caleçon.

Il lâcha un grognement quand elle agrippa son sexe et il baissa la tête pour lui reprendre la bouche. Extrêmement réactive, elle se cambra et frotta les hanches contre son sexe bandé. Un éclair de plaisir fulgurant le traversa. Elle le caressa encore un instant à travers le jersey du caleçon, avant de glisser la main à l'intérieur et de refermer les doigts autour de lui. Ce fut comme un choc électrique qui le fit sursauter dans sa main.

— Tu es si dur, murmura-t-elle contre sa bouche et en le caressant du doigt. Et si chaud...

Oh oui...

Il s'étendit sur le côté pour lui laisser plus facilement accès à son corps, en la maintenant au creux de son bras, et se servit de sa main libre pour partir en exploration à son tour. Elle se tourna vers lui, et il fit courir sa main sur l'incurvation de sa hanche avant de la refermer sur la peau satinée de son postérieur. Mais, alors qu'il infiltrait les doigts entre ses fesses et la taquinait intimement par-derrière, elle poussa un petit cri de surprise et sursauta elle aussi.

— Chhh..., chuchota-t-il en la caressant doucement. Laisse-moi faire...

Elle émit un son incohérent et enfouit la tête dans son cou. Sans cesser de presser des baisers sur sa gorge, elle continuait à l'explorer de la main. S'il mourait littéralement d'envie de la basculer à plat dos, de lui écarter les cuisses et de s'enfouir en elle, il s'obligea à la lenteur. De son doigt, il lui écarta doucement lses lèvres.

— Ah, ma douce, tu es déjà prête, souffla-t-il.

Lentement, il inséra son doigt en elle et il la sentit se contracter autour de lui tandis qu'elle serrait encore la main autour de son sexe. Elle était incroyablement étroite, et il rêva de la pénétrer enfin.

Sans un mot, elle entreprit de faire descendre le caleçon jusqu'à ce qu'il puisse s'en libérer. Plus aucun obstacle ne subsistait désormais entre eux.

D'une main derrière son genou, Rafe lui fit passer une jambe par-dessus sa hanche, l'ouvrant à lui, et il reprit sa caresse. Elle émit un son inarticulé de pur plaisir et frémit entre ses bras.

— C'est bon ? murmura-t-il contre son oreille avant de passer la langue sur le lobe délicat.

— Oui…, souffla-t-elle.

Ainsi, il lui suffirait de faire un seul mouvement pour se retrouver en elle, mais, soudain, il eut envie de s'assurer qu'elle le désirait autant que lui-même la désirait. Il inséra deux doigts en elle et entreprit de les y mouvoir lentement, tout en s'emparant de sa bouche pour imprimer à sa langue les mêmes mouvements que sa main. Elle poussa un grognement sourd.

Il la plaça sur le dos et lui parcourut tout le corps de sa bouche, sans cesser de la tourmenter de ses doigts. Elle posait sur lui un regard embrumé et se mordait la lèvre. Il lui lécha alors les seins, referma la bouche sur un mamelon, puis l'autre, avant de descendre plus bas sur son ventre pendant que ses doigts accentuaient leur caresse en elle. Elle haussa les hanches vers lui, et il déposa un baiser à l'intérieur de sa cuisse. Puis, sans cesser de la caresser, il pencha la tête et passa la langue sur son clitoris. Elle poussa un cri étranglé et sursauta de tout son corps, mais il n'eut aucune pitié. Il poursuivit la caresse de ses doigts et de sa langue jusqu'à ce qu'elle pousse un cri et que son corps se convulse. Il perçut la contraction de ses muscles autour de ses doigts, mais n'arrêta qu'à son ultime frémissement, quand elle s'affala, sans forces, sur l'oreiller.

Alors, et seulement alors, il se positionna au-dessus d'elle et, du genou, lui écarta davantage les cuisses. S'il ne savait plus vraiment ce qu'il faisait, il eut tout de même la présence d'esprit d'ouvrir le tiroir de sa table de nuit et d'en sortir une boîte de préservatifs entamée.

La regarder se laisser aller à la jouissance avait été un aphrodisiaque inégalé, et il ne parvenait pas à se rappeler la dernière fois qu'il avait été aussi érigé pour une femme. Les mains presque tremblantes, il sortit un étui et le déchira.

— D'accord ? fit-il d'une voix rendue rocailleuse par le désir.

Elle émit un petit rire tremblant et l'attira à elle.

— Je ne sais pas, confessa-t-elle. Est-ce que je suis toujours vivante ?

— Oh ! oui, souffla-t-il en se gainant. Laisse-moi te le montrer.

Sara n'avait encore jamais eu un orgasme de l'ampleur de celui que venait de lui donner Rafe Delgado. Bon sang, elle n'avait jamais eu un homme comme lui de toute sa vie ! Cela éclipsait tout ce qu'elle avait pu imaginer dans ses rêves les plus fous. Pour elle qui pensait tout savoir des relations physiques, il avait fait éclater ses certitudes en moins d'un quart d'heure.

Elle songea qu'elle devrait avoir honte de lui avoir donné trop, trop vite, et pourtant elle avait envie de lui donner plus encore. Elle voulait tout lui donner, et prendre autant en retour.

Elle avait encore le corps vibrant d'énergie et de plaisir quand il se positionna au-dessus d'elle, et elle vit la tension peinte sur son visage. Avec ses yeux noirs et sa mâchoire volontaire, il avait indéniablement un aspect dangereux. De son genou, il lui fit écarter les jambes et il fut là, chaud et dur contre son sexe encore palpitant de l'orgasme qu'elle venait de vivre. Elle retint son souffle quand il se poussa lentement, complètement, en elle.

Elle hoqueta et s'accrocha à ses épaules alors qu'il l'emplissait.

— Oh ! bon sang, qu'est-ce que c'est bon…, marmonna-t-il.

Oh ! oui ! pensa-t-elle. Rien ne lui paraissait plus délectable que le corps de Rafe se mouvant dans le sien. Et même alors qu'elle était sans force après son orgasme, elle perçut la nette tension d'un ressort dans son corps, là où ils étaient à présent unis.

La faible lumière venue de la fenêtre éclairait partiellement la tête de Rafe et soulignait les méplats de son visage. Il se retira, puis s'enfouit de nouveau en elle, plusieurs fois de suite, la poussant à relever les genoux et à nouer les jambes derrière son dos.

Il prit appui de chaque côté de son visage et pencha la tête pour l'embrasser. Elle répondit ardemment, s'accrochant plus encore à ses épaules. Le souffle de Rafe se fit erratique, et ses mouvements plus urgents. Il s'enfonça en elle encore et encore, et elle sentit soudain les prémices d'un nouvel orgasme.

— Je veux que tu jouisses encore.

La voix de Rafe n'était plus qu'un grondement sensuel. Il ponctua son ordre d'une nouvelle poussée, lente et intense, et elle émit un cri de plaisir.

Il imprima alors un mouvement plus rapide à ses hanches, pencha la tête pour lui embrasser l'épaule et passa une main sous ses fesses pour la rapprocher encore de lui. Il était partout ; il l'encerclait et la possédait, leurs souffles se mêlaient et leurs cœurs battaient la chamade au même rythme.

— Je ne peux pas… il faut que je…

Avec un cri rauque, il s'enfonça en elle une dernière fois, et le désir urgent dans sa voix suffit à pousser Sara dans le précipice avec lui. Elle se cambra encore davantage, s'accrocha à lui comme si sa vie en dépendait et se brisa autour de lui en une explosion brûlante de jouissance.

Un long moment s'écoula alors que, sous lui, elle restait stupéfaite et secouée. De son poids, il la clouait délicieusement au lit et elle le serra plus fort contre elle. Il tourna la tête pour lui déposer un baiser dans le cou. Elle sourit. Alors, c'était ça, le résultat, quand on osait être sûre de soi ? Il semblait bien, finalement, que sa mère avait tort sur toute la ligne.

Quelques-unes des plus belles choses de la vie arrivaient après minuit !

- 9 -

Un rayon de soleil sur son visage, associé à un arôme de café frais moulu éveillèrent Sara. Elle ouvrit les yeux. Un instant désorientée, elle ne reconnut pas le décor. Puis les souvenirs affluèrent.

Rafe, lui faisant l'amour. Pas une fois, mais deux. Ils s'étaient endormis, mais, avant l'aube, elle avait été réveillée par la pression d'un corps chaud contre son dos et une main qui l'explorait langoureusement. Elle n'en revenait toujours pas, de la vitesse à laquelle il l'avait excitée. Tout en continuant à la caresser, il l'avait prise par-derrière et lui avait offert un nouvel orgasme mémorable. Elle s'était rendormie alors qu'il était encore en elle.

Elle s'assit dans le lit, constata qu'elle était nue et tira le drap jusqu'à son cou. Mais pourquoi s'en préoccupait-elle ? Elle était seule dans la chambre de Rafe. L'oreiller près du sien portait encore la marque de sa tête, et la porte donnant sur la salle de bains contiguë était ouverte. L'odeur de savon qu'elle commençait à lui associer lui indiqua qu'il avait dû prendre sa douche pendant qu'elle dormait encore.

Elle n'avait pas vu grand-chose la veille au soir, aussi regarda-t-elle autour d'elle avec intérêt. Chaque objet était à sa place dans cette chambre aménagée de façon traditionnelle et pratique. Il n'y avait pas de linge sale par terre, et même le débardeur et le pantalon de pyjama avec lesquels elle était arrivée avaient été posés au pied du lit. Une pile de chemises fraîchement repassées et pliées — de retour du pressing — attendait sur la commode, près de plusieurs photos encadrées.

Sara se fit une toge du drap et partit en exploration. Sur la première photo, Rafe posait près d'une femme plus âgée à laquelle il ressemblait beaucoup. Sa mère, sans doute. Sur la seconde, il posait en compagnie de trois hommes, tous en uniforme comme lui.

Elle tourna le dos à la commode et ouvrit les doubles portes d'un immense placard. Sur des cintres, étaient étendus les uniformes de Rafe et des vêtements civils et, sur l'étagère du bas, s'alignaient au moins six paires de bottes militaires. A côté, plusieurs paires de chaussures de ville étaient si bien cirées qu'elle songea qu'elle pourrait se maquiller dans leur reflet. Elle aperçut aussi deux grands sacs marins pleins au fond du placard, assurément prêts pour un départ en urgence.

Cela ressemblait bien à Rafe.

— Tu cherches quelque chose ?

Elle se retourna, surprise. Appuyé contre le chambranle, une tasse de café fumant à la main, Rafe l'observait. Depuis quand était-il là ? Si elle ne décela aucune contrariété dans son expression, il ne souriait pas non plus.

— Excuse-moi, je faisais juste ma fouine, murmura-t-elle en refermant le placard et en resserrant le drap autour d'elle.

Il pénétra dans la chambre, lui tendit la tasse, et l'ombre d'un sourire joua sur ses lèvres alors qu'il la dévisageait. Le jean et la chemise noirs qu'il avait enfilés lui donnaient un aspect vaguement menaçant, qui ne la rendit que plus consciente de sa propre nudité.

— Ne t'en fais pas, la rassura-t-il. Je suis moi-même réputé pour être un peu fouineur, à l'occasion.

Elle hocha la tête, consciente de l'excuse déguisée pour avoir fouillé dans son sac. Cependant, il lui parut quelque peu distant, en dépit de ce qu'ils venaient de vivre. Un inconnu. Incapable de décider que dire ou que faire, elle pencha la tête et huma le café afin de masquer sa confusion.

— Je te laisse te doucher et t'habiller, finit-il par déclarer. Ensuite, il faudra qu'on ait une petite discussion.

Sara releva les yeux. Face à son expression indéchiffrable, elle avait du mal à croire que c'était le même homme qui l'avait caressée intimement quelques heures plus tôt. Elle opina sans un mot et le regarda se passer une main sur la nuque, puis tourner les talons.

Après son départ, elle se rassit sur le lit avec l'impression d'être abandonnée. Pis, d'avoir été utilisée. On eût dit que Rafe ne pouvait même pas se résoudre à l'embrasser ce matin, alors qu'il n'avait pas gardé ses distances pendant la nuit, loin de là ! Sans doute avait-il été ravi de constater en se réveillant qu'elle dormait encore, et qu'elle lui offrait ainsi une occasion de s'esquiver.

Etait-ce à cela que ressemblait une aventure sans lendemain ? Si tel était le cas, celle-ci serait sa seule et unique, décréta-t-elle illico. Puis elle lâcha un petit rire d'autodérision. Elle qui avait été si déterminée à sortir de sa zone de confort et à faire preuve d'assurance… Résultat : jamais elle ne s'était sentie aussi mal !

Penché sur l'îlot central de la cuisine, Rafe buvait son café en feuilletant un journal quand elle descendit l'escalier. Il se redressa à son arrivée et la parcourut du regard. Elle comprit qu'il enregistrait chaque détail de son apparence. Elle avait enfilé un jean et un pull de cashmere noir près du corps.

— Bonjour, murmura-t-elle en posant sa tasse vide dans l'évier.

— Sara…

— Je sais ce que tu vas dire, l'interrompit-elle.

Elle prit une grande inspiration, se retourna et s'appuya à deux mains sur l'évier derrière elle. Elle devait se blinder.

Il se contenta de hausser un sourcil et d'attendre.

Elle se sentit rougir, mais poursuivit, déterminée.

— Tu vas dire que la nuit dernière a été une erreur. Tu vas dire que tu ne peux pas t'engager dans une relation sérieuse pour le moment, et que tu crains que je ne voie davantage dans ce qui est arrivé que ce qu'il en est vraiment. Exact ?

— Non, bon sang ! riposta-t-il en se rembrunissant. Ce n'est pas du tout ce que je voulais dire !

Il fit le tour de l'îlot et vint se placer devant elle.

— Je voulais te dire qu'après la nuit dernière je ne pense pas être la personne la plus à même de te protéger vraiment contre des individus qui te veulent du mal. Je voulais te dire qu'à cause de la nuit dernière je ne peux plus rester objectif quand il s'agit de toi.

— Ah non ? s'étonna-t-elle. Alors… Alors la nuit dernière n'a pas été une erreur ?

A sa grande surprise, il émit un petit rire et lui glissa une main dans les cheveux.

— Ah, non, belle dame, je n'ai pas dit cela du tout. La nuit dernière a effectivement été une erreur… une énorme, une monumentale erreur… que je suis prêt à refaire n'importe quand !

— Ah…

Elle chercha son regard et comprit qu'il était sérieux. La nuit dernière avait eu un sens pour lui. Suffisamment, en tout cas, pour lui faire reconnaître qu'elle avait compromis son objectivité.

— Mais… j'ai cru… ce matin…

— Je sais, dit-il tout bas. Mais, si j'avais fait ce que j'avais envie de faire ce matin, nous serions encore au lit.

— Tu dis cela comme si c'était une mauvaise chose, répondit-elle en souriant, tout en sentant se dénouer le nœud qu'elle avait dans la poitrine.

Il lui massa tendrement la nuque.

— Je pensais ce que j'ai dit, Sara. Je ne peux pas te protéger si je suis impliqué émotionnellement.

« Impliqué émotionnellement. »

Le cœur de Sara accéléra ses battements. Etait-il possible qu'après une seule nuit elle ne fût pas indifférente à cet homme qu'elle connaissait si peu ?

— Mais alors, que suggères-tu ?

Il laissa retomber sa main.

— J'ai un ami qui habite en Caroline du Nord avec sa femme. Lui aussi appartient à l'unité des Opérations spéciales. Tu pourrais séjourner chez eux une semaine ou deux, le temps qu'on règle tout ça.

Elle le dévisagea, sidérée autant qu'incrédule.

— Tu te fiches de moi ?

— J'en ai l'air ? dit-il, sévère. Je…

S'écartant de l'évier, elle leva les deux mains pour le faire taire.

— O.K., mettons tout de suite les choses au point ! Je n'irai pas en Caroline du Nord chez de parfaits inconnus. C'est toi qui as suggéré que je passe une semaine ici avec toi, et je t'ai donné mon accord. Il n'est pas question que j'aille ailleurs.

— Ce n'était pas une simple suggestion, déclara-t-il d'un ton sec.

Sara prit une grande inspiration et carra le menton.

— Si je ne peux pas rester ici avec toi, je rentre chez moi, dit-elle, l'estomac retourné par le regard sombre de Rafe. Je n'irai pas en Caroline du Nord, point final.

— Sara…

— Je veux t'aider à découvrir qui me faisait suivre, insista-t-elle. Rafe, c'est de ma vie qu'on parle ! Je t'en prie, je ne veux pas rester à l'écart.

Il se détourna et se passa les mains dans les cheveux, manifestement peu convaincu. Au moins ne lui avait-il pas opposé un refus irrévocable. Enhardie, elle posa la main sur lui et perçut les muscles d'acier de son bras.

— Nous ne sommes même pas sûrs que ces gens sont toujours à mes trousses, plaida-t-elle. Nous ne sommes même pas sûrs de ce qu'ils voulaient hier quand ils m'ont suivie. Peut-être avons-nous réagi de manière excessive…

Les lèvres serrées, il baissa les yeux sur la main posée sur son bras avec l'air de se livrer à un débat intérieur. Puis il hocha sèchement la tête.

— D'accord. Tu restes avec moi. Mais si, à n'importe quel moment, je pense que c'est trop dangereux pour toi, tu files dare-dare chez mes amis. Sans protester !

— Rafe…

— Je n'admettrai aucune discussion sur ce point, Sara. Pas quand ta sécurité est en jeu, riposta-t-il d'un ton inflexible. Là-dessus, tu vas devoir me faire confiance.

Elle acquiesça d'un signe de tête, à la fois consciente de son sérieux et soulagée qu'il veuille bien la laisser rester. Elle n'avait aucune envie de rentrer chez elle. Se retrouver seule ne lui disait rien après ces quelques heures passées en compagnie de cet homme. Surtout, elle n'avait aucune envie d'y dormir toute seule. Même si Rafe décidait qu'ils ne devaient plus partager le même lit, elle préférait rester ici.

— D'accord. Je vais te faire confiance.

Le sourire qu'il lui adressa métamorphosa son visage.

— Bien. Maintenant, pour ce qui est de la nuit dernière… ne sais-tu pas à quel point c'est dangereux de se promener à moitié nue dans la maison d'un homme qui est en train de fantasmer sur toi dans son lit ?

Sara se sentit rougir. Il lui prit alors la tête des deux mains et lui déposa un baiser sur les lèvres. Elle ne put s'empêcher de le lui rendre et de se nicher contre lui. Il releva la tête bien trop tôt.

La mine contrite, il la dévisagea.

— Dès l'instant où je t'ai vue au bal, j'ai compris que tu allais me poser un problème, affirma-t-il.

— Et pourtant, tu as quand même accepté de me rencontrer, dit-elle en souriant.

Il se mit à rire.

— Oui. Imbécile que j'étais, j'ignorais que mon entraînement et mon expérience ne pouvaient rivaliser avec les armes que tu as à ta disposition.

Alors, comme s'il en avait trop dit, il se retourna vers le réfrigérateur et l'ouvrit pour regarder à l'intérieur.

— Tu as faim ? interrogea-t-il. Je suis le roi de l'omelette !

Le petit agenda de Colette entre les mains, Sara était assise près de Rafe sur le canapé. Cela faisait une heure qu'ils revenaient sur les notes et tentaient d'identifier les clients d'après les initiales dont ils disposaient. Ils avaient dressé ensemble une liste de hauts fonctionnaires de la Maison Blanche, mais aussi de membres du Congrès et du Sénat. Son ordinateur portable sur les genoux, Rafe compulsait également un répertoire de militaires haut placés.

— Je me demande… s'il ne faudrait pas aussi inclure des femmes à notre liste, suggéra Sara.

— J'ai procédé à quelques vérifications, répondit Rafe. Le Club de la Pantoufle de Vair s'occupe exclusivement d'une clientèle masculine.

— Tu as fait des vérifications ? s'étonna Sara. Mais comment ? Le Club n'existe plus.

Il lui jeta un regard amusé.

— D'accord, j'ai compris, dit Sara. Les Opérations spéciales. Il n'est rien que tu ne saches ou que tu ne puisses découvrir. J'ai tout bon, jusque-là ?

— Tout à fait, répondit-il avec un sourire.

Elle se pencha pour jeter un coup d'œil à la liste qu'il était en train de dresser.

— Bon sang, il y a tant de noms que ça ? s'écria-t-elle en consultant sa propre liste. Certaines de ces initiales sont si répandues qu'elles pourraient appartenir à n'importe qui sur cette liste. Ou pas sur cette liste, justement…

— Oui, mais tu as aussi certaines combinaisons d'initiales inhabituelles qui ne devraient pas être trop difficiles à identifier, dit-il en se penchant vers elle pour mettre un doigt sur sa feuille. Celles-ci, par exemple : combien de gens pourraient avoir W.W. pour initiales ?

Elle réfléchit un instant.

— Ça pourrait être William Worthington, même si je ne l'imagine vraiment pas impliqué dans une affaire pareille. Ou alors Wes Wight ? ajouta-t-elle en faisant allusion à un journaliste politique bien connu.

— Relis-moi la note sur W.W., demanda Rafe.

Elle feuilleta le petit carnet.

— « W.W. : Alfa dominant. Aime le bondage et la brutalité. Prévoir bandeau pour les yeux et bas de soie. »

— Je parie sur Worthington, supputa Rafe.

— Beurk ! s'exclama Sara avec une grimace. Qu'est-ce qui te le fait penser ?

— Regarde-le !

— Euh… C'est un petit avorton venimeux, c'est ça ?

— Tout juste. C'est sans doute sa femme qui porte la culotte, ou alors il ne se sent pas à la hauteur en tant qu'homme. Le Club de la Pantoufle de Vair lui permet de réaliser ses fantasmes et, franchement…, répondit Rafe en lui décochant un sourire polisson, qui pourrait fantasmer sur des bandeaux pour les yeux et des bas de soie ?

Le souffle de Sara se fit court quand elle décela la lueur coquine dans les yeux noirs. Son imagination lui offrit alors une image très nette : Rafe, entravé nu sur un lit, alors qu'elle le tourmentait de ses mains et de sa bouche.

— Je vois ce que tu veux dire, souffla-t-elle.

— Ah oui ?

Le regard qu'il posait sur elle se fit intéressé.

Sara déglutit plusieurs fois, puis détourna les yeux et feuilleta de nouveau l'agenda.

— Et tiens, que penses-tu de celui-ci ? « J.F. : Joueur. Drôle. Se charge d'apporter les jouets. Rien de trop méchant », lut-elle en prenant l'air perplexe. Qu'a-t-elle voulu dire, au juste ? Qu'elle ne doit pas pousser les choses trop loin, ou qu'au contraire rien n'est trop méchant pour ce J.F. ?

Rafe posa son ordinateur et la contempla, un sourire mystérieux aux lèvres.

— Je dirais que rien n'est trop méchant. Qu'il est partant pour tout.

Tête penchée, Sara le dévisagea.

— Et qu'est-ce qui te fait dire ça ? Tu le connais, ce J.F. ?

Lentement, Rafe lui posa les mains sur la taille et l'attira à lui jusqu'à ce qu'elle se retrouve à moitié sur ses genoux.

— Non, répondit-il sans quitter sa bouche des yeux, mais c'est ce que moi je dirais. Rien ne serait trop méchant.

— Ah…

Sara laissa courir le regard sur son visage, sur la couleur qui montait sur les pommettes ciselées et l'expression langoureuse des yeux.

— Je me demande ce que Colette aurait bien pu écrire sur toi, si tu avais été client du Club de la Pantoufle de Vair ?

— Tout d'abord, souffla-t-il d'un ton rauque avant de lui mordiller le cou, tu ne trouverais jamais mon nom sur une liste de clients. Payer pour s'envoyer en l'air n'est pas ma tasse de thé.

Elle se mit à rire et pencha la tête pour lui faciliter l'accès à son cou.

— Eh bien, dans ce cas, quel fantasme aimerais-tu voir se réaliser ? Peut-être que je pourrais ajouter une annotation de mon cru.

En la tenant au creux de son bras, il glissa la main sous son pull et la referma sur un sein. Elle eut un petit sursaut quand il commença à le caresser à travers le soutien-gorge.

— Ça, c'est mon fantasme, dit-il tout bas en baissant le soutien-gorge et en remontant le pull afin d'avoir ses deux seins nus sous les yeux. M'envoyer follement en l'air avec une femme dangereuse. Ou dangereusement en l'air avec une femme sexy.

Il lui caressa un sein et pencha la tête pour aspirer l'autre dans sa bouche jusqu'à ce qu'elle se mette à se tordre de plaisir sur ses genoux en lui repoussant la tête.

— Eh ! Stop ! haleta-t-elle. C'est trop !

S'il releva la tête, docile, il poursuivit néanmoins la caresse avec sa main.

— Et toi, dis-moi quel serait ton fantasme, la pressa-t-il.

Son fantasme ? songea-t-elle. Eh bien, c'était ça ! Rafe était son fantasme ! Elle avait fantasmé sur lui depuis l'instant où elle avait fait sa connaissance, mais jamais elle n'aurait imaginé qu'ils pourraient se retrouver ensemble ainsi.

— Allez… Dis-moi ce que tu aimerais.

Eh bien… il y avait dans l'agenda une annotation qui l'avait intriguée. Elle risqua un coup d'œil vers Rafe et se demanda si elle pouvait lui en parler. Comment réagirait-il si elle le faisait ?

Il la dévisageait avec attention.

— Dis-moi, la pressa-t-il en lui prenant la bouche.

Cette fusion sensuelle de leurs lèvres acheva de la mettre en feu. Elle gémit et se pressa contre sa main.

Puis elle récupéra finalement sa bouche, le souffle court.

— D'accord, dit-elle. Mais promets-moi d'abord que tu ne vas pas rire.

Il lui reprit la bouche en un baiser passionné.

— C'est promis. Maintenant, dis-moi.

— Viens ici.

Elle lui attira la tête et lui chuchota quelque chose à l'oreille. Quand il la regarda de nouveau, il avait sur le visage une expression de désir brut.

— C'est ça, ton fantasme ?

— L'un d'entre eux, du moins.

Tout en se demandant comment elle avait eu le courage de lui faire cet aveu, elle comprit que son visage devait avoir pris la teinte du coquelicot. Cependant, à en juger par le feu qui brûlait à présent dans les yeux noirs, ça n'avait pas été une erreur.

— Oh ! bon sang, grogna-t-il. Tu me tues, femme !

Elle se laissa aller dans ses bras, ravie. Avec lui, elle se sentait sexy, forte. Soudain, la promesse qu'elle lut dans ses yeux lui coupa le souffle.

— Il ne faut surtout pas que tu fasses quelque chose si tu n'es pas complètement à l'aise, lui dit-elle encore avec un petit sourire.

Elle savait qu'il ne le lui refuserait pas. Du moins, pas si elle devait considérer ses réactions physiques comme un indice. Il était pleinement érigé à présent, et prêt.

— Fais-moi confiance, lui répondit-il avec un sourire sensuel. Il n'est rien que je n'aurais pas envie de faire avec toi. Et si ça doit me tuer, au moins, je mourrai heureux.

- 10 -

Rafe jeta un coup d'œil à Sara, qui était assise près de lui dans sa voiture. Ils venaient de consacrer plusieurs heures inoubliables à explorer leurs fantasmes, d'abord dans le salon, puis dans sa chambre. Il eût volontiers passé la journée entière au lit avec elle, mais d'autres obligations l'appelaient.

Le souvenir de son fantasme le plus secret, celui d'être dominée, obligée à se soumettre à lui alors qu'il la forçait, le fit sourire. Il savait que ce fantasme était relativement commun chez les femmes, mais il s'était préparé à tout arrêter illico si elle montrait le moindre signe de frayeur.

Mais, alors qu'il la poussait contre le mur et lui plaquait les bras au-dessus de la tête, elle n'avait pas eu peur. Au contraire, elle avait été excitée comme jamais, et ça lui avait tourné la tête. Il avait montré de la force, mais sans cesser d'être attentif à elle. Et il lui était reconnaissant de lui avoir témoigné assez de confiance pour lui demander de l'aider à réaliser ce fantasme particulier. Vu le pouvoir absolu qu'il impliquait, imaginer ce qu'auraient pu faire d'autres hommes que lui le fit grincer des dents. D'ailleurs, la seule idée qu'un autre puisse faire n'importe laquelle de ces choses avec elle suffisait à lui nouer la gorge.

En la regardant à présent, il peinait à croire que c'était

la même femme qui, peu de temps auparavant, lui avait fait perdre la tête. Disparue, l'amante désinhibée. Bien présente, la femme calme et silencieuse, occupée à répondre à ses messages téléphoniques et qui, surtout, veillait à ne pas croiser son regard. Elle s'était maquillée, avait dompté ses cheveux en une queue-de-cheval très sage et avait une apparence très stricte dans son pantalon et son chemisier boutonné jusqu'en haut.

D'un côté, il comprenait qu'elle fût un peu gênée par ce qu'ils venaient de faire ; de l'autre, il aurait pensé que cette expérience lui donnerait le sentiment qu'ils s'étaient rapprochés.

— Eh, dit-il en tendant la main pour repousser une mèche rebelle derrière son oreille. Ça va ?

Les oreilles empourprées, elle lui jeta un furtif regard et hocha la tête. Il trouva sa gêne touchante, mais un peu exaspérante.

— Tu sais, ça a été extraordinaire, tout à l'heure, lui dit-il. *Tu* as été extraordinaire.

Elle lui décocha un sourire reconnaissant et posa son téléphone sur ses genoux.

— Merci. Je… Euh… J'ai encore du mal à croire que j'aie pu te laisser faire tout ça, avoua-t-elle avec un petit rire gêné.

Elle se couvrit le visage à deux mains, puis lui refit face avec un regard implorant.

— Je t'en supplie, dis-moi que tu n'as pas été horrifié !

Pour toute réponse, Rafe ralentit et immobilisa la voiture sur le côté de la route, sans se soucier du concert de Klaxon qu'il provoquait. Il déverrouilla sa ceinture de sécurité et se pencha pour attraper Sara par les épaules.

— Sara, je pensais vraiment ce que je viens de dire. Tu as été stupéfiante, dit-il en lui caressant la joue du dos de la main. Tu es la femme la plus sexy que j'aie jamais connue, et j'estime être l'homme le plus chanceux de la planète que tu m'aies offert de partager ce fantasme avec toi.

Elle lui sourit, et il sentit quelque chose se déplacer dans sa poitrine.

— Vraiment ?

— Sache que je ne plaisante jamais à propos d'une chose aussi sérieuse que le sexe avec une très belle femme.

Il fut soulagé de la voir rire, puis se pencher vers lui pour lui déposer un baiser sur les lèvres.

— Comment fais-tu pour toujours savoir ce qu'il faut dire ou faire ? demanda-t-elle en appuyant la tête contre son épaule.

Il se mit à rire et resserra les bras autour d'elle.

— C'est juste que tu ne me connais pas encore assez. Crois-moi, je commets des erreurs plus souvent que je ne veux bien l'admettre. Laisse-moi juste un peu de temps — je suis sûr de dire ou de faire un jour quelque chose qui te mettra en pétard !

En prononçant ces mots, il s'aperçut qu'il avait envie de passer le plus de temps possible avec Sara. Il voulait lui donner l'occasion de mieux le connaître, d'appréhender ses défauts et sa tendance à dire ce qu'il pensait, quelles qu'en fussent les conséquences. Jamais il n'aurait imaginé qu'il pourrait un jour s'enticher d'une femme après une seule nuit, et il savait déjà qu'il était en grand danger de tomber amoureux d'elle.

— On verra bien, répondit Sara, apparemment peu convaincue. Désolée, rouge à lèvres, ajouta-t-elle en lui passant un doigt sur la bouche.

Elle rangea son téléphone dans son sac tandis que Rafe réinsérait la voiture dans la circulation.

— A quelle fréquence fais-tu cela ?

— Quoi donc ? répondit-il, incapable de résister à l'envie de la taquiner. Convaincre des femmes innocentes d'emménager avec moi pendant une semaine pour ensuite profiter d'elles ?

Elle s'esclaffa.

— Non, non ! Enfin, j'espère bien être la seule avec qui tu as fait ça. Je te demandais si tu allais souvent voir les malades au Walter Reed Medical Center ?

— Quand je suis là, j'essaie d'y aller deux fois par semaine. Beaucoup des soldats hospitalisés n'ont aucune famille sur place, alors ils apprécient énormément les visites. Ça leur fait du bien de savoir qu'on ne les a pas oubliés.

— Et toi ? As-tu déjà été blessé ?

— Non. J'ai eu de la chance. Mes hommes et moi, on a souvent frôlé la mort, mais je m'estime heureux de pouvoir dire qu'on n'a jamais perdu personne de l'équipe.

— Dieu merci, souffla Sara.

— C'est là, dit-il en engageant la voiture dans l'entrée du centre médical. Tu vas sans doute voir des choses qui vont te troubler, voire te bouleverser. Cependant, il est primordial de ne pas s'apitoyer sur ces hommes, entendu ? Ils ne t'en remercieraient pas.

— D'accord.

— De même, ajouta-t-il en insérant la voiture dans une place de parking libre, si cela devient trop pesant pour toi, avertis-moi et on s'en ira. Compris ?

Sara prit une grande inspiration et relâcha lentement son souffle.

— Compris, répondit-elle avec un sourire résolu. Je suis prête.

*
* *

Les quelques heures suivantes, Sara observa Rafe tandis qu'ils passaient de chambre en chambre, saluant leurs occupants d'une bourrade ou une poignée de main. Beaucoup des soldats hospitalisés le connaissaient de nom et, avant d'entrer dans une chambre, il indiquait à voix basse à Sara s'il avait déjà visité le patient ou si celui-ci venait juste d'être admis à l'hôpital. Il se fichait apparemment comme d'une guigne du grade ou des départements dans lesquels servaient les soldats blessés, et l'on aurait cru qu'il les connaissait tous personnellement.

Il marqua une pause avant d'entrer dans une nouvelle chambre et prit Sara par le bras.

— Celui-ci est un cas unique. Il est là depuis deux mois et on vient le voir chacun à notre tour pour lui faire garder le moral.

Ils entrèrent. L'homme était assis dans son lit, une tablette de lecture électronique à la main. Il releva la tête en les entendant et son visage se creusa d'un sourire. Son crâne rasé couturé de cicatrices attestait de maintes interventions chirurgicales. Elle constata aussi que, sous les draps, il lui manquait une jambe.

— Eh, Delgado, s'écria-t-il en tendant la main. Ça fait plaisir de te voir, mec ! Mais dis-moi, qui m'as-tu amené ? ajouta-t-il en posant un regard curieux sur Sara.

— Permets que je te présente une amie, répondit Rafe en faisant avancer sa compagne. Sara Sinclair. Elle écrit un article pour l'*American Man Magazine* et je me suis dit qu'elle devrait peut-être faire la connaissance d'un vrai héros, en chair et en os. Sara, voici le caporal Shaï Riordan. Lui et un autre soldat ont protégé de leurs corps le reste de leur unité quand un terroriste a fait exploser une bombe.

— Arrête, Delgado ! Je n'ai rien d'un héros ! rétorqua Shaï en dardant un regard noir à Rafe. Tu aurais fait exactement la même chose, toi. N'importe lequel des gars de mon équipe aurait fait la même chose. On a juste été les premiers à repérer l'enfant de salaud et à piger ce qu'il manigançait, affirma-t-il avant de tendre la main à Sara. Ravi de faire votre connaissance, mademoiselle Sinclair.

— Sara, murmura-t-elle. Appelez-moi Sara.

— Comment va Kim ? demanda Rafe en désignant une photo sur la table de nuit.

Shaï poussa un soupir et changea de position.

— Elle va bien. Je la soupçonne de commencer à perdre patience. Si seulement je pouvais être là-bas avec elle, dit-il en regardant Sara. Ma femme doit accoucher de notre premier enfant dans un mois. Sa grossesse a été déclarée à risque et je n'ai donc pas pu la voir, puisqu'on lui interdit de voyager. Résultat : on est là, tous les deux, chacun confiné dans une chambre, aux deux extrémités du pays, conclut-il avec un petit rire.

— J'en suis vraiment désolée, dit Sara.

— Au moins, je suis vivant, et je sais que je serai rentré à temps pour voir naître mon bébé. Le reste n'a pas la moindre importance.

Le silence plana quelques instants.

— Au fait, est-ce que je t'ai remercié pour l'ordinateur portable ?

— Ah, tu l'as ? Quand est-il arrivé ? interrogea Rafe.

— Avant-hier, répondit Shaï en se penchant pour attraper un portable argenté, qu'il se posa sur les cuisses. C'est le fonds Semper Fi qui me l'a obtenu, ajouta-t-il à l'adresse de Sara. Il a une webcam intégrée et, avec ça, je peux parler avec Kim sur Skype au moins deux fois par jour. Tenez, laissez-moi vous montrer.

Sara le regarda ouvrir une application et entrer un code. Au bout d'un instant, il tourna vers eux une mine penaude.

— Elle doit dormir…

— Ce n'est pas grave, assura Rafe en souriant. Et puis, ta femme n'a sûrement pas envie de voir deux inconnus la regarder !

— Tu plaisantes ? Elle sait tout de toi, mon gars ! Je lui ai dit que tu es comme qui dirait ma famille, ici.

Rafe garda le silence, mais Sara comprit que ces paroles l'avaient ému.

— Merci, mon pote, finit-il par dire en serrant la main du caporal. Ça me va droit au cœur. Combien de temps, avant qu'ils te renvoient dans tes pénates ?

— Avec un peu de chance, ma prothèse sera prête à la fin de la semaine. Il va me falloir deux semaines de thérapie pour m'y habituer, et après je prends la tangente.

— Super ! Je passerai dans quelques jours jeter un coup d'œil à ta nouvelle guibole, d'accord ?

— Génial ! répondit Shaï en souriant.

Alors qu'ils sortaient de la chambre, Sara jeta un coup d'œil à Rafe.

— On dirait bien qu'il l'a, le moral.

— Oui, répondit Rafe avec une satisfaction visible. Il faut dire qu'il en a fait, du chemin, depuis son arrivée ici ! Personne n'aurait parié un centime sur ses chances de survie. Il est resté des semaines dans le coma, et les médecins pensaient que, s'il en sortait un jour, ce serait avec de profondes lésions cérébrales.

— Il a l'air d'aller bien, en tout cas.

— Il *va* aller bien.

— Qui a eu l'idée de lui obtenir un portable ?

— Le fonds Semper Fi en a acheté un pour lui et un pour sa femme.

Ils se dirigeaient vers l'entrée de l'hôpital quand une infirmière les intercepta.

— Sergent Delgado ?

La jolie brune le dévorait littéralement des yeux. Elle regarda à peine Sara, reportant toute son attention sur lui.

— Je suis vraiment désolée de vous avoir manqué l'autre jour, mais vos fleurs sont bien arrivées !

Sara jeta un coup d'œil interrogateur à Rafe.

— Parfait, répondit l'intéressé d'un ton cordial.

— Alors… quand est-ce que vous allez revenir ?

— D'ici à un jour ou deux. Allez, au revoir ! répondit Rafe en prenant Sara par le coude pour l'entraîner vers la sortie.

— Au revoir !

Si Sara ne se retourna pas, elle fut certaine que, derrière eux, la femme était en train de se lisser les plumes.

— Tu lui as offert des fleurs ? interrogea-t-elle à mi-voix en s'efforçant de dissimuler sa jalousie…

Et en échouant lamentablement !

— Non, répondit Rafe avec un regard amusé. J'ai fait envoyer des fleurs à une femme soldat qui se remet de ses blessures, en me disant que ça lui remonterait le moral.

— Ah…

Ils sortirent du bâtiment et Rafe ne lui lâcha pas le bras avant d'arriver à la voiture. Très consciente de la force de ses doigts, Sara ne put s'empêcher de se souvenir de ce que ces mains-là avaient le pouvoir de lui faire. Une fois arrivés, au lieu d'ouvrir les portières, Rafe la plaqua de tout son corps contre la carrosserie.

— Ça fait trois heures que j'en ai envie, marmonna-t-il en lui prenant la tête à deux mains.

Il lui enferma la bouche en un baiser torride et possessif. Elle s'effondra contre la voiture, sans résistance, tandis qu'il approfondissait le baiser. La portière était froide contre son dos, le corps de Rafe bouillant contre son ventre. Elle lui passa une main sous sa veste et s'abandonna à lui d'une manière qui l'eût certainement choquée deux jours plus tôt. Seulement, voilà : cet homme avait la capacité de lui faire perdre ses moyens, ne fût-ce qu'en lui décochant un simple coup d'œil…

Il se redressa et recula d'un pas.

— Ça suffira jusqu'à la maison, lança-t-il avec un sourire complice, avant de lui ouvrir la portière passager.

Le cœur battant et la bouche vaguement meurtrie de la violence de leur baiser, elle le regarda faire le tour de la voiture et s'installer au volant. Cette seule phrase avait suffi à provoquer un maelström d'émotions en elle. De l'anticipation. De la confusion. Et une certaine appréhension aussi, car elle soupçonnait que passer trop de temps avec Rafe Delgado pourrait se révéler extrêmement dommageable pour son cœur.

Ils roulèrent un moment en silence et Sara repensa à toutes les personnes rencontrées ce jour-là, et à ce que devait signifier pour eux le fait que quelqu'un comme Rafe vienne leur tenir la main. Or, même s'il était soldat au sein d'une unité, elle le devinait solitaire. Toutefois, son profond engagement vis-à-vis du fonds Semper Fi et son esprit de solidarité conféraient une logique à ces visites.

— Tu vas voir tout un tas d'amis à l'hôpital, dit-elle finalement, brisant le silence. Et quand tu es chez toi ?

— Que veux-tu dire ?

— Tu m'as dit que tu étais en permission pour deux semaines. Je me demandais juste s'il y avait des gens qui venaient te voir quand tu étais chez toi.

Il sourit.

— Ne serais-tu pas par hasard en train de chercher à savoir si j'ai une petite amie ?

— Non, pas du tout, répliqua-t-elle, interdite, avant de lui jeter un regard soupçonneux. Pourquoi ? Tu en as une ?

Une vague de soulagement l'envahit quand elle le vit secouer la tête en riant. Il n'avait pas de petite amie. Parfait ! Oh ! elle savait qu'elle ne pouvait avoir aucune prétention sur cet homme — elle n'était pas assez naïve pour s'imaginer qu'une seule nuit pourrait signifier quelque chose — mais, après cet après-midi passé à constater tout le temps et l'attention qu'il consacrait aux soldats blessés, elle brûlait d'envie de mieux le connaître. Et, oui, elle avait réellement éprouvé une pointe de jalousie quand l'infirmière avait commencé à lui faire du charme…

— O.K. En fait, c'est plutôt bien, répondit-elle. Enfin… j'ai du mal à imaginer qu'une petite amie accepte que tu invites une parfaite inconnue à passer une semaine chez toi.

Et elle ne parlait même pas de sexe…

— Sara, l'interrompit-il. Je n'ai *pas* de petite amie.

— D'accord.

Elle poussa un profond soupir et détourna la tête, de peur qu'il ne décèle son immense soulagement.

— Et ta famille ? Est-ce que tu as de la famille dans la région ?

— En fait, non. Ma mère habite dans le Vermont et ma sœur à New York, mais, dans le coin, je n'ai personne. Enfin, sauf si tu comptes mes copains du corps des marines. Ce sont plus ou moins eux ma famille, aussi bien ici qu'en mission.

Elle le regarda, surprise, car elle avait cru qu'il venait de Virginie. Mais, si sa mère vivait dans le Vermont, il y avait de grandes chances qu'il y ait vécu aussi.

— Et ta mère et ta sœur, tu les vois souvent ?

— J'essaie d'y faire un saut quand j'ai le temps.

— Est-ce que tu as grandi dans le Vermont ?

— Oui. Ma mère tenait une petite boutique dans le centre de Burlington, et elle nous a élevés seule, expliqua-t-il, avant de lui jeter un coup d'œil. C'est facile de voir pourquoi tu as choisi la carrière de journaliste. Tu poses beaucoup de questions. Et toi, alors ? La première fois qu'on s'est vus, je me suis dit que tu n'avais pas l'air d'être d'ici. Je me suis trompé ?

— Non, avoua-t-elle en baissant les yeux. Je viens d'une petite ville de Pennsylvanie. Tu aurais dû voir la tête de mes parents quand je leur ai annoncé que j'allais m'installer à Washington ! Ma mère a une solide aversion pour les grandes villes, poursuivit-elle avec un petit rire. Encore aujourd'hui, elle est toujours persuadée qu'on va essayer de profiter de moi de toutes les façons possibles.

— La journée n'est pas encore terminée, fit remarquer Rafe en lui jetant un regard de braise. On peut toujours espérer.

- 11 -

Ils arrivèrent chez Rafe une demi-heure plus tard. Alors qu'il se garait le long du trottoir, elle remarqua qu'il fouillait des yeux les alentours, en quête d'un signe indiquant qu'on les avait suivis. Dès qu'ils abandonnèrent la voiture, il s'empressa de l'entraîner à l'intérieur et la prit dans ses bras sans même lui laisser le temps d'enlever sa veste.

— Seigneur, tu sens si bon ! murmura-t-il contre sa gorge en refermant les mains sur ses hanches pour la plaquer contre lui.

Il traça un chemin de baisers sur sa gorge avant de lui mordiller le lobe de l'oreille, lui arrachant un frisson.

— Il y a bien trop de tissu entre toi et moi, déclara-t-il en entreprenant de lui déboutonner sa veste, de la lui enlever et de la laisser choir par terre.

Sara eut un petit rire, qui s'éteignit très vite sous la bouche vorace de Rafe. Elle lui passa une main sur le bras, l'épaule, et s'émerveilla de la flexibilité de sa musculature sous le cuir souple de la veste qu'il portait. Il approfondit le baiser et commença à lui déboutonner son chemisier.

Soudain privée de forces, elle s'accrocha à son cou et lui rendit son baiser avec passion. Ce ne fut que lorsque l'air frais lui balaya la peau qu'elle se rendit compte qu'il avait déjà dégrafé son soutien-gorge. Puis il s'arracha à sa bouche et se pencha pour emprisonner un mamelon entre ses lèvres. Un arc électrique la traversa alors de part en part.

— Il faut… Je veux…

Rafe ne termina pas sa phrase, mais la fit reculer jusqu'à ce qu'elle bute contre l'accoudoir du canapé. Il se pencha sur elle et poursuivit sa caresse tandis que sa main s'activait sur la fermeture du jean qu'elle portait.

— Enlève ça, marmonna-t-il contre sa peau.

Elle n'eut pas le cœur de protester, pas avec ces yeux de braise sur elle et ses mains et sa bouche qui accomplissaient des prodiges sur son corps. Très vite, il ne lui resta plus que sa petite culotte. Il écarta le chemisier des deux mains et se redressa pour la contempler.

Au lieu d'être gênée, elle se sentit immensément sexy sous son examen, et le regarda se débarrasser de sa veste, qu'il jeta elle aussi par terre. Alors, enhardie, elle tendit les mains vers son ceinturon et s'en servit pour l'attirer à elle. Il avait le souffle court.

— Maintenant, c'est toi qui as trop de vêtements, lui dit-elle, haletante, en tirant sur la ceinture. Enlève tout ça.

Il lui recouvrit les mains des siennes et l'aida à déboucler le ceinturon, puis la laissa ouvrir le jean, infiltrer les mains à l'intérieur et refermer les doigts sur lui au travers du caleçon. En le sentant aussi dur, aussi chaud, elle fut envahie d'un désir aussi brûlant qu'impérieux. Elle lui passa une cuisse entre les jambes et l'attira tout contre elle.

— C'est là que je te veux, murmura-t-elle en se frottant langoureusement contre lui.

Il poussa un grognement sourd, l'embrassa passionnément et la fit s'incliner davantage sur le canapé.

Puis il se redressa et sortit son portefeuille de sa poche

arrière. Elle vit ses mains trembler un peu alors qu'il en sortait un préservatif pour en déchirer l'étui avec les dents. La bouche soudain sèche, elle le regarda se libérer et gainer son sexe tendu.

— Tu es si belle, grommela-t-il d'une voix caverneuse. Excuse-moi, je ne peux pas attendre de…

— Je ne veux pas que tu attendes, approuva-t-elle dans un souffle.

Elle le regarda lui enlever son slip et se retrouva entièrement nue sous ses yeux, très excitée de l'être alors que lui-même était encore habillé. Il lui coupa le souffle en passant un doigt sur son sexe douloureux de désir.

— Oh ! hoqueta-t-elle, avant de cambrer les hanches en une invitation muette.

— Bientôt, lui promit-il en la caressant encore. Je vois que tu es prête pour moi…

— C'est toi, c'est toi qui me fais ça…

La caresse de ses doigts était presque insupportable pour elle, et elle s'entendit gémir. Il parut comprendre qu'elle ne tiendrait plus très longtemps, car il lui saisit les genoux et lui ouvrit grand les cuisses.

— Désolé, ma douce. Je ne peux pas faire doucement, dit-il en se positionnant à l'entrée de son corps.

Elle n'eut pas le temps de lui répondre que ça lui convenait : il s'était déjà enfoui au plus profond d'elle. Elle lâcha un hoquet et laissa retomber sa tête en arrière sur le canapé. Il l'emplissait complètement à présent, et la sensation de ce sexe dur en elle lui était, là encore, insupportable. Il se poussa plusieurs fois presque violemment en elle, referma les mains sur ses seins, lui agaça les mamelons, et elle se cambra en poussant un premier cri de plaisir.

— Oui…, susurra-t-il d'une voix douce.

Elle regarda son visage se contracter alors qu'il accentuait les mouvements de son corps et le sentit enfler encore en elle. Mais, quand il lui orienta les hanches pour mieux la pénétrer, elle ne put rien contre l'orgasme qu'elle avait senti venir. Le plaisir se répandit en elle par vagues, et son corps fut secoué de spasmes délectables.

Au-dessus d'elle, Rafe prit une expression presque féroce en la regardant jouir, avant de s'enfoncer une ultime fois en elle. Il poussa un cri rauque, se figea, puis s'écroula sur elle.

Au bout d'un instant, il lui ramena les jambes dans une position normale. Elle perçut la multitude de baisers qu'il semait sur sa joue et sa tempe, et lui noua les bras autour du cou, avant de les resserrer. Savoir qu'elle avait eu cet effet-là sur lui était extraordinaire. Euphorisant. Ils restèrent ainsi plusieurs longues minutes avant que Rafe ne finisse par se redresser.

— Ça va ?

L'air frais venu de la fenêtre caressa sa peau surchauffée et elle hocha la tête en regrettant la chaleur masculine. Déjà, il quittait la pièce. Se remettant sur pied, elle constata avec regret qu'il n'y avait ni couverture ni plaid dans lequel s'enrouler. Maintenant que l'urgence était passée, elle se sentait gênée de son propre comportement. Certes, sortir de sa zone de confort ne la dérangeait pas — ne la dérangeait plus —, mais là, c'était un peu trop ! Elle en était tant sortie qu'elle pourrait aussi bien avoir atterri en terre étrangère.

Elle entendit la chasse d'eau et récupéra ses vêtements. Quand Rafe revint dans la pièce, elle avait remis sa petite culotte et achevait de reboutonner son chemisier. Sans en être certaine, elle crut déceler comme de la déception sur le visage de Rafe.

— Je commençais à avoir froid, bredouilla-t-elle en guise d'explication, avant d'attraper son jean.

— Alors laisse-moi te réchauffer ! proposa-t-il avec un sourire. As-tu faim ? Puis-je te servir quelque chose à boire ?

— Non, merci, je, euh… je crois que je vais aller prendre une douche, bafouilla-t-elle en cherchant ses chaussures.

— Eh, attends un peu !

Rafe vint se placer devant elle, repoussa les cheveux qui lui étaient tombés sur la figure et la dévisagea avec attention.

— Que se passe-t-il ? Je sais que tout ça a été un peu précipité et pas vraiment romantique, mais je suis prêt à parier que toi aussi tu avais envie de moi.

Il avait une telle inquiétude dans les yeux qu'elle sentit son cœur se serrer.

— C'est vrai, répondit-elle. C'est juste que… que tu me donnes envie de faire des choses que je n'aurais jamais envisagé de faire il y a seulement deux jours, et après je me sens si… si…

Elle s'interrompit, incapable d'exprimer ce qu'elle éprouvait. Et n'étant même pas certaine de pouvoir se l'avouer à elle-même. Il la faisait s'oublier elle-même — avec lui, elle devenait quelqu'un d'autre. Avait-elle eu envie de faire l'amour avec lui au beau milieu de son salon ? Bon sang, oui ! Mais ça ne l'empêchait pas d'en avoir ensuite un peu honte.

A son grand dam, Rafe l'attira entre ses bras.

— Je suis désolé, murmura-t-il contre son oreille. Je suis un insensible, avec pour seule excuse d'avoir passé trop de temps dans les régions du monde les moins civilisées. Je n'ai encore jamais connu une femme telle que toi, et j'oublie parfois que tu n'es pas comme…

Il s'interrompit brutalement.

Sara s'écarta de lui, perplexe.

— Comme qui ? interrogea-t-elle savoir, pleine d'appréhension.

Une ex-petite amie lui avait-elle brisé le cœur ? Une femme qu'il aimait toujours, peut-être…

— Rien, répondit-il en se frottant le visage. Ce n'est rien. Va prendre ta douche.

Elle rassembla le reste de ses vêtements et gravit très vite l'escalier, consciente du regard de Rafe posé sur elle. D'un côté, elle avait envie de lui demander de la rejoindre, de lui suggérer de passer le reste de la journée et la nuit au lit, mais de l'autre ses derniers mots la hantaient. « J'oublie parfois que tu n'es pas comme… »

Comme qui ?

La réponse à cette question la tourmentait et lui faisait une peur bleue.

Rafe la regarda monter en se fustigeant lui-même. Quel pauvre crétin il était ! Il faudrait qu'il la rattrape. Elle était mal, c'était patent, et, s'il avait un tant soit peu de décence, il devait la suivre et lui assurer que le problème ne venait pas d'elle, mais de lui.

Ce qui s'était passé dans le salon ne cessait de tourner dans sa tête et il n'avait qu'une envie : recommencer. Le seul fait de revoir Sara exposée nue sur son canapé suffit à faire renaître son désir. Il ne se lassait pas d'elle. Et, alors même qu'il rejouait tout le scénario en pensée, il s'agonit encore une fois d'insultes pour la façon dont il l'avait traitée. Seigneur Dieu, il avait été si pressé d'être en elle qu'il n'avait pas songé une seule seconde à ce qu'elle éprouvait ! C'était pourtant évident qu'elle n'était pas le genre à cumuler les aventures d'une nuit, et pourtant il l'avait prise sur l'accoudoir du canapé. Sans même s'accorder le temps de se dévêtir ! Il ne parvenait pas à se rappeler si une femme lui avait déjà fait cet effet-là, cette impression d'être dévoré par des flammes qu'elle seule pouvait — et savait — éteindre.

Il attendit d'entendre couler la douche dans la chambre d'amis pour monter. En se déshabillant, il décida que lui aussi avait grand besoin d'une douche, mais d'une douche froide. Il désirait encore Sara malgré l'intensité de l'orgasme qu'il venait de connaître. Il gagna la salle de bains et allait grimper dans la cabine quand il lâcha un juron.

Il était bel et bien fichu.

Il se drapa vivement les hanches d'une serviette et traversa le palier en direction de la chambre de Sara. Devant la porte, il marqua une très brève hésitation avant de la pousser et d'entrer. Elle avait jeté ses vêtements en tas par terre, et une légère brume de vapeur émanait de la porte entrouverte de la salle de bains. Il ne put résister plus longtemps, traversa la chambre et entra dans la salle de bains. Baignée de vapeur, la silhouette de Sara était à peine visible derrière les parois de verre. Il prit une grande inspiration et tira le pare-douche.

Sara fit volte-face, surprise, et fixa sur lui un regard stupéfait.

— Sara, dit-il d'une voix incertaine. Je peux venir ?

Une éponge de douche mousseuse plaquée sur la poitrine, elle cilla plusieurs fois. Au moment où il pensait qu'elle allait refuser, elle baissa l'éponge et recula d'un pas pour lui faire de la place. Il dénoua sa serviette, la laissa tomber par terre et entra dans la cabine, sans manquer le regard qu'elle jeta à son érection.

— Rafe…

Sa voix n'avait guère été plus qu'un murmure.

Il enfouit les doigts dans ses cheveux trempés et lui fit lever le visage vers lui.

— Tu as dit que je te fais faire des choses que tu n'aurais même jamais envisagé d'accomplir il y a à peine deux jours. Eh bien, moi, je peux en dire autant, déclara-t-il avant de lui adresser un sourire piteux devant sa mine interrogatrice. Tu me fais un effet qu'aucune autre femme ne m'a jamais fait. Tu me rends fou.

Il fouilla son regard, vit ses pupilles se dilater et l'entendit pousser un petit soupir. Il baissa la tête et posa les lèvres sur sa bouche sous le jet d'eau chaude qui les aspergeait. Elle lui rendit son baiser, et il glissa les mains dans son dos pour le lui caresser.

— Oh ! souffla-t-elle en lui arrachant sa bouche pour la presser contre son épaule. J'ai du mal à croire que tu m'aies suivie jusqu'ici. Je pensais que tu regrettais ce qui s'est passé en bas.

— Quoi ?

Il se redressa pour la dévisager.

— Tu plaisantes ? Belle dame, c'était la réalisation d'un de mes plus beaux fantasmes !

Il recula d'un pas, lui écarta les bras et la contempla. Ses seins fermes et pleins, sa taille mince, ses hanches incurvées…

— Mais regarde-toi, comment peut-on résister à un corps pareil ?

Elle se mit à rire et l'attira de nouveau à elle pour qu'il l'entoure de ses bras.

— Je suis heureuse que tu penses ça !

Il dut alors réprimer une envie impérieuse de la soulever pour la faire redescendre sur son sexe érigé. Il préféra lui prendre l'éponge des mains et lui savonner doucement les seins, puis regarder l'eau y dessiner des petits chemins bien propres autour des mamelons. Hypnotisé, il fit tourner l'éponge dans ses mains jusqu'à les avoir blanches de savon. Alors, il entreprit de savonner sa compagne...

Sara émit un murmure de plaisir quand il passa une main entre ses cuisses, elle rejeta la tête en arrière et écarta plus les jambes afin de lui offrir un meilleur accès.

— Seigneur, tu es si douce ! murmura Rafe en commençant à la caresser. Je pourrais te cajoler à longueur de temps.

— Et je te laisserais faire, assura-t-elle avec un petit rire haletant. Oh ! que c'est bon...

Il lui passa un bras autour de la taille quand elle se laissa aller contre le mur carrelé, mais sans interrompre ses caresses.

— Quand je pense que j'ai failli te laisser prendre ta douche toute seule, murmura-t-il.

Elle lâcha un hoquet quand il lui mordilla tendrement la gorge.

— Et qu'est-ce qui t'a fait changer d'avis ?

— La pensée de toi ici. Seule. Nue.

Elle rit.

— Mais vous aviez déjà fait ce que vous vouliez de moi, sergent. Que pouviez-vous vouloir de plus ?

— Oh ! Bien d'autres choses, mademoiselle, répondit-il en refermant la bouche sur un sein et en l'entendant hoqueter doucement. Laissez-moi vous montrer.

*
* *

Bien plus tard, dans le grand lit, la tête sur l'épaule de Rafe, Sara laissa courir son doigt dans la vallée au milieu de son torse. Il faisait nuit, mais la lumière de la salle de bains illuminait suffisamment la pièce pour qu'elle puisse distinguer ses traits. Dans la semi-pénombre, il avait un air vaguement satanique. Dangereux.

— A quoi penses-tu ? demanda-t-elle à mi-voix.

Il tourna la tête vers elle avec un petit sourire.

— A toi.

— Ah, oui ? répondit-elle, souriant elle aussi. Et que penses-tu à mon propos ?

Il roula sur le flanc, se souleva sur un coude et lui caressa les cheveux.

— J'étais juste en train de me dire que ma permission s'arrête dans deux semaines, mais qu'il me reste d'autres congés à prendre. Je pourrais certainement obtenir deux semaines supplémentaires.

— Est-ce vraiment ce que tu veux ? interrogea-t-elle en choisissant bien ses mots.

— Ce que je veux, c'est beaucoup plus qu'une semaine avec toi, répondit-il en poussant un soupir.

Sara perçut la frustration dans sa voix, et une douce chaleur l'envahit. Il voulait passer plus de temps avec elle ! Elle en fut émue, mais quelque chose en elle hésita à voir trop dans ses paroles. Rafe était un soldat des Opérations spéciales. A part une semaine ou deux par-ci par-là, quel genre de relation pourraient-ils avoir, tous les deux ? Bientôt, il reprendrait son service, et elle ignorait si elle était le genre de femme à attendre patiemment le retour de son homme pendant six mois ou davantage. Et s'il ne revenait pas ? S'il se faisait tuer dans une mission ? Cette seule pensée provoqua aussitôt en elle une réaction physique : son cœur se serra tant qu'elle eut du mal à respirer.

Elle roula sur le lit et s'assit, dans un effort pour recouvrer son souffle. Derrière elle, Rafe se rapprocha.

— Que se passe-t-il ? Tu vas bien ?

Elle hocha la tête, veillant à ne pas le regarder.

— Oui, j'ai juste été un peu surprise, expliqua-t-elle. Enfin, tu ne me connais que depuis deux jours…

— Tu dois te dire qu'on s'est lancés un petit peu trop vite, déclara-t-il d'une voix paisible en lui caressant le bras. Tu t'imagines peut-être même que je t'ai invitée à rester ici pendant une semaine dans le seul but de te fourrer dans mon lit.

— Manifestement, tu n'as pas eu besoin de faire de gros efforts pour me convaincre, fit-elle remarquer en lui décochant un bref sourire par-dessus son épaule.

— Tu as des regrets ?

Cette fois, elle se retourna pour le regarder.

— C'est juste que je ne peux pas m'empêcher de me demander où cela nous mène. Que tu veuilles passer plus de temps avec moi me fait un plaisir fou, mais nous avons tous les deux des métiers exigeants. Enfin, d'accord, le tien l'est encore plus que le mien, mais même si toi tu obtiens un congé supplémentaire, je ne crois pas que ma rédactrice en chef, elle, se montrera aussi accommodante, dit-elle avec un sourire penaud. Je suis sûre qu'elle considère déjà cette semaine-ci comme un congé prolongé pour moi. De toute façon, à la fin de la semaine, il faudra que je lui rende un article sur toi.

Rafe poussa un petit grognement, roula sur le dos et se posa un bras sur les yeux.

— Bon sang, c'est vrai. J'en étais venu à oublier que tu es journaliste. Le scoop avant tout, c'est ça ?

Sara se rembrunit devant tant d'amertume.

— C'était le marché, Rafe, tu te souviens ? J'acceptais de passer une semaine avec toi et, en échange, tu me racontais ce que tu as fait là-bas.

Rafe marmonna un juron, se leva, alla se placer devant la fenêtre et regarda dehors, la mine fermée.

— Alors, tout cela ne serait rien d'autre qu'un arrangement professionnel, c'est bien ce que tu es en train de me dire ?

Sara s'absorba dans la contemplation du corps masculin dans le halo doré des lampadaires. Les ombres qui jouaient sur son corps faisaient ressortir sa prodigieuse musculature et soulignaient la puissance de ses épaules. Tout ce corps était contracté, et elle pouvait presque percevoir la frustration qui en émanait par vagues. Elle se leva à son tour et se servit du drap comme d'une toge.

— Ce n'est pas moi qui ai établi les règles, mais toi, rappela-t-elle d'un ton calme. C'étaient tes termes, pas les miens. Mais, non… tout ceci n'est pas juste à cause de mon article, et tu le sais parfaitement.

Quand il se retourna, il avait le visage dans l'ombre et elle ne put distinguer ni ses traits ni son expression.

— Et si je te demandais d'oublier ton article et de rester quand même avec moi ? s'enquit-il posément. Le ferais-tu ?

— Je ne sais pas, avoua-t-elle, le souffle coupé. J'ai des responsabilités. Même si je voulais accepter, ma rédactrice en chef attend cet article et je ne vois pas comment je pourrais lui faire comprendre qu'elle ne l'aura pas. Ce travail, j'en ai besoin. Il faut que je lui donne cet article, Rafe.

Il se passa une main sur les cheveux et marmonna un juron à voix basse.

— Mais pourquoi cette histoire en particulier, Sara ? Et pour qui a-t-elle une réelle importance ? Pour ta rédactrice en chef, ou pour toi ?

Elle prit le temps de la réflexion.

— Eh bien, elle est importante pour nous deux, mais Lauren dit que cette histoire de mission de sauvetage serait un scoop majeur pour le magazine.

— Et à toi, qu'est-ce que ça ferait de signer un article comme ça ? demanda-t-il d'une voix faussement douce.

Elle dut s'éclaircir la gorge.

— Ça serait peut-être l'occasion de marquer un point. Sur le plan professionnel, s'entend.

Le silence de Rafe devint assourdissant.

— Essaie de comprendre, Rafe ! reprit-elle. Sais-tu à quel point il est rare de tenir un scoop comme ton histoire ?

— J'essaie, répondit-il sombrement. Je sais bien que je t'ai promis de tout te raconter si tu restais avec moi, mais je préférerais que tu sois ici parce que tu en as envie, et non pas parce que je vais te donner un scoop sur ce qui est une mission qualifiée secret-défense.

Sara se recroquevilla sur elle-même avec l'impression d'avoir reçu une gifle.

— Ce n'est pas juste, dit-elle. J'ai envie d'être ici avec toi, tu le sais. Mais pourquoi ne pourrais-je pas vouloir aussi mon article ? Pourquoi ne pourrais-je pas avoir les deux ?

Il eut un petit rire.

— Parce que alors je ne saurais jamais vraiment, n'est-ce pas ?

— Tu ne saurais jamais vraiment… quoi ?

A peine avait-elle posé la question qu'elle en comprit la réponse. Il ne saurait jamais vraiment si elle était là parce qu'elle en avait envie ou parce qu'elle voulait un scoop qu'il était le seul à pouvoir lui donner. La colère commença à monter en elle. N'était-il pas plus ou moins en train de dire qu'elle ne valait guère mieux que Colette, qu'elle se vendait pour en retirer un profit ?

— Que se passe-t-il, Rafe ? Pourquoi est-ce que ça te contrarie tant que je veuille connaître cette histoire ? Tu sais qui je suis : une journaliste. C'est mon métier, mais tu as été très clair, je sais que tu méprises les journalistes, dit-elle avant de marquer une pause. Pourquoi ?

— Pourquoi ? Je vais te dire pourquoi, assura-t-il tout bas en venant se planter devant elle, si près qu'une grande inspiration de Sara aurait mis ses seins en contact avec son torse. Une des trois femmes que nous avons secourues au Pakistan était journaliste.

— Et alors ? fit-elle sans comprendre.

— Alors ? Mes hommes et moi, nous avons risqué notre peau pour sauver ses jolies petites fesses, mais être secourue n'était pas sa priorité, loin de là !

Sara le dévisagea sans être sûre de comprendre.

— Et sa priorité, c'était quoi ? demanda-t-elle dans un souffle.

— Photographier des talibans. Seulement, tout ce qu'elle a réussi à faire, c'est se faire kidnapper avec deux membres d'une organisation humanitaire. Même après avoir été délivrée de l'endroit où on les retenait prisonnières, elle n'avait qu'une idée en tête : enregistrer la mission de sauvetage avec son appareil photo. Deux de mes hommes ont été blessés et ont failli mourir à cause d'elle et de sa volonté imbécile d'obtenir un bon papier. Pire, si nous ne lui avions pas confisqué son matériel et n'avions pas convaincu son rédacteur en chef que l'article ferait voler en éclats nos couvertures parce qu'il mettrait nos missions futures en péril, elle aurait publié son histoire en première page d'un magazine à grand tirage.

Il s'éloigna et Sara se laissa aller contre le mur en serrant le drap autour d'elle. Elle comprenait à présent la grossièreté qu'il avait manifestée à son égard le premier soir, quand on la lui avait présentée comme une journaliste de l'*American Man*. Tout comme elle comprenait pourquoi, au café, il était parti brusquement quand elle lui avait demandé de parler du sauvetage. Vu ce qu'il venait de raconter, il n'avait aucune raison de lui faire confiance. En fait, elle ne lui avait pas vraiment donné de raisons de penser qu'elle pouvait être différente de cette autre journaliste.

— Je ne suis pas comme elle, parvint-elle à affirmer d'une voix tendue. Je t'ai déjà dit que je garderais secrète ton identité et que je ne publierais pas ta photo. Je voulais juste entendre l'histoire du sauvetage.

— Eh bien, maintenant, c'est fait, grommela Rafe avant de se tourner vers elle avec une expression prédatrice. Ce qui me ramène à une question à laquelle tu n'as jamais répondu : comment as-tu appris mon implication dans le sauvetage ? Cette émission était secrète, et seule une poignée d'hommes en étaient informés au Pentagone. Quelle est ta « source digne de foi » ? Un autre pauvre imbécile avec qui tu as couché pour obtenir ton histoire ?

— Rafe, s'il te plaît, ne fais pas ça.

Il ne pensait pas vraiment ce qu'il venait de dire, elle en était sûre, mais ces mots ne l'en avaient pas moins terriblement blessée.

— Tu as raison, soupira-t-il. Tu sais quoi ? Je suis désolé. Il se fait tard et nous avons tous les deux besoin d'une bonne nuit de sommeil. Tu peux rester ici, si tu veux. Je dormirai en bas, sur le canapé. Et ne t'en fais pas : ça ne se reproduira pas.

Sidérée, malade à l'idée qu'il ne pût même pas rester dormir dans la même pièce qu'elle, elle le dévisagea. Elle le vit sortir un caleçon propre de sa commode et l'enfiler. Et ce ne fut que lorsqu'il se jeta une couverture sur le bras qu'elle s'imprégna de la réalité.

— Non, ne t'en va pas ! l'implora-t-elle en levant une main pour l'arrêter.

— Tu veux que je reste ?

— Je veux juste dire que je vais dormir à côté, dans la chambre d'amis. Tu n'as pas besoin de descendre.

— Merci, marmonna-t-il, sans aucune reconnaissance.

Sara hésita, cherchant quelque chose à dire, ou souhaitant trouver une formule magique pour revenir en arrière d'une petite heure. Elle envisagea de lui dire qu'elle renoncerait à son article s'il lui permettait de rester auprès de lui pour la nuit, pour deux semaines… pour toujours.

Mais elle ne pouvait pas faire ça, elle le savait. Si, à la fin de la semaine, elle n'avait pas un article à donner à Lauren, elle perdrait son travail. Et, si elle était licenciée, elle n'aurait d'autre solution que de rentrer en Pennsylvanie. Il y avait pléthore de journalistes à Washington et, sans références ni véritable scoop dans son dossier, elle aurait un mal fou à trouver un autre emploi.

Elle poussa un profond soupir et se détourna.

— A demain, murmura-t-elle.

Sans attendre de réponse, elle fila dans la chambre d'amis, referma la porte derrière elle et se glissa nue entre les draps froids.

Allongée en chien de fusil, elle imagina Rafe dans la pièce voisine et se reprocha d'être une telle poule mouillée. Pourquoi ne lui avait-elle pas dit que son article ne comptait pas, qu'être avec lui était bien plus important à ses yeux ? Mais non, elle ne l'avait pas fait. Elle lui avait préféré son travail. Avec un grognement, elle enfouit le visage dans l'oreiller. Son travail… elle ne l'aimait même pas vraiment, son travail. Ce dont, en revanche, elle avait besoin, c'était l'argent et les relations qu'il lui procurait. Alors, elle s'avoua que, sur ce point, elle n'était pas si différente de Colette que cela.

- 12 -

Incapable de trouver le sommeil, Sara passa plusieurs heures à se repasser mentalement la scène de la soirée, et à s'admonester pour l'avoir si mal gérée. Bon, elle dormirait une autre fois, finit-elle par décider en rallumant. Elle ouvrit son ordinateur portable et allait vérifier ses e-mails quand elle se souvint de la carte mémoire dissimulée dans son sac.

Elle alla la récupérer, l'inséra dans le portable, appela le fichier et… ne fut pas plus avancée. Les données étaient cryptées, et savoir comment les déchiffrer dépassait de loin ses capacités en informatique. Elle la remit donc dans sa cachette et se concentra sur son courrier électronique.

Le matin venu, elle refit son sac en tâchant de se convaincre que retourner chez elle était la bonne décision. Toute cette histoire n'avait été qu'une épouvantable erreur. Leurs vies à tous deux étaient bien trop différentes pour qu'une relation fût possible entre eux. Rafe méprisait les journalistes, et elle-même n'était pas certaine de pouvoir supporter les longues périodes d'attente entre les missions. Qui plus est, il n'avait aucun droit de lui demander de choisir entre lui et sa carrière. Elle non plus, elle n'était pas ravie qu'il ait un travail aussi risqué, mais jamais il ne lui viendrait à l'idée d'exiger de lui qu'il renonce à l'armée pour elle !

Et puis il y avait cet article. Rafe ne lui donnerait

aucune information, il avait été très clair sur ce point, et, comme elle s'était engagée à taire son identité, que lui restait-il ? Elle s'était raconté des histoires en se disant que ce papier lancerait sa carrière. Il n'y aurait pas d'article retentissant, pas de scoop, et elle ferait mieux d'en avertir tout de suite Lauren, quitte à se retrouver au chômage.

Saisie d'appréhension à l'idée de revoir Rafe, elle prit une grande inspiration et descendit au rez-de-chaussée. Elle savait qu'elle le trouverait là, elle l'entendait aller et venir depuis un bon moment déjà. Et si elle lui présentait des excuses, si elle lui révélait ce qu'elle avait envisagé de faire, et que cela ne change rien ? Elle n'était pas sûre de pouvoir supporter un rejet. Non, mieux valait tirer un trait définitif sur toute cette histoire.

Quand elle arriva dans la cuisine, Rafe versait du café dans deux tasses. Elle vit son regard noir s'attarder sur le sac et la mallette d'ordinateur qu'elle déposa près de la porte. S'il ne dit rien, elle ne manqua pas de remarquer la soudaine contraction de sa mâchoire. Et, quand il lui tendit un café, elle nota aussi ses joues broussailleuses et les fines rides de fatigue autour de sa bouche. Elle-même devait avoir une tête à faire peur, mais lui aussi !

— Merci, murmura-t-elle en prenant la tasse et en refermant les mains autour.

Elle ne pouvait se résoudre à le regarder. Elle avait trop peur de l'expression qu'elle découvrirait. La tension était quasi palpable dans la cuisine.

— Sara, à propos d'hier soir…, commença-t-il en posant sa tasse sur l'îlot central.

La soudaine sonnerie du portable de Sara la fit tant sursauter que le café lui ébouillanta les doigts.

— Aïe !

Rafe lui prit vivement le récipient des mains, et elle s'essuya sur les fesses de son jean avant de se pencher pour récupérer son téléphone dans son sac. Le numéro affiché ne lui dit rien.

— Allô ?

— Sara Sinclair ?

— Elle-même.

— Inspecteur Paul Anderson, de la police métropolitaine, à l'appareil. J'ai obtenu votre numéro par votre voisine, Mme Parker.

— Elle va bien ? s'enquit aussitôt Sara.

— Oui, oui. Elle nous a contactés parce qu'il y a eu un cambriolage chez vous. Nous aurions besoin de votre présence pour vérifier ce qui manque, afin de pouvoir faire notre rapport.

— J'ai été cambriolée ? répéta Sara, incrédule.

— Oui, madame. D'après votre voisine, vous êtes en vacances. Dans combien de temps pensez-vous pouvoir être là ?

Sara se plaqua une main sur le front, à peine consciente que Rafe s'était rapproché d'elle.

— J'arrive. Enfin, je séjourne actuellement chez un… un ami. Je devrais être là d'ici trois quarts d'heure.

La communication terminée, elle se retourna vers Rafe, vaguement étourdie.

— J'ai été cambriolée. Il faut que j'y aille.

— Je t'emmène.

— Non… enfin, je peux conduire. Tu n'as pas besoin de venir.

— Ce n'est pas une suggestion, Sara. Je t'emmène, un point c'est tout. Laisse tes affaires ici, dit-il en la voyant se pencher pour prendre ses sacs. Si quelqu'un s'est introduit dans ton appartement, il est hors de question que tu y retournes.

— Euh... oui, évidemment, répondit-elle en se redressant.

Rafe garda un silence maussade pendant tout le trajet. En arrivant devant chez elle, Sara eut la surprise de ne voir aucun véhicule de patrouille dans la rue.

— C'est bizarre, dit-elle en descendant de voiture, j'aurais cru qu'ils seraient encore là. Peut-être qu'on les a appelés ailleurs.

— Crois-moi, ils sont là-haut, répondit Rafe en lui faisant signe de le précéder.

— Comment le sais-tu ?

— Tu vois cette voiture, dans le virage ? D'après la marque et le modèle, je suis sûr que c'est une voiture banalisée.

Elle s'aperçut qu'il avait vu juste en arrivant au troisième étage. La porte de chez elle était entrouverte et l'on entendait des voix à l'intérieur. Elle voulut entrer, mais se figea net sur le seuil en portant une main à sa bouche. On eût dit qu'un ouragan avait dévasté son appartement. Les meubles étaient renversés, le sol jonché de livres, de photos et de papiers échappés des tiroirs retournés de son bureau. Même la cuisine n'avait pas été épargnée : le carrelage disparaissait sous la vaisselle brisée.

— Oh ! mon Dieu ! souffla-t-elle en allant ramasser une photo.

Le cadre était cassé, le verre fendu. Des larmes brûlantes lui montèrent aux yeux alors qu'elle berçait le portrait de son père contre son cœur. Eperdue, elle se tourna vers Rafe.

— Qui a bien pu faire cela ? Et pourquoi ?

Plantée au milieu du désastre, en robe de chambre

à fleurs, Mme Parker était flanquée de deux hommes. L'un d'eux prenait des notes sur un petit carnet. Sous le choc, Sara fit un pas vers eux. Rafe lui passa alors le bras autour des épaules, et ce soutien provoqua en elle une immense vague de reconnaissance.

— Mademoiselle Sinclair ?

L'un des hommes s'avança et lui présenta un portefeuille ouvert sur une carte d'identification à l'allure officielle, et un badge. Elle eut l'impression que son visage lui rappelait vaguement quelque chose, mais elle ne parvint pas à retrouver quoi. L'avait-elle déjà vu ?

— Je suis l'inspecteur Anderson, et voici mon coéquipier, l'inspecteur Michaels, lui dit-il.

— Ma pauvre petite chérie ! s'écria Mme Parker en enjambant les débris avec précaution pour venir lui prendre la main. J'ai entendu du bruit juste après minuit, mais j'ai cru que ça venait de chez le jeune du dessous. Tu sais, celui qui adore faire la fête.

Sara hocha la tête sans rien dire.

— Et puis, quand je suis sortie prendre mon journal ce matin, j'ai vu ta porte entrebâillée, et j'ai cru que tu étais de retour. Mais, quand je l'ai poussée…, poursuivit sa voisine en lui tapotant la main. Dieu merci, tu n'étais pas là ! Je ne veux même pas penser à ce qu'ils auraient pu te faire…

— Et moi je suis ravie que vous ne soyez pas venue voir ce qui se passait en pleine nuit ! lui répondit Sara. Merci d'avoir téléphoné à la police.

— C'est à ça que ça sert, les voisins, non ? fit Mme Parker en souriant. Bien, maintenant que tu as du pain sur la planche, je m'en vais. Appelle-moi si tu as besoin de quoi que ce soit.

— D'accord ! Et merci encore…

La vieille dame sortit et l'inspecteur s'adressa à Sara.

— Mademoiselle Sinclair, dit-il, nous aurions besoin que vous fassiez un inventaire de vos possessions afin de voir ce qui vous a été dérobé.

Elle hocha la tête et posa la photo de son père sur une étagère.

— D'accord, mais je ne pourrai être certaine de rien tant que je n'aurai pas trié, nettoyé et rangé un peu. Il va peut-être me falloir plusieurs jours.

— Pas de problème, dit l'homme avant de marquer une hésitation. Voyez-vous une raison quelconque qui aurait pu inciter les cambrioleurs à choisir précisément votre appartement ?

— Non, aucune, affirma-t-elle en désignant de la main l'appartement dévasté. Je ne possède aucun objet de valeur, et même mes bijoux sont en pacotille.

Un hoquet lui échappa au souvenir de la robe Carolina Herrera qu'une amie lui avait prêtée pour le bal, et qu'elle n'avait pas eu le temps de rendre. Pourvu que les voleurs ne l'aient pas emportée ! Elle valait plusieurs milliers de dollars, et elle n'aurait jamais les moyens de la rembourser…

Elle courut à sa chambre, où tout avait également été dévasté, et poussa un soupir de soulagement en apercevant la superbe robe cobalt en tas par terre dans son plastique de protection. Elle la souleva avec mille précautions, puis elle se retourna vers les trois hommes qui l'avaient suivie, confuse.

— Cette robe doit coûter cinq mille dollars, leur expliqua-t-elle. S'ils cherchaient des biens facilement monnayables, pourquoi ne l'ont-ils pas prise ?

L'ombre d'un sourire éclaira le visage de Rafe.

— Apparemment, tes voleurs n'appréciaient pas la haute couture, dit-il.

— Ils cherchaient probablement de petits appareils facilement démontables et escamotables, enchaîna l'inspecteur Anderson. En avez-vous, mademoiselle Sinclair ? Un ordinateur portable, ou un iPad, peut-être ?

Elle allait lui dire que son portable se trouvait chez Rafe quand celui-ci lui coupa prestement la parole.

— Je pense que Sara a besoin d'être un peu seule pour le moment. Si vous voulez, je vous l'amènerai au commissariat un peu plus tard pour que vous puissiez terminer votre rapport et lui poser d'autres questions si nécessaire.

Les inspecteurs se regardèrent, puis Anderson fit face à Rafe.

— Excusez-moi… je n'ai pas bien saisi votre nom.

— C'est normal, je ne vous l'ai pas donné.

Le policier lâcha un petit rire et se gratta le front.

— Eh bien, nous aurions davantage sur quoi avancer si Mlle Sinclair pouvait répondre tout de suite à nos questions.

— Je comprends bien, mais je ne vois aucun intérêt à la soumettre à un interrogatoire pour le moment. Je vous promets de vous l'amener tout à l'heure. Ça lui laissera le temps de dresser une liste des objets manquants.

Il avait dit cela sur un ton poli, mais inflexible, que les deux policiers durent percevoir.

— Très bien, répondit celui qui prenait des notes en refermant brutalement son carnet.

Il se tourna vers Sara, sortit un petit étui de sa poche et en tira un rectangle de carton fort, qu'il lui tendit.

— Voici ma carte. Appelez-moi avant de venir.

Rafe les raccompagna à la porte et referma derrière

eux. Après avoir déposé la robe sur son lit, Sara l'avait suivi dans le salon en enjambant le fatras répandu par terre.

— Pourquoi était-il…, commença-t-elle.

Rafe la fit aussitôt taire d'un doigt posé sur la bouche.

Il se pencha et lui murmura à l'oreille :

— Lamente-toi sur le désastre, mais ne mentionne rien de ce qui a pu être volé, et ne spécule pas sur ce que pouvaient bien vouloir les cambrioleurs. Et, surtout, parle fort !

Il se redressa, leva les yeux vers le plafond et lui indiqua du doigt le petit lustre.

— Ce que je ne comprends pas, dit-elle en suivant ses instructions, c'est pourquoi ils ont mis un tel désordre. Enfin, franchement, qui aurait l'idée de garder des objets de valeur dans un tiroir de cuisine ?

Pendant qu'elle parlait, Rafe dévissa le globe du lustre, examina les branchements et finit par en décrocher habilement ce qui ressemblait à un petit cube noir. Il remonta le lustre et Sara le regarda ensuite parcourir l'appartement, localiser et subtiliser deux autres engins similaires, un dans la cuisine et l'autre dans la chambre. Elle n'eut pas besoin d'un manuel pour comprendre de quoi il s'agissait, et les implications de ces objets chez elle la terrifièrent. Pourtant, elle parvint à poursuivre sa diatribe quant aux méfaits de l'appât du gain, tout en regardant Rafe ouvrir le congélateur. Mais, quand il enfonça ses trouvailles dans un bac de trois litres de glace au chocolat, la surprise la laissa sans voix.

— Ecoute, dit-il d'un ton badin en refermant le congélateur, je vois bien que tu es dans tous tes états. Comme, apparemment, on ne t'a rien pris qui ait de la valeur, pourquoi ne pas laisser tout ça comme ça pour le moment ? Allons prendre un petit déjeuner quelque part et ensuite nous nous mettrons en quête d'un hôtel sympa où tu pourras séjourner tant que ton appartement ne sera pas redevenu habitable. Tu devrais préparer un sac pour deux nuits.

Sara ne se laissa pas leurrer par ce petit discours, destiné à d'autres mouchards qu'il n'aurait pas repérés.

— Tu as raison.

Elle s'en fut dans sa chambre. On avait même sorti sa petite valise de sous le lit, et il ne lui fallut que quelques minutes pour la remplir et la refermer. Elle allait la soulever quand, sur une impulsion, elle se jeta la robe sur le bras.

— Tu as prévu d'aller au bal ? lui demanda Rafe en la voyant revenir.

— Je préfère ne courir aucun risque, répondit-elle en souriant. Ils ne l'ont pas prise cette fois-ci, mais ils pourraient changer d'avis si l'envie leur prenait de revenir.

— Ils ne reviendront pas, assura Rafe d'un air sombre. Allons-y !

Il lui prit la valise des mains et lui fit signe de le précéder, puis il referma et verrouilla derrière eux.

— Oh ! à propos, c'était une glace délicieuse que tu as décidé de gâcher tout à l'heure, lui dit-elle en descendant l'escalier.

— Question de point de vue, rétorqua-t-il. Maintenant, si ça avait été de la glace aux noix de pécan, j'aurais peut-être pu être d'accord avec toi.

Rafe fut heureux de voir Sara sourire à sa plaisanterie. Elle avait perdu toute couleur en entrant chez elle et, même maintenant, elle était encore beaucoup trop pâle à son goût. Alors qu'ils atteignaient sa voiture, il inspecta les environs à la recherche des deux policiers. Il ne les vit nulle part, mais l'instinct lui souffla qu'on les surveillait.

Il s'installa au volant au moment où Sara enfouissait le visage dans ses mains.

— Oh ! mon Dieu, s'exclama-t-elle d'une voix tremblante. Qu'est-ce que c'est que toute cette histoire ?

— Ça va s'arranger, je te le promets, dit-il en se penchant pour la prendre dans ses bras.

Il lui pressa la tête au creux de son épaule et inspira le parfum de miel de ses cheveux.

Dire qu'à peine deux heures plus tôt il était persuadé qu'elle le quittait pour toujours… Il avait passé une nuit blanche à lutter contre l'envie d'aller la rejoindre dans sa chambre. Il avait trop exigé d'elle, trop tôt, et il ne pouvait décemment lui reprocher de s'être enfuie. Peut-être était-ce le résultat direct de son propre style de vie. Dans son métier, on n'était jamais certain d'être encore en vie le lendemain et l'on apprenait vite que, si on voulait quelque chose, on avait tout intérêt à sauter dessus sans attendre. Il avait dit la veille des choses qu'il regrettait, mais il avait à présent la ferme intention de faire voir à Sara que ce qu'ils vivaient n'avait rien d'une aventure sans lendemain. Il avait besoin d'elle dans sa vie et, plus important encore, il voulait qu'elle l'accepte dans la sienne.

— Est-ce que ça va ? demanda-t-il en orientant son visage vers lui pour voir ses yeux.

Elle opina, mais répugna à le regarder.

— Ça va. C'est juste que je n'arrive pas à croire qu'on ait pu s'introduire chez moi et, pire encore, y installer ces… ces mouchards. Pourquoi ? dit-elle en se tournant vers lui. Et comment as-tu su qu'ils étaient là ?

A contrecœur, Rafe la lâcha et mit le moteur en marche.

— Allons faire un tour, déclara-t-il.

Il s'engagea sur la voie rapide et conduisit plusieurs kilomètres avant d'atteindre une vaste zone industrielle. Alors, il emprunta une bretelle de sortie et suivit les panneaux menant à un grand centre commercial. Il perçut le regard perplexe de Sara alors qu'il dirigeait la voiture vers le parking couvert, sans cesser de jeter de fréquents coups d'œil au rétroviseur pour s'assurer qu'ils n'étaient pas suivis. Il gagna l'étage, se gara dans un emplacement libre et coupa le moteur.

— On va faire des courses ? s'étonna Sara.

— Pas exactement. On va juste procéder à un échange de marchandise.

Il sortit de voiture, s'accroupit et se mit en devoir d'inspecter le châssis et les passages de roue. Sara vint se pencher près de lui alors qu'il tâtonnait sous la voiture.

— Que cherches-tu ?

Il referma les doigts sur un petit disque, dut faire un effort pour l'arracher et ouvrit la main pour lui montrer une carte mémoire arrondie.

— Qu'est-ce que c'est ?

— C'est un minitraceur GPS, lui expliqua-t-il. Quelqu'un veut savoir où nous allons. Ou plutôt où tu vas.

— Mais ça signifie…, fit Sara, de plus en plus déroutée. Ce seraient les inspecteurs qui l'auraient mis là ?

— C'est ce que je pense, oui. Qui d'autre ?

— Mais pourquoi voudraient-ils connaître tes allées et venues ?

— Ma douce, ce n'est pas moi qui les intéresse. C'est toi qu'ils veulent, mais ils vont avoir une grosse déception, affirma Rafe en se penchant pour plaquer le traceur sous la voiture garée à côté. Maintenant, filons d'ici.

Il quitta le parking par une sortie différente, qui les mena sur une autre voie rapide que celle par laquelle ils étaient venus. Il eut beau conserver un œil sur le rétroviseur, rien ne lui indiqua qu'ils étaient suivis. Au bout de plusieurs kilomètres, il s'autorisa à se détendre.

— Il m'a bien semblé reconnaître un des inspecteurs, mais je n'ai pas pu retrouver où je l'avais déjà vu, déclara alors Sara, réfléchissant à voix haute.

— C'est lui qui te suivait dans le passage, le jour où je t'ai embrassée, lui apprit-il d'un air sombre.

— Ah, ça y est, ça me revient ! Et l'autre ? L'inspecteur Michaels ?

— Lui aussi te suivait.

— Je n'y comprends plus rien…

— Moi non plus, avoua Rafe en secouant la tête. J'ai tout d'abord pensé qu'ils n'étaient pas de vrais flics, mais leurs cartes sont authentiques. Je crois qu'ils doivent travailler pour quelqu'un, et que c'est ton ordinateur portable qu'ils cherchent. Une idée sur la raison ?

Il vit alors Sara fouiller dans son sac et en ressortir une petite carte mémoire.

— Je crois qu'ils pourraient bien chercher ça, dit-elle.

— Où as-tu eu ça ? lui demanda-t-il, perplexe.

— C'est Juliet qui me l'a donnée. Elle m'a dit que c'était une « assurance vie ». J'ai essayé de lire ce qu'il y a dedans, mais le fichier est crypté. Je crois savoir ce qu'il contient, mais je ne peux pas en être sûre à cent pour cent.

Sur une soudaine inspiration, Rafe quitta la voie rapide.

— Où allons-nous ? s'étonna Sara. Ce n'est pas par là qu'on va chez toi !

— On ne va pas chez moi, répondit-il. Tu penses bien que ces deux guignols auront noté ma plaque d’immatriculation. A présent, ils savent qui je suis et où j’habite. Ils ont déjà dû établir une surveillance autour de ma maison.

— Mais alors où va-t-on aller ?

— Un de mes bons copains est en mission actuellement. Il m’a laissé ses clés, on va aller chez lui et y séjourner tant qu’on n’aura pas compris ce qui se passe, expliqua-t-il avant de lui jeter un coup d’œil. En plus, c’est un fondu d’informatique, et il a chez lui tout le matériel qu’il nous faut pour lire cette carte.

— Est-ce qu’on sera en sécurité ?

Rafe lui prit la main et la serra.

— Je ne laisserai jamais rien t’arriver, assura-t-il.

- 13 -

Sara regardait par la vitre en repensant à ce qu'ils venaient de se dire, et tout s'éclaircit soudain dans son esprit. Quelqu'un avait engagé les deux inspecteurs pour la suivre et mettre à sac son appartement, afin de retrouver la carte mémoire qu'avait à présent Rafe dans sa poche. Et elle connaissait même l'identité de ce « quelqu'un »…

Edwin Zachary.

Elle réprima un frisson. Cet homme était assez riche pour acheter son propre pays, et il avait assez de poids politique pour le gouverner. D'accord, Rafe lui avait promis d'assurer sa sécurité, mais elle n'était pas sûre que quiconque pût la protéger d'un personnage comme celui-là.

Ils roulaient depuis une vingtaine de minutes déjà lorsqu'ils parvinrent dans un environnement plus cossu. Si elle ignorait où l'emmenait Rafe, la perspective d'une nouvelle nuit en sa compagnie lui mettait les nerfs à vif. Elle avait passé le plus clair de la matinée à ressasser les événements de la veille au soir, et à rêver de pouvoir les inverser. Elle aurait été prête à démissionner si cela pouvait lui garantir ne fût-ce qu'une semaine supplémentaire avec Rafe. Et, s'il devait partir en mission à l'étranger, elle attendrait son retour.

— Va-t-on passer la nuit chez ton ami ? finit-elle par demander.

— Oui. La place ne manque pas, répondit-il avant de lui jeter un bref coup d'œil. Cela te pose un problème ?

— Non, affirma-t-elle. Je suis juste surprise que tu aies encore envie de m'aider. D'être avec moi.

— Tu croyais le contraire ? s'étonna-t-il.

— Eh bien, après ce qui s'est passé hier soir…

Il laissa échapper un petit rire.

— Après ce qui s'est passé hier soir, je ne peux penser à rien d'autre qu'être avec toi. Aussi souvent que possible.

Une douce chaleur envahit Sara, qui le dévisagea.

— Mais je croyais… Tu méprises les journalistes. C'est bien toi qui me l'as dit.

— Hier soir, j'ai dit un tas de choses que je n'aurais pas dû dire, répondit-il en lui lançant un regard contrit. Ma seule excuse, c'est que j'avais envie de passer plus de temps avec toi, mais tu t'es montrée si rationnelle que ça m'a frustré et mis en colère.

Elle fut obligée de déglutir plusieurs fois afin de repousser le fol espoir qui commençait à germer en elle.

— Je tiens à ce que tu saches que je n'ai pas couché avec toi dans le seul but d'obtenir mon article, précisa-t-elle.

— Ravi de l'entendre.

Le silence revint dans la voiture et bientôt ils quittèrent l'artère principale pour s'engager dans une avenue bordée d'arbres et de vastes demeures en pierre du XIXe siècle. Sara nota mentalement le nom de la rue. Rafe gara la voiture et leva les yeux vers un bâtiment de brique.

— C'est ici, dit-il.

— Dis donc, pas mal, comme adresse ! Ton ami doit

venir d'une grande famille pour pouvoir se permettre de vivre ici ?

— Crois-moi, il ne vit pas au-dessus de ses moyens, répondit-il avec un petit rire.

— C'est un soldat de ton unité ?

— Oui. Un véritable emmerdeur qui peut se révéler très utile, à l'occasion.

— Comme maintenant. Ça ne va pas le déranger, qu'on vienne chez lui ?

— Pas du tout.

La robe de bal sur le bras, Sara le suivit sur le perron. Rafe posa la valise, sortit un trousseau de clés de sa poche et ouvrit la porte massive.

— Lego habite au dernier étage, mais il n'y a pas d'ascenseur, dit-il avec un sourire, tout en lui prenant la robe pour la jeter sur son épaule, alors qu'il soulevait sa valise.

— Non, sans rire ? rétorqua Sara, incrédule.

Cependant, en atteignant le dernier étage, elle ne sut si elle devait rire ou pleurer.

— Tu plaisantes ? On ne peut pas rester ici !

Rafe composa un code sur le boîtier de l'alarme, puis alla poser la robe sur l'accoudoir d'un canapé.

— Et pourquoi ça ? demanda-t-il d'un ton détaché.

— Mais parce que c'est un studio ! s'écria-t-elle en désignant le vaste espace ouvert. Il n'y a aucune intimité, et pas même une deuxième chambre. Je crois vraiment qu'on devrait plutôt aller à l'hôtel.

L'appartement, extrêmement vaste pour un studio, appartenait de toute évidence à un célibataire. Un VTT de trekking était pendu par une roue à un support accroché au mur, une paire de skis et un snowboard étaient appuyés dans un coin. Une gigantesque télévision à écran plat dominait le mur face au canapé, et de petits haut-parleurs de marque avaient été disposés autour de la pièce pour un effet sonore maximum. Contre le mur du fond, un grand bureau était recouvert d'un équipement informatique dernier cri. Au-dessus, était placardé un poster encadré de Jessica Simpson. Sa poitrine impressionnante débordait d'un soutien-gorge reproduisant le drapeau américain, et elle portait un pantalon de camouflage militaire déboutonné dont les pans écartés laissaient apercevoir un Bikini assorti au soutien-gorge. Sara laissa échapper un rire incrédule. Ah oui, vraiment un studio de célibataire !

— Je pourrai mieux te protéger ici, dit Rafe d'un air absent en enclenchant les verrous et en allant baisser le store devant l'immense baie vitrée. Et puis un hôtel ne ferait pas grande différence, puisque je ne te permettrai pas de dormir dans une chambre séparée. Au moins, ici, il y a une cuisine, et Lego a des armes dissimulées sous le plancher. Le canapé est convertible, poursuivit-il. La salle de bains est correcte. Je vais aller chercher à manger et une bouteille de vin. Que pourrais-tu vouloir de plus ?

Sara lui darda un regard incrédule.

— Des armes sous le plancher, vraiment ? Tu plaisantes, j'espère ?

— Non, répondit-il avec un petit sourire. Mais on ne va pas en avoir besoin.

Parce que je suis là, moi. Ces mots, il ne les prononça pas, mais ils flottèrent entre eux. D'instinct, elle comprit que, si c'était nécessaire, il la protégerait de son propre corps. Le simple fait de penser qu'elle le mettait peut-être en danger lui serra le cœur. Elle était dévorée d'anxiété.

Il se méprit sur son expression et vint lui poser les mains sur les épaules.

— Ce ne sera que pour un jour ou deux, assura-t-il.

— Dans ce cas, je crois que ce ne sera pas un problème si je n'ai pas prévu de pyjama, riposta-t-elle avec un large sourire.

Rafe laissa échapper un grognement et fit courir un regard affamé sur le visage de la jeune femme, avant de s'attarder sur sa bouche.

— Absolument pas, concéda-t-il en penchant la tête pour lui prendre les lèvres en un baiser à la fois tendre et possessif.

Sara se laissa aller contre lui et lui caressa le dos, mais, bien trop tôt, il se redressa.

— Tu pourrais facilement me faire tout oublier, murmura-t-il en lui caressant la joue du pouce. Mais d'abord nous avons quelques petites choses à faire. Voir ce qu'il y a sur cette carte mémoire, par exemple.

— Tu as raison, répondit-elle en s'efforçant de rassembler ses pensées embrumées.

Rafe alluma l'ordinateur, et l'économiseur d'écran de Lego apparut. Sara se rapprocha et vit la mire d'un fusil se peindre sur l'écran et s'arrêter sur une silhouette d'homme. Dès qu'elle fit le point, une série d'explosions se succéda et du sang recouvrit progressivement l'écran. Puis le processus recommença.

— Il faut aimer, marmonna Sara.

Elle soupçonnait Lego d'être bien plus jeune que Rafe, mais elle ne doutait plus de son expérience en matière d'ordinateurs. Il avait du matériel très onéreux et plusieurs périphériques qu'elle n'aurait même pas pu identifier.

Rafe tira une deuxième chaise devant l'ordinateur et lui fit signe de s'asseoir. Elle le regarda insérer la carte mémoire dans le port et, après avoir pianoté sur le clavier, ouvrir le fichier.

— Ça a l'air si facile quand tu le fais, dit-elle. Je te jure que j'ai vraiment essayé de voir ce qu'il y avait là-dedans, mais je n'ai obtenu qu'une succession incompréhensible de chiffres et de lettres.

— C'est pour cela que je t'ai suggéré d'utiliser le système de Lego, lui répondit-il.

La carte ne contenait qu'un seul fichier, tout bêtement intitulé Liste Clients. Sara retint son souffle alors que Rafe l'ouvrait, puis elle fixa l'écran, éberluée. Il y avait des centaines de noms, classés par ordre alphabétique. Sous chacun d'eux, figuraient les dates des rencontres organisées par le Club de la Pantoufle de Vair, le nom de la fille et la somme qu'avait payée le client pour ses services.

Les yeux ronds, Sara parcourut la liste. Elle incluait certains des hommes les plus puissants et les plus influents de Washington, aussi bien au Pentagone qu'à la Maison Blanche ou à la tête de puissantes firmes d'investissement. Des politiciens, des P.-D.G., des militaires de haut rang… Certains avaient payé des dizaines de milliers de dollars au Club et en étaient membres depuis des années. L'écœurement la gagna.

— Mon Dieu…, souffla Rafe, pas étonnant qu'on soit prêt à tout pour retrouver ce truc !

— Stupide, stupide, stupide ! marmonna Sara en se remettant sur pied pour faire les cent pas dans le studio.

Pourquoi avait-elle accepté cet objet des mains de Juliet ? Si elle avait eu la moindre idée de son contenu, elle ne l'aurait même pas touché avec des pincettes ! Pas étonnant non plus que Juliet ait craint pour sa vie. Sara s'efforça de coordonner ses pensées.

— Sara, écoute-moi, dit Rafe d'une voix pressante en lui prenant le bras pour l'obliger à le regarder. Rien ne va t'arriver, je t'en fais le serment. Je te protégerai de ma vie s'il le faut.

— Seigneur, Rafe…, balbutia-t-elle.

Il la guida vers le canapé et l'y fit asseoir.

— Qui est au courant ? As-tu parlé de cette carte mémoire à quelqu'un ?

— Non.

— Quelqu'un a-t-il su, pour ton rendez-vous avec Juliet ?

— Je ne pense pas. J'ai du mal à me souvenir.

— Réfléchis, Sara. C'est important.

Elle rassembla ses pensées et passa en revue tout ce qui s'était passé ce jour-là.

— J'ai raconté à ma rédactrice en chef l'histoire d'Edwin Zachary et de Colette, mais je ne lui ai pas parlé de l'agenda.

— Lui as-tu parlé de Juliet ?

— Non. Lauren était persuadée qu'il n'y avait rien à tirer de cette histoire, mais moi j'étais sûre qu'elle avait tort. J'ai voulu suivre la piste toute seule, lui montrer que j'étais une véritable journaliste d'investigation et lui apporter un reportage bien plus stupéfiant que ton sauvetage au Pakistan, lui expliqua-t-elle avec un sourire d'excuse.

— Ne t'en fais pas. Moins il y a de gens qui savent ce que nous avons découvert, mieux c'est.

— Rafe, s'écria-t-elle brusquement en lui prenant le bras. J'ai téléphoné à Juliet ! Je lui ai dit comment je m'appelais et je l'ai même provoquée en lui parlant du petit carnet noir et de la façon dont je pourrais arriver à identifier ses clients. C'est seulement après qu'elle m'a expliqué qu'elle pensait être sur écoute. Quiconque a lu la transcription de cet appel me considère désormais comme une menace ! poursuivit-elle avant de se plaquer les mains sur le visage. Et le pire, c'est que je ne peux m'en prendre qu'à moi-même.

— Ecoute, j'ai une idée, déclara Rafe en lui écartant les mains avec un sourire rassurant. Juliet a eu raison de te dire que cette carte était ton assurance vie. Pour l'instant, c'est même la seule chose qui assure ta sécurité. Quiconque la cherche ne prendra pas le risque de te tuer en ne sachant pas où elle est.

L'esprit envahi de scènes de torture, Sara fut saisie de nausée. Elle était dans le pétrin le plus total et Rafe était sa seule bouée de sauvetage.

— Vas-y. Je t'écoute, dit-elle en se reprenant un peu.

— On va placer cette carte mémoire en lieu sûr, là où nous sommes certains que personne ne pourra mettre la main dessus. Ensuite, tu vas appeler l'inspecteur Anderson et lui dire que tu penses savoir pourquoi on t'a cambriolée.

— Tu veux que je lui parle de la carte ?

— Oui, répondit-il en souriant. Mais je veux que tu lui dises que tu vas avant tout commencer par aller en parler à ta rédactrice en chef. Il essaiera de te persuader de la lui apporter tout de suite, ou alors il te proposera de venir lui-même la chercher. N'accepte rien.

Sara prit une grande inspiration.

— Oui, mais si on a vraiment engagé cet inspecteur pour me faire taire, est-ce que ça ne va pas le pousser à vouloir finir le travail très vite ?

— Mais j'y compte bien ! Si on peut le faire sortir du bois, je m'occuperai de lui. Il faut qu'on sache qui tire les ficelles.

— Ton idée ne me plaît pas beaucoup, protesta-t-elle. Je vais avoir l'impression de frétiller au bout d'un hameçon.

— Je te promets qu'il n'aura même pas l'occasion de poser un doigt sur toi, assura Rafe. Mais pour l'instant il est notre seule chance de découvrir qui est derrière tout ça.

— Donc, si je comprends bien, je dois donner rendez-vous à Lauren dans un endroit public, et tu penses qu'Anderson y sera aussi ?

— Si j'ai vu juste, oui. Il faut qu'il soit persuadé que tu veux publier cette information et qu'il doit t'arrêter au plus vite, répondit Rafe en se tapotant le menton et en cherchant son regard. Mais il n'y arrivera pas.

— Je te crois, articula Sara dans un souffle. Veux-tu vraiment que je parle de la carte mémoire à Lauren ?

Rafe garda le silence un instant.

— C'est à toi de décider. Si tu publies cette histoire, tu mettras en lumière l'un des plus énormes scandales qui ait jamais ébranlé Washington.

Une histoire comme celle-ci changerait à coup sûr le cours de sa carrière. Elle pourrait devenir la journaliste la plus célèbre du pays. Si ces mots ne furent pas prononcés, ils planèrent entre eux…

— D'accord, dit-elle. Je comprends. Quand veux-tu que j'appelle Anderson ?

— Tout de suite.

Elle ne sut jamais lequel des deux bougea le premier, mais, l'instant suivant, elle se retrouva entre les bras de Rafe. Elle l'enlaça alors et se réfugia dans sa chaleur en savourant le contact ferme de son corps.

— Je suis désolée, murmura-t-elle contre son épaule. Je suis désolée de t'avoir entraîné dans tout ça. Je suis désolée pour hier soir. Et je suis désolée de t'avoir déçu.

Il lui prit le visage entre les mains et se pencha pour lui jeter un regard contrarié.

— Mais de quoi parles-tu ? Tout d'abord, c'est moi qui ai choisi de m'impliquer. J'ai voulu m'impliquer. Ensuite, nous avons tous les deux dit hier soir des choses que nous ne pensions pas. Je l'ai compris. Et cela ne veut pas dire qu'on ne peut pas tout recommencer, n'est-ce pas ? Enfin, et surtout, tu ne m'as pas déçu.

— C'est vrai ? insista-t-elle d'une voix tremblante.

— Tout à fait.

Il la dévisagea un long moment.

— En fait, tu m'as impressionné, finit-il par déclarer.

Le souffle coupé, Sara eut l'impression qu'il voyait jusqu'à son âme. Elle laissa courir les yeux sur son visage, ses pommettes ciselées, sa mâchoire volontaire, et cette bouche qui savait passer de rude à sensuelle en un éclair. Ses yeux étaient du velours noir.

— Rafe…

Il laissa échapper un son inintelligible, pencha la tête et lui prit la bouche. Sous la pression de ses lèvres chaudes et exigeantes, elle lui passa les bras autour du cou et l'attira plus près d'elle.

Il se redressa le premier, posant sur elle un regard de braise.

— Appelle Lauren et conviens d'un rendez-vous avec elle. Choisis un lieu public et, ensuite, appelle l'inspecteur Anderson.

Il la regarda composer le numéro de sa rédactrice en chef. Celle-ci décrocha à la troisième sonnerie.

— Lauren, s'exclama Sara. Dieu merci, je vous trouve !

— Sara ? Est-ce que tout va bien ? demanda Lauren. A vous entendre, on ne dirait pas.

— Si, si, ça va, mais il faut que je vous parle.

— Parfait. Parce que j'ai des choses à vous dire, moi aussi. Retrouvez-moi au Singapour Bistrot. Je vous offrirai un verre. Vous avez l'air d'en avoir besoin.

— Vous voulez me voir tout de suite ?

Sara jeta un coup d'œil à sa montre et constata avec étonnement qu'il n'était pas encore 16 heures. Elle jeta un regard interrogateur à Rafe, qui hocha la tête.

— Bien sûr, pourquoi pas ? reprit Lauren. Je suis en train de déguster un cocktail et je déteste boire seule.

— Elle est en train de prendre un verre, chuchota Sara à Rafe en plaquant une main sur le combiné.

Il éluda d'un geste.

— Pourquoi ne pas attendre demain ? suggéra-t-elle. On pourrait déjeuner quelque part.

— Ah, je comprends. C'est ce superbe démon en uniforme, n'est-ce pas ? Eh, quoi, vous a-t-il attachée sur le lit pour faire de vous ce que bon lui semble ?

Sara sentit son visage s'enflammer.

— Qu'est-ce que vous racontez ? Bien sûr que non !

Elle jeta un coup d'œil à la dérobée à Rafe pour voir s'il avait entendu.

— Alors, mettez-vous un peu de rouge à lèvres et venez me rejoindre. J'ai une proposition à vous faire que vous ne pourrez pas refuser.

— Ah oui ? Vous me paraissez bien mystérieuse. Où êtes-vous, déjà ?

— Au Singapour Bistrot, sur la 19e Rue. Je suis au bar.

Sara referma son portable et leva les yeux vers Rafe.

— Elle veut que j'aille la rejoindre tout de suite au Singapour Bistrot pour boire un verre.

— O.K., allons-y ! acquiesça Rafe en consultant sa montre. Tu appelleras Anderson en route. Moi, je t'attendrai à l'extérieur. Si Anderson se pointe, il n'aura pas le loisir de mettre un pied dans l'établissement.

Une fois dans la voiture, Sara sortit la carte que lui avait donnée l'inspecteur et composa le numéro, en veillant à mettre le haut-parleur afin que Rafe puisse suivre la conversation.

— Inspecteur Anderson.

— Bonjour, inspecteur, Sara Sinclair à l'appareil. Nous avons fait connaissance ce matin. L'appartement cambriolé, vous vous souvenez ?

Il y eut un bref silence.

— Oui, bien sûr, mademoiselle Sinclair ! Vous n'êtes pas encore venue au commissariat comme promis. Est-ce que tout va bien ?

— Oui. Je vous appelle parce que je pense savoir ce que cherchaient les cambrioleurs. Une… une amie m'a confié une carte mémoire contenant des informations susceptibles d'embarrasser certaines personnes ici, à Washington. Des personnalités importantes.

— Oh ! Très bien. C'est une excellente nouvelle, et il est de première importance que vous me laissiez vous aider. Est-ce que, euh… vous avez cette carte sur vous ?

Elle jeta un regard à Rafe, qui fit oui de la tête.

— Oui, répondit-elle. Je l'ai sur moi.

— Et où vous trouvez-vous exactement ? reprit l'inspecteur avant de s'éclaircir la gorge. Je suppose que vous n'êtes pas dans votre appartement ?

— Non, vous comprenez bien que j'ai cherché refuge ailleurs, vu l'état dans lequel il est.

— Chez Rafe Delgado ?

Elle tourna brusquement les yeux vers Rafe, qui secoua la tête.

— Non, en fait, je me suis installée chez une amie.

— D'accord. Donnez-moi l'adresse et je viens vous chercher.

— Euh... en fait, je n'y suis pas en ce moment. Je suis en route pour rencontrer ma rédactrice en chef. J'ai pensé qu'il valait mieux lui faire d'abord voir ces informations et décider avec elle si nous allons les publier.

— A votre place, je ne ferais pas cela.

Sara sentit son cœur manquer un battement. Etait-ce une menace sous-jacente qu'elle venait de percevoir dans le ton de son interlocuteur, ou juste un effet de son imagination ?

— Pourquoi ?

— Vous devriez remettre ces données aux autorités, Sara, et nous laisser nous charger de cette affaire. Si des personnes ont voulu s'introduire par effraction chez vous pour récupérer cette carte mémoire, on ne sait pas ce qu'elles sont encore capables de faire. Il y a des gens aux abois, des individus qui ne tournent pas rond dans le coin. Laissez-moi envoyer une voiture vous chercher.

Rafe hocha la tête.

— D'accord, dit-elle, avant de lui indiquer l'adresse du café.

— J'arrive.

Elle raccrocha et tourna un regard effrayé vers Rafe.

— Tu es sûr de savoir ce que tu fais ?

Il immobilisa la voiture à cet instant et elle s'aperçut qu'ils étaient arrivés. Le Singapour Bistrot était juste en face.

— Ça va marcher, affirma-t-il en consultant sa montre. Anderson devrait être là d'ici un quart d'heure. Va voir ce que te veut Lauren, mais reste à l'intérieur tant que je ne serai pas venu te chercher. D'accord ?

— Rafe, ne fais pas d'imprudences, s'il te plaît !

— Tu vas devoir me faire confiance.

— Je te fais confiance.

Elle se pencha et lui posa un baiser très doux sur la bouche.

— Je te confie ma vie.

Lauren avait apparemment abusé des lychee-Martini quand Sara la rejoignit au bar.

— Enfin, vous voilà ! s'exclama-t-elle en faisant signe au barman d'apporter un autre verre. Et où est donc votre superbe démon ? Je croyais que vous deviez le suivre comme une ombre, cette semaine ?

— Il avait à faire, mais il va venir me chercher tout à l'heure, répondit Sara en se juchant sur un tabouret près de Lauren et en acceptant le Martini que celle-ci poussait vers elle.

— Vous êtes une rapide, reprit Lauren, approbatrice. Je vous avais bien dit qu'il avait flashé sur vos seins. Et il vous mange dans la main, maintenant.

Sara ne releva pas et passa au sujet qui l'avait amenée.

— Vous avez, paraît-il, une proposition que je ne pourrais pas refuser ?

— Ah, oui. Vous vous êtes bien amusée, au bal du Charity Works Dream, non ?

— Est-ce une question piège ? demanda Sara, soupçonneuse.

— Pas du tout, répondit Lauren. Mais le magazine tient à couvrir une autre grande réception, et j'ai pensé à vous.

— Ah bon ?

— Oui, vous êtes superbe en robe de soirée et vous savez y faire avec les hommes, répondit Lauren en buvant bruyamment une gorgée de son cocktail. Vous êtes tout à fait désignée pour couvrir ce gala.

— De quoi s'agit-il exactement ?

— Diane Zachary donne une réception pour le lancement du livre d'un de ses amis, l'ambassadeur de France. Tout le gratin y assistera, précisa Lauren, le regard brillant. Y compris M. Edwin Zachary…

— Oh ! non ! protesta Sara en levant les deux mains. Non, non et non ! Vous allez devoir trouver quelqu'un d'autre, Lauren.

— Ne vous mettez pas dans tous vos états, fit Lauren avec une moue contrariée. Je n'ai personne d'autre sous la main, et j'ai pensé que, vous ayant vue voler si courtoisement à son secours l'autre soir, M. Zachary sera même disposé à vous confier quelques mots pour le magazine.

Sara poussa un grognement et rêva de pouvoir se lever et quitter l'établissement sur-le-champ. Il était hors de question qu'elle assiste à une réception donnée par Edwin et Diane Zachary !

— Je vous le répète : c'est non ! Il m'est impossible de refaire face à cet homme. Il était avec une call-girl, et il sait que je le sais !

— Ce qui est précisément la raison pour laquelle il acceptera de vous donner une interview ! Il ne tient pas à ce que vous vendiez la mèche devant le parangon de vertu qu'est son épouse. Cette nouvelle la détruirait.

— Cette nouvelle le détruirait, lui. Et sa carrière en même temps, maugréa Sara.

Sa carrière, c'était d'ailleurs la raison pour laquelle il avait embauché des hommes de main pour la harceler, songea-t-elle. Il était définitivement hors de question qu'elle pénètre chez lui. Elle jeta un regard implorant à Lauren.

— Vous êtes certaine que vous n'avez personne d'autre ? Et vous, à propos ? Vous pourriez très bien y aller… il ne refuserait pas de parler à la rédactrice en chef de l'*American Man Magazine*.

Lauren aboya un rire étonné, avant d'agiter une main.

— Oh ! non ! Il m'est absolument impossible d'assister à cette réception, affirma-t-elle.

Elle lui adressa un clin d'œil et leva son verre vers elle.

— C'est votre show, baby. Tirez-en le maximum.

— Quand a lieu cette soirée ? demanda Sara avec un faible espoir.

Avec un soupçon de chance, elle aurait ce soir-là un rendez-vous qu'elle ne pourrait annuler…

— Samedi.

— Mais c'est dans quelques jours à peine ! Pas question de…

— Ce n'est pas négociable, ma petite. J'ai besoin que vous assistiez à cette réception. Considérez cela comme une obligation si vous tenez à continuer à collaborer avec moi. Maintenant, buvez !

Sara regarda Lauren lever son verre, pencher la tête en arrière et avaler d'un trait ce qu'il restait de son Martini.

— Puis-je y aller avec quelqu'un ? demanda-t-elle quand Lauren reposa le verre et s'essuya délicatement les lèvres.

— Ah, le fameux marine ? Bien sûr, pourquoi pas ? Je suis en veine de générosité. Il a plutôt belle allure, et il vous apportera un soutien utile quand vous demanderez un entretien à Edwin.

Sans doute Rafe éprouverait-il l'envie d'échanger quelques mots avec Edwin, songea Sara, un peu ragaillardie à l'idée de ne pas se retrouver seule pour cette épreuve. Enfin, s'il ne le tuait pas avant…

- 14 -

Dissimulé dans une encoignure de porte en face du Singapour Bistrot, Rafe consulta une nouvelle fois sa montre. Trente minutes s'étaient écoulées et toujours aucun signe de l'inspecteur Anderson. Régulièrement, des clients entraient dans le restaurant et d'autres en sortaient. Il avait garé sa voiture sur un petit parking, un peu plus loin dans la rue, où elle pourrait facilement être repérée si d'aventure quelqu'un la cherchait. A présent qu'il scrutait sans relâche le restaurant, il commençait à se demander s'il n'avait pas fait fausse route. Et si Anderson était entré par la porte de service, ou qu'il avait envoyé quelqu'un d'autre ?

Le danger qui pesait sur Sara le hantait, et il dut lutter contre lui-même pour ne pas se précipiter dans l'établissement. Il sortit son portable et lui envoya un SMS.

Ça va ?

La réponse arriva presque immédiatement.

Je sors.

Il se rembrunit. Mais, bon sang, il lui avait pourtant bien dit de rester à l'intérieur tant qu'il ne viendrait pas la chercher ! Peut-être s'était-il passé quelque chose. Toutefois, il était hors de question qu'elle quitte le restaurant sans qu'il fût à ses côtés. Il sortait à peine de sa cachette quand il la vit déboucher sur le trottoir. Sa chevelure cuivrée étincela dans le soleil, et elle examina la rue de part et d'autre.

Rafe étouffa un juron, avança sur le trottoir et attendit impatiemment le passage d'une voiture pour pouvoir la rejoindre.

— Sara ! lui cria-t-il. Attends-moi là. J'arrive.

Elle tourna les yeux vers lui, lui adressa un signe de main et mit le pied sur la chaussée. A cet instant, il entendit un rugissement de moteur, un hurlement de pneus malmenés sur le goudron, et le temps s'arrêta. Il tourna la tête à gauche et vit une grande berline noire surgir vers eux. Elle roulait tous feux allumés et Rafe comprit qu'elle fonçait droit sur Sara. Celle-ci s'était figée au milieu de la rue, tel un animal capturé dans les phares.

N'écoutant que son instinct, il se propulsa en avant, bondit, referma les bras autour de Sara et lui fit un placage. Elle partit en arrière, il donna un coup de reins pour inverser leur position avant d'atterrir brutalement sur le trottoir. Une douleur intense lui vrilla le côté gauche et une bouffée d'air chaud lui balaya le visage au moment où la voiture les manquait. De très peu. Il resta un moment par terre, sous le choc, avant de prendre conscience du corps de Sara allongé lourdement sur le sien.

— Sara…

Voyant qu'elle ne réagissait pas, il se sentit pris de panique. Il s'assit en ignorant la douleur brûlante dans sa poitrine.

— Sara, regarde-moi !

Elle releva la tête vers lui, les yeux vitreux, et il se laissa retomber sur le ciment, sans force. Il y demeura quelques instants, les bras refermés autour de Sara, et tenta de faire entrer de l'air dans ses poumons douloureux. Elle voulut se relever, mais il fut bien incapable de la lâcher. Déjà, plusieurs personnes accouraient vers eux, et il s'obligea à la confier aux mains secourables.

— Ce type a failli vous écraser ! s'indigna un jeune homme en remettant une Sara vacillante sur pied. Est-ce que ça va ?

Livide, Sara repoussa ses cheveux en arrière et jeta un regard hébété à la petite foule qui commençait à s'assembler.

— Euh… oui, je crois.

— Quelqu'un a eu le temps de voir la plaque de cette voiture ? demanda Rafe en se redressant péniblement.

Ses côtes lui faisaient un mal de chien et il savait qu'il serait couvert d'ecchymoses le lendemain.

— Pas moi, c'est arrivé trop vite, répondit le jeune homme en époussetant de la main le dos de Sara. Vous êtes couverte de saleté. Et vous saignez.

Rafe se leva enfin en entendant des exclamations. Il écarta les gens sans brutalité afin de vérifier lui-même l'état de Sara. Elle avait le coude et le bras en sang. Il l'examina malgré ses protestations, et constata que c'était juste une écorchure superficielle de la peau.

Il mit de côté sa propre douleur et lui prit le visage entre les mains.

— Sara, regarde-moi, lui ordonna-t-il.

Docile, elle leva vers lui des yeux anxieux et le dévisagea.

— C'est le truc le plus dingue que j'aie jamais vu, dit-elle en le fixant. Il aurait pu te tuer.

Elle avait les pupilles dilatées, mais au moins étaient-elles de même taille toutes les deux.

— Je veux que tu suives mon doigt des yeux sans

bouger la tête, lui dit-il en l'observant soigneusement pendant qu'elle obéissait.

— Je vais bien, finit-elle par dire en repoussant son doigt, avant de regarder les gens rassemblés autour d'eux. Est-ce qu'on pourrait s'en aller d'ici ?

— Vous devriez peut-être aller faire des examens à l'hôpital, suggéra le jeune homme.

— Non, je vais bien, je vous assure, lui répondit-elle en se forçant à sourire.

— Pas pour vous, mais pour lui. Il saigne aussi, reprit l'inconnu en désignant Rafe.

Rafe leva le bras et découvrit alors que sa chemise était déchirée de l'épaule à la taille. On aurait cru qu'on l'avait passé à la râpe à fromage. Du sang suintait de ses blessures et du gravier s'était incrusté sous la peau. Il ne pensait pas avoir de côtes cassées, mais elles étaient indubitablement contusionnées.

— Oh ! Rafe, souffla Sara d'un ton inquiet. Il a raison. Il faut aller à l'hôpital.

— Non, c'est bon, grommela-t-il.

Pour l'instant, sa priorité était de mettre Sara en sécurité ; le chauffard pouvait très bien être en train de faire demi-tour en prévision d'une nouvelle tentative d'assassinat.

— Viens, dit-il en lui prenant le bras. Allons-nous-en.

— Tu es sûr ? demanda-t-elle alors qu'il l'entraînait vers la voiture et lui ouvrait la portière. Tu as une allure épouvantable.

— Oui, bon, ce petit incident vient juste de raccourcir ma vie de dix ans.

Et c'était la vérité. Il ne se souvenait pas avoir jamais été engourdi par la peur comme il l'avait été en voyant cette voiture foncer sur Sara. Il n'avait pas été certain de pouvoir l'attraper à temps, et les images d'elle, allongée sans vie sur la chaussée, qui lui avaient peuplé l'esprit en cet instant mettraient longtemps à s'effacer. Il s'installa au volant, fit la grimace et se plaqua une main sur les côtes.

— Rafe, tu devrais vraiment aller voir un médecin, insista Sara en se penchant vers lui.

Il mit le moteur en marche, conscient que quelqu'un devait être en train de les surveiller, et que celui qui avait tenté d'écraser Sara pourrait bien avoir envie de les suivre jusqu'à l'appartement de Lego.

— Est-ce que tu penses que cette voiture a essayé de nous écraser intentionnellement ? lui demanda Sara alors qu'il accélérait sur la voie rapide.

— Pas nous, répondit-il d'un air sombre. Toi.

— Dans ce cas, tu avais vu juste en ce qui concerne l'inspecteur Anderson.

Oui, mais il doutait qu'Anderson ait été au volant de la Lincoln Town noire. Cependant, la personne qui la conduisait avait attendu que Sara sorte du restaurant. Il avait promis à Sara qu'elle serait en sécurité, mais, à cause de lui, elle avait failli être tuée.

— Celui qui conduisait cette voiture avait été averti par Anderson de l'endroit où tu te trouvais, déclara-t-il avec calme. J'aurais dû le voir venir. J'aurais dû être plus vigilant.

— Mais ce n'était pas ta faute ! protesta Sara. Comment pouvais-tu le prévoir ? Tu m'as sauvé la vie, au contraire ! Quand je pense que tu aurais pu être tué…, ajouta-t-elle en réprimant un frisson. Si quelqu'un doit en porter la responsabilité, c'est bien moi ! Tu m'avais dit de t'attendre à l'intérieur, mais je n'en ai fait qu'à ma tête.

— Au fait, que voulait Lauren ? interrogea-t-il pour changer de sujet.

— Elle veut que je couvre une grande réception qui aura lieu samedi soir chez Edwin et Diane Zachary.

Rafe se tourna brusquement vers elle, persuadé qu'elle plaisantait. Mais, à voir son expression, il comprit qu'il n'en était rien.

— J'ai bien essayé de refuser, mais elle a été inébranlable, poursuivit Sara. Apparemment, l'ambassadeur de France aux Etats-Unis vient de sortir un livre et les Zachary donnent une grande réception pour son lancement. Etant donné que je connais ses… euh… ses activités extraconjugales, elle est persuadée que M. Zachary sera disposé à m'accorder une interview exclusive pour le magazine. Alors, je lui ai demandé si je pourrais y aller avec quelqu'un.

— C'est bien, dit Rafe en hochant la tête. Toutefois, si Zachary est bien celui qui essaie de te faire taire, l'idée que tu ailles chez lui ne me plaît pas du tout. S'il se sent menacé, il est impossible de dire jusqu'où il est capable d'aller.

— Je crois qu'il y aura assez de gens pour que je puisse éviter tout contact direct avec lui, tenta de le rassurer Sara avec un sourire. Je te laisserai ce plaisir.

— As-tu parlé de la carte mémoire à Lauren ?

— Non. Tout s'est embrouillé dans ma tête quand elle m'a parlé de la réception Zachary, avoua-t-elle en regardant par la vitre. Eh, mais nous sommes sur la route de l'aéroport ! Où veux-tu nous emmener ?

Rafe jeta un coup d'œil au rétroviseur, mais il y avait trop de circulation pour qu'il puisse déterminer s'ils étaient suivis.

— Je ne prends plus aucun risque, marmonna-t-il. Nous allons laisser ma voiture ici et prendre un taxi pour retourner chez Lego.

Il entra dans le parking public, mais, au lieu de chercher une place, s'arrêta devant le stand des voituriers.

— J'ai un avion à prendre, je n'ai pas de réservation et je suis déjà en retard, expliqua-t-il à l'employé. Je serai de retour dans trois jours.

— Très bien, monsieur, dit l'homme en s'emparant de la carte de crédit qu'il lui tendait.

— Passe-moi ma veste, s'il te plaît, demanda Rafe à Sara. Elle est sur le siège arrière.

Pendant que le voiturier insérait la carte dans la machine, il enfila une manche de sa veste et grimaça de douleur.

— On va monter au terminal et redescendre vers la station de taxis, souffla-t-il. Tu vas en prendre un et moi j'attendrai un peu pour voir si personne ne te suit. On se retrouve chez Lego.

Contre toute attente, elle ne protesta pas.

— D'accord, si tu veux, répondit-elle.

Alors qu'ils pénétraient dans le bâtiment, Rafe aperçut une grosse berline noire qui s'immobilisait devant les voituriers. Il incita Sara à presser le pas.

— Par là, dit-il en l'emmenant sur un trottoir roulant, puis vers un Escalator.

Il jetait de fréquents coups d'œil autour d'eux, mais ne vit que des hommes d'affaires et des touristes ordinaires.

Parvenus au niveau inférieur, ils sortirent du terminal et il entraîna Sara vers la file d'attente de la station de taxis. Un couple élégamment vêtu conversait en arabe en attendant la voiture suivante. La main de Sara serrée dans la sienne, il leur parla à voix basse dans leur langue, et les remercia quand ils lui permirent de prendre le premier taxi.

Il poussa une Sara stupéfaite sur la banquette arrière, lui donna de l'argent et la clé de l'appartement de Lego.

— Tu te souviens du code ? murmura-t-il.

— Oui. Mais, Rafe…, dit-elle en tournant les yeux vers le couple qui les observait. Qu'as-tu dit à ces gens ?

— Juste que tu étais pressée et que tu avais besoin de prendre ce taxi-là, répondit-il, avant de se pencher vers le chauffeur pour lui donner l'adresse de Lego et une généreuse somme d'argent. Gardez la monnaie. Et assurez-vous qu'elle est bien entrée dans l'immeuble avant de repartir, compris ?

Le chauffeur hocha la tête, Rafe recula d'un pas, claqua la portière, donna un petit coup sur le toit et regarda s'éloigner le visage blême de Sara. Il remercia encore les Libanais, repartit vers le bâtiment, se fondit dans les ombres et scruta la route de l'aéroport, afin de s'assurer que personne ne suivait Sara. Alors, et seulement alors, il prit lui-même un taxi.

Les bras serrés autour de la taille, Sara arpentait le studio en attendant Rafe. Elle était sur les nerfs et au bord des larmes depuis l'incident devant le café. En entendant enfin un petit coup frappé à la porte, elle se précipita, débrancha l'alarme, tourna le verrou et ouvrit.

Rafe entra, referma vivement derrière lui et remit l'alarme en marche.

— Est-ce que tu vas bien ? lui demanda-t-il en se tournant vers elle.

— Moi, oui, mais toi ? Là, laisse-moi t'aider à enlever ta veste.

Elle réprima une exclamation en découvrant son flanc et son dos. Sous les lambeaux de chemise, sa peau était couverte de sang séché.

— Il faut qu'on nettoie ça sans plus tarder, déclara-t-elle en redevenant maîtresse d'elle-même. Peux-tu enlever ta chemise, ou faut-il la découper ?

Elle tendit les mains pour l'aider, mais il les écarta.

— Ça va, je peux me débrouiller, affirma-t-il. Laisse-moi jeter un coup d'œil à ton bras.

— Mais j'ai juste une égratignure, Rafe ! C'est de toi qu'on doit s'occuper, pas de moi.

Au vu de son expression, elle comprit cependant qu'il ne voulait rien entendre et soumit donc son bras à l'examen. Il le prit délicatement entre ses mains.

— Il faut nettoyer cela avant que ça s'infecte, déclara-t-il. Il y a une trousse de premiers secours sous l'évier. Je vais la chercher.

Sara récupéra son bras, consciente des picotements de sa peau à l'endroit où il l'avait touchée.

— Non. On va d'abord s'occuper de toi.

— Sara…, protesta Rafe en plissant les yeux.

Elle refusa toutefois de se laisser intimider.

— Ce n'est pas une plaisanterie. Hop, ta chemise, du vent !

— D'accord, je hisse le drapeau blanc, finit-il par concéder avec un petit rire. Mais j'ai une meilleure idée : je vais d'abord prendre une douche pour nettoyer le plus gros. Ensuite, tu pourras faire ce que tu veux de moi.

— Tiens, on dirait une invitation, le taquina-t-elle.

Néanmoins, elle ne manqua pas de remarquer sa pâleur et le rictus de douleur autour de sa bouche.

Elle le regarda disparaître dans la salle de bains, puis alla fouiller dans la commode de Lego à la recherche de vêtements de nuit. Elle y trouva un boxer-short et un T-shirt pour elle, un pantalon de pyjama en flanelle et une chemise pour Rafe. Tout en entendant l'eau couler dans la salle de bains, elle se mit en quête de la trousse de premiers secours, se désinfecta le coude et y appliqua un pansement. Quand elle entendit la porte de la salle de bains s'ouvrir, elle se retourna et tressaillit, le souffle coupé. Rafe en émergeait, une serviette de toilette autour de la taille. Il avait les cheveux humides et s'était rasé. Elle laissa courir son regard sur ses épaules et son torse avant de remarquer qu'il avait plaqué une main sur sa cage thoracique.

— Viens là, dit-elle en tirant une chaise de sous la petite table de cuisine. Assieds-toi, je vais te trouver de l'aspirine.

Il obtempéra et elle l'observa subrepticement tandis qu'elle sortait un verre du placard. Il tressaillit en s'adossant à la chaise. Sur une impulsion, elle attrapa la bouteille de whisky dans ce même placard et en versa un trait dans le verre, avant de le lui tendre avec deux analgésiques.

— Merci, dit-il avec un sourire amusé.

Elle le regarda avaler les deux comprimés avec le scotch, puis reprit le verre pour lui en servir un autre. Il en but une nouvelle gorgée et renversa la tête en arrière avec un soupir de satisfaction. La serviette s'entrouvrit sur une de ses cuisses et elle s'imagina aussitôt nue, à cheval sur lui. Elle se détourna vivement en se rappelant qu'il était blessé. Quel genre de fille était-elle, pour penser sexe en un tel instant ? Cependant, quand elle lui refit face, ce fut pour s'apercevoir qu'il la fixait, les yeux à demi clos. La faim qu'elle y décela provoqua un éclair brûlant de désir en elle, et elle dut prendre une grande inspiration.

Elle emplit un bol d'eau tiède et le posa sur la table à côté d'un torchon propre. Rafe ne la quittait pas des yeux.

— Penche-toi un peu, que je puisse voir, murmura-t-elle.

Il fit ce qu'elle lui demandait et elle réprima une exclamation en découvrant l'état de son dos. Il avait réussi à nettoyer le plus gros sous la douche, mais il y avait toujours du gravier incrusté sous la peau là où il n'avait pas pu l'atteindre. Toute la zone était à vif et commençait à se teinter de violacé sur les bords.

— Est-ce que ça fait très mal ? lui demanda-t-elle en trempant le torchon dans l'eau.

— Seulement quand je ris.

Avec mille précautions, elle nettoya les abrasions et y appliqua une couche de pommade antiseptique du bout des doigts. Il avait la peau brûlante.

— Et les côtes, comment ça va ? voulut-elle savoir. Penses-tu avoir quelque chose de cassé ? ajouta-t-elle en passant un doigt léger sur la zone meurtrie.

Il tressaillit.

— Je dois avoir une ou deux côtes fêlées, c'est tout.

Elle vint se placer devant lui.

— Veux-tu qu'on mette un bandage ? Est-ce que ça atténuerait la douleur ?

A sa grande surprise, Rafe fit non de la tête et la saisit par la taille pour l'attirer vers lui.

— Non. Ça ne ferait que l'empirer. Ça va aller.

Il rejeta la tête en arrière et la regarda. Sara le fixa à son tour, et quelque chose, dans son expression, suffit à lui couper le souffle. Sans rien d'autre que cette serviette autour des hanches, on eût dit qu'il avait été conçu pour le seul plaisir d'une femme… Une nouvelle vague de désir la submergea.

— Que puis-je faire d'autre pour toi ? Il y a sûrement quelque chose qui pourrait t'aider à te sentir mieux, lui demanda-t-elle tout bas en lui caressant la joue du dos de la main.

— Il y a quelque chose, en effet, répondit Rafe sans rompre le contact visuel, mais en infiltrant les doigts dans la ceinture de son boxer-short.

Il fit lentement descendre le vêtement d'emprunt le long de ses jambes jusqu'à ce qu'il termine sur ses chevilles. Puis il lui empoigna les fesses à deux mains et l'attira à lui.

Sara enjamba le boxer-short et se mit à cheval sur ses cuisses, éperdue de désir. Il lâcha un grognement de satisfaction et lui caressa longuement les cuisses.

— Tu es si belle ! murmura-t-il en remontant les mains pour les refermer sur ses seins.

Sara soupira de plaisir et lui recouvrit les mains en un signe d'encouragement. Il agaça les mamelons des pouces et les fit saillir sous le T-shirt léger.

— Quand je repense à ce qui aurait pu t'arriver tout à l'heure…, souffla-t-il encore. Je n'aurais jamais dû te laisser y aller seule.

— Tu as été là quand j'ai eu besoin de toi, le rassura-t-elle en lui caressant la joue. Tu m'as sauvé la vie.

— Sara, tu me tues.

Elle rit tout bas, car elle savait qu'il ne faisait nullement allusion à ses blessures. Attentive à ménager son flanc blessé, elle se pencha et lui effleura la bouche des lèvres. Elle perçut son sourire et accentua le baiser à la façon dont elle savait qu'il l'aimait. Cette fusion de leurs bouches provoqua un éclair de feu en elle, et elle avança encore sur ses genoux, consciente que seul le tissu-éponge de la serviette les séparait à présent.

Rafe parut lire dans ses pensées et faufila une main entre ses cuisses, puis aventura un doigt sur ses replis intimes. Elle laissa échapper un petit cri de surprise mêlée de plaisir.

— C'est bon ? dit-il contre sa bouche.

— Oui… Oh ! oui.

Elle le sentait contre sa cuisse, chaud et dur, et elle baissa les yeux. La serviette s'était définitivement écartée et elle put contempler à loisir son sexe érigé.

Elle referma la main sur lui et le sentit palpiter dans sa paume tandis que Rafe lui mordillait l'épaule en la caressant toujours.

— Oh ! ma chérie, tu me fais tant de bien, murmura-t-il. Est-ce que ça va si on n'utilise pas de préservatif ? J'ai vu une plaquette de pilules dans ton sac.

— Oui. Je prends la pilule, en effet, répondit-elle sur le même ton, la tête légère à la perspective de l'avoir très bientôt en elle.

— Tu ne risques rien avec moi, ajouta-t-il en lui prenant le lobe de l'oreille entre les lèvres.

Elle se cambra, se souleva et se laissa lentement descendre sur son sexe érigé. Rafe poussa un grognement sourd et la saisit par les hanches.

— Accroche-toi à moi, lui ordonna-t-il d'une voix râpeuse.

— Oh ! Seigneur, gémit-elle alors qu'il commençait à la soulever en rythme pour aller et venir en elle.

Elle avait arrimé les mains à ses épaules et le vit fermer les yeux. Puis, les pieds bien plaqués au sol, elle accompagna son mouvement en se haussant et se baissant sur lui.

Bientôt, ne résonnèrent plus dans la pièce que leurs halètements et les gémissements de plaisir qui leur échappaient. De plus en plus éperdue à mesure qu'elle sentait monter l'orgasme en elle, Sara finit par pousser un cri et s'accrocher au cou de Rafe, alors que la jouissance s'emparait d'elle. Il lui agrippa les fesses et la serra fort contre lui tandis qu'il atteignait lui aussi l'apogée du plaisir.

Elle s'écroula contre lui, haletante et sans forces, et il lui caressa le dos en lui murmurant des mots doux à l'oreille.

Elle comprit alors que cela avait été plus que du sexe, plus qu'une histoire d'article. Elle était tombée amoureuse de Rafe Delgado. Et elle eut peur de ce qui allait leur arriver quand les choses rentreraient dans l'ordre, quand ils reprendraient, chacun de leur côté, le cours de leur existence.

- 15 -

— Te sens-tu prête ? demanda Rafe à Sara.

Sa voiture encore à l'aéroport et celle de Sara bien cachée dans son garage, il avait loué une limousine pour les emmener à la réception. Il avait emprunté un smoking à Lego puisqu'il n'avait aucune raison d'arriver en uniforme d'apparat. Il avait toujours mal partout, surtout aux côtes, mais la douleur était bien plus supportable que le soir de l'accident évité de peu. Sara rayonnait dans la robe Carolina Herrera, dont le bleu rehaussait la couleur de ses yeux et qui mettait en valeur son décolleté impressionnant et ses épaules laiteuses.

— Oui, je suis prête, lui répondit-elle en prenant une grande inspiration alors que la limousine s'immobilisait devant la maison de brique.

En fait de maison, c'était plutôt un imposant hôtel particulier dans le quartier très huppé de Kalmora Triangle.

— Ecoute, cet endroit est immense et il ne devrait pas être trop difficile d'éviter de se retrouver face à face avec Edwin Zachary. Ce qui serait extraordinaire, ce serait qu'il ne s'aperçoive même pas de ta présence.

— Oui, mais… Et s'il a épluché la liste des invités ? S'il est au courant de ma présence ce soir ? Si tu savais comme ça me répugne de me retrouver sous le même toit que lui…

— Même s'il te reconnaît, assura Rafe, il ne tentera jamais rien dans sa propre maison.

— En es-tu sûr ?

— Sûr et certain. Ce serait un suicide politique. Et puis, ajouta-t-il en lui serrant la main, n'oublie pas que je serai en permanence à tes côtés.

— Penses-tu vraiment que c'est lui qui est derrière tout cela ? lui demanda-t-elle encore.

Rafe repensa à la façon dont il avait passé la nuit après la tentative de meurtre avortée contre Sara. Après avoir fabuleusement bien fait l'amour dans la cuisine, ils avaient déplié le canapé-lit et Sara s'y était écroulée. Elle était nerveusement et physiquement épuisée.

Peu désireux de fermer les yeux, il l'avait contemplée un long moment. Elle avait été à deux doigts de mourir, et, il avait beau faire, il ne parvenait pas à effacer les images d'elle, étendue morte sur la chaussée, qui le hantaient. Il avait été si près de la perdre ! Il avait fini par essayer de s'allonger près d'elle et de l'attirer contre lui pour dormir un peu, mais il n'avait pas réussi à trouver une position confortable. Son dos et ses côtes l'élançaient tant qu'il avait finalement renoncé à trouver le sommeil.

Une fois assuré qu'elle dormait du sommeil du juste, il avait allumé l'ordinateur de Lego et y avait de nouveau inséré la carte mémoire. Il avait alors passé des heures à examiner tous les noms de la liste et à tenter de déterminer si, à part Edwin Zachary, l'un d'entre eux aurait pu exiger l'élimination de Sara. Pour finir, il avait réalisé une copie du fichier, qu'il avait expédiée à un de ses frères d'armes des Opérations spéciales, accompagné d'instructions précises sur ce qu'il devrait en faire au cas où un « accident » leur arriverait, à Sara ou à lui.

A présent, et au souvenir des noms qu'il avait étudiés

ce soir-là, il dut bien reconnaître qu'Edwin Zachary n'était pas le seul à risquer de tout perdre si jamais ces informations étaient rendues publiques.

— Je ne sais pas, finit-il par avouer. Mais on va le découvrir ensemble, d'accord ?

Elle tourna la tête et observa par la vitre les dizaines d'invités qui gravissaient les marches du perron de l'hôtel particulier. Il y avait parmi eux les personnes les plus riches et les plus influentes de Washington. Il la vit déglutir avec difficulté, puis hocher la tête.

— Oui, je suis prête.

Pénétrant à leur tour dans la résidence, ils furent accueillis par Diane Zachary en personne. C'était encore une très belle femme malgré sa petite soixantaine, et Rafe ne put que se demander pourquoi Edwin éprouvait le besoin de recourir aux services de call-girls avec une épouse aussi superbe chez lui. Au cours de ses recherches sur les Zachary, il avait appris qu'elle était issue d'une grande famille fortunée. Mécène et philanthrope reconnue, elle siégeait à plus de vingt comités d'administration et avait fait don de plusieurs millions de dollars au Kennedy Center, au Lincoln Center et à l'université de Harvard, pour n'en citer que quelques-uns.

A présent qu'elle lui tendait la main avec un large sourire, Rafe ne manqua pas de remarquer l'examen attentif qu'elle lui faisait subir.

— Je vous sais infiniment gré d'être venu ce soir, monsieur… ?

— Sergent Rafael Delgado. Et voici Sara Sinclair.

Le sourire de leur hôtesse ne vacilla pas alors qu'elle serrait la main de Sara.

— Je suis ravie de faire votre connaissance, mademoiselle. Merci encore d'être venue. J'espère que vous passerez une excellente soirée.

Ils firent quelques pas alors qu'elle accueillait l'invité suivant et Rafe sentit Sara se détendre un peu auprès de lui.

— Tu vois ? lui chuchota-t-il à l'oreille. Tout se passe bien.

Ils pénétrèrent plus avant dans l'élégante bâtisse et Rafe fut bien obligé d'admettre qu'il n'avait encore jamais vu une telle opulence discrète, même s'il avait visité nombre de palais dans le monde entier au cours de ses missions.

— J'ai un peu l'impression d'être une intruse, lui murmura Sara, alors qu'un serveur déambulant parmi les invités avec un plateau leur offrait une coupe de champagne.

— Pourquoi ? lui demanda Rafe en la pilotant à travers les pièces bondées. Il n'y a pas plus belle femme que toi ici, ce soir.

Elle s'immobilisa près d'une cheminée ornementée.

— Vraiment ?

— Vraiment, répondit-il en lui prenant la main pour la porter à sa bouche.

Et il se prit à rêver, et pas pour la première fois, d'être de retour dans l'appartement de Lego, ou mieux, dans sa propre maison. Il rêvait de passer vingt-quatre heures sans interruption avec elle. Seigneur, il voulait même infiniment plus que cela ! Il voulait apprendre à connaître cette femme sans la peur qui hantait son regard, sans l'anxiété qui agitait son sommeil. Cependant, pour parvenir à le faire un jour, il savait qu'il lui fallait d'abord découvrir qui essayait de lui nuire, et éliminer cette menace.

— Voilà ce que nous allons faire, lui dit-il en chipant un petit-four sur le plateau d'un serveur qui passait. Il faut que nous repérions où est le bureau d'Edwin. S'il est impliqué, c'est le meilleur endroit où trouver des preuves.

Sara promena un regard attentif autour d'elle, avant de se tourner vers lui.

— Tu as perdu la tête ou quoi ? Imagine qu'on se fasse surprendre ?

— On ne se fera pas surprendre parce que tu vas faire le guet pour moi.

Elle blêmit.

— C'est impossible, Rafe ! Je n'ai rien à voir avec un soldat des Opérations spéciales.

— Tout va bien se passer. Si on te demande ce que tu fais, tu n'auras qu'à répondre que tu cherches les toilettes.

La séance de dédicace en elle-même avait lieu dans un très vaste salon, et la file des visiteurs qui attendaient leur exemplaire signé s'étirait jusque dans un immense couloir. De la musique jouait en sourdine et des serveurs en smoking blanc déambulaient parmi la foule avec des boissons ou des canapés.

Alors qu'ils longeaient cette file, Rafe perçut l'inconfort de Sara et en éprouva de la compassion. S'il avait lui-même assisté à nombre de bals et de grandes réceptions, jamais encore il n'avait vu autant de personnalités influentes rassemblées en un même lieu.

— Est-ce que tu as vu ? murmura Sara en regardant par-dessus son épaule. C'était l'ex-première dame !

— Oui, répondit Rafe en passant la tête dans une ouverture de porte. Essayons par là.

Après avoir vérifié que personne ne leur prêtait attention, il poussa une porte et attira Sara dans un petit salon désert, au bout duquel il vit une autre porte.

Il commença par y coller l'oreille avant d'essayer la poignée, qui céda facilement.

— On y est, dit-il tout bas en faisant signe à Sara de le précéder.

Ils entrèrent dans une pièce dominée par un bureau monumental où de grands fauteuils de cuir flanquaient une cheminée. Dans un angle, des flacons d'alcool et des verres de cristal attendaient sur de petites dessertes ouvragées.

— Oh ! que c'est joli, s'extasia Sara à mi-voix en faisant le tour de la pièce pour examiner les tableaux accrochés aux murs.

— Sara, la gourmanda-t-il gentiment en lui désignant la porte d'un signe de tête. Assure-toi que personne ne vient, tu veux bien ?

Il essaya d'ouvrir les tiroirs du bureau, mais tous étaient verrouillés. Il sortit alors un petit couteau multifonction de sa poche, en déplia un élément, l'inséra dans la serrure du tiroir du haut, le manœuvra avec précaution et entendit la serrure céder. Il l'ouvrit et inventoria rapidement son contenu.

— Dépêche-toi ! le pressa Sara, l'oreille collée au battant.

Il ouvrit les autres tiroirs, les fouilla et sentit la frustration l'envahir : il ne trouvait rien. Tendant la main vers le fond du tiroir du bas, il en sortit une petite boîte de métal, dont il fit prestement sauter le verrou.

— Sara, viens voir, dit-il tout bas.

Elle vint se pencher sur son épaule pour regarder les photos qu'il avait trouvées.

— Oh ! mon Dieu ! chuchota-t-elle en en prenant une. Est-ce que c'est elle, ou est-ce que j'ai la berlue ?

— C'est elle, répondit Rafe en croisant son regard

stupéfait. Lauren Black a une aventure avec Edwin Zachary, et il me semble bien qu'on essaie de faire chanter notre bon monsieur.

Les clichés noir et blanc, manifestement pris au téléobjectif, avaient du grain, mais l'identité des deux personnes qui s'y étreignaient à moitié nues ne pouvait être mise en doute. Rafe déploya les quelques photos, toutes plus osées les unes que les autres.

— Je n'en reviens pas, dit Sara, plus confuse que surprise. Je ne l'aurais jamais imaginée avoir une liaison avec un homme marié. Pas étonnant qu'elle n'ait pas voulu venir ce soir !

— En effet, marmonna Rafe, le cerveau en ébullition.

Lauren Black avait-elle un quelconque rapport avec les tentatives d'assassinat perpétrées contre Sara ? C'était plausible, d'une certaine manière un peu tordue, puisque c'était elle qui avait invité Sara à la rejoindre au Singapour Bistrot. Mais quel aurait bien pu être son mobile ? L'instinct lui soufflait qu'ils tenaient quelque chose, mais il n'arrivait pas à mettre le doigt dessus.

— Rafe ! Quelqu'un vient, souffla Sara.

Il l'entendit aussi : un bruit de pas dans le petit salon, qui venait manifestement vers eux.

Il remit la boîte là où il l'avait trouvée, referma prestement les tiroirs, attrapa la main de Sara et l'entraîna vers un placard, dont il ouvrit la porte. Il la poussa à l'intérieur, la suivit et referma à l'instant où quelqu'un pénétrait dans le bureau d'Edwin. Les pieds entre des cartons dans l'espace exigu où tout mouvement était impossible, il posa les doigts sur la bouche de Sara pour lui demander un silence absolu.

Poussant la porte d'un demi-centimètre, il découvrit Edwin Zachary. Celui-ci se servait un verre d'alcool, qu'il avala d'un trait, avant de prendre un téléphone sans fil sur son bureau. Puis il composa un numéro et commença à discuter affaires.

Avec Sara pressée tout contre lui, le parfum de miel de ses cheveux et cette fragrance sous-jacente qui n'appartenait qu'à elle, Rafe crut que cette communication ne se terminerait jamais. Il sentait son corps réagir à leur proximité intempestive.

Il sut avec précision l'instant où Sara prit conscience de son trouble, car elle se figea entre ses bras, le souffle court. Puis, très lentement, elle se pencha vers lui et pressa les lèvres contre sa gorge. Il s'exhorta à ne pas faire un geste.

Dans le bureau, Edwin mit enfin un terme à son entretien téléphonique. S'ensuivit un long silence, au terme duquel il lâcha un juron à mi-voix et quitta la pièce. La porte se referma sur lui avec un cliquetis significatif, mais Rafe ne lâcha pas Sara pour autant.

— Il faut qu'on file avant que quelqu'un d'autre ne vienne, murmura-t-elle contre sa gorge.

— Oui. C'est vrai…

Mais il ne put résister à l'envie de pencher la tête, de lui prendre la bouche et d'apprécier sa réaction immédiate. Il glissa les mains sur ses épaules dénudées par la robe de cocktail et les caressa.

Il n'avait désormais plus qu'une envie : la pousser contre le mur du placard, lui relever sa jupe et s'enfouir en elle. La garder dans le cercle protecteur de ses bras et ne plus jamais la lâcher. Bon sang, il voulait la garder, tout simplement.

Ce fut elle qui rompit leur étreinte, et il sentit son souffle tiède sur son visage quand elle reprit la parole.

— Allons-nous-en vite d'ici, murmura-t-elle.

Elle avait raison. Ils avaient eu une chance folle qu'Edwin ne découvre pas leur présence, mais leur bonne étoile pourrait s'éteindre à tout moment. Il la lâcha à regret.

— Tu as raison. Fichons le camp d'ici.

Tout d'abord saisie par la peur qu'ils ne soient découverts, puis étourdie par les baisers de Rafe, Sara avait le cœur qui battait à tout rompre. Elle le suivit rapidement à travers le bureau et dans le petit salon adjacent, dont ils avaient soigneusement refermé les portes. Rafe sortit le premier dans le couloir et faillit entrer en collision avec une femme.

— Oh ! Madame Zachary, vous tombez bien, dit-il d'un ton dégagé en reculant d'un pas. Nous cherchions les toilettes.

Le regard surpris de Diane Zachary vola de lui à Sara, puis à la porte refermée du petit salon qui menait au bureau de son mari.

— Elles se trouvent dans le couloir principal, sur la gauche, répondit-elle froidement avant de reporter les yeux vers Sara. Mademoiselle Sinclair, c'est bien cela ?

— Oui, c'est bien cela, madame. De l'*American Man Magazine*, répondit Sara d'un ton qu'elle voulait calme.

Elle tendit la main, mais la dame l'ignora et baissa les yeux sur l'abrasion qui courait sur le bras de Sara.

— C'est une vilaine éraflure que vous avez là.

Sara jeta un rapide coup d'œil à Rafe, mais son expression indéchiffrable ne lui fut d'aucun secours.

— Oh ! ça ? répondit-elle d'un ton léger. Ce n'est pas bien grave, en réalité. Je suis tombée, l'autre soir.

Diane lui adressa alors un sourire très peu sincère.

— Vous devriez faire plus attention quand vous

traversez la rue. A présent, si vous voulez bien m'excuser, je cherche mon mari.

Elle s'apprêtait à ouvrir la porte du petit salon quand Rafe lui saisit le bras. Elle fronça les sourcils et ouvrit la bouche pour protester, mais il ne lui en laissa pas le loisir.

— Je ne pense pas que Mlle Sinclair ait précisé qu'elle avait traversé une rue, déclara-t-il d'une voix exagérément douce. Comment pouvez-vous connaître ce détail ? N'auriez-vous pas, à tout hasard, été au volant d'une Lincoln Town noire avant-hier soir à Chinatown ?

Ils se jaugèrent un bon moment du regard, puis Diane dégagea son bras.

— Ne me touchez pas. Pour qui vous prenez-vous ? siffla-t-elle.

— Pour l'homme qui s'efforce de maintenir Mlle Sinclair en vie depuis cinq jours, en dépit de toutes vos tentatives de la faire passer dans l'autre monde.

Diane demeura sans voix, et Sara ne manqua pas de remarquer l'éclair de panique qui traversa son regard.

— Mais, enfin, de quoi parlez-vous ? Je ne connais pas du tout Mlle Sinclair. Je ne l'avais jamais rencontrée avant ce soir.

— En revanche, vous saviez qu'elle avait découvert l'étroite relation de votre mari avec un certain club, n'est-ce pas ? Sachant qu'elle écrit pour l'*American Man Magazine*, vous étiez prête à tout pour l'empêcher de rendre cette information publique. Est-ce exact ?

Un petit groupe de femmes élégamment vêtues arrivait dans leur direction et, avec une sourde exclamation de frustration, Diane fit signe à Rafe et Sara de la suivre. Elle les entraîna tous deux dans le bureau de son mari, et ce ne fut qu'après en avoir refermé la porte qu'elle reprit la parole.

— Je n'ai jamais eu l'intention de vous faire du mal, mademoiselle Sinclair, affirma-t-elle en jetant un regard noir à Sara. Je voulais juste vous effrayer, afin que vous y réfléchissiez à deux fois avant de rendre publics les agissements de mon mari.

— Et de quels agissements voulez-vous parler ? demanda Sara tout aussi froidement. Des fantasmes sexuels qu'il monnaye auprès du Club de la Pantoufle de Vair, ou bien de son aventure avec Lauren Black ?

— Je vois que vous n'êtes pas au courant, rétorqua sèchement Diane. En fait, c'est exactement la même chose.

— De quoi parlez-vous ? intervint Rafe, perplexe.

Il eut droit à un regard de pur mépris.

— Vous avez beau exceller dans l'espionnage, sergent, vous n'avez pas compris, n'est-ce pas ? Lauren Black est peut-être la rédactrice en chef de l'*American Man Magazine*, mais elle travaille aussi pour le Club de la Pantoufle de Vair sous le pseudonyme de Lisette.

Lisette. Ce prénom, Sara se souvenait l'avoir vu sur la liste de la carte mémoire et, vu la fréquence à laquelle il apparaissait, la dénommée Lisette semblait bien être l'une des call-girls les plus appréciées du Club. Mais… *Lauren* ? La Lauren acerbe, futée, tranchante ?

— C'est impossible, protesta Sara. Je connais Lauren, et elle ne s'abaisserait jamais à ce genre de pratiques.

Diane éclata d'un rire sarcastique.

— Faites-moi confiance, ma chère ! Cela fait quatre mois à présent que des inspecteurs ont pris mon mari en filature, à ma demande, et j'ai en ma possession des photos très explicites, précisa-t-elle avant de se passer une main sur les yeux. J'ai même eu une petite conversation avec mon mari, où je lui ai montré les preuves que je détiens, mais cet homme est gouverné par son sexe. Il n'y peut rien.

— Sont-ce ces mêmes inspecteurs, vos inspecteurs, qui ont répondu à l'appel concernant le cambriolage de mon appartement ? demanda Sara en se rapprochant de la carrure protectrice de Rafe.

— J'ai le regret de vous informer que ce sont mes inspecteurs qui ont cambriolé votre appartement. Je paye très cher les services d'Anderson et de Michaels. Et je sais maintenant que vous possédez une carte mémoire contenant certaines informations. Quelles sont-elles ? Une liste de clients ?

— Vous ne le saurez jamais, répondit Sara avec feu.

— Je veux cette liste, mademoiselle Sinclair, jeta Diane d'une voix ferme. J'ai travaillé aussi dur que la première prostituée venue pour en arriver là où je suis aujourd'hui. Quand je l'ai épousé, je savais pertinemment qu'Edwin était un homme à femmes, mais je savais aussi qu'il avait en lui ce qu'il faut pour parvenir au sommet. J'ai toléré ses incartades pendant des années, j'ai réparé les dégâts derrière lui, et tout cela avec le sourire.

Dans sa fureur, elle crachait les mots plutôt qu'elle ne les prononçait.

— J'ai fait don de millions de dollars à des œuvres caritatives pour lui permettre de se faire les relations nécessaires à une campagne présidentielle, et je ne vais certainement pas vous laisser tout gâcher en rendant publics ses liens avec le Club de la Pantoufle de Vair. J'ai la capacité de vous détruire d'un simple claquement de doigts, mademoiselle Sinclair. Me suis-je bien fait comprendre ?

— Vous n'allez rien faire du tout, madame, affirma Rafe en se plaçant devant Sara. Cette liste est en sécurité dans un endroit où vous ne pourrez jamais l'atteindre. Et, si vous tenez à ce qu'elle reste secrète, vous devrez faire en sorte qu'il n'arrive rien à Mlle Sinclair.

Folle de rage, Diane balaya Rafe d'un regard de profond mépris.

— Qui croyez-vous être ? Cela fait des années que je flatte bassement l'élite washingtonienne, et il n'en est pas un qui ne me doive pas un service. Il me suffirait d'un coup de téléphone au Pentagone pour vous faire dégrader.

L'anxiété saisit Sara. Elle n'avait encore jamais entendu quelqu'un menacer si ignoblement de ruiner une carrière. Et elle était certaine que cette femme avait les moyens de faire ce qu'elle disait.

Rafe, de son côté, ne paraissait pas le moins du monde déstabilisé. Il décocha à Diane Zachary un véritable sourire de prédateur. Même sans uniforme, il avait une apparence redoutable.

— Allez-y, passez cet appel, répondit-il d'un ton très calme. Seulement, une fois que vous aurez raccroché, veillez à vous procurer un exemplaire du *Washington Post*. Et aussi du *Washington Times* et de l'*Express*. Je suis sûr que leurs unes vont vous intéresser. Me suis-je bien fait comprendre ?

— Ignoble personnage ! siffla Diane. Je refuse d'être la risée des ténors de la politique, comme je refuse d'être un objet de pitié pour l'élite de Washington ! Je ne serai pas à l'image de ces femmes qui se tiennent près de leur mari, la mine abattue, pendant qu'il présente des excuses au peuple américain pour ses transgressions. Je ne peux pas vous laisser publier cette liste.

Tel un guépard, Rafe bondit, saisit Diane par les

épaules et la plaqua contre la porte du bureau, le visage tout près du sien. Il affichait un masque impitoyable.

— Si quoi que ce soit — je dis bien *quoi que ce soit* — arrivait à Sara, il est déjà prévu qu'une copie du fichier qui vous intéresse parvienne sur le bureau du rédacteur en chef de chaque quotidien de Washington. Par ailleurs, sachez que je m'occuperai moi-même de vous.

Le masque glacial de Diane Zachary se fissura et une peur brute se lut dans son regard.

— Donc, reprit Rafe sur le même ton, j'en conclurai que vous avez tout intérêt à ce qu'elle reste vivante et en bonne santé.

Sur ce, il recula d'un pas et lui lâcha les épaules, comme s'il trouvait particulièrement répugnant le simple fait de la toucher.

— Ce sont des hommes tels que vous qui rendent ce monde si dangereux à vivre, souffla alors Diane d'une voix pincée.

— C'est là que vous vous trompez, madame. Ce sont les gens tels que vous, ceux qui font fi des lois, qui rendent ce monde si dangereux à vivre, riposta-t-il en prenant la main de Sara. Toutefois, vous avez raison sur un point : je suis un homme dangereux. Si j'étais vous, je garderais cela soigneusement à la mémoire.

Rafe fit d'abord monter Sara dans la limousine avant d'y prendre place lui-même. Elle fut heureuse et soulagée de s'en aller, même si des invités continuaient d'arriver dans la résidence des Zachary.

— Quelle femme odieuse ! s'exclama-t-elle. Peut-être que nous devrions quand même faire connaître toute l'histoire au public et l'envoyer en prison pour ce qu'elle a fait.

Rafe se pencha en avant et appuya sur un bouton. La vitre de séparation entre chauffeur et passagers se mit en place sans bruit.

— Je pense que Diane Zachary est déjà en prison, une prison qu'elle a elle-même créée, répondit-il. Elle sait à présent qu'elle perdra tout si jamais quelque chose t'arrivait. Quant à Edwin, je te garantis qu'il ne se présentera pas à l'élection présidentielle. Il finira par ruiner sa propre carrière tout seul, comme un grand. Ça me suffit. Et toi, est-ce que ça va ?

Elle fit oui de la tête, avant de lui jeter un regard interrogateur.

— Où est la carte mémoire ?

Rafe se mit à rire.

— Je n'en ai aucune idée ! Je l'ai expédiée à un ami en Caroline du Nord en lui demandant de la cacher soigneusement. Je suppose qu'il l'a dissimulée dans un dépôt d'armes fortifié à Fort Bragg, protégé par des barbelés et des portes blindées, sans parler de l'armée américaine.

— Est-ce que tu crois ce qu'elle a dit, à propos de Lauren qui serait une call-girl ?

— Tu sais, après ce que j'ai vu ces derniers jours, j'aurais tendance à croire n'importe quoi.

— Mais penses-tu que Lauren soit impliquée dans ce qui est arrivé ? Enfin, c'est elle qui m'a invitée au Singapour Bistrot l'autre soir ! Peut-être qu'elle est au courant, pour la liste de clients.

— Je ne le pense pas. Mais tu devrais peut-être en parler avec elle.

— Tu as raison, dit Sarah en sortant son portable de sa pochette de soirée. C'est déjà assez moche qu'elle ait eu une liaison avec Edwin Zachary ! Pas étonnant qu'elle n'ait pas voulu assister à la séance de dédicace de ce soir. Cependant, je ne parviens pas à croire qu'elle ait des liens avec le Club de la Pantoufle de Vair. Je n'y croirais pas tant qu'elle ne me l'aura pas dit elle-même.

Elle composa le numéro de Lauren et attendit une réponse.

— Comment la soirée se passe-t-elle ? lui demanda sa rédactrice en chef sans préambule. Avez-vous pu obtenir un entretien avec Edwin Zachary ?

— Malheureusement, non, répondit Sara en jetant un coup d'œil à Rafe. Cependant, j'en ai eu un avec Diane Zachary.

— Ah bon ? Soit ! Avait-elle quelque chose d'intéressant à dire ?

— Je le pense, oui. Selon elle, vous travaillez pour le Club de la Pantoufle de Vair sous le pseudonyme de Lisette.

Sara attendit une protestation indignée, mais le silence se fit sur la ligne.

— Lauren, nous avons vu des photos de vous avec Edwin Zachary. Vous ne pouvez pas nier que vous avez eu une liaison avec lui.

— Oh ! et puis après ? jeta la voix exaspérée de Lauren. Soit ! C'est vrai, je travaille pour le club. Vous êtes contente, maintenant ?

— Mais pourquoi, Lauren ? demanda Sara sans parvenir à cacher sa déception et son écœurement. Vous êtes rédactrice en chef de l'*American Man Magazine*, vous n'avez pas besoin d'argent ! Et tout le monde vous respecte dans le métier. Je vous en prie, expliquez-moi la raison pour laquelle vous vous êtes impliquée dans une chose pareille, parce que ça n'a aucun sens à mes yeux.

— Mais voyons, ma petite Sara ! Vous imaginez-vous qu'il n'y a que les droguées et les femmes au bout du rouleau qui deviennent call-girls ? s'exclama Lauren d'une voix pleine de dérision. Laissez-moi vous dire une chose : la plupart des femmes qui travaillent pour le Club de la Pantoufle de Vair sont de très belles femmes qui ont fait de brillantes études. Vous y trouverez des juristes, des professeures d'université et des femmes d'affaires qui n'ont plus besoin de faire leurs preuves.

— Mais quel intérêt ? Vous êtes belle et intelligente, vous pouvez avoir tous les hommes que vous voulez !

Lauren se mit à rire.

— Je ne veux pas d'homme dans ma vie, mais j'en veux dans mon lit. J'aime le sexe. J'adore ça, même, mais je refuse les complications qui vont avec une relation suivie. Et puis, je n'ai pas besoin de vous expliquer à quel point ça coûte cher de vivre confortablement à Washington. Et pour finir, je m'envoie en l'air avec des hommes extrêmement puissants. Vous auriez du mal à croire toutes les confidences qu'on me fait sur l'oreiller.

Sara tourna aussitôt les yeux vers Rafe. Celui-ci la regardait avec attention.

— Alors c'est comme ça que vous avez appris l'implication de Rafe Delgado dans le sauvetage des otages ? Par l'un de vos clients ?

— Cela a en effet été un petit bonus auquel je ne m'attendais pas, reconnut Lauren. Mes activités au sein du Club m'ont souvent fourni la base d'articles retentissants. Mais vous savez, avec un visage et un corps comme le vôtre, vous pourriez vous aussi amasser une petite fortune dans ce genre de travail. Réfléchissez-y aussi comme un moyen de réaliser vos fantasmes les plus secrets.

— Le Club de la Pantoufle de Vair appartient au

passé, Lauren. Même si je n'avais pas découvert ce qu'il s'y passait, les fédéraux s'apprêtaient à lancer un coup de filet général. Juliet a très certainement quitté le pays, et le Club a cessé d'exister, répondit Sara en regardant Rafe passer un doigt sous son col et desserrer son nœud papillon. Et puis, il y a bien d'autres moyens de réaliser ses fantasmes que de vendre son âme.

— Donc, si je comprends bien, je n'aurai pas mon article sur le sauvetage ?

— Je vous rendrai un article, promit Sara. Mais ce ne sera pas celui que vous attendiez.

Sur ces mots, elle referma son portable et se retourna vers Rafe. Ainsi détendu sur la banquette de cuir, le smoking ouvert, il avait tout du play-boy sombre et sexy.

— J'ai pratiquement tout entendu, lui avoua-t-il.

— J'ai encore du mal à y croire, soupira Sara. Je vais lui rendre un dernier article, mais, ensuite, j'en aurai fini avec ce magazine.

— Tu es sûre ? s'étonna Rafe en fronçant les sourcils. Que comptes-tu faire exactement ?

— Oh ! J'ai quelques petites idées, répondit-elle en souriant.

Elle grimpa sur le siège et vint s'asseoir à califourchon sur Rafe, avant de glisser les mains dans ses cheveux courts.

— Je t'écoute, dit-il en lui décochant un sourire lascif.

— Je me disais juste que tu pourrais m'aider à réaliser l'un de mes fantasmes…

— Je crois que celui-là, nous l'avons déjà exploré, répondit-il d'une voix déjà râpeuse.

— Oui. Mais pas dans une limousine…

Le regard brûlant, il faufila aussitôt les mains sous la robe de soirée et vint les refermer sur les hanches de Sara.

— Tu portes un string ! s'étonna-t-il. Je ne savais même pas que tu en avais.

— Il faut bien qu'une fille garde quelques secrets, fit-elle en souriant, le souffle court, alors qu'il écartait le fin voile de dentelle. Et c'est un beau fantasme, mais ce n'est pas celui dont je parlais.

— Ah, non ?

— Non, mon fantasme, c'est toi, poursuivit-elle dans un souffle. C'est être avec toi. C'est t'aimer.

Rafe posa sur elle un regard très doux.

— Dans ce cas, il est très facile à réaliser, répondit-il d'une voix voilée. Parce que, toi aussi, tu es mon fantasme.

Epilogue

Deux mois plus tard

Minuit allait bientôt sonner. Sara ne sut pas trop combien de temps elle était restée pelotonnée sur le canapé, à regarder rêveusement les ampoules multicolores de son petit sapin de Noël, mais elle avait conscience que, si elle n'allait pas bientôt se coucher, elle n'aurait pas tout le sommeil dont elle allait avoir besoin. Le lendemain était un grand jour. Elle se leva, s'étira et se dirigea vers sa chambre. Les deux petits coups frappés à sa porte la firent sursauter.

— Qui est-ce ? demanda-t-elle en gagnant l'entrée.

— C'est moi, répondit une voix grave.

Une main plaquée sur le cœur, elle déverrouilla la porte, l'ouvrit en grand et se perdit dans la contemplation de l'homme qui se tenait sur le seuil. Il n'était parti que depuis un mois, mais cela lui avait paru durer toute une année. Même s'il venait de suivre une période d'entraînement de quatre semaines en Caroline du Nord et qu'ils s'étaient parlé au téléphone tous les soirs, il lui avait terriblement manqué.

— Rafe…

Il était encore en tenue de marine et portait un sac marin sur l'épaule.

— Je ne t'attendais pas avant demain ! s'écria-t-elle

en portant une main à ses cheveux, puis à son haut de pyjama. Si j'avais su que tu venais ce soir, j'aurais mis quelque chose de plus… de plus sexy.

Rafe laissa échapper un petit rire, entra, posa son sac par terre et prit Sara dans ses bras. Elle frissonna au contact de l'uniforme froid et lui passa les bras autour du cou.

— Tu *es* sexy. Et je n'ai pas voulu attendre jusqu'à demain pour te voir. Pour être avec toi.

— Pourquoi ne m'as-tu pas appelée ? lui murmura-t-elle en parsemant de baisers sa joue, sa mâchoire, son cou. Je serais venue te chercher à l'aéroport.

— Je voulais te trouver exactement comme ça. Douce et chaude, et accueillante, murmura-t-il en la soulevant dans ses bras pour lui prendre sa bouche.

— Mmm. J'allais justement me mettre au lit.

— Alors, j'arrive juste à temps !

Elle n'eut pas le temps de protester. Déjà, il l'avait soulevée dans ses bras. Surprise, elle émit un petit rire avant de s'accrocher à lui. Et de décider qu'en fin de compte, elle n'avait pas besoin de sommeil du tout ! Il partit vers la chambre, avant de s'immobiliser. Elle se tortilla dans ses bras pour savoir ce qu'il regardait, et découvrit que c'était le tout dernier numéro de l'*American Man Magazine*. Une photographie du caporal Shaï Riordan entouré d'autres soldats blessés s'étalait sur toute la couverture. Derrière eux, on apercevait les bâtiments du Walter Reed Medical Center. Sous la photo, on pouvait lire en gros titre : « Les Véritables Héros Américains ».

L'article qu'avait rédigé Sara traitait principalement de l'héroïsme de Shaï Riordan et des efforts du fonds Semper Fi pour aider les hommes et les femmes qui se remettaient de leurs blessures à l'hôpital. Elle avait insisté sur la nécessité de voir tout le public américain se mobiliser, en un remerciement aux soldats qui avaient tant donné. Déjà, les dons affluaient au fonds, et l'hôpital avait attesté une augmentation notable du nombre de visiteurs venus voir les blessés, avec parmi eux des célébrités et des gens désireux de se rendre utiles.

— T'ai-je remerciée d'avoir consacré ton article au fonds Semper Fi, et non pas à la mission de sauvetage au Pakistan ? lui demanda Rafe.

— Je crois, oui, répondit-elle, mais tu peux le faire encore, ce n'est jamais perdu. Tout le monde a le droit d'avoir un secret ou deux. Et les tiens sont en sécurité avec moi.

Sans plus rien ajouter, Rafe l'emporta dans la chambre et la déposa sur le lit avant de s'allonger tout contre elle.

— J'ai une toute nouvelle appréciation des bienfaits des médias, murmura-t-il en posant les lèvres sur le renflement de ses seins sous le pyjama. Pourquoi ne m'as-tu pas dit que c'était ton dernier jour au magazine aujourd'hui ?

Elle le regarda, amusée.

— Parce que j'étais sûre que tu le savais déjà. Et j'ai eu raison. Quand l'as-tu appris ?

Rafe se débarrassa de ses chaussures d'un coup de pied et se haussa sur un coude pour lui caresser le ventre.

— La semaine dernière. Que vas-tu faire, à présent ?

Elle roula vers lui, lui passa une cuisse sur les jambes et attira sa tête à elle pour un baiser passionné.

— On m'a offert un poste au *Washington Post*, sur l'« aimable insistance » de Diane Zachary. Et le plus beau, c'est qu'elle l'a fait après qu'on a surpris son mari en très fâcheuse position avec une secrétaire de la Maison

Blanche. Il doit donner une conférence de presse d'ici quelques jours pour présenter ses excuses, et retirer officiellement sa candidature au poste de président des Etats-Unis.

— Sans blague ? dit Rafe avant d'éclater de rire. Je me demande si notre bonne Diane sera à ses côtés quand il fera son annonce. Mais toi, vas-tu accepter le poste ?

— Non, pas du tout. Il est clair, je crois, que je ne suis pas faite pour être journaliste d'investigation. En revanche, j'ai trouvé un emploi de rédactrice dans un magazine féminin. La rédactrice en chef me paraît être une femme bien, et je pense qu'on va former une bonne équipe, elle et moi.

— Félicitations ! Qu'en a dit Lauren ?

— Elle m'a donné une recommandation des plus élogieuses et m'a même dit que, si jamais je voulais récupérer mon ancien poste un jour, elle me reprendrait dans la seconde.

Rafe rit de nouveau et lui déposa un baiser sur l'épaule.

— J'ai des nouvelles, moi aussi, que je voulais garder pour demain, mais puisqu'on en est à partager nos secrets je peux aussi bien tout te dire maintenant.

Elle retint son souffle, incapable de déchiffrer son expression et, donc, de deviner si ces nouvelles lui plairaient ou pas.

— J'ai accepté une affectation de stratège militaire au Pentagone. Je dois prendre mon poste dès la fin de mes congés.

— Oh ! Rafe…

Trop émue pour en dire davantage, Sara le dévisageait. Les implications de ce qu'il venait de lui confier n'étaient pas perdues pour elle. Il ne retournerait ni en Afghanistan ni au Pakistan. Il ne risquerait plus sa vie.

Il n'aurait plus à la quitter ! Elle enfouit le visage dans le creux de son épaule et referma les doigts sur le tissu de l'uniforme.

— Eh ! lança-t-il en l'obligeant à lever les yeux vers lui. Tu pleures ? Moi qui croyais que ça te ferait plaisir !

— Je suis heureuse, lui répondit-elle en s'essuyant les joues. Je ne pourrais même pas te dire à quel point ça me fait plaisir. Je ne vais plus avoir à m'inquiéter pour toi…

— Mieux encore, je vais être là avec toi. Autrement dit, moi non plus, je ne vais plus avoir à m'inquiéter pour toi.

Sara lui passa les bras autour du cou et se serra fort contre lui.

— Oh ! Comme je suis heureuse ! Et puis…, ajouta-t-elle avec un sourire mutin, je vais peut-être avoir besoin de toi pour m'aider à réaliser quelques autres fantasmes.

Rafe poussa un grognement et la serra plus encore contre lui.

— Chérie, je suis définitivement l'homme qu'il te faut. Laisse-moi te montrer…

Au cours des heures qui suivirent, il se confirma, comme le constata Sara avec bonheur, que les plus belles choses arrivaient bel et bien après minuit.

Passions

— Le 1er octobre —

Passions n°354

Une fiancée pour Lucius Devlin - Day Leclaire

Angie est désespérée. Lucius Devlin, son patron, s'est mis en quête de l'épouse idéale – une femme capable de supporter son caractère difficile, mais surtout, d'être une mère pour le petit Mikey dont il est devenu le tuteur. Or, elle rêverait d'occuper ce rôle : elle est follement amoureuse de Lucius et adore le bébé ! Mais comment pourrait-elle avouer ses sentiments à Lucius, alors qu'il ne semble pas même s'apercevoir qu'elle est une femme vibrante de désir sous ses tailleurs stricts ? Résolue à ne pas perdre celui qu'elle aime, Angie prend une décision. Puisqu'elle est déjà l'assistante idéale, elle deviendra la fiancée rêvée de son patron...

Impossible attirance - RaeAnne Thayne

Depuis qu'elle s'est installée à Pine Gulch avec sa petite Gabrielle, Rebecca fait tout pour se montrer discrète. Aussi est-elle inquiète par l'intérêt soudain que lui porte Trace Bowman, le chef de la police. Certes, elle est flattée d'être courtisée par un tel homme : avec son regard émeraude et son sourire sensuel, il est plus que séduisant. Mais Trace représente d'abord – et avant tout – un danger pour elle. Car si Rebecca s'abandonnait à son attirance pour lui, il ne tarderait pas à découvrir le secret qui l'a conduite dans l'Idaho...

Passions n°355

Passion au Colorado - Barbara Dunlop

Elle désirait qu'il l'embrasse, que ces lèvres brûlantes s'emparent de sa bouche. Il la mènerait au Paradis, elle en était certaine. Très vite, pourtant, Katrina se ressaisit. Reed Terrell a beau l'attirer violemment, elle ne doit pas tomber amoureuse de ce cow-boy du Colorado. Bientôt, elle sera repartie à New York, où sa vie de danseuse étoile l'attend. Loin du ranch familial, des montagnes rocheuses – et de cet homme aussi impétueux que troublant qui fait battre son cœur...

La nouvelle vie d'une héritière - Allison Leigh

Enceinte, rejetée par le père de son enfant, Sydney a abandonné sa vie de riche héritière pour s'installer dans la petite ville de Weaver. Là, dans le froid du Wyoming, elle compte bien redémarrer une nouvelle vie, une vie meilleure, où elle s'accomplira enfin. Mais lorsque Derek Clay, le propriétaire du ranch voisin, vient frapper à la porte de son chalet perdu dans la neige, elle se rend compte qu'elle ne sera jamais rien d'autre ici qu'une étrangère. Car Derek, de toute évidence, ne voit en elle qu'une snob trop gâtée par la vie. Alors qu'elle rêverait qu'il devine la femme qu'elle est vraiment...

Passions n°356

Deux mois pour t'aimer - Maureen Child

Proposer le mariage à un parfait inconnu, sur l'île des Caraïbes où elle a grandi ? Jamais Melinda n'aurait pensé en arriver à une telle extrémité. Mais c'est la seule solution, si elle veut toucher l'héritage dont elle a tant besoin pour s'émanciper de sa famille. Et puis, Sean King est le candidat idéal. Intelligent, beau comme un Dieu, il possède en outre la plus grande des qualités : il est absolument réfractaire au mariage. Entre eux, il ne s'agira que d'une transaction dénuée de sentiments et de passion. Alors pourquoi Melinda ne peut-elle s'empêcher de regretter, lorsque Sean pose sur elle son regard brûlant, d'avoir exigé que leur mariage reste blanc ?

Précieuses retrouvailles - Cynthia Thomason

Seize ans. Cela fait seize ans que Rosalie n'a pas revu Bryce, qu'elle a tant aimé, jusqu'à ce qu'un terrible événement vienne les séparer. Et, aujourd'hui, elle sent la panique la gagner à l'idée de devoir le croiser, jour après jour, dans la petite ville de Whistler Creek où ils ont tous les deux grandi. Mais ce qui l'effraie davantage encore, c'est d'imaginer qu'il puisse découvrir son secret – ce secret qu'elle a gardé si précieusement et qui a pour prénom Danny...

Passions n°357

L'enfant de son ennemi - Mary Lynn Baxter

Sauvage et sûr de lui : l'homme qui se présente devant Emma est tout simplement fascinant. A tel point qu'elle a bien du mal à détourner les yeux de ses lèvres tentatrices, de son corps parfait. Très vite, pourtant, Emma redescend sur terre en découvrant que son visiteur n'est autre que Calhoum Webster. Calhoum, le père du petit Logan dont elle est devenue la tutrice. L'homme qui a l'intention de lui ravir cet enfant qu'elle aime plus que tout. Son ennemi.

Si près de lui... - Stella Bagwell

Dallas a fait un très long voyage pour se rendre dans le Nevada, où elle souhaite acheter des chevaux. Là, au milieu des plaines désolées, elle reste un moment sous le choc de la rencontre qu'elle vient de faire. Boone Barnett, propriétaire du White River Ranch, est un véritable roc, et il émane de lui un charisme torride dont il ne semble même pas avoir conscience. Bien trop troublée, Dallas n'a qu'une envie : fuir au plus vite loin de cet homme. Sauf que le crépuscule a déjà envahi le désert, et il est trop tard pour reprendre la route. Aussi Dallas se voit-elle contrainte de passer la nuit sous le même toit que Barnett...

Cet intense désir - Kate Hoffmann

« Le plus grand sculpteur de toute l'Irlande ». C'est à peu près tout ce que Jordan sait de Danny Quinn lorsqu'elle vient le trouver dans son atelier de Ballykirk pour le convaincre de travailler avec elle à la restauration d'un prestigieux château. Mais si elle a la confirmation que la réputation de Danny n'est en effet pas usurpée, elle découvre surtout, sous le choc, que cet Irlandais fier et ombrageux est l'homme le plus sexy qu'elle ait jamais rencontré. Et qu'il va être incroyablement difficile de travailler en permanence à ses côtés, tant l'atmosphère se charge d'un désir intense, presque palpable, lorsqu'ils se font face....

Brûlante escapade - Kira Sinclair

Après avoir découvert, au pied de l'autel, que son futur mari était un homme volage, Lena annule son mariage mais décide de profiter quand même de l'île paradisiaque où elle aurait dû passer sa lune de miel. Et, sur un coup de tête, elle propose à son meilleur ami, Colt, de l'accompagner. Lui, au moins, saura lui changer les idées et lui redonner le sourire. Sauf que, une fois sur place, elle est très vite envahie par des émotions contradictoires : loin de se sentir triste, elle se rend compte qu'elle préfère mille fois être ici avec Colt qu'avec son ex-fiancé. Et, surtout, elle est terriblement troublée par les envies surprenantes qui la submergent chaque jour un peu plus. Comme celle de se fondre dans les bras de Colt, et laisser libre cours au désir irrépressible qu'elle éprouve pour lui...

BestSellers

A paraître le 1er septembre

Best-Sellers n°526 • roman

Le temps d'un été - Emilie Richards

Trois femmes – Tessa, sa mère et sa grand-mère – se retrouvent dans la propriété familiale, une grande demeure de Virginie, chargée d'histoire et de souvenirs, où ont vécu plusieurs générations avant elle. Tessa, la plus jeune des trois, noyée dans le chagrin d'avoir perdu sa petite fille, s'est éloignée peu à peu de son mari. Nancy, sa mère, n'a quant à elle jamais cessé de lutter pour échapper à ses origines. Mais à présent qu'elle mène une vie confortable et mondaine, elle est persuadée que son mari ne l'a pas épousée par amour, et qu'elle a trahi celle qu'elle est vraiment. Helen, la grand-mère, est une battante qui a fait face aux épreuves toute sa vie durant, mais s'est murée dans une solitude têtue, prétendant n'avoir besoin de personne et négligeant ses talents artistiques. Toutes trois, bien qu'unies par un lien indestructible, se sont repliées sur leurs propres blessures. Mais si chacune est hantée par un secret douloureux, elles vont tenter, le temps d'un été, de se remettre à croire en l'espoir.

Best-Sellers n°527 • roman

Un été au lac des Saules - Susan Wiggs

A vingt-sept ans, Olivia Bellamy a déjà deux fiançailles annulées derrière elle. Et alors qu'elle s'attend à une demande en mariage, son petit ami lui annonce leur rupture. Pour tromper son désespoir, elle accepte la proposition de sa grand-mère : passer l'été au lac des Saules pour remettre en état le camp de vacances appartenant à ses grands-parents et où, enfant, elle a passé tous ses étés. Pour la décoratrice de talent qu'elle est, la mission est passionnante. D'autant plus que l'endroit est paradisiaque et empreint de nostalgie… même s'il ne lui évoque pas que de bons souvenirs. Adolescente mal dans sa peau et fragilisée par le divorce de ses parents, elle y a, à l'époque, beaucoup souffert. Une seule personne, alors, l'aidait à supporter le rejet des autres… une personne à laquelle elle se refuse de penser : le passé est passé. Mais voilà que, le jour où se présente l'entrepreneur venu l'aider à réaliser son projet, elle reconnaît avec stupéfaction Connor Davis, le garçon qu'elle a secrètement aimé durant son adolescence… et qui lui a brisé le cœur.

Best-Sellers n°528 • thriller

Jusqu'au bout du mal - Michelle Gagnon

A peine remise d'une grave blessure et déterminée à retrouver sa confiance en elle après avoir frôlé la mort, l'agent spécial Kelly Jones refuse l'idée de ne pas reprendre le travail sur le terrain. Aussi décide-t-elle envers et contre tout d'accompagner Jake Riley, son fiancé, ainsi que son équipe d'élite, pour d'une périlleuse mission de libération d'otage. Une mission qui la conduit dans les bas-fonds de Mexico. Mais malgré son courage, Kelly redoute secrètement de ne plus être à la hauteur. C'est alors que dans les bidonvilles de Mexico, elle retrouve l'homme qu'elle recherche depuis des années. Un tueur machiavélique qui semble désormais mettre en scène un effroyable rituel macabre en choisissant ses victimes, des enfants, dans la frange la plus pauvre de la société. Horrifiée et décidée à saisir cette ultime chance de faire ses preuves, Kelly se sépare momentanément de Jake et de son équipe pour se lancer seule dans une mission plus périlleuse que jamais…

Best-Sellers n°529 • thriller

Noire était la nuit - Lisa Jackson

Le jour de son quinzième anniversaire, à La Nouvelle-Orléans, Abby Chastain a vu sa mère se jeter par la fenêtre de l'hôpital psychiatrique Notre-Dame-des-Vertus où celle-ci vivait enfermée, victime d'hallucinations. Et personne n'a jamais su quelle terrifiante vision avait bien pu pousser Faith Chastain à commettre l'irréparable. Vingt ans plus tard, Abby est encore hantée par le souvenir de cette tragédie. L'hôpital, désormais abandonné, est promis à la destruction. Mais Abby pressent qu'il n'a pas révélé tous ses secrets. Et, lorsque des meurtres en série sont commis, elle comprend que les démons du passé sont en train de se réveiller : toutes les victimes ont un lien avec elle, ou avec l'hôpital. A commencer par son ex-mari, sauvagement assassiné. Un lien secret que l'inspecteur Montoya va devoir comprendre pour empêcher le dangereux psychopathe de poursuivre sa série macabre. Mais le tueur, lui, a d'autres plans…

Best-Sellers n°530 • thriller

Elles étaient si jolies - Andrea Ellison

Quand le lieutenant de la brigade des homicides de Nashville, Taylor Jackson, découvre la scène de crime qui l'attend au bord d'une autoroute par une étouffante journée d'été, elle reconnait instantanément la signature de l'Etrangleur du Sud : une victime jeune, jolie, et des indices macabres qui ne laissent aucun doute sur l'identité du meurtrier. Profondément choquée par cette effroyable mise en scène, Taylor est prête à tout pour arrêter l'assassin, avec l'aide de son amant Jack Baldwin, un célèbre profiler du FBI. Car elle ne s'est pas dévouée corps et âme à ce métier pour se laisser manipuler par un tueur psychopathe qui la provoque en laissant derrière lui des poèmes. Des poèmes qui vont la mener dans les beaux quartiers de Nashville qu'elle connaît bien, là où les secrets sont si bien préservés au nom des apparences.

Best-Sellers n°531 • suspense

Noire révélation - Brenda Novak

Madeline, rédactrice en chef du journal de Stillwater, n'avait que 16 ans lorsque son père, le respectable Révérend Barker, a mystérieusement disparu de la petite ville. Vingt ans ont passé depuis, et tout le monde, y compris sa belle-mère et son demi-frère, lui conseille d'oublier ces douloureux souvenirs. Mais un hasard vient bouleverser leur existence et raviver le drame : la voiture de Barker est retrouvée au fond d'une carrière abandonnée. Contre l'avis de tous, Madeline engage Hunter Solozano, un détective privé, pour l'aider à remonter cette piste. Mais de sulfureux indices sont retrouvés dans la voiture de Barker, qui laissent Madeline perplexe. Et sa propre famille, au lieu de lui venir en aide, se mure dans le silence et cherche à la détourner de son enquête. Comme si tous étaient complices d'un passé trouble, soigneusement caché à Madeline ces vingt dernières années. Comme si le démon qui s'était emparé de la ville vingt ans plus tôt était sur le point refaire surface…

Best-Sellers n°532 • historique

Le secret d'Elysse - Brenda Joyce

Irlande, 1839

Si Elysse De Varenne occupe une place d'honneur dans la haute société irlandaise, elle n'ignore pas les cruelles rumeurs qui circulent sur son mariage. Des rumeurs qu'elles s'efforcent de démentir par tous les moyens. Pas question d'admettre qu'elle n'a pas vu son époux depuis le jour où ils ont échangé leurs vœux, et encore moins que leur union n'a jamais été consommée ! Car on ne tarderait pas alors à découvrir le scandaleux secret qui a poussé le ténébreux Alexi De Varenne à l'épouser six ans plus tôt… Hélas, son personnage de parfaite épouse vole en éclats lorsqu'après six ans d'absence, Alexi décide de rentrer en Angleterre. En effet, comment continuer à faire croire en leur mariage quand l'irrésistible Alexi refuse de lui adresser la parole ?

Best-Sellers n°533 • historique

Le mystérieux fiancé - Shannon Drake

19ème siècle, Londres.

Sous la protection des Carlyle depuis son enfance, Ally a grandi dans un havre de paix, loin des troubles qui agitent le royaume. Et si cette existence dorée a des inconvénients – comme celui d'être promise à un inconnu –, Ally a bien conscience que ses origines modestes auraient pu la conduire à un sort moins enviable. Aussi est-ce résignée qu'elle se rend au bal qui officialisera ses fiançailles avec Mark Farrow, l'époux que son parrain lui a choisi. Mais alors qu'elle est en chemin, sa voiture est attaquée par un ténébreux bandit. L'homme, aussi inquiétant que séduisant, fait aussitôt naître en elle un désir implacable. Un désir qu'elle s'efforce de réprimer pour lui tenir tête : comment ose-t-il s'en prendre à elle, Alexandra Grayson, pupille du puissant comte de Carlyle ? Son argument, elle le sait, est peu convaincant… Pourtant, contre toute attente, l'homme la libère dès qu'il apprend son nom, visiblement bouleversé par sa découverte…

Composé et édité par les

éditions HARLEQUIN

Achevé d'imprimer en France (Malesherbes)
par Maury-Imprimeur
en août 2012

Dépôt légal en septembre 2012
N° d'imprimeur : 174668